Lisa Desrochers vit dans le centre de la Californie avec son mari et ses deux filles qui n'ont pas une minute à elles. Elle a toujours un livre à la main et adore les histoires qui l'entraînent dans des contrées inconnues pour mieux la surprendre. Son enfance passée aux quatre coins des États-Unis lui ayant donné la bougeotte, Lisa Desrochers aime voyager… ce qui tombe bien puisqu'elle participe à de nombreuses conférences dans le domaine de la santé à travers le monde, grâce à son métier de kinésithérapeute. *Personal Demons* est sa première série de littérature Young Adult.

Péché originel

Du même auteur, chez Castelmore :

Personal Demons :
1. *Personal Demons*
2. *Péché originel*

www.castelmore.fr

Lisa Desrochers

PÉCHÉ ORIGINEL

PERSONAL DEMONS – TOME 2

Traduit de l'anglais (États-Unis)
par Claire Kreutzberger

CASTELMORE

Titre original : *Original Sin*

Loi n° 49-956 du 16 juillet 1949 sur les publications destinées à la jeunesse

Dépôt légal : août 2012

ISBN : 978-2-36231-062-1

Castelmore
60-62, rue d'Hauteville – 75010 Paris
E-mail : info@castelmore.fr
Site Internet : www.castelmore.fr

À Steven, pour avoir compris
sans avoir eu à demander.

Remerciements

Quand je repense à l'année qui vient de s'écouler, je suis frappée de constater la fulgurance de mes progrès, éditorialement parlant. J'ai connu quelques excellents (et très patients) guides sur mon chemin, et je leur suis extrêmement reconnaissante. Parmi eux se trouve mon agent vraiment fabuleuse, Suzie Townsend, qui est une *pom-pom girl* d'exception et la travailleuse la plus acharnée que je connaisse, ainsi que Melissa Frain, mon éditrice sérieusement cool qui, d'un point de vue créatif, fut toujours juste derrière ma plume, et qui n'a pas eu peur de ce livre. Merci également à l'équipe de Tor Teen pour son enthousiasme et son dévouement, sans lesquels *Personal Demons* et *Péché originel* n'auraient pas vu le jour et n'auraient pas atterri dans un si grand nombre de mains.

Une fois encore, un immense merci à ma famille, qui a été ma meilleure source d'encouragement et de soutien. Mon mari, Steven, a enduré mes horaires de dingue et ne m'a jamais traitée de folle pendant que j'étais obsédée par mes amis imaginaires. (Même s'il a pensé que je l'étais, j'en suis sûre.) Mes filles, Michelle et Nicole, continuent à m'inspirer. Mon frère, Russ, a été mon bras droit pendant que ma maman, Harriet, et ma sœur Sherri faisaient passer le mot.

Ma rencontre, lors d'une conférence consacrée à l'écriture, alors que *Personal Demons* était encore en gestation, avec mon extraordinaire partenaire et critique, Andrea Cremer, fut l'un de mes plus gros coups de chance. Elle m'a aidée à explorer des possibilités auxquelles je n'aurais jamais songé seule, et à porter cette série vers des sommets inédits. Merci également à Kody Keplinger et à Courtney Moulton, dont le travail m'a inspirée et qui n'ont cessé de m'encourager. De surcroît, merci à chacun de vous, les

Elevensies, pour tout le soutien que vous m'avez témoigné, pour m'avoir accueillie et acceptée parmi vous.
Et parce que ma muse se prend toujours pour une rock-star, un merci tout particulier à Isaac Slade et The Fray pour les paroles de l'envoûtant *How to Save a Life*, morceau qui a façonné les parties de ce roman écrites du point de vue de Frannie, ainsi qu'à Adam Gontier et Three Days Grace pour le bluffant *World So Cold* qui, malheureusement pour Luc, est l'incarnation musicale de ce livre dans son ensemble.
Mais, par-dessus tout, merci à vous, mes lecteurs, de m'avoir donné une chance de vous divertir. Il n'y a pas de mots pour exprimer pleinement ma reconnaissance.

Parce que tu rapportes,
Et toujours, ta pensée aux choses de la terre,
Tu ne vois que ténèbres en la clarté du vrai.

Dante Alighieri, *Le Purgatoire*,
traduction d'Henri Longnon, 1938.

1

‡

Démon je suis, démon je resterai…

Luc

Je ne me plains pas, mais mon passage de l'état de démon à celui d'humain comporte un grave désagrément : je ne suis plus indestructible. Je rince le rasoir dans le lavabo et examine dans la glace mon visage parsemé d'une multitude de coupures sanguinolentes. Je me demande quelle quantité de sang un mortel peut se permettre de perdre.

Ce qui m'amène à un autre inconvénient de ma nouvelle condition : l'hygiène. Pourquoi les humains ont-ils besoin de tant de maintenance ? Le dessein du Tout-Puissant me dépasse. Et moi qui ai cru pendant tous ces millénaires que c'était nous, les démons, qui prenions un malin plaisir à torturer les gens…

J'éprouve encore des difficultés à donner un sens à ma nouvelle vie. Avec Frannie. Je me suis réveillé dans ma voiture ce matin avec un coup au cœur, parce que, pendant un instant, j'ai été persuadé d'avoir rêvé. Mais c'est cette douleur dans la poitrine, ajoutée au fait que j'avais dormi, qui m'a convaincu du contraire. Un cœur de soufre, ça ne fait pas mal.

Tant que nous y sommes, je signale un troisième inconvénient majeur : le sommeil. Maintenant que je suis contraint de me reposer, je ne peux pas protéger Frannie aussi bien que je l'aimerais. *Starbucks* m'ayant prêté main-forte, j'ai réussi à tenir jusqu'à hier soir. Mais, à 4 heures, je pionçais comme un loir dans ma voiture, la tête contre le volant et bavant sur ma manche. Il va falloir qu'on discute horaires avec Matt.

Frannie déclare haut et fort qu'elle n'a pas besoin d'ange gardien mais, moi, je suis content d'avoir son frère dans les parages. Bien entendu, je ne me suis pas montré entièrement franc envers Frannie. Elle ignore que je continue à monter la garde devant chez elle chaque nuit. Elle me ferait probablement passer un sale quart d'heure si elle était au courant. C'est un peu embarrassant, quand j'y pense, d'avoir une petite amie capable de me botter le cul, du haut de son mètre cinquante-six pour cinquante kilos. Et, malheureusement, je n'exagère pas.

— Frannie est en route.

La voix a beau être douce et chantante, j'en suis quand même quitte pour une belle frayeur. Heureusement que j'ai posé le rasoir dans le lavabo, sans quoi je me serais de nouveau entaillé le visage.

Je fouille mon appartement du regard, à la recherche de la source de ce propos. Matt est appuyé contre le mur, à côté de ma fresque inachevée, les pouces dans les poches de son jean déchiré.

— Ta maman ne t'a jamais dit que c'était malpoli de ne pas frapper ? dis-je.

Mais voir cet ange à côté du paysage infernal qui couvre le mur du sol au plafond, c'est plus que ce que je peux supporter, et j'éclate de rire.

Les boucles blond cendré de Matt lui arrivent presque aux épaules, et son visage bronzé est carrément angélique si on fait abstraction du regard assassin qu'il me lance. Si je ne savais pas à quoi m'en tenir, je jurerais avoir affaire à un ange vengeur plutôt qu'à un ange gardien. Pendant que je reprends mon sérieux, je vois toutefois une touche d'humour apparaître dans ses yeux bleu clair.

— Possible qu'elle m'en ait touché un mot.

Le fait que Frannie a besoin d'un gardien et que je ne suis plus capable de la protéger moi-même me déplaît au plus haut point. Ma magie s'est complètement tarie. Plus la moindre petite flamme. S'il y a bien une chose qui me manque, c'est de ne plus pouvoir désintégrer des trucs en crachant le feu de l'Enfer avec mes poings.

Mais est-ce que je voudrais redevenir comme avant ?

Jamais de la vie.

— Alors, si Frannie est en route, comme tu dis, qu'est-ce que tu fais là ? je demande d'un air narquois. Déjà en train de te défiler ? Diable, quelle sorte d'ange gardien tu es ?

Matt se redresse, et un grand sourire gagne ses traits.

— Elle conduit tellement vite que même les Chiens de l'Enfer ne pourraient pas la rattraper.

Je souris en me représentant Frannie au volant de la Mustang bleu nuit de 65, capote abaissée, la musique à fond. C'est vrai qu'elle conduit dangereusement vite, mais je trouve ça sexy, d'une certaine façon.

— Au fait, merci pour le coup de main, hier soir, dis-je tandis que Matt se dirige vers mes étagères avec grâce pour regarder les titres de mes bouquins. J'espérais que les gens exagéraient leur besoin de dormir. Manifestement, j'avais tort.

L'ange sort mon édition originale du *Purgatoire*, de Dante, en fronçant les sourcils.

— Je savais dès le départ que tu ne servirais à rien. Je ne comprendrai jamais pourquoi Gabriel pense le contraire ! (Il feuillette l'ouvrage avant de se tourner de nouveau vers moi.) Tu vas retomber dans tes vieux travers. C'est couru d'avance. Les démons ne changent pas.

— Sauf que je ne suis plus un démon. Il n'y a *pas* de « vieux travers ». Effacer l'ardoise, ça te dit quelque chose ?

— Tu trébucheras. (Me décochant un demi-sourire suffisant, il repose Dante sur l'étagère.) Et, quand ça arrivera, j'espère que tu ne feras pas les choses à moitié. Je meurs d'envie de châtier quelqu'un. Si c'était toi, je serais comblé.

— Je croyais que seule la main de Dieu pouvait exercer son châtiment.

— Il ne faut pas croire tout ce qu'on raconte, réplique Matt avec un sourire énigmatique.

Je retourne dans la salle de bains, déconcerté, et m'essuie le visage avec une serviette, histoire d'effacer les dernières traces de mousse à raser.

— Dans combien de temps elle sera là ? je demande, tout en examinant une nouvelle fois mes plaies et en tripotant les poches que j'ai sous les yeux.

Je suis du doigt la cicatrice rouge sang, cadeau d'adieu de Béhérit, qui court en dents de scie de ma tempe à ma joue droite.

— La voilà, m'informe Matt, venu jeter un coup d'œil dans la glace par-dessus mon épaule.

Je le pousse et vais ouvrir la fenêtre, juste à temps pour la voir se garer à côté de ma Shelby Cobra de 68. Rayonnante, elle m'adresse un signe de la main et se dirige vers l'entrée de mon immeuble. Je me précipite dans l'escalier pour la retrouver.

— Salut, toi. Tu m'as manqué, dit-elle en se dépêchant de monter.

Ses longs cheveux ondulés sont tout emmêlés à cause du vent. Et je ne peux m'empêcher d'admirer la façon dont son débardeur blanc et son jean usé épousent chacune de ses courbes sans pour autant être moulants. Le pantalon en question comporte même une large entaille, laissant entrevoir un bout de peau affriolant.

— Salut.

Je passe un bras autour de ses épaules et ma main dans ses cheveux, leur faisant former un nœud à la naissance de sa nuque.

— Toi aussi, tu m'as manqué.

Elle se dresse sur la pointe des pieds pour se grandir au maximum, mais je dois tout de même me pencher vers elle. On s'embrasse à mi-parcours.

Elle entre d'un pas guilleret, et son visage s'éclaire lorsqu'elle aperçoit son frère. Rien qu'en les voyant ensemble, en me rendant compte du bonheur qu'ils ont à s'être retrouvés, il ne fait aucun doute pour moi que Gabriel a choisi Matt comme ange gardien sous l'Emprise de Frannie. Et voilà le plus beau : elle a de nouveau le cœur léger. Il n'y a plus trace de culpabilité dans son regard. Je savais pertinemment qu'elle s'était pardonné la mort de Matt, sans quoi son âme n'aurait pu être marquée pour le Paradis, mais je me sens à mon tour plus léger en le constatant par moi-même.

— Salut, Matt. Ça faisait longtemps.

Son jumeau l'accueille avec une affection bien réelle.

— J'ai bien cru que tu allais franchir le mur du son pendant le trajet. J'étais presque sûr que tu arriverais avant moi. Si tu ne lèves pas un peu le pied, je vais être obligé d'envelopper la Mustang dans du papier à bulles céleste. (Il prend un air songeur.) Et peut-être de bricoler l'accélérateur.

— Touche à ma bagnole et tu es mort, petit frère. (Elle se rend compte de sa bévue aussitôt les mots prononcés.) Enfin...

Matt l'attire contre lui en rigolant.

— Ouais, bonne chance pour te débarrasser de moi... Et puis je ne suis pas ton « petit frère ».

Frannie, retrouvant ses moyens, lui adresse un sourire matois.

— Si. On a huit minutes et demie d'écart, d'après maman.

Elle lui donne une bourrade et va poser son sac sur une chaise, près de la petite table en bois de la cuisine.

Il y a encore quelques semaines, je n'avais pas besoin de me nourrir, alors mon appartement ne contenait qu'un énorme lit noir à usage récréatif. À force de retrouver des aliments dedans, j'ai compris la nécessité d'agrémenter mon mobilier d'une table et de deux chaises. Sans compter que j'ai désormais aussi besoin de faire la lessive (la liste des désagréments de la condition humaine s'allonge à une vitesse folle)... Bref, on mange à table.

J'entrelace mes doigts à ceux de Frannie.

— Tu as déjeuné ? J'allais faire une omelette.

Elle passe son doigt sur ma cicatrice, et je me perds complètement dans son regard.

— Bonne idée.

— Quoi ?

— Une omelette ? répète-t-elle avec un sourire démoniaque.

— Oh, ouais…

Matt

— Merci, je n'ai pas faim, je réponds.

Ils me regardent tous les deux.

— C'est parce que tu n'as jamais goûté à l'omelette de Luc. Il a trouvé la recette sur Internet. C'est à mourir de bonheur.

Elle se crispe.

— Pigé, sœurette. Exquise, l'omelette. Bon, quel est le programme pour aujourd'hui ?

— Eh bien, manger, déjà. Et puis… (Elle se tourne vers son démon avec un sourire mutin.) Tu penses à la même chose que moi… ?

Mortifié, je fusille Luc du regard.

— Tu as l'esprit mal tourné, chérubin, dit-il en s'accoudant à la table. On doit changer l'huile de la Mustang.

Puis il va prendre une poêle en fonte et un bol dans le placard situé sous la cuisinière. Frannie, elle, sort des œufs, du lait et des légumes du réfrigérateur. Ils s'affairent sans parler, et ils semblent n'avoir pas du tout conscience du fait qu'ils ne cessent pas de se toucher ; qu'ils sont liés. Et que leurs mouvements sont synchronisés à la perfection.

Je trouve ça tout à coup trop intime pour moi. Comment ça peut être aussi intime, de cuisiner ? Je serre les dents pour retenir un grognement. Je ne peux pas supporter ça. Il faut que je sorte d'ici.

— Bon, si vous n'avez pas besoin de moi, je vais y aller…

— Tu es sûr de ne pas vouloir un peu d'omelette ? répond Frannie, une tomate à la main, en me décochant un sourire que je ne peux m'empêcher de lui rendre.

— Je surveille ma ligne de sylphide.

Elle se met à rigoler, et moi, je traverse le mur pour aller monter la garde dans le couloir.

Seul.

Comme d'habitude.

Je m'assois en me laissant glisser contre le mur. Lorsque Gabriel est venu me chercher au cours de ma formation, il m'a annoncé qu'il avait un travail spécial pour moi. Un boulot pour lequel j'étais l'ange rêvé. Quand il m'a révélé que je serais le gardien de Frannie, je n'en ai pas cru mes oreilles. Je ne suis pas fier de la façon dont je traitais ma sœur de mon vivant ; j'avais sept ans, mais ce n'est pas une excuse. C'était l'occasion parfaite. Combien de personnes peuvent se targuer d'avoir la possibilité de se racheter auprès de leur jumelle depuis l'au-delà ?

Ce qu'il a omis de préciser, c'est que ma sœur est amoureuse d'un démon. Comment a-t-il pu laisser faire ça ?

Me voilà donc assis là, impuissant, à me cogner la tête contre le mur, pendant que Frannie est à l'intérieur. En danger. Gabriel a été clair. Je ne peux pas intervenir. Il dit que c'est sa vie. Son choix. Il dit que la situation va s'arranger d'elle-même.

Je ne le crois pas.

Et ce n'est qu'une question de temps avant que le démon me prouve que j'avais raison.

Frannie

— Je me suis entraînée avec Gabe, dis-je après le déjeuner en tendant à Luc la poêle pour qu'il l'essuie.

Son regard se durcit, et il n'essaie même pas de dissimuler la jalousie qui transparaît dans sa voix.

— Laisse-moi deviner : tard dans la nuit, seule dans ta chambre avec lui.

Mon estomac papillonne, et je ne peux pas m'empêcher de rougir. Je culpabilise, et je déteste ça, mais c'est irrépressible. Je n'ai pas encore mis le doigt sur ce que je ressens exactement pour Gabe. Tout ce que je sais, c'est que j'ai besoin de lui. Quand il est là, j'ai presque l'impression que tout finira bien et, lorsqu'il me touche, ma panique semble fondre.

Je plonge les mains dans l'eau savonneuse et entreprends de frotter la vaisselle avec une ardeur folle.

— Parfois. Mais, si je n'arrive à exercer mon Emprise que sur Gabe, on ne va pas aller bien loin.

Luc pose la poêle avec fracas (le sol tremble) et plaque ses paumes de part et d'autre sur le plan de travail.

— Sincèrement, je pense qu'il y a un tas de trucs que tu peux obtenir de lui rien qu'en le lui demandant.

Je sursaute, parce que normalement c'est Gabe qui peut lire dans mon esprit, pas Luc. Mais il me dévisage d'une telle façon que je commence à avoir des doutes.

Je pousse un profond soupir et consacre un instant à retrouver mes moyens.

— Bref… on traîne dans le parc, le plus souvent.

Je repousse la frustration qui menace de s'emparer de moi chaque fois que j'évoque cette idiotie d'Emprise.

— Selon lui, les enfants devraient être plus faciles à influencer. Mais, apparemment, je suis plus douée pour suggérer une pensée que pour l'enrayer.

Luc soulève sèchement la poêle.

— C'est mal barré pour la paix dans le monde…

J'enfouis mon visage dans mes mains pleines de produit vaisselle.

— Je ne suis vraiment pas douée, je grogne. J'ignore ce que, d'après lui, je suis censée pouvoir faire, mais je n'arrive même pas à réconcilier des enfants qui se disputent un seau et une pelle dans un bac à sable.

Les larmes qui coulent entre mes doigts me font horreur. À cet instant, j'ai tout en horreur.

— Je n'y arrive pas. Ça ne marche pas.

Il m'oblige à me tourner vers lui et m'appuie contre le plan de travail ; son corps est brûlant contre le mien.

— Je suis désolé, Frannie, dit-il d'une voix devenue toute douce. Tu sais que c'est vraiment difficile pour moi de… trier toutes ces émotions. Tout va finir par prendre tournure. (Il me lève le menton et essuie avec sa paume mon front plein d'eau savonneuse.) Les pièces du puzzle vont s'emboîter. Je te laisserai t'entraîner sur moi, ajoute-t-il d'un air cocasse.

Je renifle et m'essuie le nez avec le dos de la main.

— Déjà fait.

Il se tâte pour vérifier qu'il est toujours entier.

— Est-ce que je devrais m'inquiéter ? demande-t-il avec un grand sourire.

Je souris à mon tour, mais vaguement.

— Non. J'ai agi sans même que tu t'en rendes compte. Tu as été mon rat de laboratoire, en quelque sorte. Ma première victime.

Avant de savoir ce qu'était l'Emprise, ou même que je la possédais, je m'en servais déjà sur Luc. Bien sûr, à ce moment-là, je ne savais pas non plus qu'il était un démon. Mais je voulais être avec lui. Je le voulais vraiment. Et, un peu par accident, je l'ai changé en humain grâce à mon pouvoir.

Il me plaque contre le plan de travail, et je ne peux pas ignorer la sensation de son corps pressé contre le mien ; j'en suis toute retournée. Mon pouls s'accélère devant son regard de braise.

— Et quel est le résultat de l'expérience ?

Je commence à avoir chaud partout, malgré l'eau fraîche et mousseuse qui ruisselle sur mes bras. Je passe mes mains glissantes autour du cou de Luc, et il grimace lorsque le liquide lui coule dans le dos.

— Je crois qu'il me reste des choses à découvrir. L'enquête est en cours. Par exemple, je cherche à savoir… (à cet instant, je me colle encore plus contre lui) ce qui se passe si je fais ça.

Il réagit. Ses muscles se tendent, sa respiration s'accélère. Je souris.

— Ou ça, dis-je en me dressant sur la pointe des pieds pour l'embrasser sur la pomme d'Adam. (Il penche la tête en arrière avec un tressaillement.) Intéressant, comme réaction. Il faudra que je consigne ça dans mon journal.

— Bon, quand tu restes toi-même, ton Emprise fonctionne correctement, on dirait. Peut-être que tu prends ça trop à cœur.

Il baisse la tête pour me regarder ; les puits sans fond que sont ses yeux n'ont pas perdu leur flamme. Mais, ensuite, il s'écarte de moi.

— Si seulement je pouvais finir ce que j'ai commencé...

— Pourquoi tu ne peux pas ? je demande en le rattrapant par la ceinture de son jean.

— Parce que la bibliothécaire m'a dit de l'appeler à 13 heures.

Du menton, il m'indique l'horloge du micro-ondes. Il est 12 h 58.

Je le repousse d'une bourrade et reporte mon attention sur l'évier plein de vaisselle et de mousse.

— Tu adores ça, me taquiner..., je lui fais remarquer, frustrée. Elle marche bien, mon Emprise, tu ne trouves pas ? Je n'arrive même pas à t'aguicher suffisamment pour que tu renonces à passer un coup de fil.

Il suit avec ses mains la courbe de mes hanches, et je lui lance un regard par-dessus mon épaule.

— Oh ! niveau séduction, j'ai mon compte, répond-il avec un sourire magnifiquement espiègle. La seule chose qui fait que j'arrive à résister, là, tout de suite, c'est que je suis pratiquement certain qu'on pourra reprendre là où on en était une fois que j'aurai raccroché.

— Tu m'as l'air bien sûr de toi, dis-je, tout en sachant qu'il a raison. Si tu piques un somme, tant pis pour toi.

Pendant une fraction de seconde, il semble vraiment inquiet, puis il retrouve vite son insouciance.

— On verra ça, réplique-t-il.

Son sourire est de retour, et je vois toutes sortes d'images coquines défiler dans ses yeux. Il s'assoit sur l'une des deux chaises, et commence à se balancer en composant le numéro.

Il raccroche dix minutes plus tard, pendant que je suis en train de finir de ranger la vaisselle – un vieux service de maman – dans le placard.

— Je commence samedi, déclare-t-il en laissant la chaise reprendre sa position naturelle.

— Je ne sais pas pourquoi tu estimes qu'il faut que tu bosses. Tu devrais pouvoir vivre éternellement… (Je me rends compte de ce que j'ai dit en voyant Luc sourire jusqu'aux oreilles.) Enfin… le reste de ton existence, en tout cas, en puisant dans tes comptes en banque hyper bien garnis.

Il pose son regard sur moi.

— Ça vaut aussi pour toi.

Il y a dans ses paroles un sous-entendu qui me donne un frisson d'excitation et dont je m'efforce de faire abstraction en lui tournant le dos.

— C'est ton argent, Luc, pas le mien.

On a déjà eu cette conversation.

— Très bien. Donc, tu travailles pendant que je passe la journée à squatter la pizzeria. Ou alors j'essaie de devenir un membre productif de la société.

— Je suppose que ça vaut mieux.

Luc a tendance à me distraire par sa présence. La première semaine passée à mon nouveau boulot a été assez éprouvante, tout particulièrement lorsque Ricco a retenu sur mon salaire le prix d'une pizza que j'ai fait tomber du plateau en voulant l'apporter à un client.

Je pose le torchon sur le robinet et me tourne vers Luc.

— Ricco te ferait probablement arrêter en prétendant que tu me harcèles et que tu fais peur aux clients si tu traînais dans son resto toute la journée. Tu as toujours cette fameuse aura sombre, tu sais. On t'enfermerait pour le restant de tes jours.

— En parlant de clés… (Il sort de sa poche une clé en argent qui brille faiblement sous le faible éclairage.) Voilà celle de l'appartement. Je sais que ce n'est que pour deux mois, mais je veux que tu puisses aller et venir à ta guise.

Je m'installe sur ses genoux.

— Je croyais que c'était ce que je faisais déjà.

— Tu ne devrais pas avoir à toquer à la porte.

Il referme ses bras autour de moi et me serre contre lui.

— Tu n'as pas peur que je débarque et que je te surprenne en fâcheuse posture ?

— La seule personne susceptible d'être concernée par ça, c'est toi. (Il passe une main tentatrice sous mon tee-shirt.) Et tu serais déjà là.

Lorsque ses lèvres touchent les miennes, la cadence de mon pouls double. Il commence à m'enlever mon haut.

— Faites comme si je n'étais pas là.

La voix de Gabe, provenant de l'entrée, me flanque une sacrée trouille.

Il est là, appuyé contre le chambranle, angélique comme pas deux : sourire radieux, boucles platine, et des yeux bleus fabuleux que rehaussent son teint bronzé et ses traits volontaires. Tant de beauté, ça devrait être interdit.

Luc pousse un soupir de frustration et rabat mon tee-shirt.

— Pour l'amour de tout ce qui est impie, qu'est-ce que vous avez tous, vous, les Célestes ? Ça vous dérangerait d'apprendre à frapper ?

— Et ainsi manquer le spectacle ? réplique Gabe en m'adressant un sourire.

Je finis de rajuster mon haut, et je me lève.

— Pour un ange, tu es sacrément pervers, lui fait remarquer Luc.

L'intéressé s'adosse contre le mur avec nonchalance et fourre les mains dans les poches de son jean.

— Il y a des fois où ça vaut la peine de risquer ses ailes. (Son sourire a disparu, et il me transperce de ses yeux bleus.) De toute façon, je suis juste venu pour dire au revoir.

— Comment ça ? je demande.

La panique qui hante sans cesse mes pas gagne insidieusement ma voix. Je culpabilise à mort, mais je ne peux empêcher mon cœur de palpiter lorsque Gabe me dévisage comme ça ; comme s'il voyait mon âme.

Luc remarque mon émoi. Il se lève.

— La sortie, c'est par là, dit-il en fusillant Gabe du regard.

— J'ai pas l'intention de passer par la porte, mec. (Il s'approche avec entrain de la fresque de Luc.) Tu sais que tu joues pour le camp adverse, désormais. Il faut vraiment que tu trouves une solution pour ça, dit-il en passant un doigt sur les remous orange et doré du Lac de Feu.

— Hé ! démon je suis, démon je resterai, rétorque Luc avec un large sourire qui manque de faire passer mon cœur de vie à trépas.

— Ça se passera bien, Frannie, dit Gabe.

Une partie de moi déteste ça, qu'il puisse lire dans mon esprit. Qu'il sache ce que je ressens, alors que l'inverse n'est pas vrai.

C'est alors que je me rends vraiment compte de ce qu'il a dit. Mon cœur soumis à rude épreuve repart de plus belle tandis qu'un affolement croissant m'envahit à l'idée de ne plus le voir.

— Tu ne peux pas t'en aller.

Si je dis un mot de plus, je vais avoir l'air totalement hystérique et ma voix va se mettre à trembler.

Gabe s'avance et écarte d'un ample geste de la main les mèches tombées sur mon visage.

— C'est mieux comme ça. Pour tout le monde, ajoute-t-il en regardant Luc.

— Mais…

— Je te laisse entre de bonnes mains, Frannie. Matt répondra présent si tu as besoin de lui, et Luc… (Sa mâchoire se crispe, et il plisse les yeux presque imperceptiblement.) Il ne laissera personne te faire du mal.

Percevant de la provocation dans l'intonation de Gabe, Luc m'enlace.

— Tu as bien raison, répond-il.

— Pourquoi ? je demande en m'écartant de lui pour m'approcher de Gabe.

Celui-ci frôle le pourtour de ma mâchoire. Ses doigts sont frais, et je hume son odeur de soleil hivernal ; le simple fait de me trouver près de lui m'apaise. Lorsqu'il me répond, il le fait tout bas, d'une voix suave, et ses mots s'adressent à moi seule.

— Ce n'est vraiment pas judicieux de ma part de passer trop de temps près de toi, Frannie.

— Mais…

— Vous êtes tous les deux marqués pour le Paradis et, si vous avez besoin de partir, vous resterez cachés grâce à vos Boucliers célestes. Avec Matt pour monter la garde, vous êtes parés. Mais, moi, je ne peux pas rester ici, dit-il, baissant les yeux.

— OK, je réponds, déglutissant avec difficulté parce que j'ai la gorge serrée.

Je sais pertinemment qu'il a raison, parce que ce n'est pas pour rien si je redoute d'affronter le regard de Luc. J'ai beau l'aimer à la folie, je ne peux nier que Gabe et moi partageons quelque chose de fort. Luc est mon cœur et mon âme, mais Gabe est mon roc. Je le serre dans mes bras, puis m'écarte lorsque je sens des larmes me piquer les yeux. Je recule, et Luc m'enlace par la taille, en un geste bien moins possessif que tout à l'heure. Je suis certaine de ce que je vais lire sur son visage, mais il n'exprime en réalité que douceur et compassion. Il me rassure par un sourire affectueux.

— Bon, quand est-ce que je te revois ?

— Je reviendrai de temps en temps pour vérifier que tu vas bien.

— Promis ?

Je sais que ma voix a des accents désespérés, mais je m'en moque.

Il me regarde sans redresser la tête, levant simplement ses yeux bleus, infinis comme le ciel, ourlés de longs cils presque blancs.

— Promis.

Et même si ses lèvres ne remuent plus, je jurerais qu'il ajoute : « Je serai toujours là pour toi. »

J'acquiesce en ravalant mes larmes qui menacent de jaillir. J'ouvre la bouche, mais je n'ai pas les mots, alors je ne dis rien. Mais mon regard convoie mes sentiments. Et je sais que Gabe comprend le message, parce que ses yeux s'embuent tandis qu'il disparaît.

— Désolée, Frannie, dit Luc en m'attirant contre lui. J'essaie de ne pas être jaloux, de comprendre ce que vous partagez...

— Ce n'est pas ta faute.

Je le serre contre moi. Comment attendre de lui qu'il comprenne, alors que je suis moi-même dépassée ?

Il touche mon visage et m'embrasse ; ses lèvres sont légères, comme si j'étais une porcelaine qu'il craignait de casser. Enfonçant ma main dans ses cheveux, je lui rends son baiser avec plus de fougue, mais je m'interromps presque immédiatement, honteuse. Je cherche dans ce baiser quelque chose qui ne s'y trouve pas. Une émotion que je n'ai ressentie qu'une seule fois auparavant. Je vais devoir découvrir une autre façon de calmer mes nerfs.

Je ne tiens pas compte de la question que je lis dans le regard tourmenté de Luc, qui me dévisage, les sourcils froncés.

— Tu m'aides à faire la vidange avant que j'aille au boulot ?

Au soupir résigné qu'il pousse, je comprends qu'il a deviné que je pensais à Gabe. Merde ! je suis vraiment pas douée pour les cachotteries, et je déteste ça.

— Tes souhaits sont des ordres. Tu dois y être à quelle heure ?

— Quinze heures.

— On ferait bien de s'y mettre, remarque-t-il en jetant un coup d'œil à l'horloge de la cuisine. Tu as tout ?

— C'est dans le coffre.

Je sors *mes* clés, car elles sont désormais deux, de ma poche. Je les fais tinter au bout de la chaîne de ma patte de lapin avec un sourire timide.

— J'ai oublié de tester ta clé, dit Luc en me rendant mon sourire. Essaie-la.

Main dans la main, nous sortons dans le couloir dans un cliquetis métallique, et je referme derrière nous avec la clé toute neuve.

Luc se colle contre mon dos et laisse ses mains courir tendrement autour de ma taille, jusqu'à mon ventre. Ses lèvres tracent une ligne entre ma joue et mon oreille, à laquelle il me murmure :

— On est dans le même bateau, Frannie. Tout va bien se passer.

Je me tourne entre ses bras pour l'embrasser de nouveau, et cette fois je ne veux plus que lui. La chaleur de son baiser se propage en moi et me rend fiévreuse.

Dessinant le parcours accidenté de la cicatrice que Béhérit lui a laissée, je frémis en songeant que j'ai été à deux doigts de le perdre. J'ai envie de lui dire que je lui accorde une confiance aveugle, et que je sais qu'il ferait n'importe quoi pour moi. Il l'a prouvé lorsqu'il a mis sa propre vie en péril pour me sauver. J'ai envie de lui dire que je ferais la même chose pour lui. Mais j'ai la gorge serrée, et je n'arrive pas à parler. Alors je me tourne vers la porte en clignant des paupières pour refouler mes larmes, la déverrouille et attire Luc dans l'appartement.

Je le guide vers le lit, puis prends l'initiative d'un nouveau baiser. Nous nous enfonçons dans les draps, et je n'ai plus qu'une envie, me perdre en lui ; ne plus penser à rien pendant quelque temps. Mais il m'empêche de déboutonner son jean et, entrelaçant mes doigts aux siens, les porte à son visage et en embrasse les extrémités.

— Pas comme ça, Frannie. Notre première fois ne doit pas être à cause de lui.

— Ce n'est pas à cause de lui. Je veux juste qu'on soit plus proches, toi et moi.

Cependant, je m'avoue aussitôt que je ne suis pas convaincue à cent pour cent de ma sincérité, parce que les yeux bleus et le sourire radieux ne quittent pas mes pensées. Je sens un trou dans mon cœur là où Gabe est censé se trouver. Il me manque déjà.

— Bientôt, dit Luc. (Il m'embrasse.) Mais pas tout de suite.

Matt

Gabriel m'a briefé avant d'entrer dans l'appartement de Luc. Je suis désormais en solo. Quand j'ai fait mine de le suivre, il m'a indiqué de patienter dans le couloir en m'expliquant qu'il voulait parler avec Frannie seul à seule. Comment compte-t-il y parvenir, sachant que le démon sera dans la pièce ? Ça laisse songeur…

Frannie et Luc sont sortis peu de temps après ; ma sœur semblait très secouée. Mais il lui a murmuré quelque chose, et ils sont rentrés.

Et moi, depuis cet instant, je suis assis là à me demander ce qui se passe entre eux trois.

Gabriel est une Domination. L'une des créatures les plus puissantes du Paradis. Au troisième rang après Dieu Lui-même. Mais, lorsqu'il est en présence de Frannie, il change du tout au tout ; il devient doux. Il ferait n'importe quoi pour elle. Et son regard, quand il m'a annoncé qu'il partait… Il souffrait. Si je ne savais pas à quoi m'en tenir, je jurerais qu'il est amoureux d'elle.

Est-ce possible ? Les anges aiment tout le monde. On est faits pour ça. Ce que je veux dire, c'est… est-ce que ça va plus loin que ça ? Est-il *vraiment* amoureux d'elle ?

Je suis encore en train de me poser la question lorsque Frannie et son démon réapparaissent, main dans la main, chacun réglant son pas sur celui de l'autre. Je les suis. À l'instant précis où nous arrivons au pied de l'escalier, la porte de l'immeuble s'ouvre à la volée, et Frannie retient le battant pour laisser passer une pile de cartons surmontant une paire de jambes. Frannie et la pile entrent en collision, et le carton du haut glisse, révélant le visage d'une fille. Elle a à peu près notre âge, mais elle est plus grande que Frannie, et ses cheveux raides d'un brun de chocolat tombent sur ses yeux verts.

— Merde ! désolée.

Le démon rattrape le carton au vol.

— Je l'ai. Où tu vas ?

— Appartement 218.

— On te donne un coup de main ? demande Luc en consultant Frannie du regard.

— D'ac, dit celle-ci en attrapant l'un des cartons de la pile. Tu emménages ?

— Ouais, répond la fille en détournant la tête. Merci, mais vous n'êtes pas obligés de m'aider. Vous étiez en train de partir, non ?

— Pas de problème. La vidange peut attendre.

L'appartement 218 est voisin de celui de Luc. Tous les trois, ils transportent à l'étage les cartons entassés à l'arrière du pick-up Ford orange tout cabossé de l'arrivante. En trois voyages, ils ont terminé. La fille essuie la sueur qui perle sur son front avec la manche de son haut de survêtement gris.

— Je dois aller bosser, explique Frannie. Tu maîtrises la situation ?

— Nickel…, répond la fille sans croiser le regard de ma sœur. Je n'ai pas tant d'affaires que ça.

La pile de cartons posée au milieu de la pièce est de taille modeste. Si tout est là, alors elle n'a pas tort.

Je la regarde promener son regard sur son nouveau logement. Si on excepte les placards de la cuisine, peints dans une nuance mandarine pimpante, l'appartement est carrément austère et se résume à un espace délimité par des murs dont le badigeon grisâtre s'écaille. Comme celui de Luc, il dispose d'une grande fenêtre donnant sur le parking. Le verre craquelé de la vitre du haut forme des motifs compliqués évoquant une toile d'araignée, et menace de voler en mille morceaux au moindre contact. À droite de la fenêtre, contre le mur, se trouve un canapé vert usé ; il y a un gros trou dans le coussin du milieu, si bien que plein de fragments de mousse friable jonchent le sol. En somme, j'ai du mal à comprendre l'enthousiasme que je décèle chez la fille qui emménage. À mon sens, l'endroit est simplement déprimant, ce qui n'est pas peu dire étant donné que les anges ne dépriment jamais.

— Je m'appelle Frannie, et voici Luc.

—Lili, répond la nouvelle en prenant timidement la main que ma sœur lui tend.

Elle rentre la tête dans les épaules, comme si le fait d'être le centre de l'attention l'embarrassait.

—Alors, d'où tu viens ? demande Frannie.

—Oh ! euh... de nulle part en particulier. J'emménage ici simplement parce que je vais à l'université d'État cet automne. Les appartements plus proches étaient tous trop chers.

—Eh bien, j'habite dans celui juste à côté, donc si tu as besoin de quoi que ce soit..., déclare Luc tout en se dirigeant vers la porte avec Frannie.

—Merci, dit Lili.

Elle passe la main dans ses cheveux, écartant les mèches plaquées sur son front moite, ce qui me permet ainsi d'apercevoir ses traits.

Heureusement que je suis invisible, parce que sitôt que ma sœur et le démon disparaissent dans le couloir, je constate que je suis pétrifié. Je ne peux pas détourner mon regard d'elle. Elle ne ressemble à aucune autre fille. Je n'ai jamais ressenti ça auparavant. Son âme a quelque chose de totalement étranger, et je n'arrive pas très bien à lire en elle ; je ne capte que des bribes de pensées, des sensations fugaces. Elle recèle une part d'ombre, et elle est d'ores et déjà promise à l'Enfer, mais c'est également une créature blessée qui supplie qu'on lui vienne en aide. Et une lueur, dans ses yeux verts, me donne envie d'être celui qui lui portera secours.

Je suis tellement captivé que j'en oublie que je suis là, et du coup je ne m'écarte pas assez vite de son chemin. Elle me passe au travers, et je ressens une poussée de... je ne sais pas quoi, assortie d'un picotement électrique.

Du désir ?

Je crois que c'est ça. Je pivote à temps pour la voir fermer la porte et la verrouiller.

Je me fais soudain la réflexion que je suis du mauvais côté du battant. Ces serrures sont destinées à empêcher les gens d'*entrer*. Je décide de partir, mais j'hésite. Ces yeux. Ils ont quelque chose...

Je m'approche et tends la main vers son visage, avec l'impression d'être une phalène inexplicablement attirée par une flamme. J'ai *besoin* de la toucher. Mais, juste avant que j'achève mon geste, elle se décale vers la pile de cartons.

Doux Jésus ! qu'est-ce que je fabrique ?

Je traverse le mur et reste simplement debout dans le couloir pendant un long moment, tâchant de me reprendre. *Qu'est-ce que c'était que ça ?* Je n'avais jamais ressenti ce besoin-là auparavant, ce désir brut qui éveille en moi quelque chose de sauvage. Inspirant à fond, je sautille plusieurs fois sur place pour évacuer ma tension mais, lorsque je me transporte jusque sur la banquette arrière de la Mustang de Frannie, je ne suis pas encore redevenu tout à fait moi-même. Je reste invisible pendant qu'elle sort du parking, et ce n'est qu'une fois que nous avons roulé un peu – le vent chasse la brume qui m'embrouille le cerveau – que je prends consistance.

— Merci de te joindre à nous, dit le démon tandis que j'attache ma ceinture.

Je me laisse aller contre le dossier, encore un peu fébrile après ce qui s'est passé avec Lili.

— Bon… vous en pensez quoi, de cette fille ?

— Bah, j'en pense que c'est une fille, réplique Luc en me lançant un regard en coin.

— Ha, ha. Je veux dire, vous n'avez pas trouvé, je ne sais pas… qu'elle avait besoin d'aide, ou quelque chose comme ça ?

Frannie me regarde dans le rétroviseur.

— Peut-être bien. J'ai eu l'impression qu'elle était très timide et effrayée, si je peux exprimer ça comme ça. Je vais garder un œil sur elle.

Tu ne seras pas la seule.

2

‡

La cuisine du diable

Frannie

Le temps de faire un saut à la maison et d'enfiler mon tee-shirt de serveuse ultramoulant, et me voilà en retard pour le boulot. Ce que Ricco ne manquera pas de me rappeler.

Delanie, qui est la meilleure amie de ma sœur Maggie et une chanteuse épatante, se trouve à la caisse avec Ricco. Elle a ramené ses longs cheveux noirs en une queue-de-cheval sévère, et ses yeux gris cendré pétillent.

— Salut, Frannie, dit-elle.

Puis elle lance un regard en coin à Ricco, et se crispe momentanément avant d'aller servir un soda à la fontaine.

Ricco, les traits tirés et renfrognés, m'accueille froidement. Je ne le prends pas pour moi, cela dit. J'ai deviné qu'il déteste tous ses employés. Il est persuadé qu'on lui pique tout son blé.

— Tu gères la fête d'anniversaire de 15 h 30, m'informe-t-il.

Super. Des gamins échappés de l'Enfer et aucun pourboire en perspective.

Son regard est attiré par quelque chose derrière moi, et voilà son visage mangé par un sourire tout en dents jaunies qui se chevauchent. Il brandit le poing, exposant ainsi les larges marques de transpiration maculant sa blouse blanche de cuisinier.

— *Un toro!* s'exclame-t-il à l'adresse de Luc, s'attendant manifestement à checker avec lui.

Finalement, la présence de Luc n'a pas l'air de le déranger.

— *Un toro?* je répète.

Luc se contente de secouer la tête avec un sourire cynique.

Ricco est toujours aux anges. Sa remarque a probablement un rapport avec le fait que les filles ont tendance à pulluler autour de Luc. Comme c'est le cas aujourd'hui. Il se dirige vers sa place habituelle, au fond de la salle, et je constate que les seuls autres clients, un groupe de quatre lycéennes postées dans un coin, autour de la borne d'arcade, vont alors s'attabler juste à côté de lui.

Je me rends compte que moi non plus je ne le quitte pas des yeux, et que j'affiche un sourire niais. La voix de Ricco me tire de ma rêverie.

— Tu as l'air contente de t'occuper de la fête. Peut-être que je te les confierai toutes, dorénavant.

— Comme vous voudrez, je réponds.

Dana, la seule serveuse que Ricco n'a pas fait fuir, en dehors de moi, me croise en traînant les pieds, portant un broc de soda.

J'inspire à fond et passe de l'autre côté du comptoir en tâchant de m'éclaircir les esprits.

— Pas de pizzas par terre, aujourd'hui, dis-je, concluant un pacte avec moi-même.

Il faut que je reste concentrée. Mais je sais déjà que c'est peine perdue. Mon cœur me fait mal, et il m'est presque impossible de me sortir Gabe de la tête. Je n'arrive pas à croire qu'il est vraiment parti… mais j'ai conscience que c'est la réalité. Je ne le sens plus. Je ne m'étais pas rendu compte de l'importance qu'il avait prise, jusqu'à ce qu'il crée ce vide en moi. Poussant un profond soupir, je regarde dans la direction de Luc. Je suis immédiatement assaillie par un regain de culpabilité.

— Tu fais bien de garder un œil sur lui.

Je noue mon court tablier noir et me retourne. Delanie, debout devant moi, m'adresse un sourire espiègle ; du menton, elle m'indique la table voisine de celle de Luc. Dana pose le broc devant les quatre nanas, qui sont en train de se disputer pour savoir qui n'aura pas le plaisir de mater le beau mec. Trois d'entre elles se tassent ensemble d'un côté de la banquette, laissant une blonde boutonneuse munie d'un appareil dentaire s'asseoir dos à Luc.

Delanie, haussant les épaules, part essuyer la table de Luc avec un chiffon.

Luc

Je n'ai pas encore décidé si j'allais révéler à Frannie qu'elle travaille pour un Gnome. J'ai attentivement surveillé le bonhomme, et il m'a paru jusque-là inoffensif. Je ne suis même pas certain qu'il sache ce qu'il est. Comme leurs homologues angéliques, les Néphilim, les Gnomes sont mortels, donc, s'ils n'héritent d'aucun pouvoir notable de leur parent démoniaque, il est possible qu'ils ne se doutent jamais de rien. Il y a néanmoins des signes qui ne trompent pas.

Par nature, les Gnomes produisent une subtile odeur de soufre. C'est presque imperceptible pour un humain, mais mon nez d'ancien démon reste assez sensible pour la capter.

En fréquentant Matt, j'ai découvert que les Gnomes n'étaient pas les seuls à présenter des signes révélateurs. Les anges ne projettent pas une ombre très bien délimitée ; les contours en sont systématiquement un peu flous. C'est pourquoi il est facile de les identifier, à moins qu'il fasse nuit noire. Pour repérer les démons, c'est encore plus facile. Ils sont incapables de dissimuler le rougeoiement de leurs yeux ; avec de l'entraînement, il y a toujours moyen de le déceler. Et, entraîné, je le suis.

Je me glisse au bout de la table, dos au mur, et pose une jambe en travers de la banquette. Delanie vient passer un coup de chiffon crasseux, si bien qu'elle aggrave la situation plus qu'autre chose.

— Hey, Luc. Vous venez nous voir jouer chez les Gallagher demain ? demande-t-elle en s'asseyant en face de moi.

— On voudrait pas manquer ça.

— Bien. Il devrait y avoir quelqu'un venu en repérage. Si on te pose la question, dis que tu es venu pour nous écouter.

— Roadkill voit grand ? Vous n'oublierez pas vos fans de la première heure quand vous jouerez dans des stades bondés, hein ?

— Si seulement on en arrivait là…, répond Delanie, un rien sarcastique.

Frannie s'approche avec entrain, calepin et crayon en main.

— Puis-je prendre votre commande, monsieur ? me susurre-t-elle.

— À plus, dit Delanie en se levant.

— Ce que je veux… (je lui caresse la cuisse avec mon pied) ne figure pas sur le menu.

Elle fronce les sourcils, mais ne recule pas pour autant.

— Tu n'aurais pas pu faire ça il y a une heure ?

— J'ai bien envie d'un cheeseburger.

Elle prend un air faussement consterné et je dois faire un effort pour ne pas rire.

— Une part de pizza au fromage caoutchouteuse, une, déclare-t-elle en gribouillant sur son calepin avec emphase.

Un sourire irrépressible me gagne tandis qu'elle s'éloigne. Je me force à détourner mon regard d'elle et à m'intéresser à ce qui m'entoure.

De là où je me trouve, je bénéficie d'une vue dégagée sur tout le restaurant, y compris sur le Gnome qui, posté derrière le comptoir, est très occupé à triturer la caisse enregistreuse. Je profite de l'occasion pour l'observer, pendant que Frannie accroche ma commande au-dessus du passe-plat. Il referme le tiroir à l'instant précis où la porte du restaurant s'ouvre. Il lève les yeux avec espoir, mais son expression d'ostensible avarice se mue en un masque de frayeur.

Le duvet se hérisse sur ma nuque. Une seconde plus tard, je comprends pourquoi.

Rhenorian.

Peut-être qu'une bribe de mon sixième sens m'a suivie dans l'humanité, tout bien considéré.

Il a de quoi impressionner même un ex-démon comme moi. Avec ses deux mètres dix et sa montagne de muscles, il est donc voué à *terroriser* la plupart des humains. Passant la main dans ses cheveux brun-roux, qu'il porte mi-longs, il entre tranquillement dans la pizzeria. Quand il m'aperçoit, il plisse les yeux et un rictus s'ouvre dans sa grosse tête ronde. Il s'approche à grands pas, et case son imposante carcasse sur le siège en face de moi ; les quatre filles de la table d'à côté cessent subitement de papoter.

— Lucifer. Quelle agréable surprise !

Je réprime l'impulsion qui me dicte de choper Frannie et de partir en courant. Il est trop tard pour ça. Les membres de la Sécurité ne sont jamais seuls. Je serais prêt à parier que certains des larbins de Rhenorian sont postés dehors. Et je dois lui soutirer des informations, comprendre pourquoi il est ici.

— Rhenorian. Tu es tout sauf surpris, m'est avis.

Un sourire immense agrémente sa large face de démon.

— Bon, comment ça va se passer ? demande-t-il.

— Eh bien, d'abord, tu jettes un coup d'œil au menu. (J'en pousse un vers lui.) Et, quand tu as fait ton choix, la serveuse vient prendre ta commande, j'explique en jetant un coup d'œil à Frannie et à Dana, qui assistent à la scène depuis l'autre côté du comptoir.

Toute trace d'humour déserte le visage de Rhenorian, mais il garde le sourire.

— Tu as toujours été un sacré boute-en-train, Lucifer, mais c'est pas en plaisantant que tu vas t'en tirer, cette fois.

— Bon, OK. À toi de me dire comment ça va se passer.

— Eh bien, ça dépend. Il y a la manière douce : tu te lèves, on sort et on retourne en Enfer pour ton procès. Et la manière forte : je te ramasse, je te traîne dehors et on retourne en Enfer pour ton procès.

— Hum. Je ne décèle qu'une seule faille dans ton plan ô combien ingénieux.

— À savoir… ?

— Qu'est-ce que je suis en train de penser ?

Sa mine s'assombrit.

— Je sais pas. Tu es protégé par une saloperie de champ, quelque chose dans le genre.

— Cesse de regarder par le petit bout de la lorgnette, Rhen.

Une force invisible retient Frannie derrière le comptoir. *Matt.* Je respire mieux en sachant que son Bouclier la protège. Ça ne l'empêche pas d'avoir les yeux braqués sur Rhenorian ; elle s'est raidie, et elle a la mâchoire crispée. Je connais cette attitude. Elle s'efforce de trouver un moyen de le neutraliser. Elle a l'air contrariée lorsque je le lui défends d'un signe de tête à peine perceptible. Le démon s'intéresse à moi, et j'ai l'intention que ça continue comme ça. C'est Frannie, le gros gibier, mais elle ne semble pas du tout l'intéresser…

Quand je reporte mon attention sur Rhenorian, je constate qu'il s'est renfrogné.

— Je n'arrive pas du tout à te lire, déclare-t-il, dépité. On dirait presque que tu es humain, ou quelque chose comme ça.

D'un haussement de sourcils, je l'invite à aller au terme de son raisonnement.

Un instant perplexe, il écarquille ensuite les yeux, bondit sur ses pieds et pousse brusquement la table, qui me rentre dedans ; les menus s'envolent.

— *Oh, bordel !*

Les nanas assises derrière Rhenorian n'ont rien perdu de la scène.

— Coucouche panier, dis-je sans hausser le ton.

Il m'obéit et replace la table dans sa position initiale, histoire de faire profil bas. Pendant un long moment, il garde le silence.

Il se contente de m'observer, comme s'il essayait de voir au travers de moi.

—Comment tu as fait ça ? finit-il par articuler.

—*On* m'a fait ça.

—Quelqu'un t'a rendu humain ? Tu as trouvé un… quoi ? Un invocateur ?

Je me rends compte que j'en ai probablement trop dit.

—Donc, tu as compris que je n'allais me transporter nulle part, dis-je, afin de recentrer la conversation sur moi. Tu pourrais tout simplement me tuer et ramener mon âme en Enfer, mais il y a un second « hic ».

Posant ses doigts en triangle sur la table, il plisse les yeux.

—Lequel ?

Je le dévisage longuement, et je ne peux empêcher un sourire de poindre sur mon visage en constatant qu'il trouve l'illumination.

—Diablerie d'Enfer ! Tu es marqué pour le Paradis ! s'exclame-t-il en bondissant de nouveau de la banquette.

—Tu vois bien, Rhen. S'Il veut que je rentre, il va falloir que tu peaufines ton plan un peu mieux que ça, pour voir comment tu vas procéder.

—Pourquoi Il ne m'a rien dit, bordel ?

—Je ne sais pas. Sans doute qu'avec tes capacités intellectuelles limitées…

Me lançant un regard assassin, il pousse de nouveau la table contre moi.

—Allez vous faire foutre, toi et ton Paradis, marmonne-t-il.

Tournant les talons, il part en coup de vent, laissant dans son sillage une très légère odeur d'œuf pourri.

Je me libère de la table à temps pour voir les quatre filles d'à côté déguerpir. Derrière le comptoir, Ricco, Dana et Delanie, eux, sont médusés.

Ricco semble vraiment en état de choc, et un petit peu effrayé. Il couve sa caisse enregistreuse, et je suis certain qu'il tremble légèrement. Mais rien, dans ses yeux sombres, n'indique qu'il a compris ce qui s'est passé. Je pense qu'il ne sait même pas que les démons existent. Donc, apparemment, le parent démoniaque a filé sans demander son reste. Pas surprenant. Les démons et l'éducation infantile, ça fait deux.

Frannie accourt.

— Tout va bien, lui dis-je.

— Qu'est-ce qu'il voulait ?

— Rhenorian est le chef de la Sécurité. On l'a envoyé me chercher. Mais, apparemment, on ne lui a pas donné des masses de détails. (Je la regarde droit dans les yeux.) Et je doute sérieusement qu'il sache que tu existes, alors on est bons.

Elle se penche vers moi, toujours paniquée à en croire l'expression de son visage.

— On est *bons* ? Carrément pas ! Hors de question qu'il t'emmène.

— Tant que je serai promis au Paradis, ça n'arrivera pas, dis-je pour la rassurer.

Il est somme toute logique que Lucifer cherche à récupérer une portion de Sa chair. Moi, en l'occurrence. Ça expliquerait pourquoi Rhenorian est venu me trouver sans même sembler remarquer Frannie. Mais…

— Pourquoi Lucifer enverrait-il Rhenorian sans l'avoir informé que je suis devenu humain ? dis-je, réfléchissant tout haut. À moins que…

Ça fait tilt. Le roi n'est peut-être pas au courant. Mon chef, Béhérit, est le seul à savoir que j'ai changé. Il est le seul à avoir été témoin de mon humanité. Si, pour une raison ou une autre, il n'a rien dit…

Mais, cette fois, Il saura. Grâce à Rhenorian. Qu'est-ce qui se passera, alors ?

La porte s'ouvre de nouveau, et toutes les têtes se tournent vers l'entrée. Un soupir collectif s'élève dans la salle ; ce n'est que le grand-père de Frannie.

Il s'avance vers notre table. Percevant la tension ambiante, il fronce les sourcils.

— Qu'est-ce que j'ai loupé ? demande-t-il en s'asseyant en face de moi.

D'un regard, Frannie m'intime le silence. Son grand-père sait ce que je suis… ou ce que j'étais. On le lui a dit parce qu'on avait besoin de son aide. En revanche, il ignore que le danger qui menace sa petite-fille est tout proche. Même si Rhenorian en avait après moi, et non après elle, il ne serait pas rassuré d'apprendre ce qui s'est passé.

Frannie plaque sur son visage un large sourire qui rutile comme un bout de verre qu'on tente de faire passer pour un diamant.

— Rien, papi, dit-elle en posant mon assiette devant moi. Qu'est-ce que je te sers ? La même chose que d'habitude ?

— Ça me va, répond-il sans se départir de sa circonspection.

Une fois que Frannie s'est éloignée pour transmettre la commande en cuisine et lui servir son soda à la fontaine, il me lance un regard mauvais.

— Qu'est-ce qui se passe ?

— Rien, je vous assure.

— Ton petit numéro de démon marche peut-être avec les parents de Frannie, mais je sais reconnaître un ramassis de conneries quand j'en entends un.

Je pousse un profond soupir.

— Manifestement, l'Enfer n'est pas ravi de ma défection.

Sa colère se change en fureur.

— Si ta présence ici met Frannie en danger…

— … alors, je m'en irai.

Il finit par se caler au fond de la banquette, plus inquiet que fâché.

— L'autre fois, tu as dit que c'était Frannie qui t'avait changé.

Je fais tourner mon assiette sur la table.

— J'ignore comment ça fonctionne, dis-je, lui offrant une réponse partielle afin de devancer la question qui, je le sais, lui pend aux lèvres.

— Mais peu importe comment elle a fait. L'Enfer la convoite à cause de ça, selon toi, c'est bien ça ?

Je lève les yeux, mais pas la tête.
—Oui.
—Alors, qu'est-ce que tu vas faire pour les empêcher de l'attraper ?
—Je suis encore en train d'y réfléchir.
—Ce type, là, Gabriel…
Ciel ! on a vraiment vidé notre sac, ce soir-là…
—C'est un ange, et il nous aide.
—Il a marqué l'âme de Frannie comme tu le voulais ?
Cette fois, je relève la tête et je lui souris.
—Oui.
—Et tu as dit que ça la protégerait.
—Ça devrait.
Il semble se satisfaire de ces réponses pour le moment, et sourit à Frannie qui lui apporte sa pizza et son soda.

Matt

C'est parfait. Le démon a ses congénères aux trousses. Peut-être que ce colosse, là, se chargera de Luc à ma place. Qu'il me débarrassera de lui.

Je décide de suivre Frannie, qui va accrocher la commande au passe-plat, mais, constatant que papi et Luc sont en plein conciliabule, je m'arrête en chemin et retourne vers eux pour espionner leur conversation. Je n'arrive pas à croire que papi en sache autant. Je manque d'être soudain terrassé par l'impérieux besoin de lui parler, de me dévoiler à lui. Pourquoi pas, après tout, puisqu'il sait que les anges et les démons existent ? Pourquoi devrais-je garder le secret ? Je n'ai personne, alors que Frannie a tout le monde. Pourquoi, moi, je n'ai pas le droit d'avoir papi ?

Au moment où je décide de lui révéler ma présence, la porte s'ouvre et un couple accompagné de quatorze enfants s'engouffre dans la pizzeria. Une fête d'anniversaire.

Et je retrouve subitement mes esprits.

Je ne peux pas avoir papi parce que c'est contraire à nos stupides règles. Il nous est interdit d'apparaître à notre famille. Cela cause trop de souffrance et de chagrin aux vivants. Si je décidais de lui révéler ma présence par simple convenance personnelle, je risquerais de perdre mes ailes.

C'est pour cette raison que les anges gardiens sont si peu nombreux, et que leur entraînement est si long et si intensif. La tentation est presque irrésistible. La plupart d'entre nous suivent des siècles de formation, ou à tout le moins n'entrent en fonction qu'une fois que leur famille proche s'est éteinte. Moi, ma formation n'a duré qu'une décennie.

Je bats en retraite. Si ça se trouve, je ne suis pas prêt, finalement. Je n'aurais sans doute pas dû être promu avant l'heure et devenir le gardien de Frannie.

Peut-être que Gabriel a commis une grave erreur.

3

‡

Le démon intérieur

Frannie

Le démon d'hier, chez Ricco, m'a vraiment foutu les jetons. Toute la nuit, j'ai rêvé qu'une sorte d'abominable tremblement de terre maléfique engloutissait Luc, et je n'ai pas cessé de me réveiller. J'ai fait constamment la navette entre mon lit et la fenêtre pour vérifier que la Shelby était toujours là. Quand Luc est parti ce matin, je me suis sentie mal. J'ai failli demander à Matt de l'accompagner.

Je n'ai jamais douté que l'Enfer s'en prendrait à moi, mais il ne m'était jamais venu à l'idée que les démons chercheraient aussi à le récupérer, lui. L'estomac noué par l'inquiétude, je le rejoins en voiture sans respecter la limitation de vitesse. Peut-être que Gabe devrait revenir. Je pense que nous avons tous les deux besoin d'un ange gardien.

— J'ai réfléchi, dit Matt, affalé sur le siège passager, les yeux fermés.

Ses cheveux dansent sous l'effet du vent, et chatoient autour de son visage, lui donnant l'air encore plus angélique qu'il l'est déjà.

—À quel propos ?

Il rouvre des yeux que l'espoir fait briller.

—Peut-être que je devrais me rendre visible.

—À la maison, tu veux dire ? Genre, pour voir maman et papa ? je demande, mon cœur manquant de s'extraire de ma poitrine.

Matt fait lentement « non » de la tête, un sourire désabusé sur les lèvres.

—C'est interdit. Je n'ai le droit d'apparaître à aucun membre de la famille. À aucune personne qui serait susceptible de me reconnaître, d'ailleurs.

—Mais tu pourrais avoir une vie ? Je veux dire, je ne sais pas… te faire des amis, par exemple, quelque chose comme ça ?

M'apercevant que je serre le volant à m'en faire blanchir les jointures, j'essaie de me détendre.

Matt remue sur son siège, mal à l'aise. Il me semble sur le point de répondre « non », mais il se tourne alors vers moi, l'air tourmenté. L'espoir l'habite toujours, mais il s'est teinté de doute, et de tristesse.

—Je ne sais pas.

—Dans ce cas, pourquoi tu as envie d'être vu ?

—Je pense simplement que ce serait plus commode pour te protéger. Je n'aime pas ça, qu'un démon fou furieux soit aux trousses de ton petit ami.

Je revois la scène de mon cauchemar, et je sens un doigt glacé courir le long de ma colonne vertébrale. Je respire un grand coup pour chasser cette image de mon esprit.

—Ce serait plus simple pour moi aussi si je savais quand tu es là et quand tu ne l'es pas.

Je commence à gigoter à mon tour, et me force à m'immobiliser ; Matt n'a pas besoin de savoir que je me sens épiée en permanence. Il ne fait que son boulot, et je suis heureuse d'avoir retrouvé mon frère. Je n'ai pas envie qu'il culpabilise ; ce n'est pas sa faute si la situation est ce qu'elle est.

—Je pense aussi que je devrais faire connaissance avec certains des voisins de Luc, dit-il en indiquant l'immeuble du menton au moment où je tourne pour entrer dans le parking.

—Comme... Lili, je réponds, avisant justement l'intéressée, qui vient d'apparaître sur le seuil de l'immeuble.

Matt se tourne aussi vite qu'un diable qui sort de sa boîte.

—Hum..., commence-t-il, et il disparaît aussitôt.

Je me gare et coupe le moteur.

—Salut, Frannie.

Lili passe devant ma Mustang pour aller jeter un grand sac-poubelle dans la benne.

—Salut.

Elle s'avance jusqu'à ma portière.

—J'ai vu Luc partir en voiture il y a un certain temps.

—Oh ! dis-je en regardant le parking autour de moi. Où il a bien pu aller ?

—Je lui ai pas demandé, répond Lili en haussant les épaules. Mais entre, suggère-t-elle en joignant le geste à la parole. Tu peux l'attendre chez moi.

—Je dois vraiment aller bosser, dis-je en tirant sur mon tee-shirt de la pizzeria.

Lili baisse la tête, et ses longs cheveux chocolat lui tombent sur le visage.

—Oh... OK.

Je culpabilise instantanément ; elle ne connaît personne, la pauvre. Elle doit se sentir seule.

—Mais bon, je peux bien attendre quelques minutes.

Le visage de Lili s'éclaire, et elle écarte ses mèches de la paume de la main. Elle touche mon crucifix, qui est sorti de mon tee-shirt lorsque je suis descendue de la voiture.

—C'est sympa, ça. Un peu goth. Où tu l'as eu ?

Je tends la chaîne pour qu'elle puisse examiner le bijou de plus près.

—Luc.

Elle sourit.

— Je pensais que c'était à ta grand-mère, ou à quelqu'un de ta famille. C'est… euh, romantique ?

— Pas tant que ça, je réponds en riant. Juste un truc entre nous.

On monte ensemble à son appartement. En entrant, je jurerais qu'une bombe a explosé, étant donné qu'elle n'a déballé qu'une partie de ses affaires, et qu'en plus elle manque de rangements. Le canapé vert, qui a connu des jours meilleurs, est jonché de papiers et de vêtements, principalement des bas et des hauts de jogging en diverses nuances de gris. Le seul autre meuble est un tabouret de bar posé contre le plan de travail exigu de la cuisine. Pas de lit. Elle doit dormir sur le canapé.

— Tu veux quelque chose à boire ? me propose-t-elle en ouvrant le réfrigérateur blanc antédiluvien qui occupe la minuscule cuisine. J'ai, euh…

Elle referme l'appareil et, légèrement embarrassée, m'indique le robinet de l'évier.

— … de l'eau.

— Non, merci. Ça va, dis-je en m'asseyant à l'extrémité du canapé, où il reste de la place.

Elle me rejoint d'une démarche traînante. Posant les papiers sur le linoléum qui se décolle par endroits, elle s'assoit, repliant les genoux contre sa poitrine, entre ses bras.

— Désolée, ça fait vraiment dépotoir. On peut dire que je vis dans les cartons.

Je regarde de nouveau autour de moi. C'est vraiment le bazar.

— Tu as besoin d'aide pour mettre de l'ordre ?

— Nan… merci. Je n'ai pas tant de choses que ça à ranger.

L'air carrément gênée, elle se recroqueville encore plus et s'intéresse à son vernis à ongles vert qui s'écaille.

— Je t'avouerai que je n'ai aucun endroit où ranger mes affaires, à part si je les remets dans les cartons.

— Ma mère a une vieille commode dans le garage, si ça t'intéresse.

Elle répond trop vite.

— Non…

— Je t'assure. Tu devrais la prendre. Elle ne fait que s'empoussiérer et nous encombrer. Maman sera ravie de s'en débarrasser.

Elle lève les yeux vers moi.

— Bon… Si tu es sûre que vous ne vous en servez pas…

— J'en suis sûre. On peut l'emporter avec ton pick-up, je suggère avec mon sourire le plus rassurant.

Elle ose répondre timidement à mon sourire.

— Merci.

— Et, vu que tu vas avoir de la place, peut-être que tu pourras diversifier un peu ta garde-robe ? je suggère en touchant le sweat-shirt gris posé près de moi sur l'accoudoir.

— Qu'est-ce qui cloche avec ma garde-robe ? demande-t-elle, piquée au vif.

— Désolée. Il y a rien qui cloche, je t'assure. C'est juste qu'on est en juin et qu'il va faire de plus en plus chaud. Tu ne penses pas que tu auras envie de quelque chose de plus… estival ?

— Non, ça va, répond-elle en baissant timidement les yeux.

Je m'aperçois soudain que c'est l'argent le problème.

— Toute la collection d'été est en solde au centre commercial. C'est le moment rêvé pour faire de super affaires.

Je lui proposerais bien de venir piocher dans mon placard, mais je suis persuadée qu'elle se sentirait encore plus offensée, sans compter que, malheureusement, on est loin de faire la même taille. Elle mesure bien quinze centimètres de plus que moi, et je n'arrive pas à savoir si elle est un peu ronde ou si elle a beaucoup de poitrine. Difficile à déterminer, avec ce sweat-shirt ample.

— Je me fous éperdument de ce que j'ai sur le dos, dit-elle en tirant sur son survêt.

— Juste quelques débardeurs… un tee-shirt, à la rigueur ?

— Peut-être… bon, ben… d'accord. (Un sourire s'épanouit sur ses traits.) Super. Quand ça ?

Je passe mentalement en revue mes horaires de boulot.

— Jeudi prochain, dans l'après-midi. Je verrai si mes amies Taylor et Riley ont envie de nous accompagner. Sortie entre filles.

Son sourire s'éteint.

— Oh ! si tu veux voir tes amies…

— Tu vas les adorer, ne t'en fais pas. Et ça te fera du bien de voir du monde. Elles aussi, elles s'inscrivent à l'université d'État.

Elle tripote son vernis, toujours indécise, puis :

— D'accord, dans ce cas.

— Ce sera génial. On en profitera pour récupérer la commode.

Le ronronnement de la Shelby entre par la fenêtre ouverte, et je souris.

— On dirait que Luc est revenu, dit Lili en se levant.

Je suis surprise qu'elle reconnaisse si facilement le bruit de la Mustang.

— Tu es douée, dis-je en la rejoignant à la fenêtre.

Luc descend de voiture, attrape deux sacs de courses posés sur le siège passager et entre dans l'immeuble.

— Non. C'est toi. J'ai su que c'était lui grâce à toi, m'explique-t-elle, affichant soudain un sourire sincère gros comme ça.

— Oh !

Je rougis, mais peu importe.

— Si tu veux y aller…

— Pourquoi tu ne viendrais pas passer un moment chez Luc ?

— Ouais, c'est exactement ce qu'il vous faut, me taquine-t-elle. Quelqu'un pour tenir la chandelle.

— On ne… enfin…

Mes joues s'empourprent vraiment, et je n'achève pas ma phrase, même si je me demande pourquoi j'attache de l'importance à l'opinion d'une étrangère.

— Vas-y, pas de soucis, dit-elle.

— Très bien. Mais je passe te chercher jeudi à midi, et on ira chercher la commode.

Elle me raccompagne à la porte, laissant retomber ses cheveux en travers de son visage.

— OK.

Matt

Frannie apparaît dans le couloir à l'instant où Luc arrive, et moi je me rends compte que je ne lâche pas Lili d'une semelle.

— Hey, Luc, dit celle-ci en le saluant d'un geste de la main.

Elle va rentrer chez elle, et je meurs d'envie de l'en empêcher. Parce que, sinon, je ne la verrai plus.

Sans réfléchir, je fonce dans le couloir et donne un coup de pied dans l'un des sacs. Voilà les courses qui dégringolent ; des tomates et des oranges roulent dans toutes les directions.

Lili s'approche, cueillant au passage une tomate et deux oranges. Luc lance des regards mauvais à la ronde, sans cible précise. Frannie, elle, se penche pour récupérer un oignon.

— Ciel ! dit-elle, étonnée, soulevant ensuite du bout des doigts une boîte d'œufs qui dégouline.

Lili tend à Luc ce qu'elle a ramassé.

— Zarb. Le sac était miné, ou quoi ?

— Merci, répond Luc sans cesser de scruter le couloir.

Lili ramasse un sachet de laitue et le donne à Frannie.

— Merci, Lili. On est bons.

— De rien.

Elle tourne les talons, et je lui emboîte le pas par réflexe. Quand elle referme la porte derrière elle, quelque chose en moi se comprime très fort. Je pose les paumes à plat sur le battant, luttant pour résister à la tentation de la suivre à l'intérieur. Quand, enfin, je réussis à me maîtriser, ou peu s'en faut, le couloir est désert.

J'entre dans l'appartement du démon en traversant le mur. Frannie est en train de ranger les courses pendant que Luc jette la boîte d'œufs dégoulinante à la poubelle.

— Qu'est-ce que c'était que ça ? demande-t-il en se tournant lentement vers moi.

— Quoi ?

Je culpabilise mais, avec un peu de chance, ils ne s'en rendront pas compte.

— Le coup du sac qui explose.

Je feins l'innocence sans prononcer un mot, parce que je ne peux pas mentir.

Il n'est pas dupe, mais il laisse tomber le sujet et s'occupe du reste de ses achats.

— Pendant le trajet, Matt me disait qu'il aimerait être visible lorsqu'il est ici, intervient Frannie en fermant le réfrigérateur.

— Pourquoi ?

Je m'assois à la table.

— Je veux me faire une idée des gens de ton immeuble.

— Même moi, je ne me suis pas fait une idée, répond le démon.

— Et cette nana ? Lili ?

Je suis excité comme une puce, et j'espère que ça ne se voit pas.

— Comment ça ? demande le démon sur un ton forcé.

Je tente de déchiffrer son expression, en vain. Haussant les épaules, je finis par répondre :

— Rien de particulier.

Frannie s'approche de moi, calant sa hanche contre la table, et regarde Luc avec espoir.

— Je sais pas… (Il s'adoucit cependant en voyant l'expression de ma sœur.) Ce serait sans doute plus pratique si tu étais visible, effectivement. Au moins, on saurait quand tu es là.

Soulagé, je pose lestement les pieds sur la table, et commence à me balancer sur ma chaise.

— Je pense…

Frannie réagit sur-le-champ, balayant mes talons de la table et ma chaise reprend sa position initiale avec fracas.

— Bon Dieu, Matt ! Tu n'as peut-être pas besoin de manger, mais nous si. Tiens-toi correctement.

— Désolé, dis-je. Bon, je pense qu'on devrait commencer avec les personnes qui habitent ici. Je les rencontre, et on voit ce que ça donne.

Le démon redresse brusquement la tête, et quelque chose embrase son regard.

— Lili ?

— Pourquoi pas ? Et tous les gens que tu connais, j'ajoute, en sachant pertinemment qu'il ne fréquente pas ses autres voisins.

— Qu'est-ce que tu en penses ? lui demande Frannie en s'asseyant en face de moi.

— Ça se tente.

— Super. Alors, la prochaine fois que Lili sera là, on fera comme si j'étais un mec normal. Tu sais… histoire de voir comment ça se passe.

Frannie se lève.

— Ça va être génial ! dit-elle, radieuse.

Je me surprends à prier pour qu'elle ait raison. Elle embrasse le démon sur la joue, et il l'accompagne jusqu'à la porte.

— Le boulot m'attend. Tu passes me prendre pour aller chez les Gallagher ?

— Essaie un peu de m'en empêcher…

4

‡

Lutter contre ses démons

Frannie

C'est toujours moins pénible d'assurer le premier service, chez Ricco, y a pas photo. Cela dit, ça ne m'empêche pas de puer, et je file prendre une douche dès que je suis rentrée à la maison. Quand je retourne dans ma chambre, en débardeur et en jean, je me sens presque redevenue humaine.

Matt, allongé à plat ventre sur mon lit, mes écouteurs dans les oreilles, consulte le menu de mon iPod. Remarquant ma présence, il me sourit, puis commence à secouer ses boucles blond cendré de haut en bas en rythme avec une mélodie que lui seul entend.

— Dans ma prochaine vie, je serai une rock-star ! braille-t-il.

Je me précipite vers lui et lui arrache les écouteurs.

— Chuut ! Tu veux que le monde entier t'entende ?

— Oups ! répond-il, penaud.

Puis ses paroles m'arrivent au cerveau.

— Dans ta prochaine vie, tu dis ?

— Ouais.

— Une vraie ? je demande en m'asseyant sur le lit.

— Non. Pas dans le sens où on l'entend généralement, en tout cas. Mais, lorsque j'aurai fini de jouer au gardien, peut-être que je fonderai un groupe de rock.

— Il y a des groupes de rock au Paradis ? (J'essaie de m'imaginer à quoi ça peut bien ressembler, là-haut.) C'est pas très conforme aux « chœurs angéliques » dont on nous parle à la messe.

— Il n'y a pas de chœurs, non, réplique mon frère en pouffant de rire.

— Alors, au Paradis, on écoute de la musique qui fait un boucan de tous les diables ?

Je ris en me demandant comment le père O'Donnell accueillerait la nouvelle. Quand je me tourne de nouveau vers Matt, il arbore un grand sourire.

— Quoi ?

— Tu te rappelles la fois où on a voulu vendre Maggie aux voisins... ?

— ... parce qu'on voulait un chiot, et maman nous a dit de commencer à mettre de l'argent de côté.

— Et elle nous a envoyés nous expliquer devant le père Mahoney...

— ... qui nous a déclaré que Maggie était trop bon marché.

On éclate de rire. Matt roule sur le dos, puis se redresse sur un coude. Il retrouve progressivement son calme, mais affiche toujours un joyeux sourire.

— Le père Mahoney avait compris. On n'est pas si vieux jeu que ça, au Paradis, contrairement à une idée répandue.

Je m'étends à côté de lui, et contemple le plafond en me demandant ce que ça aurait donné si Matt était resté en vie. Jusqu'à ce que Mary déménage, le mois dernier, j'étais la seule enfant de la famille à dormir toute seule, car mon jumeau était mort. Même si, depuis le temps, on aurait cessé de partager la même chambre, je sais que Matt serait toujours resté mon meilleur ami.

— J'ai réfléchi à cette histoire d'Emprise...

Ne sachant trop comment continuer ma phrase, je la laisse en suspens.

— Ouais, j'étais là lors de la dispute de bac à sable, la semaine dernière, déclare-t-il gaiement. Beau boulot, sœurette.

J'ai envie de le frapper.

— Tu sais quoi ? Oublie.

— Désolé, dit-il, toujours jovial. Alors, qu'est-ce que tu voulais dire ?

Je prends une profonde inspiration.

— Si, grâce à moi, Luc est devenu mortel…

— Tout le monde commet des erreurs, commente-t-il en roulant sur le côté pour me donner une bourrade.

Il continue à se moquer de moi, et tout à coup je vois rouge. Je me redresse et je l'engueule.

— Bon Dieu, Matt ! c'est du sérieux.

D'étonnement, il s'écarte de moi.

— Désolé…

— Je veux faire pareil avec toi, j'ajoute à toute allure. Je veux te récupérer.

Il se redresse, les yeux exorbités. Pendant une longue minute, on ne fait que se regarder en silence. Puis :

— Non, Frannie. Il est trop tard pour ça. J'ai un travail, maintenant. (Il se décale vers moi.) Un travail important. Et je ne pourrais pas redevenir ton frère, de toute façon. Si je redevenais mortel, il faudrait que je commence une nouvelle vie ailleurs. Là, je peux au moins être avec toi. (Un sourire apparaît sur son visage.) Et puis ça a du bon d'être un ange.

Mon moral part à la dérive, mais je sais que Matt a raison.

— Alors, ça s'arrête là ?

— Ce n'est pas si terrible. Je peux encore te faire des chatouilles baveuses.

Il lèche son doigt et me le fourre dans l'oreille. Bondissant du lit, j'attrape un mouchoir en papier dans la boîte posée sur la table de chevet.

— Pouah ! c'est répugnant, je proteste en m'essuyant.

— La salive d'ange a des propriétés magiques. Tu devrais le garder, me conseille-t-il, tout sourires, en indiquant le mouchoir.

Tenant l'objet du délit à bout de bras, je lance un regard assassin à Matt.

— Du genre… ?

Il semble soudain très étonné.

— Je crois que je viens de mentir.

— Je savais bien que tu n'étais pas un ange, je rétorque en balançant le mouchoir à la poubelle, au moment où ma mère annonce que le dîner est prêt.

Matt disparaît lorsque je descends au rez-de-chaussée. Arrivée dans la cuisine, j'entends claquer la porte de derrière.

— Papi ! je piaille.

— Ah, te voilà !

Maggie entre à ce moment-là dans la pièce, et sa déception ne m'échappe pas. Je suis la préférée de papi depuis le jour où Matt et moi on a commencé à bricoler des bagnoles avec lui, même si, à l'époque, on était tout petits et qu'on ne lui servait pas à grand-chose. Aucune de mes sœurs n'a jamais manifesté un quelconque intérêt pour la mécanique, alors, depuis la mort de mon jumeau, il y a dix ans de ça, papi et moi on est en tête à tête, le dimanche après la messe. Ma Mustang bleu nuit, une décapotable de 65, est la dernière voiture qu'on a retapée.

— Ça y est, tu l'as, cette Shelby ? je demande en le traînant par la main vers la table.

— Elle ne va pas tarder à arriver, répond-il en tirant une chaise pour s'asseoir à côté de moi.

— Il faut complètement la refaire ?

— Yep. Elle est dans un sale état. Je sais pas ce que je ferai quand tu seras partie à la fac.

— Eh bien, en attendant, ne t'avise pas de t'attaquer au moteur sans nous.

— *Nous ?*

Je me crispe.

— Luc est censé nous retrouver chez toi après la messe.

— Alors, comme ça, il veut faire partie du club ? demande-t-il en frottant son crâne qui se dégarnit.

Je remets sa mèche grise en place.

— Si tu es d'accord… ?

— Je ne suis pas sûr de vouloir partager mon meilleur mécano.

Ma crispation se mue en grimace implorante, et papi se met à rire à gorge déployée.

— C'est à prendre ou à laisser, à ce que je vois.

— Il est vraiment doué. Tu ne le regretteras pas.

Les yeux bleus de papi pétillent.

— C'est ce qu'on verra, réplique-t-il.

Maman arrive derrière lui en s'essuyant les mains sur son tablier, et l'embrasse sur la joue avant d'aller s'asseoir en bout de table. Rajustant une boucle blond cendré, elle prend ensuite l'assiette de papi et commence à servir le poulet.

En la regardant, je ne peux que constater l'ampleur des changements qui ont eu lieu ces dernières semaines. Elle semble bien plus vivante, comme si, peut-être, elle s'était enfin décidée à laisser Matt s'en aller. Je ressens un coup au cœur. Mon jumeau est là, quelque part dans la cuisine, et je ne peux même pas le partager avec maman…

— Contente que tu aies réussi à te libérer pour le dîner, papa, décrète celle-ci en servant copieusement mon grand-père. Je doute que tu manges aussi bien que tu le devrais.

— Mais si, voyons, réplique papi en posant son assiette sur la table et en tapotant son ventre bombé.

Papa arrive alors du salon avec mes autres sœurs, à l'exception de Mary, et ils s'installent là où il reste de la place.

— Ooh ! du poulet et des boulettes. Mon plat préféré, dit mon père en posant sa serviette sur ses genoux.

On se passe les plats, et tout le monde commence à manger, mais la table des Cavanaugh n'est pas réputée pour ses repas sereins. Grace et Maggie se disputent pour savoir qui est de corvée de nettoyage de cuisine ce soir, pendant que papa fait passer un sale quart d'heure à Kate, qui n'a pas de job d'été cette année. Tout le monde a quelque chose à dire et s'exprime en même temps. Maman s'adresse à moi lorsqu'il y a enfin un temps mort dans la conversation.

— Alors, pour quelle occasion t'es-tu mise sur ton trente et un ?

Je porte un débardeur en satin noir par-dessus un jean. C'est ça, être « sur mon trente et un » ? Pas sûr que ce soit une bonne nouvelle pour moi.

— Luc et moi nous allons chez les Gallagher ce soir, avec Taylor, Riley et Trev.

— Trev ? Riley le fréquente toujours ?

— Ouais, c'est le moins qu'on puisse dire, dis-je avec un sourire.

— Et Taylor accepte leur relation ?

— Elle commence à se faire une raison.

En vérité, j'exagère un tantinet. Taylor est encore très remontée. Mais elle est comme ça ; pas très charitable, quand elle s'y met.

Taylor est la première personne que j'ai rencontrée à Haden, et elle est devenue l'amie idéale pour moi. On a emménagé ici peu de temps après la mort de Matt. J'étais à ramasser à la petite cuillère, à cette période-là, alors il m'a fallu du temps pour piger que maman était dans le même état que moi. Je sais aujourd'hui que papa a pris cette décision pour que maman vive plus près de ses parents.

Bref, j'avais besoin de quelqu'un exactement comme Taylor. L'une comme l'autre, on n'est pas très portées sur les effusions et autres conneries de ce genre. Riley, qui a débarqué dans notre vie plus tard, est devenue notre amie un peu par hasard. Elle, en revanche, elle est dangereuse, avec toutes les *émotions* qu'elle trimballe. Mais je ne peux m'empêcher de me réjouir qu'elle ait trouvé LE garçon idéal, elle qui a toujours su qu'il l'attendait quelque part. C'est juste hyper ballot qu'elle ait flashé sur le petit frère de Taylor.

— Chase vient me chercher aussi, maman, intervient Kate.

En jetant un œil à sa tenue, je suis obligée de refouler un brin de jalousie. Elle est toujours d'une beauté à couper le souffle. Par l'opération de l'injustice universelle, c'est elle qui a hérité du plus joli minois de la famille, mais aussi des centimètres. De nous cinq, elle est la seule à dépasser le mètre soixante-cinq.

— Ses parents ne se lassent donc pas de toutes ces soirées ? demande maman.

— Non, ça leur convient. Au moins, ils savent où sont tous leurs enfants, répond Kate.

Chase, son petit ami, fait en effet partie d'une fratrie de dix ; depuis la nuit des temps, toutes les fêtes du bahut ont lieu dans la cour des Gallagher.

— Je viens aussi, déclare Maggie en sautillant sur sa chaise.

Papa pointe sa fourchette vers elle avec autorité.

— Ça m'étonnerait.

— Mais Roadkill joue là-bas ce soir. Delanie veut que je vienne, geint-elle en m'implorant du regard.

— J'ai les mains liées, Maggs. Désolée, je lui réponds en jouant avec les restes de mon poulet.

— Tu auras amplement le temps de t'amuser quand tu seras plus âgée, dit papa avec sévérité.

Maggie lève les yeux au ciel en passant la main dans ses boucles brunes.

— Papa ! C'est fini, la seconde. C'est l'été, et je passe en première.

Le regard noisette de papa se durcit encore.

— Maggie…

Elle se lève brusquement, manquant de renverser par la même occasion tous nos verres remplis d'eau. Au même moment, deux des trois ampoules du plafonnier claquent, et on se retrouve dans le noir.

— Ça me gave d'être la plus jeune ! s'écrie Maggie en tapant du pied.

Elle sort de la cuisine telle une furie, nous plantant là dans la pénombre. Papa considère les lampes d'un air circonspect, puis se lève de table.

— Je m'en occupe.

Je l'entends allumer dans la buanderie et tripoter les fusibles du compteur. Il est de retour au bout d'une minute, muni d'ampoules neuves, et grimpe sur sa chaise pour remplacer les anciennes.

— Il a dû y avoir un court-circuit quelque part.

Lorsque la lumière revient dans la cuisine, maman se tourne vers moi, soucieuse.

— Qui conduit ?

— Luc et Riley.

Elle s'essuie délicatement la commissure des lèvres avec sa serviette, et je vois bien qu'elle est soulagée.

— Maman…, dis-je, exaspérée. Je conduis bien.

— Je n'ai jamais prétendu le contraire, ma puce.

— Ben voyons, je râle en me levant pour débarrasser mon assiette et mes couverts.

Je finis de les rincer à l'instant précis où on sonne à la porte. Je fonce vers l'entrée, et souris en découvrant Luc sur le perron.

— Y a le feu ? demande-t-il avec bonne humeur.

— Dans la cuisine, oui.

Je recule d'un pas afin de l'admirer, et mon cœur a du mal à battre correctement. Il est monstrueusement sexy dans cette chemise saphir, dont un pan dépasse au-dessus de son jean noir délavé.

— Tu es…

Je n'arrive pas à finir ma phrase. Le mot me manque.

— Jolie chemise, j'ajoute.

— Elle est de la couleur de tes yeux.

Mon cœur déjà éprouvé cesse alors toute activité. Je prends une profonde inspiration, m'arrache à la contemplation de Luc et descends dans l'allée. Il m'emboîte le pas.

†

— Tu t'es déjà occupée de la vidange ? On pourrait régler ça avant de partir, propose-t-il.

— Tu n'as vraiment pas la tenue adaptée.

Mais je le vois déjà ôter sa chemise pour jouer les mécanos, et je sens mes joues s'échauffer. Je détourne les yeux.

— Papi a dit qu'on s'y attellerait dimanche.

— Compte sur moi, répond-il.

Et moi, j'essaie de ne pas m'imaginer à quel point il sera craquant, allongé sous ma voiture, couvert de cambouis.

— Et si on marchait jusque chez Taylor ? Histoire de voir à quelle heure les filles veulent décoller.

— Un certain Graham Bell a inventé un truc qui s'appelle le « téléphone ». Tu devrais vraiment t'en procurer un. Les gens se les arrachent.

Un sourire railleur étire ses lèvres, et j'ai encore plus envie de l'embrasser. Je me force à détourner mon regard de lui avant qu'il m'ait complètement vampirisée.

— Ha, ha, dis-je en lui agitant mon portable sous le nez. Laisse-moi deviner... Tu as été sa muse, à lui aussi.

Sans crier gare, il passe à l'action et, saisissant mon poignet tendu, il me fait une clé de bras ; mon pouls s'accélère sous l'effet de l'adrénaline.

— Non. J'ai seulement été celle de Dante, me souffle-t-il à l'oreille en se plaquant contre mon dos.

— Saloperie ! je marmonne en tentant de me dégager.

Chaque mouvement amplifie la torsion de mon épaule, envoyant des décharges de douleur vive le long de mon bras et jusque dans ma colonne vertébrale.

— Arrête tes conneries, Luc. Lâche-moi, dis-je, tout en sachant pertinemment que je peux toujours courir...

— Qui c'est le maître ? demande-t-il avec un sourire suffisant.

Cessant de me débattre, je lui lance un regard par-dessus mon épaule.

— Très bien. Mes leçons commencent à porter leurs fruits, j'avoue.

Et aussitôt je le neutralise en crochetant sa jambe avec la mienne. Il tombe rudement à plat dos sur la pelouse, et je lui saute dessus, lui faisant une clé de bras et plaquant le mien contre sa trachée.

— Qui c'est le maître ?

— Toi, croasse Luc, les yeux écarquillés.

Tout en maintenant la clé de bras, je diminue un peu la pression sur sa gorge.

— Je crois que ça me plaît de t'avoir complètement à ma merci, je déclare avec un grand sourire.

— Les voisins, Frannie.

Je décèle de la gaieté dans son avertissement. Je lui lâche le bras et, me redressant, je m'assois à califourchon sur lui.

— Tu prétends que tu n'aimes pas ça ? Menteur !

— Je n'ai rien dit de tel. (Il se masse l'épaule, puis épouse ma taille avec ses mains, ce qui me donne un frisson d'excitation.) Je suis simplement surpris que tu laisses les voisins profiter gratuitement du spectacle.

Matt

Je le jure devant Dieu, j'ai failli abattre ma foudre sur le démon lorsqu'il a attrapé Frannie. Les leçons de judo sont une idée de ma sœur, à la base. Vu que son chéri est désormais « vulnérable », elle a jugé bon de lui apprendre à se défendre. Mais le prétendu sport de combat a tendance à dégénérer en quelque chose qui tiendrait du pugilat s'il n'y avait pas toutes ces pelles et ces roucoulades.

Et là, c'est le pompon. Elle met son cerveau au placard quand elle est avec lui.

Toujours invisible, je m'approche d'eux en tâchant de ne pas les regarder se donner en spectacle et, du genou, je pousse l'épaule de ma jumelle.

— Va à l'hôtel, sœurette.

Elle se lève d'un bond et se met en garde au-dessus du démon, les genoux fléchis, balayant du regard les environs.

D'instinct, je recule d'un pas.

— Déstresse. Ce n'est que moi.

Fronçant les sourcils, elle tend la main à Luc, qui est toujours allongé dans l'herbe. Il accepte son offre, et elle l'aide à se relever avant de se tourner vers moi, le rouge lui montant aux joues.

— Tu es obligé de me suivre partout ?

— Oui ! réplique le démon avant que j'aie pu dire quoi que ce soit.

Je l'observe d'un air peu amène, même s'il ne peut pas me voir.

— Pas tout à fait, rectifié-je. Mais, de toutes les façons, vous ne pouvez pas faire l'amour sur la pelouse… pour un tas de raisons que je n'énoncerai pas.

— La ferme ! (Elle me lance un regard mauvais sans trop se tromper de direction.) On n'était pas en train de faire l'amour. Je lui bottais le cul.

Son démon répugnant s'approche dans son dos et lui pose la main sur l'épaule.

— On bouge, suggère-t-il en l'entraînant vers le trottoir.

— Ouais, répond-elle en poussant un profond soupir.

Ils remontent la rue en direction du parc, et je les suis à distance respectable. Dans le crépuscule d'or rosé, je scrute les ombres que projettent les saules, lorsque Frannie et Luc trouvent un banc sur lequel s'asseoir, enlacés, et je me positionne derrière eux, en tâchant de ne pas écouter ce qu'ils se chuchotent.

Car il existe un protocole quand on est ange gardien. Règle numéro un : nous n'avons pas le droit d'intervenir dans l'existence des mortels qui nous sont confiés. Ceux-ci doivent conserver leur libre arbitre. Règle numéro deux : nous ne pouvons pas nous immiscer dans leur vie privée. Ni dans celle d'autres humains, d'ailleurs.

Luc étant désormais mortel, ces consignes s'appliquent malheureusement à lui.

Toutefois, mon sens du devoir l'emporte sur le besoin d'intimité de ma sœur, et je ne peux pas m'empêcher de m'approcher un peu, m'appuyant contre le tronc d'un saule tout proche.

—Allez, choisis-en un et concentre-toi, dit le démon à voix basse.

Ils s'intéressent à un groupe de garçons d'une quinzaine d'années qui skatent juste devant eux dans l'aire réservée à cet effet. Je les regarde pendant quelques minutes se chambrer mutuellement.

—Je me concentre sur quoi ? Qu'est-ce que je suis censée les inciter à faire ?

—Eh bien, m'est avis que Matt me châtierait si je te suggérais de les faire parler à l'envers, par exemple. Pourquoi ne pas en inciter un à dire un truc sympa à ses potes ? (De la main qu'il n'a pas passée autour des épaules de ma jumelle, il indique l'un des skateurs.) Celui-là, avec le tee-shirt orange, il m'a l'air particulièrement désagréable. Vois ce que tu peux faire avec lui.

S'écartant de lui, ma sœur appuie ses coudes sur ses genoux, et son front se plisse sous l'effet de la concentration.

Je regarde le gamin en question. Il tourne autour de la rampe en « U », puis descend la barre de *slides* et effectue un *kickturn* sous le nez d'un garçon plus jeune, qui tente désespérément de tenir debout sur son skate. Pendant une seconde, on dirait que Tee-shirt orange va se décaler. Mais il continue à vive allure et bouscule l'autre gosse, qui tombe sur les fesses. T-shirt orange, tout content, tend la main à un troisième skateur pour checker avec lui.

Ma jumelle, s'affalant contre le dossier du banc, porte sa paume à son front.

—Je suis tellement nulle…, gémit-elle.

Luc veut l'attirer de nouveau contre lui, mais elle le repousse.

—Je crois que je suis confrontée à un cas de conscience, déclare-t-elle, le front toujours appuyé contre sa main.

Le démon éclate de rire.

—Merci du soutien, Luc, rétorque ma sœur en le frappant.

—Désolé, dit-il en reprenant son sérieux. Bon, explique-moi.

—Je pense que ce n'est pas bien de trafiquer la tête des gens.

Il la dévisage un long moment sans réagir. Pour finir, il pousse un soupir et se penche vers elle.

— Quand j'étais un démon, je ne pouvais pas vraiment obliger les mortels à faire ce qu'ils n'avaient pas envie de faire, commence-t-il tout bas, sur un ton forcé, comme si les mots lui coûtaient. J'étais en mesure de leur « trafiquer la tête », comme tu le dis si justement, mais je n'étais pas capable de les forcer à agir si c'était en contradiction avec leur personnalité. M'est avis que ton Emprise fonctionne de façon très similaire.

— N'empêche que c'est mal. Je ne m'en servirai pas sur ma famille, et les autres, il faudrait vraiment qu'ils aient fait quelque chose de mal… de répréhensible… ou un truc comme ça.

— La décision t'appartient, je suppose. (Il se masse les tempes.) Et c'est probablement ce que voulait dire Gabriel ; là-haut, on attend de toi simplement que tu fasses ce qui est juste.

Cette fois, lorsque le démon l'attire contre lui, elle répond à son étreinte.

— Je…, commence-t-elle.

Mais elle ne termine pas sa phrase.

— Quoi ?

Se redressant, elle regarde Luc droit dans les yeux.

— Ça va sans doute te paraître franchement stupide, mais j'ai toujours eu l'impression que j'étais destinée à accomplir quelque chose de précis. J'ai cru avoir envie de devenir diplomate parce que j'ai toujours eu le sentiment que ça me permettrait de changer les choses. Mais l'Emprise… Je doute d'être de taille à affronter le destin qui m'attend. (Elle s'appuie de nouveau contre lui.) J'ai peur, dit-elle d'une petite voix, soudain vulnérable.

Le démon soupire et pose sa joue contre ses cheveux.

Mais, à peine une minute après, elle s'écarte de lui, et sort de sa poche son portable qui est en train de vibrer.

— Taylor et Riley sont prêtes à partir, annonce-t-elle en regardant l'écran.

5

‡

L'oisiveté est mère de tous les vices

Frannie

Lorsqu'on se gare chez les Gallagher, la fête bat son plein. Les voitures garées sur le bord de la route, à l'orée des bois, charrient un flot d'adolescents qui, attirés par la musique, se dirigent vers la cour en braillant joyeusement.

Luc et moi, on se dirige vers la voiture de Riley, de l'autre côté de la rue. Taylor, assise à l'arrière, vérifie ses cheveux blonds en épi, méchés de rose, puis descend du véhicule. Elle m'interpelle.

—Il faut qu'on étende notre terrain de chasse ; on pourrait s'incruster à une soirée à Marblehead, suggère-t-elle. J'en ai ma claque de toujours voir les mêmes têtes.

Riley contourne la voiture pour nous rejoindre.

—Dans ce cas, tu paies l'essence, dit-elle tandis que Trevor soulève ses longs cheveux châtains pour passer le bras autour de ses épaules.

—Tss..., rétorque Taylor.

Sa peau claire rougit, et elle passe le bout de sa langue dans l'anneau qu'elle porte à la commissure des lèvres. Fusillant son frère du regard, elle tourne les talons et s'éloigne comme une furie. Riley et Trevor, l'une avec un geste d'indifférence et l'autre avec un sourire, lui emboîtent le pas.

Luc entrelace ses doigts aux miens.

— Voilà de quoi bosser ton Emprise.

— Ben voyons, dis-je en lui donnant une bourrade. Oublie pas qu'il s'agit de Taylor. Ça t'amuse de me voir échouer ?

— J'aime te voir faire à peu près tout, répond-il en me prenant par la main, et nous fendons la foule à notre tour.

Les Roadkill se sont installés derrière la maison, près du porche, et le volume de la musique sortant des enceintes empilées les unes sur les autres enfle au fur et à mesure. J'entraîne Luc près du feu pour retrouver Taylor, Riley et Trevor.

Des glacières sont alignées contre la façade, à l'autre extrémité de la cour. Luc va nous chercher à boire, et je me surprends à le mater. J'en ai le ventre qui tressaille. *Seigneur ! il est parfait.* Trevor me tire de ma rêverie.

— Reefer s'enflamme, me dit-il à l'oreille.

Mon cœur fait un bond, et je me tourne instinctivement vers le feu, imaginant presque un Ryan à l'article de la mort.

— Là-bas, précise Trevor. (Son rire creuse les fossettes de son visage bronzé.) À la guitare.

Mon ex-petit ami a beau être un incapable patenté, il y a une exception : une guitare entre les mains, c'est un génie. Et je dois avouer que Roadkill s'en tire vraiment pas mal. Delanie se déchaîne, et ses longs cheveux noirs cinglent sauvagement l'air tandis qu'elle nous livre un morceau d'Avril Lavigne interprété à la perfection. Elle a mis le paquet sur l'eye-liner noir. Si on ajoute à ça un jean déchiré et une veste en cuir, on obtient une fille très différente de celle que je vois chez Ricco, celle qui porte une queue-de-cheval et un tee-shirt de serveuse. On la croirait plus près des vingt-cinq ans que des quinze.

— Delanie a une super voix, bredouille Trevor, braquant brièvement ses yeux bleus sur moi. Mais ils étaient encore meilleurs quand c'était toi leur chanteuse.

— Allons donc…, dis-je, l'air faussement consternée.

À la fin de la chanson, Reefer pose sa guitare et enlace Delanie.

— On dirait qu'il t'a oubliée, ajoute Trevor en me donnant un petit coup de coude.

— Tant mieux, dis-je.

J'ai l'impression d'être sortie avec Reefer dans une autre vie, même si c'est de l'histoire récente. En y regardant de plus près, je constate que je ne connais pas tous les membres du groupe. Le bassiste est un mec aux cheveux noirs, grand et bien bâti, que je suis certaine de n'avoir jamais vu. J'interroge Trevor.

— Qui c'est, à la basse ?

— Je sais pas, finit-il par répondre après avoir scruté les musiciens en plissant les yeux.

— Mais j'ai bien l'intention de le découvrir, décrète Taylor derrière moi.

Je suis encore en train de me tourner vers elle que, déjà, elle m'a attrapée par le bras pour m'entraîner vers le groupe.

— Où est Maggie ? me demande alors Delanie.

— Papa ne l'a pas autorisée à sortir, je réponds avec un geste d'indifférence.

— Qui c'est, le beau mec ? souffle Taylor, une lueur impudique dans ses yeux charbonneux.

Reefer s'invite dans notre conversation, repoussant avec le dos de sa main les dreadlocks brunes tombées sur ses doux yeux marron.

— Salut, Frannie, dit-il, entourant les épaules de Delanie avec son bras.

Assaillie par la culpabilité, je me crispe. J'espère qu'elle est avec lui parce qu'elle en a envie, et non parce que je les ai en quelque sorte jetés dans les bras l'un de l'autre.

— Salut, Reef. Ça roule ?

— Impec, répond-il en se nichant contre le cou de Delanie.

Je ravale mon envie de rire avant d'y céder. Ryan Keefer n'est pas un mauvais bougre ; pour résumer, c'est un geek, catégorie « *guitar hero* », et on peut dire que je l'ai presque aimé, d'une certaine façon. Mais pourquoi pense-t-il pouvoir me rendre jalouse ? Je ne le comprendrai jamais. C'est moi qui ai rompu.

Une fois qu'il a terminé sa petite démonstration, sur le mode « Regarde bien. Voilà ce que tu rates », il me demande :

— Alors, ça te manque ?

Ne sachant pas trop s'il fait référence à Roadkill ou bien à lui, je lui fais un grand sourire.

— Non.

Il reprend vite contenance, mais je vois bien que ma réponse l'a blessé.

— Tu as bien fait de quitter le groupe, c'était ce qui pouvait nous arriver de mieux. Delanie a un timbre vraiment unique, déclare-t-il, sous-entendant ainsi que le mien n'a rien d'exceptionnel. (Ce qui est d'ailleurs vrai.) Il y a une grosse maison de disques qui nous a demandé une démo.

— Oh, bordel ! C'est génial !

Taylor m'assène un violent coup de coude, et je me raidis sous l'effet de la douleur.

— Bon Dieu, Tay ! Minute, papillon. (Je me masse les côtes.) Qui c'est, votre bassiste ?

— Marc. Il est nouveau.

Il agite la main pour attirer l'attention du dénommé Marc, occupé à accorder son instrument. Celui-ci lève la tête, un léger sourire aux lèvres, comme s'il avait conscience qu'on est en train de parler de lui. Il me détaille de la tête aux pieds, puis retourne à son occupation.

— C'est grâce à lui qu'on a pu donner la démo, explique Reefer. Le gars lui devait un service, apparemment.

J'ai beau être certaine de n'avoir jamais vu ce type auparavant, il a quelque chose d'étrangement familier. Je me surprends à l'observer, et m'empresse de baisser les yeux au moment où il lève la tête. Pas dupe, il ébauche un sourire narquois. Mortifiée, je reporte mon attention sur Reefer et Delanie.

Celle-ci vient manifestement d'avoir une idée lumineuse.

— Hé ! tu devrais nous chanter quelque chose, dit-elle.

Les bras de Reefer lui en tombent.

— Je crois pas qu…, commence-t-il.

— Pas moyen, je renchéris, avec un mouvement de recul.

Delanie emprisonne ma main entre les siennes.

— Mais si. Qu'est-ce que tu veux chanter ?

— Je t'assure, Delanie, ça me dit rien de monter là-dessus et de bousiller votre réputation en massacrant un morceau, je réplique en me dégageant. Surtout si une maison de disques a envoyé quelqu'un en repérage.

— Elle a raison, intervient Reefer en examinant la foule avec attention.

— Allez, Fee ! vocifère Riley, debout à côté de Taylor.

Trevor, derrière mes deux copines, semble lui aussi enchanté par la suggestion de Delanie.

Mais, à cet instant précis, je ressens un afflux d'électricité statique tellement intense que mon duvet se hérisse. J'ai presque l'impression que ma peau crépite.

Matt.

Matt

Je reste invisible, me tenant à l'écart de Frannie et de ses potes, et longe les bois pour découvrir ce qui m'environne. Où que se porte mon regard, il y a des couples d'amoureux à divers stades de flirt. Tout ça est bien innocent, ou peu s'en faut ; je ne repère aucune âme en péril pour le moment. Mais, tandis que je scrute la foule, le visage de Lili m'apparaît inopinément. Ça m'est arrivé très souvent depuis que j'ai posé les yeux sur elle, il y a deux jours, et, chaque fois que je pense à elle, je reçois un électrochoc. Le même que celui que j'ai ressenti lorsqu'elle m'est passée au travers. Je ne l'ai vue que deux fois. Elle ne sait même pas que j'existe. Mais elle a quelque chose qui l'ancre dans mes pensées.

Je me cale contre un vieil érable qui se dresse au bord de la cour. Et chaque fois que j'aperçois des amoureux qui se touchent, ou bien s'embrassent, je ne peux m'empêcher de me demander ce que ça donnerait de faire ça avec Lili… de la toucher de cette façon-là. Je ferme les yeux et laisse mon imagination me décrire sa peau. Son odeur. Le goût qu'elle aurait. Frissonnant, je balance la tête en arrière et me cogne rudement la nuque contre le tronc.

Concentre-toi.

Je rouvre les yeux. Frannie est en train de bavarder avec la chanteuse du groupe, et Luc est en train de servir un verre de bière à une blonde qui fait tout son possible pour l'acculer contre la balustrade du porche. Elle lui sourit, humectant ses lèvres rouges, et fouille dans son sac. Elle en sort un bout de papier rose que le démon glisse dans sa poche avant d'attraper un autre gobelet et de commencer à le remplir.

Je me disais bien, aussi, que ma sœur avait flashé sur un aimant à gonzesses… Le chagrin d'amour la guette. Ça me va. Plus vite Luc lui brisera le cœur, plus vite elle le larguera. Sans doute que je peux m'arranger pour qu'elle tombe sur ce papier rose…

J'observe une nouvelle fois la cour et ses groupes de jeunes qui discutent en riant, puis les bois, et les couples enlacés au milieu des arbres, dans la pénombre.

Et Lili s'invite de nouveau dans ma tête. J'essaie de la repousser, mais elle refuse de s'en aller. Alors, je me laisse porter par mon imagination. Elle se presse contre moi, suscite en moi un désir proscrit. Mais, dans mon fantasme, j'ai le droit d'être avec elle. Je la serre dans mes bras et, lorsqu'elle lève la tête vers moi, je l'embrasse. Je laisse courir mes mains contre ses courbes, émoustillé par la chaleur qu'elle dispense et qui va s'intensifiant tandis qu'elle m'explore elle aussi tout à loisir. L'intensité de mon désir d'elle me parcourt… en une vague étourdissante de désespoir.

Le bourdonnement de mon sixième sens me fait l'effet d'une décharge électrique. Je me rends instantanément compte que mes sensations n'étaient pas uniquement dues aux doigts de Lili. L'aura démoniaque montait en intensité depuis un moment.

J'ai été distrait.

Je ne cherche pas à déterminer la provenance de la sensation, ni même à me fustiger pour mon écart de conduite. En un éclair, je traverse la cour et enveloppe Frannie dans un champ protecteur.

Elle s'écarte maladroitement de ses amis en poussant un petit hoquet.

— Faut que j'y aille, leur dit-elle.

Elle repère Luc, qui est en train de s'approcher avec deux verres de bière bien pleins.

— La bande de ton petit copain est ici, je lui murmure à l'oreille.

— Où ça ?

— Je sais pas exactement, mais ils sont plusieurs. Va-t'en.

Je la pousse doucement, mais elle est déjà partie retrouver Luc.

— Matt dit qu'on doit y aller, lui chuchote-t-elle tout en scrutant les alentours.

Il pose les verres et la prend par la main. Tous les trois, on se dépêche de retourner à la voiture et, à l'instant précis où nous atteignons la route, trois paires d'yeux apparaissent dans le noir au milieu des arbres. L'imposant démon roux qui était chez Ricco sort de l'obscurité et nous regarde passer. Il ne fait pas mine de nous arrêter, mais un flux d'électricité fuse à travers moi.

Frannie se ramasse sur elle-même, prête à en découdre, mais Luc l'entraîne en courant vers la Shelby.

Le démon me décoche un rictus menaçant. J'ai beau être invisible, il a conscience de ma présence, et la réciproque aurait été vraie si seulement j'avais fait plus attention... Deux autres créatures infernales, plus petites mais tout aussi baraquées, sortent de l'ombre tandis que je recule vers la Mustang.

Bon sang, qu'est-ce qui se passe ? Ils en ont après Frannie ?

Luc et elle se ruent dans la voiture. Je continue un instant à toiser le groupe de démons, puis me matérialise à l'arrière de la Shelby.

Luc, les mains crispées sur le volant, slalome entre les ornières à tombeau ouvert.

— Tu n'arriveras pas à les semer, lui fais-je remarquer en me calant au fond de la banquette. (Je m'adresse alors à Frannie.) Ça va ?

— Ça va.

— Ils ne t'ont rien fait ?

— Non, tu as tout vu.

— C'est ma faute.

La voix de Luc, faible, n'est guère plus qu'un murmure.

— Luc, arrête, dit Frannie.

Tout inquiète, elle cherche à le réconforter.

— Je ne pense pas que tu sois en sécurité avec moi.

— Je ne vais nulle part.

Il baisse brièvement les yeux sur elle, qui a appuyé la joue contre son épaule, et pousse un soupir avant de reporter son attention sur la route. Il semble à cran, agrippant le volant, la bouche pincée en une ligne dure. Mais je l'ai surprise dans ce regard fugace qu'il a posé sur Frannie.

La réponse.

Sur ses traits, la torture laisse place à la détermination. Peut-être qu'il est capable de faire ce qui est juste, tout compte fait. S'il était persuadé de mettre Frannie en danger, je pense qu'il partirait.

J'en viens à le respecter un petit peu. En fait, je pourrais presque tolérer qu'il fréquente ma sœur s'il n'était pas un démon.

Mais c'est un démon.

Alors, je sais ce que je dois faire.

Frannie

Luc est garé de l'autre côté de la rue, sous l'énorme érable qui pousse près de la clôture. Je distingue à peine le pare-chocs avant de la Shelby, qui brille au clair de lune derrière les feuilles frémissantes. Mais ça fait des heures, depuis que Luc m'a déposée, que j'observe la scène, accoudée au rebord de la fenêtre, et je m'imagine que je suis dehors avec lui.

Je masse ma nuque douloureuse, puis j'attrape mon portable, posé sur la table de chevet, et l'observe pendant une bonne minute avant de me décider, au lieu d'appeler Luc, à appuyer sur la touche correspondant au numéro de Gabe.

Ça ne sonne même pas. Je ne réussirai pas à le joindre par téléphone. Son numéro n'est plus attribué.

Je songe à l'appeler mentalement, à lui envoyer un message pour lui demander de l'aide. Est-ce qu'il viendrait ?

Gémissant intérieurement, je me lève de mon lit. Gabe n'est pas parti sans raison. Je pourrais rester vissée là pour tenter de me convaincre que nous avons besoin qu'il revienne, sauf qu'en réalité le problème vient de moi, et de moi seule. Ce serait stupide et peu charitable de ma part de rappeler Gabe ici simplement parce qu'il me manque.

En soupirant, je passe un jean sous le tee-shirt ample dans lequel je dors, et j'entrebâille la porte. Le couloir est calme, plongé dans l'obscurité. Les gonds grincent lorsque je pousse lentement le battant. Note pour plus tard : penser à les huiler. Je descends l'escalier sur la pointe des pieds, multipliant les pense-bêtes au passage ; je savais qu'une des marches du bas craquait, mais elle n'est pas la seule, même si les autres ne protestent pas aussi bruyamment sous mon poids.

Mon pouls bat contre mes tempes quand je tends la main vers la poignée de la porte. Un dernier coup d'œil vers l'étage, et je me dépêche de sortir.

En m'apercevant, Luc me rejoint en courant. M'attrapant par la main, il m'entraîne précipitamment vers la Shelby.

— Quoi ? Qu'est-ce qui ne va pas ? demande-t-il, balayant les environs du regard.

— Je…

— Il est ici ? Bordel ! Comment j'ai fait pour le louper ?

Il me pousse sur le siège passager.

— Non. C'est pas ça. Simplement…

— Qu'est-ce qu'il a fait, Frannie ?

Il se met à genoux près de moi et m'examine de la tête aux pieds, paniqué.

Je me penche vers lui, entortillant ses cheveux autour de mes doigts et posant mes lèvres sur les siennes ; je hume une odeur de café. Luc est toujours tendu, mais plus pour la même raison. Son attention, d'abord focalisée sur ce qui nous entoure, se porte sur un horizon beaucoup plus proche. Sur moi. Exactement ce que je voulais, soit dit en passant. Au bout d'une minute, il se colle contre moi et m'embrasse à pleine bouche en prenant ma nuque dans sa main en coupe.

— Je n'avais pas envie d'être seule.

Luc me fait descendre en me tirant par la main, puis il me serre contre lui à m'étouffer.

— Tu n'es pas en sécurité dehors, dit-il tout bas contre mes cheveux. Il faut que tu restes chez toi, à l'abri du champ protecteur de ton père.

Je m'écarte de lui.

— Le *quoi* de mon père ?

Il pince les lèvres en une ligne mince tout en réfléchissant à la façon de tourner sa réponse.

— Je ne sais pas ce qui se passe, mais je n'ai pas réussi à lire dans les pensées de ton père… quand j'étais un démon. (Son regard se porte vers la maison puis revient sur moi.) De plus, je ne pouvais pas me transporter à l'intérieur de ta maison, ce qui ne se produit qu'en présence d'un champ céleste.

Papa. M. Tarte-aux-pommes-et-base-ball.

— Tu penses qu'il y a quelque chose qui cloche chez mon père ?

Il fait un signe de dénégation, mais il a les sourcils froncés ; il est toujours en train de réfléchir.

— Non, je veux dire par là qu'il a des relations « Très-Haut » placées. Tu ne saurais pas, par hasard, pour quelle raison… ?

— Non. Mon père est parfaitement normal… (je plisse involontairement le nez) sauf qu'il *aime* les choux de Bruxelles.

Les yeux noirs de Luc brillent sous le clair de lune argenté tandis que, passant le bras autour de ma taille, il me raccompagne jusqu'à la maison.

— Quelle heure il est ? demande-t-il.

— Je sais pas… autour de 4 heures.

— Tu devrais être en train de dormir.

Je lui souris.

— Tout comme toi. Ta première journée de boulot commence dans, quoi… six heures ? Il faudrait pas que tu piques du nez et que tu baves sur les bouquins.

— Pas question de dormir, avec ce qui s'est passé ce soir chez les Gallagher, réplique-t-il, soucieux. Rhenorian rôde dans les parages. Je ne te lâche pas d'une semelle.

Nous atteignons le perron, et Luc pousse lentement la porte. Il m'embrasse et, lorsqu'il met un terme à notre baiser, je ne le retiens pas. Passant mes paumes à plat sur son torse, je sens son cœur battre, aussi vite que le mien, sous mes doigts. Ses lèvres relient ma bouche à mon oreille pour mieux revenir à mon cou.

Je me détache de lui et plonge mon regard dans le sien.

— Ce qui signifie que tu dois venir avec moi, je pense, dis-je tout bas.

J'entrelace mes doigts tremblants aux siens pour l'inviter à m'accompagner. Sur le seuil, il marque une hésitation et fait « non » de la tête.

S'il te plaît. S'il te plaît. Entre.

Il prend une profonde inspiration, ses lèvres s'étirant de biais en un sourire coupable. Il m'interroge silencieusement et, en réponse, je l'entraîne rapidement vers ma chambre, en espérant que les marches ne craquent pas aussi fort que j'en ai l'impression.

Je ferme la porte de ma chambre derrière nous et me colle contre Luc, à l'affût du moindre son en provenance du couloir. Au bout d'une minute, constatant que le calme règne toujours, je me détends.

Sous le pâle clair de lune argenté, les yeux de Luc scintillent. Un flux électrique passe en bruissant sur ma peau lorsqu'il se penche vers moi pour m'embrasser de nouveau, et j'en ai la chair de poule. Je grimpe sur le lit, enlève mon jean, et il semble perdre son assurance lorsque je lui fais signe de me rejoindre.

— Frannie, chuchote-t-il, prêt à tourner les talons.

Je lui intime le silence d'un geste, puis l'invite une nouvelle fois à venir me retrouver.

Il hésite avant de se débarrasser de ses chaussures montantes et de se glisser à côté de moi. Je me niche au creux de son cou.

— C'est vraiment une mauvaise idée, dit-il à voix basse contre mes cheveux.

Mais en passant mes mains contre son torse, son ventre, plus bas… je peux affirmer que son corps n'est absolument pas de son avis.

— Je crois, moi, que c'est la meilleure idée que j'aie jamais eue, je réponds en déposant un chapelet de petits baisers jusqu'à son oreille, avant de l'embrasser avec fougue. Tu as beaucoup trop de vêtements sur toi.

Il s'appuie sur un coude, et je nous déleste de nos tee-shirts respectifs. Il reste un long moment à regarder mon corps en grande partie dénudé, et je m'efforce de dissimuler mes tremblements.

— Frannie, répète-t-il.

Et je me rends compte que je ne suis pas la seule à trembler. J'entortille ses cheveux autour de mes doigts.

— Tu n'avais pas dit que tu ne te servirais pas de ton Emprise ? demande-t-il, approchant sa bouche de mon oreille.

Son souffle brûlant me fait frémir, et je souris.

— C'est toi qui as dit que j'avais besoin de me faire la main.

Il repose la tête sur l'oreiller.

— J'espérais que tu te choisirais une autre cible, déclare-t-il sur un ton forcé. Tu sais déjà que ton Emprise fonctionne sur moi.

Il étend le drap sur moi, me borde et, d'un doigt, écarte de mon visage mes cheveux emmêlés.

Je roule sur le dos en poussant un soupir de frustration.

— Tu veux que je me serve de mon Emprise pour attirer quelqu'un d'autre dans mon lit ? La plupart des mecs se feraient pas prier pour dormir avec leur petite amie.

— Depuis le temps, tu as quand même dû te rendre compte que je ne suis pas comme eux. (Il dessine la ligne de mes sourcils.) J'ai passé sept mille ans à faire le mal. Là, je tiens à agir comme il faut.

— Mais je t'aime. Ce n'est pas *mal* de vouloir être avec toi.

Ses traits s'assombrissent, et il devient distant.

— Je suis à peu près certain que ce n'est vraiment pas une bonne chose que je sois avec toi.

— Ne m'oblige pas à utiliser de nouveau mon Emprise, dis-je en lui touchant la joue.

Lorsqu'il braque les yeux sur moi, je n'en distingue pas le fond.

— Frannie… (Il n'achève pas sa phrase, et se place au-dessus de moi, en appui sur les coudes.) Tu n'as pas besoin de ton Emprise pour que je te désire. C'est la première fois de ma vie que j'ai autant envie de quelque chose. Mais il ne faut pas que ça se résume au sexe. (Il pose sa paume contre ma joue.) Je ne veux pas tout gâcher en faisant quelque chose d'inconsidéré.

Je lui donne une bourrade.

— Est-ce que tu es en train d'insinuer que je vais te refiler une maladie ?

Étouffant un rire, il se love contre moi en m'embrassant, et enfouit son visage dans mes cheveux.

J'ai envie de me mettre en colère. Cependant, je me cale au creux de son épaule, m'imprégnant de la texture soyeuse de sa peau et, chose étrange, ça me suffit.

Jusqu'au moment où un grand bruit retentit dans le couloir.

En un éclair, Luc se laisse tomber du lit et se plaque au sol, entre le sommier et la fenêtre. J'attrape mon tee-shirt, que j'avais jeté par terre, mais je hume de la cannelle. J'ai pris celui de Luc. Je le mets quand même et tire soigneusement le drap autour de moi.

La lumière s'allume dans le couloir, et toute la famille y fait irruption, les portes s'ouvrant les unes après les autres. Au bout d'un instant, on frappe à la mienne.

—Hmm, fais-je, tâchant de paraître somnolente, alors même que j'ai le cœur qui bat à cent à l'heure et que j'arrive à peine à respirer.

Le sommeil est à des années-lumière de moi. Je n'ai jamais été aussi à cran de toute ma vie.

Le battant s'ouvre, et papa passe la tête dans l'entrebâillement.

—Ça va ? demande-t-il en jetant un coup d'œil à la ronde.

—Oui, oui. Qu'est-ce que c'était ?

—Le miroir du couloir s'est décroché. Le clou a dû céder.

—Ah !

Je lui tourne le dos, m'efforçant d'avoir l'air léthargique. Au bout d'un long moment, il s'en va.

Je demeure parfaitement immobile, le temps que la maisonnée retrouve son calme et son obscurité. Après une éternité, Luc pointe le bout de son nez.

—Je t'avais bien dit que c'était une mauvaise idée, murmure-t-il avec un sourire nerveux. Si tes parents m'avaient chopé…

Pas besoin qu'il termine sa phrase. On commence tout juste à progresser sur ce terrain-là. On ne peut pas dire qu'ils apprécient vraiment Luc, mais en tout cas ils n'ont plus l'air de le haïr.

—Sympa, ton look, dit-il en remarquant ma tenue.

—Désolée.

Je commence à enlever le tee-shirt, mais il m'arrête d'un geste, légèrement paniqué.

—Pas la peine. J'ai ma chemise dans la voiture.

Je souris ; il me plaît, torse nu. Je lui tends de nouveau la main, mais il fait « non » de la tête, en dépit du sourire qui gagne insidieusement son visage.

— Je crois qu'on a suffisamment tenté le sort comme ça.

Il regarde par la fenêtre, estime la hauteur, hésite.

— Ce serait tellement plus facile si je pouvais me matérialiser directement dehors...

— Tu vas te rompre le cou. Tu devrais rester, je suggère en me levant et en lui prenant le bras pour le passer autour de moi.

Reste avec moi.

— Frannie, je t'en prie. Je te signale que c'est à cause de ton Emprise que je me retrouve ici. À mon corps défendant, d'ailleurs. Mais il faut vraiment que j'y aille.

Il m'embrasse. Le cœur battant la chamade, je le regarde ouvrir la fenêtre. Il attrape une branche, tire dessus plusieurs fois, puis la saisit fermement à deux mains et s'élance. Le bois ploie sous son poids (j'étouffe un petit cri en entendant un craquement), mais résiste assez longtemps pour que Luc réussisse à se réceptionner sur une branche plus grosse, non loin du tronc. Il commence à descendre avec une assurance et une souplesse qui m'évoquent un chat noir, et il finit par regagner la terre ferme. Me rendant compte que j'ai retenu ma respiration, je souffle par à-coups, lentement, tandis que Luc recule pour pouvoir m'apercevoir. Dieu qu'il est beau !

L'horizon commence à rosir en ce nouveau jour qui se lève. Il s'éloigne à reculons, et chacun de ses pas est une torture pour moi.

— Bordel, qu'est-ce que tu fabriques ? me siffle Matt à l'oreille.

Manquant de faire une crise cardiaque, je ravale le cri suraigu qui allait m'échapper. Mon jumeau, déjà renfrogné, semble excédé par mon tee-shirt.

— *Ici ?* T'allais faire ça ici ? Avec maman et papa juste au bout du couloir ?

J'ai le visage en feu, et je dois faire un effort pour ne pas hausser le ton.

— Tu étais en train de nous mater ?

— Je suis un ange, pas un voyeur, rétorque-t-il en reculant de quelques pas. Je regardais pas. Mais pas besoin d'être Einstein pour deviner que tu n'as pas traîné ton mec dans ta chambre au milieu de la nuit juste pour discuter.

— Pour ta gouverne, si. On était en train de discuter, parce que Luc n'a pas voulu aller plus loin.

— Ouais. C'est pour ça que tu portes son tee-shirt.

Le sourire de mon frère est amer.

— Et, de toute façon, on fait ce qu'on veut, où on veut. Ce ne sont pas tes oignons, dis-je. (Je me tourne pour dissimuler le fait que mes joues s'embrasent.)

— C'est *carrément* mes oignons. Mon boulot, c'est de te protéger, y compris de toi-même, idiote. Je vais pas te laisser faire ça, Frannie. Je ne vais pas te laisser gâcher ta vie.

La fureur surgit du gouffre noir où j'enferme mes émotions, et c'est là que je pige. Je me lève et pousse Matt de toutes mes forces.

— C'est toi qui as arraché le miroir du mur, n'est-ce pas ?

Il recule maladroitement de quelques pas avec un sourire sinistre.

— Bon Dieu, Matt ! je grogne.

Excédée, je me tourne vers la fenêtre. La Shelby est toujours garée dans la rue. Inspirant profondément, je reprends :

— On peut parler de ça plus tard ?

Son visage se radoucit. Il acquiesce d'un signe de tête et disparaît.

Je me mets au lit, remontant le drap par-dessus ma tête. Au bout d'un certain temps, je vérifie. Toujours personne dans ma chambre.

De la main, je trace le contour des lèvres de Luc ; je sens encore ma peau frémir sous ses doigts. Fermant les yeux, je fourre mon nez dans son tee-shirt et discipline ma respiration afin de ramener mon pouls à la normale.

C'est un vrai bonheur pour moi d'avoir retrouvé Matt, mais qui aurait pu prévoir que mon ange gardien serait un tue-l'amour en puissance ? Je me coltine une ceinture de chasteté pas piquée des hannetons. J'ai beau avoir juré de ne pas me servir de mon Emprise sur ma famille, je devrais peut-être l'essayer sur Matt, ne serait-ce que pour qu'il se déride un peu. J'ai besoin de me faire la main, après tout.

Je souris en me rappelant que ça a failli marcher à merveille sur Luc. Bien entendu, ce n'était pas vraiment volontaire de ma part. Je finis par m'assoupir, la peau ardente, dans des effluves de cannelle. Et, dans mon rêve, Matt n'est pas là pour nous interrompre.

6

Un pacte avec le diable

Luc

L'antenne de la bibliothèque du comté d'Essex se trouve près d'Haden High. Elle occupe l'ancienne mairie, un monstre de granit gris qui remonte au milieu du XVIIIe siècle, ce qui en fait l'un des plus vieux édifices de la ville. Et, comme la plupart des bâtiments d'Haden, l'endroit fait son âge. Je me gare sur le parking et me dirige en trottinant vers l'entrée. Jetant un coup d'œil à l'horloge, je constate que je suis pile à l'heure. J'avais l'intention d'arriver en avance, étant donné que c'est mon premier jour, mais j'ai déposé Frannie chez Taylor, et je ne pouvais pas la laisser avant de m'être assuré que Matt était bien là.

Jetant un coup d'œil par le guichet de la porte de bois sculpté, je ne peux retenir un sourire avant d'entrer. Même humain, mon nez est capable de goûter les odeurs de poussière, de papier d'antan et d'histoire que recèle la bibliothèque. En me dirigeant vers l'accueil, je déchiffre la tranche de certains ouvrages. La sélection est plutôt restreinte, mais comporte tous les classiques, ainsi que quelques titres aussi excellents qu'obscurs.

Le petit brin de femme qui est debout derrière le bureau incurvé occupant le milieu de l'immense salle est en train de ranger les livres d'un chariot sur une étagère portant l'étiquette « OUVRAGES RÉSERVÉS ».

Je m'avance d'un pas vif et, me penchant au-dessus du bureau, je m'éclaircis la voix. Elle se retourne.

—'jour. Je suis Luc Caïn.

Elle me jauge de ses yeux gris clair. Malgré les boucles d'un noir de jais qui encadrent son visage ridé, impossible qu'elle ait moins de cent ans. D'une main frêle et osseuse, elle prend avec une force surprenante celle que je lui tends.

—Je suis Mavis Burns, responsable de la bibliothèque. C'est moi que vous avez eue au téléphone.

—Ravi de vous rencontrer.

—De même, répond la femme d'une voix chevrotante. (Elle lâche ma main.) Je dois dire que ce fut une surprise, et pas des moindres ; vous vous y connaissez en littérature et êtes familiarisé avec notre système. (Elle détaille de nouveau ma physionomie.) Pourtant, vous êtes trop jeune pour avoir déjà travaillé en bibliothèque.

—En revanche, j'ai beaucoup lu.

Je me demande si les étagères abritent ne serait-ce qu'un livre que je n'aurais pas déjà lu. Je parle de ceux qui méritent de l'être, naturellement.

Chase Gallagher – grâce à qui j'ai entendu parler de l'offre d'emploi, soit dit en passant – apparaît entre deux rayonnages, arborant un tee-shirt *tie-dye* aux coloris carrément criards. Il pose une pile d'ouvrages sur le bureau, puis plaque vers l'arrière des mèches brunes échappées de son moignon de queue-de-cheval.

—Hey, Luc. Prêt ?

—Absolument.

Il m'oriente vers l'ordinateur et le système de classement, Mavis écoutant ses explications et intervenant pour insister sur l'importance de quelques points particuliers. Mon initiation s'achève par une visite guidée.

— On va déplacer la section jeunesse par là-bas la semaine prochaine, m'informe Chase.

Il m'indique une spacieuse partie de la bibliothèque, non loin de l'entrée, actuellement consacrée aux guides et récits de voyage.

— Du coup, on aura besoin que tu restes tard au moins un soir de la semaine prochaine, sans doute jeudi, pour ranger les livres.

— Ça devrait pas poser de problème.

— Peut-être qu'ensuite on ira retrouver nos Cavanaugh respectives, ajoute-t-il, complice.

Je me retiens de rire *in extremis* en entendant ça. Frannie, « ma Cavanaugh ». Je me la représente en train d'envoyer Chase au tapis, les quatre fers en l'air, et je souris malgré moi. Se méprenant sur la cause de mon amusement, il hausse les sourcils d'un air suggestif.

— Sacrés numéros, les Cavanaugh, hein ?

Mon sourire s'élargit.

— C'est le moins qu'on puisse dire.

Il plonge la main dans sa poche.

— C'est toujours Mavis qui fait l'ouverture, explique-t-il en désignant l'intéressée du menton. Et on assurera la fermeture à tour de rôle, alors tu auras besoin de ça.

Je prends la clé qu'il me tend et, jetant un coup d'œil par-dessus mon épaule, je vois la nana qui vient d'emménager dans mon immeuble, Lili, croiser un usager qui sort de la bibliothèque. Elle s'arrête sitôt entrée, puis tourne les talons, manifestement décidée à repartir sur-le-champ.

— Excuse-moi, je dis à Chase.

Je rattrape ma voisine au moment où elle rouvre le battant.

— Il te fallait quelque chose, Lili ?

Je la fais légèrement sursauter.

— Oh ! Luc, salut, dit-elle en me reconnaissant.

— Je peux t'aider à trouver quelque chose ? je m'enquiers avec un sourire rassurant.

—Hem… j'espérais trouver des annonces d'emploi, ou assimilées.

—Tu cherches du boulot ?

—J'ai raclé les fonds de tiroir pour payer le loyer de ce mois-ci. Il faut que je trouve un job, et vite.

—Hmm…

Le seul panneau d'affichage que je repère concerne les séances de contes pour enfants et informe les usagers de la venue d'un auteur.

—Je vais demander à Mavis.

Elle sursaute de nouveau lorsque je la prends par le bras pour l'emmener à l'accueil, où la bibliothécaire est occupée à scanner des ouvrages, mais elle s'enhardit jusqu'à m'adresser un petit sourire.

—Mavis, savez-vous où il serait possible de consulter des offres d'emploi ?

L'intéressée nous observe l'un après l'autre, et triture la minuscule croix en argent qu'elle porte suspendue à une chaîne délicate.

—En dehors du journal… il y a bien le centre social d'Elm Street. Ce serait encore la meilleure solution.

—Merci, répond Lili en baissant les yeux.

—Tu sais où ça se trouve ? je lui demande en la raccompagnant.

Elle opine du chef.

—Alors, comme ça, tu travailles ici ? demande-t-elle en examinant les rayonnages avant de fixer son attention sur moi.

—J'ai commencé pas plus tard qu'aujourd'hui.

Son visage s'éclaire de son premier véritable sourire.

—Donc, tu n'es pas simplement le beau gosse de service.

J'éclate de rire, et Mavis me regarde d'un air réprobateur par-dessus ses lunettes.

—Désolée, murmure Lili en se crispant.

—C'est ma faute. (Nouveau sourire rassurant de ma part.) Ne t'en fais pas. On se voit plus tard ?

Elle acquiesce d'un signe de tête et se faufile dehors.

Mais, au moment où je retourne à l'accueil, la porte s'ouvre sur Rhenorian. Il flâne devant les rayonnages les plus proches de l'entrée, sauf que ce ne sont pas les livres qui l'intéressent. Il a les yeux rivés sur moi. Il hoche presque imperceptiblement la tête, histoire de me rappeler qu'il me surveille.

Qu'il me harcèle, même.

Mais mieux vaut que ce soit moi plutôt que Frannie. En temps normal, je déciderais de ne pas lui en parler mais, après ce qui s'est passé chez les Gallagher, je ne suis pas sûr que Matt se consacre à sa mission aussi bien qu'il le devrait. C'est ma faute si Rhenorian et sa clique sont venus, mais l'ange aurait dû sentir leur présence bien plus tôt. Gabriel l'a choisi parce qu'il a un intérêt évident à protéger Frannie, mais je ne suis pas certain que ça soit un critère suffisant.

Rhenorian me dévoile brièvement ses crocs avant de ressortir de la bibliothèque. M'avançant jusqu'à la porte, je le vois monter au volant d'une Lincoln gris argenté dotée d'un faux toit ouvrant. J'espère vaguement qu'il va s'en aller, mais il n'en fait rien, et je me dis finalement que c'est mieux ainsi. Il y a quelque chose de rassurant à connaître son ennemi, ou du moins à savoir où celui-ci se trouve.

Je pense à Frannie, partie s'amuser à la carrière avec ses amis. J'ai tenté de la dissuader d'y aller, mais elle en avait envie, et Matt a juré qu'il ferait son boulot. J'ai fini par céder, parce qu'elle ne peut pas rester enfermée dans une cage comme un animal. Il faut qu'elle puisse vivre sa vie. Ce qui signifie que je dois faire confiance à Matt.

Il n'en reste pas moins que je préfère pouvoir garder un œil sur Rhenorian.

Quand je quitte la bibliothèque à 17 heures, il est toujours là. Il me regarde traverser la rue pour monter dans ma voiture. Je songe à rentrer seul à mon appartement, à rester loin de Frannie. Mais je n'arrive pas à m'y résoudre. J'ai besoin de la voir, de m'assurer qu'elle va bien. Du coup, je me rends à la carrière.

Et Rhenorian me suit.

Même s'il ne semble pas, dans l'immédiat, représenter une menace pour Frannie, sa présence ne m'enchante guère. Ça me fait mal de l'admettre, mais une partie de moi regrette le départ de Gabriel, parce que mon ombre infernale va sérieusement limiter mon aptitude à protéger Frannie.

Pendant une seconde, je me dis qu'elle se porterait peut-être mieux sans moi. Cependant, à supposer même que ce soit vrai, je ne suis pas certain de réussir à m'en aller, et ce malgré la promesse que j'ai faite à son grand-père.

Frannie

En avisant Luc, debout sur un rocher près du sentier, je ne peux retenir un sourire radieux. Je nage jusqu'au bord, sors de l'eau et me plaque contre lui, trempant par la même occasion le devant de son tee-shirt et de son jean. Mais ça ne l'empêche pas de me serrer encore plus fort contre lui.

Le fait d'être dans ses bras au bord de la carrière ravive mes souvenirs du soir étoilé où j'y ai amené Luc pour qu'on se balance avec la corde. Rien que d'y penser, j'ai le frisson. On s'était déjà embrassés avant, mais ça a été incontestablement notre baiser le plus romantique, et la soirée la plus romantique de toute mon existence. Ça a quelque chose à voir avec les étoiles, sans doute. Mais, surtout, c'est le jour où Luc a baissé sa garde et m'a montré qui il est vraiment. Je suis quasi certaine que c'est à ce moment-là que je suis tombée amoureuse de lui, même si à l'époque j'aurais refusé de me l'avouer.

Cela dit, à l'instant où je parle, c'est l'une des personnes les plus antipathiques que je connaisse qui s'est approprié la corde. Assise sur le disque de bois, boucles blondes flottant dans le dos, Angelique Preston se balance au-dessus de la carrière en frôlant du bout du pied la surface de l'eau, de la façon la plus sexy possible. Aucun risque qu'elle s'immerge vraiment, cela dit. Jamais elle ne mettrait en péril sa coiffure et son maquillage, et Dieu la garde d'avoir une tête de caniche trempé en sortant de l'eau ! Les bonnets D de son maillot deux-pièces noir peinent à dissimuler sa poitrine, et j'espère que Luc et moi on sera partis avant qu'elle ait avalé quelques bières et décidé de montrer ses seins à tout le monde. Histoire de lui rendre tout de même justice, je précise que les seins en question sont cent pour cent naturels. Garçons et filles confondus, nous les avons regardés pousser, fascinés, durant toutes nos années de collège.

Riley et Trevor sortent de l'eau en escaladant les rochers et nous rejoignent.

— Hey, Luc, tu as réussi à sortir le nez de tes bouquins ?

— La ferme, Trev ! dis-je en donnant un coup de coude à l'intéressé. C'est pas comme si, toi, tu savais lire… (Il me décoche un sourire sarcastique.) Où est Tay ?

Riley m'indique un groupe de mecs en train de plonger de la falaise pour frimer. En réalité, ce n'est pas du tout une falaise. Juste un endroit où il y a des rochers qui surplombent l'eau. La hauteur ne dépasse pas trois mètres, mais sans doute que les mecs trouvent ça plus viril d'appeler ça « une falaise ».

Et, gagné, c'est bien Taylor qui est là-bas. Elle est à tomber par terre dans son string bikini rouge. Je tâche de distinguer la personne avec qui elle discute.

— Bordel de merde ! C'est Brendan ?

— Il est revenu pour l'été, confirme Riley.

Qu'est-ce qu'elle fabrique, bon sang ? me dis-je.

— Taylor a retrouvé grâce à ses yeux. Hyper sympa, le mec.

Brendan Nelson est le premier mec (et le seul, quoi qu'elle en dise) avec qui Taylor a couché. Il est aussi le seul garçon à lui avoir brisé le cœur. Lorsque, l'an dernier, il a été accepté dans l'équipe de football de l'université de Penn, tous frais de scolarité payés, ils étaient encore officiellement ensemble. Puis il a cessé de répondre à ses coups de téléphone, et Tay a fini par se rendre à l'évidence lorsqu'il est revenu à Haden pour Thanksgiving sans prendre la peine de la prévenir.

— Et comment ! dit Riley. J'hallucine.

— Ce type est un vrai trouduc, remarque Trevor en levant les yeux au ciel.

Je me tourne juste à temps pour voir Brendan passer un bras outrageusement musclé autour de la taille de Taylor, qui se pend à son cou. Il l'embrasse.

Ce qui me donne envie de gerber.

Mais aussitôt après, Brendan, hurlant comme une fillette, effectue un vol plané. Il se tait en tombant dans l'eau, pour s'époumoner de plus belle quand il regagne la surface. À la façon qu'il a de s'agiter dans tous les sens, ses potes captent qu'il ne sait pas nager et plongent à sa rescousse. Ils le remorquent jusqu'aux rochers, manquant de sombrer toutes les deux ou trois brasses, le tout dans un concert de braillements et de gros mots.

Je souris en voyant Taylor nous faire signe de loin. Elle effectue ensuite un élégant saut de l'ange, puis nage dans notre direction et s'extrait de l'eau.

— Quel trouduc, déclare-t-elle, se faisant ainsi l'écho de son frère.

Je veux expliquer les tenants et les aboutissants de l'histoire à Luc, mais son attention est toujours braquée sur la « falaise ». Suivant son regard, je localise trois individus en jeans et tee-shirts noirs (l'idéal pour faire trempette) debout parmi les arbres, juste au bord de la carrière. Je reconnais celui du milieu. C'est le géant roux qu'on a croisé chez les Gallagher et chez Ricco.

Luc entrelace ses doigts aux miens.

— Je n'aurais pas dû venir ici, dit-il tout bas, de sorte que je suis la seule à l'entendre.

— Pas de souci. (Un coup d'œil à la falaise m'indique que les types sont partis.) On peut s'en aller.

— Matt est là ? demande-t-il en me caressant la joue.

J'acquiesce d'un signe de tête, quasi certaine que mon ange gardien est là, et c'est alors qu'un caillou, décrivant un arc de cercle, atteint Luc à la nuque. Lorsqu'il se retourne, faisant la grimace, il n'y a bien entendu personne.

—Il est là, confirme Luc, dégoûté.

—Allons-y, dis-je.

Je fusille mon frère du regard, même si je ne peux pas le voir.

—Tu devrais rester avec tes amis, suggère Luc en déposant un baiser léger sur ma joue. (Il sourit.) Je voulais simplement savoir si tu allais bien et (nouveau coup d'œil à l'endroit où Matt est censé se trouver) si tu n'étais pas toute seule.

Je le tire par la manche.

—Reste.

—Il vaudrait mieux pas.

—Soit. (Je souffle, agacée.) Comme tu voudras.

Il m'enlace.

—Tu es mimi tout plein quand tu boudes, dit-il en riant.

Je consens à lui sourire, et me colle encore plus contre lui tout en faisant une moue de trois kilomètres.

—Suffisamment mimi pour que tu restes ?

Non loin de là, Angelique revient sur le bord et lâche la corde en se donnant des airs. Sans cesser de sourire, Luc lève les yeux au ciel.

—Amuse-toi bien, dit-il en pressant ma main. On se voit tout à l'heure.

Il s'éloigne le long du sentier et, dans l'ombre des bois, je distingue trois silhouettes sombres qui commencent à le suivre. Je m'apprête à en faire autant, mais je sens qu'on me tapote l'épaule. Matt.

—C'est un grand garçon, Frannie. Il s'en sortira très bien, me murmure mon jumeau à l'oreille.

Alors je regarde Luc partir, regrettant qu'il soit si nul en judo.

Matt

Après m'être assuré que Frannie se tiendrait tranquille, j'emboîte le pas aux démons qui filent Luc. Ce dernier grimpe dans la Shelby et, lorsque Rhenorian et ses deux acolytes se transportent par magie dans la Lincoln, j'en fais autant.

— Bon, je me disais…

Je n'ai pas le temps de finir que, déjà, trois poings rougeoyants apparaissent juste sous mon nez.

— Rien ne sert de tuer le messager, dis-je, croisant les doigts derrière ma nuque et me calant au fond de la banquette.

Rhenorian surveille la Shelby pour voir dans quelle direction part Luc. Il baisse le bras, et les autres l'imitent.

— Qu'est-ce que tu veux ?

— J'allais te poser la même question.

En une nanoseconde, revoilà le poing crépitant brandi devant mon visage.

— Pas de ça avec moi, le chérubin.

Je lève les yeux au ciel.

— On peut y passer la journée (j'écarte son poing de ma figure), ou bien on trouve un moyen de s'entraider.

Il reste un moment silencieux, puis :

— Dis-moi d'abord si c'est toi qui as fait ça.

— Qui ai fait quoi ?

— Qui l'as transformé et voué au Paradis.

Je pouffe de rire.

— Tu parles du démon, je présume.

— De Lucifer, oui.

— Primo, le fait que son âme soit marquée pour le Paradis me débecte, enfin… me débecterait si les anges pouvaient être débectés par quelque chose. Deuzio, je n'ai pas le pouvoir de rendre un démon mortel.

— Alors, qui a ce pouvoir ?

Situation délicate. Je sens que lui révéler la vérité mettrait Frannie en danger. Pour autant, je ne peux pas mentir. Même à un démon.

— Qu'est-ce que ça peut te faire s'il est devenu mortel ?

Il me jauge avec méfiance.

— J'ai des ordres. Je suis censé le ramener.

— Pour qu'il soit jugé ? je demande, sans parvenir à dissimuler l'espoir qui transparaît dans ma voix.

Il garde son air renfrogné, mais ne répond pas.

— M'est avis qu'on est peut-être dans le même camp, si bizarre que ça puisse paraître, je déclare en remuant sur la banquette et en calant ma cheville sur le genou opposé.

— C'est-à-dire ?

— C'est-à-dire que j'aurais pas vraiment le cœur brisé si le démon venait à disparaître.

Un rictus maléfique se dessine sur les traits de Rhenorian, accentuant significativement leur aspect démoniaque. J'ai attisé sa curiosité.

— C'est un démon. Ni plus ni moins stupide que n'importe quelle autre créature infernale, j'ajoute en désignant les deux crétins qui sont juste là pour la déco.

Rhenorian pousse un grondement, et ses yeux s'embrasent, mais il ne fait pas un geste. Je poursuis :

— Bon, est-ce que ce serait si difficile que ça de le pousser au vice ? D'inverser son marquage ?

— Je t'écoute, déclare l'imposant démon en se laissant aller contre le dossier de son siège.

— Tu as besoin qu'il ait retrouvé sa forme démoniaque pour pouvoir le ramener en Enfer, c'est bien ça ?

— De préférence. (Son expression se fait prédatrice, tel le chat convoitant la souris.) Mais, à défaut, je me contenterais volontiers de son âme mortelle.

— Bien. Donc, si on pouvait le convaincre de… (Je m'interromps brusquement en me rendant compte que j'ai failli éventer le secret de Frannie.) Je crois connaître un moyen pour qu'il redevienne un démon.

Les iris de Rhenorian flamboient.

— Lequel ?

— C'est moi qui gère. Contente-toi d'être prêt à agir. Il faudra faire vite, avant qu'elle… (Je m'arrête de nouveau.) Sois prêt, c'est tout. Quand le moment sera venu, tu ne risqueras pas de l'ignorer.

D'un geste vif, il empoigne mon tee-shirt.

— Développe un peu, le chérubin. Il me faut des détails.

Celui des deux crétins qui est assis à l'arrière à côté de moi tente de m'attraper le bras, alors je lui lance un éclair blanc crépitant. Dosé juste ce qu'il faut pour qu'il me fiche la paix.

— Non, je réplique platement tout en me penchant vers Rhenorian pour bien lui montrer qu'il ne m'intimide pas.

Le fait de voir Crétin numéro un fulminer semble le divertir, et lorsque Crétin numéro deux se tourne vers moi, dressant à mon intention un poing rougeoyant et vengeur, il me lâche et flanque un coup de poing à la mâchoire de l'intéressé. Puis il reporte son attention sur moi.

— Donc, tu voudrais que je te fasse confiance, tout bonnement ? me demande-t-il avec une grimace. À ton avis, je suis bête à ce point-là ?

Je ne peux pas m'empêcher de me moquer de lui.

— À peu près autant que le reste de ton espèce.

En une fraction de seconde, il m'a fourré son poing brûlant sous le nez. Je lève les mains en me composant un masque de feinte innocence.

— Hé ! c'est toi qui m'as posé la question, et les anges ne peuvent pas mentir.

L'espace d'un instant, le rougeoiement s'intensifie, puis Rhenorian étouffe son pouvoir en fronçant les sourcils.

— Tiens-toi prêt, dis-je.

Puis je me transporte jusqu'à la carrière pour retrouver Frannie. Tout ce que j'ai à faire, c'est persuader Luc qu'elle serait mieux sans lui. Il s'en va, elle s'en remet, et *voilà* [1]. Soit il meurt, soit il redevient un démon. Les deux options me conviennent. Dans la seconde hypothèse, Rhenorian l'emmènera en Enfer, ce qui l'empêchera de se raviser.

---

1. En français dans le texte. (*NdT*)

En regardant Frannie et Taylor qui s'aspergent mutuellement le visage, je culpabilise presque. Mais c'est un fait que Luc laissera tomber ma sœur à un moment ou à un autre ; c'est couru d'avance. Son essence reste celle d'un démon. Dieu seul sait quels dégâts il pourrait provoquer avant de la larguer.

Mieux vaut pour elle que les choses n'aillent pas jusque-là. Je fais bien d'intervenir.

7

‡

J'ai toujours su qu'il était un peu dangereux

Luc

Je me gare devant chez moi et coupe le contact. Dans le rétroviseur, je vois la Lincoln s'immobiliser dans un coin du parking. Je ne distingue pas Rhenorian à travers les vitres teintées mais, à la faveur du crépuscule ambré qui glisse progressivement vers l'obscurité, je capte la lueur rouge de ses yeux, qui me scrutent depuis l'intérieur du véhicule.

Il est en mission, comme je l'étais. En cas d'échec, ce sera pour lui le démembrement, puis direction le Brasier. Parce que je doute fortement que quelqu'un le rende mortel et voue son âme au Paradis. Ce qui veut dire qu'il n'est pas près de lâcher l'affaire.

Je reste assis à le regarder me regarder, et je me demande comment ça va se passer. Comment vais-je me débarrasser de lui ? Tant qu'il me suivra comme mon ombre, je devrai rester loin de Frannie. C'était égoïste de ma part d'aller la rejoindre à la carrière. Je ne peux pas me permettre de la mettre en danger.

Lili arrête son pick-up à côté de la Shelby juste au moment où j'en descends.

— Hey, Luc, dit-elle, munie d'un carton blanc et plat. J'ai commandé une pizza, même si je n'ai vraiment pas les moyens. J'avais grave envie de pepperoni. Ça te dirait de partager les frais ?

— Ça me tente, dis-je en lui tenant la porte.

Elle passe sous mon bras et, une fois qu'on arrive à l'étage, elle se tourne vers moi, embarrassée.

— C'est OK si on va chez toi ? Mon appart est en bazar.

— Pas de souci.

Lui prenant le carton des mains, j'ouvre la porte en grand. Je pose la pizza sur la table et vais prendre des assiettes dans le placard de la cuisine.

— Qu'est-ce que tu bois ?

— La même chose que toi.

J'apporte les assiettes ainsi que deux bouteilles d'eau, et je m'assois.

— Je te dois combien pour la pizza ? je demande en dévissant le bouchon de la première bouteille avant de la lui tendre.

Elle se sert une part, tirant les fils de fromage avec ses doigts.

— Dix dollars. Je me suis dit qu'en en prenant une grande je pourrais en garder pour plus tard, et ensuite j'ai pensé que, si tu n'avais pas mangé, ça pourrait… (laissant sa phrase en suspens, elle me jette un bref coup d'œil) te tenter.

Son regard capte le mien, et une émotion brute m'envahit, me tiraillant jusqu'aux os. Avec effort, je romps notre contact visuel et attrape une part de pizza.

— Merci.

On mange en silence, et j'éprouve des difficultés à me concentrer sur la nourriture. Bien malgré moi, je me surprends à observer Lili à la dérobée, tentant de déchiffrer ce que j'ai décelé dans son regard. Pour finir, je déclare forfait. Ce n'était rien. Simplement mon imagination débordante. Je suis hyper à cran à cause de Rhenorian ; oui, c'est forcément ça.

Je me prépare psychologiquement avant de m'autoriser à croiser de nouveau son regard.

— Alors, comment ça se présente, ton histoire de job ?

—Ça suit son cours, répond-elle avec un haussement d'épaules. Sur le panneau du centre social, il y avait des offres pour des boulots d'été, mais je m'y prends un peu tard, alors la plupart des postes sont déjà pourvus.

—Je suis persuadé que tu trouveras quelque chose. J'ouvrirai l'œil.

Mes muscles se détendent à mesure que je parle. Mon impression était bel et bien le fruit de mon imagination. Il n'y a chez Lili rien qui sorte de l'ordinaire… exception faite du vert étrange de ses yeux.

—Alors, comme ça, tu bosses à la bibliothèque. Et Frannie ? Elle travaille, elle aussi ?

—Elle a commencé chez Ricco juste après la fin des cours, je réponds en tapotant le carton de la pizza.

—Ricco, c'est pas hyper bien fréquenté. Tu laisses ta nana bosser là-bas ?

M'esclaffant, je me penche en arrière, ma chaise en équilibre sur deux pieds.

—Tu ne connais pas bien Frannie. Il n'y a pas de « laisser » qui tienne. C'est elle qui commande.

—Vraiment ? Tu as plutôt l'air d'un mec qui prend les choses en main.

Une esquisse de sourire étire très légèrement la commissure de ses lèvres.

Je me retiens à la table juste à temps pour empêcher ma chaise de basculer en arrière. Parce que devant ce sourire j'ai, durant une fraction de seconde, ressenti…

Je me lève illico et file à l'autre bout de la cuisine.

—Tu as bien dit 10 dollars pour la pizza ?

Ma main tremble quand je la glisse dans ma poche.

—Ouais, merci.

J'inspire profondément avant de me tourner de nouveau vers elle.

—Emporte les parts restantes. J'ai mangé la moitié qui me revient, dis-je.

Je me laisse aller à sourire, mais j'ai l'impression que mon malaise se voit comme le nez au milieu de la figure.

Lili prend le carton après l'avoir refermé. Je lui ouvre la porte et lui tends un billet de dix. Lorsqu'elle arrive devant son appartement, elle se retourne et me sourit.

— À plus.

Bordel, qu'est-ce qui ne tourne pas rond chez moi ? Je croyais avoir fait le tour de cette histoire d'hormones.

Elle est déjà rentrée dans son appartement que je suis encore planté dans le couloir.

Ce qui explique pourquoi Rhenorian arrive à me prendre par surprise.

— Oh là là ! Lucifer, tu collectionnes les conquêtes. C'est un péché, au cas où tu l'aurais oublié. Ça fait un bail que je me creuse les méninges pour trouver un moyen d'inverser ton marquage et, en fin de compte, tu vas me faciliter la tâche.

Il est appuyé contre le mur, juste à côté de ma porte d'entrée. Son sourire étincelle comme le tranchant d'un couteau.

Je respire un bon coup pour chasser de mon esprit la brume qui y subsiste.

— Tu es simplement jaloux.

Ébauchant un sourire, il se redresse.

— Je ne le nie pas. (Son sourire se change en grimace.) Mais, pour le moment, j'ai des problèmes plus graves que ça.

Vif comme l'éclair, il m'attrape par le col de mon tee-shirt et me plaque violemment contre le mur.

— Qui a fait ça ?

— Je sais pas, dis-je en le défiant du regard.

Ses yeux flamboient. Il se penche, le nez à deux centimètres du mien.

— Menteur !

— C'est mon fonds de commerce, le mensonge. J'ai ça dans le sang. (Je parviens à me dégager au prix de quelques gesticulations, et recule à l'intérieur de mon appartement.) En quoi ça t'intéresse ?

Son regard brûlant me transperce telle une dague.

— J'ai besoin que tu redeviennes démoniaque pour pouvoir te ramener.

— Dans ce cas, ce n'est vraiment pas dans mon intérêt de t'aider.

Son rugissement retentit dans le couloir lorsque je lui claque la porte au nez.

Frannie

Sur le trajet du retour, Riley et Trevor nous déposent à la maison, Taylor et moi. En montant dans ma chambre, on croise Maggie et Delanie.

— Salut, Delanie, dit Taylor en prenant l'intéressée par le coude. Tu as le numéro de Marc, le mec de ton groupe ?

Delanie fait « non » de la tête.

— Peut-être que Reefer l'a. C'est lui qui s'occupe de toute l'organisation.

— Et tu peux l'appeler ? demande Taylor, posant le poing sur sa hanche.

— Là, maintenant ? rétorque Delanie sur le ton d'un « non, mais tu veux rire ?! »

— Amène-toi, Delanie, intervient Maggie, agacée.

Elle est déjà à la porte d'entrée.

— Je dirai à Ryan de t'appeler, dit Delanie en contournant Taylor.

Puis Maggie et elle sortent de la maison.

— Pourquoi ne pas lui faire un placage en règle, tant que tu y es ? je demande, faussement consternée.

— Je le ferais si ça me permettait d'obtenir ce satané numéro, marmonne mon amie.

Refermant la porte derrière nous, elle prend mon iPod et le pose sur son socle. Puis elle me balance un flacon de crème à l'*aloe vera* et s'étend à côté de moi sur le lit.

— Mets-moi ça, ordonne-t-elle en enlevant délicatement son tee-shirt, révélant une peau d'un rouge agressif.

Elle se tourne à plat ventre et dégrafe le haut de son maillot.

— Seigneur, Tay ! La crème solaire, ça te dit quelque chose ?

Elle me lance un regard mauvais.

— Tu te décides, ou quoi ?

Souriant, je lui balance une tartine de produit entre les omoplates, et elle se met à piailler.

— C'est froid, merde !

— Désolée, dis-je, sans grande sincérité.

— Salope ! dit-elle, avec une totale sincérité.

Je fais pénétrer la crème en mettant un point d'honneur à bien enfoncer mes doigts là où la peau est le plus rouge. Une fois que je lui ai fait bien mal, je me penche pour m'essuyer les mains sur son drap de bain qui forme un tas sur le sol.

— Bon, qu'est-ce que Brendan t'a dit, au fait ?

— Si tu l'avais entendu, bon sang...

Elle se redresse en position assise et jette son tee-shirt au-dessus du drap de bain. Elle entreprend d'agrafer son haut de maillot, mais y renonce avec une grimace douloureuse, et envoie l'objet du délit rejoindre le tas de linge.

— Il me fait son sketch : « Ma puce, tu m'as tellement manqué », et moi je suis là en train de me dire : « Il y a vraiment des filles qui gobent ce genre de conneries ? » Et puis il enchaîne : « Tu sais que je t'aime. » Et là, j'ai pas pu me retenir, je l'ai poussé du haut de la falaise. (Son regard pétille.) Tu l'as entendu hurler ? Seigneur !

— C'est vrai que c'était carrément pathétique. (Je feuillette un des numéros de *Elle* appartenant à Kate.) Ça te dirait d'aller faire du shopping jeudi ?

— Pour faire du shopping, je suis toujours partante.

— Il y a une fille qui vient d'emménager dans le bâtiment de Luc ; je lui ai proposé de venir avec nous.

Tay grimace.

— Tu recommences à faire dans le social, Fee ? Souviens-toi de ce qui s'est passé avec Riley…

Je lui souris tout en découpant une photo d'Angelina Jolie pour récupérer les lèvres représentées grandeur nature ; enfin, dans le cas d'Angelina, *plus grandes* que nature.

— Elle ne connaît personne. Oh ! et elle va à l'université d'État, elle aussi.

— Bla-bla-bla.

Taylor m'arrache la coupure de magazine et la porte à sa bouche puis, se levant, elle va s'examiner dans la glace.

— Tu trouves que mes lèvres sont trop minces ?

Je mordille les miennes pour ne pas éclater de rire, et lui lance le tube de colle posé sur ma commode.

— Ouais. Allez. Colle-toi donc ces bouées à la place.

— Ha, ha ! Elle est bien bonne, celle-là.

Elle observe mes murs tapissés des images qu'on a récupérées durant l'année qui vient de s'écouler.

— Tu commences à manquer de place. Tu es sûre que tu n'as pas envie de repasser un coup de peinture avant de partir ?

— Il y aurait rien de plus déprimant que de retrouver des murs tout vides en revenant pour les vacances, et de devoir tout recommencer.

— Sans doute, oui. On dirait qu'il reste encore un peu d'espace près du plafond, déclare-t-elle en me montrant le bout de mur surmontant la porte.

— Ouais, ça va le faire, j'approuve en me levant.

— Qu'est-ce qui s'est passé chez les Gallagher, hier soir ? Vous avez filé comme des voleurs.

— Il y avait un type que Luc connaissait, là où il habitait avant. Il y a comme une guerre des clans, quelque chose dans le genre.

— Une guerre de *gangs* ?

— Je suppose qu'on peut dire ça comme ça. Mais Luc n'a jamais fait *partie* d'un gang.

Le regard de Taylor se voile légèrement.

— J'ai toujours su qu'il était un peu dangereux, déclare-t-elle, songeuse.

Si tu savais...

— Déjà pris, Tay.

— Ouais. Tu es dure, tu le sais, ça ?

— Non. Merci de m'en informer. J'avais pas compris, les cent premières fois que tu l'as dit.

— Tu es dure.

— J'ai pigé.

— Bon, si ce mec vient de là où Luc habitait avant, c'est que ça ne doit pas être bien loin d'ici.

— Ouais, je suppose, dis-je.

Je ne sais pas où elle veut en venir, mais elle a quelque chose derrière la tête.

— Alors, c'est où ? insiste-t-elle.

J'encolle les lèvres d'Angelina.

— Dans le sud.

— Tu veux dire Southie [1] ? Vraiment ? Je croyais que tout le monde était irlandais, dans ce quartier. Pas moyen que Luc soit irlandais.

— Non, pas moyen. Je ne pense pas que le mec vienne de Southie.

Je tire ma chaise devant la porte et me mets sur la pointe des pieds pour coller les lèvres d'Angelina près du plafond.

Taylor sort un feutre fin rouge de son sac, et me fait descendre sans ménagement pour prendre ma place. Elle gribouille « Angelina Sussemoi » en grosses lettres rondes juste sous la photo, avant de se retourner pour me décocher un sourire radieux.

Je considère l'ensemble des collages qui ornent mes murs, annotés tant par Riley que par Taylor.

— Pour une fois, tu n'aurais pas pu éviter les références cochonnes ?

---

1. Quartier du sud de Boston dont beaucoup d'habitants sont d'origine irlandaise. (*NdT*)

Elle saute de la chaise en m'adressant un sourire tout aussi large que le premier.

— Le cul, y a que ça de vrai, non ?

Un morceau de Breaking Benjamin s'élève soudain du sac de Taylor à un volume assourdissant. Elle sort son téléphone de la poche avant et s'étend sur le lit. Ses yeux se mettent à briller lorsqu'elle regarde l'écran.

— En parlant de cul…, dit-elle d'un air suggestif. Hey, Reef. Tu as un numéro à me donner, alors ?

8

Le Paradis sur Terre

Matt

Il m'a fallu deux jours pour trouver le courage de faire ça. Je suis hyper nerveux. Et j'ai l'impression d'être un gros loser. Je suis sûr que je vais vomir. Sauf que je n'ai pas d'estomac…

Par la fenêtre du démon, je vois Lili descendre de son pick-up.

Qu'est-ce que je fabrique ?

Frannie, circonspecte, me tapote l'épaule.

—Alors, prêt à entrer en scène ?

Pour être franc, pas vraiment, non. Mais je lui rends son sourire.

—Et comment ! dis-je.

Les yeux de ma jumelle pétillent et elle me pousse en riant.

—Coucou, Lili ! Monte ! braille-t-elle par la fenêtre.

S'approchant de moi, le démon me détaille de la tête aux pieds.

—Tu stresses, déclare-t-il.

—Non, je stresse pas.

Estomac ou pas, ça y est, je vais vomir, je le sais.

—Tu brilles, dit-il sèchement. Soit tu es nerveux, soit tu as avalé un néon. Dans un cas comme dans l'autre, il faut que tu arrêtes ça.

Je me rends compte qu'il a raison. Ma présence est trop forte. J'en atténue l'aura en tâchant de garder un neurone valide pour penser à ne pas trop briller.

Je me poste près de l'entrée pour attendre Lili, bien décidé à ne pas partir d'ici avant d'avoir officiellement fait sa connaissance.

Donc, bien entendu, quand elle frappe à la porte, je panique complètement et me rends invisible.

— Bon, pour l'entrée en scène, on repassera, remarque ma sœur en éclatant de rire.

Luc, un sourire narquois aux lèvres, va ouvrir la porte à Lili qui est munie d'un pack de bières.

— Salut, Frannie, dit-elle, le visage mangé par ses longs cheveux chocolat.

— C'est en quel honneur ? s'enquiert ma sœur en montrant les bouteilles.

Lili en sort une et la lui tend.

— J'ai trouvé un job au supermarché. J'ai commencé aujourd'hui. La paie n'est pas géniale, mais ça devrait suffire pour le loyer et la bouffe ; c'est tout ce dont j'ai besoin. (Elle esquisse un sourire diabolique.) Le pack de six, je l'ai chouré, j'avoue. Ce qui est d'autant plus illégal que je n'ai que dix-huit ans [1]. Je vais donc probablement être virée et arrêtée par les flics.

Elle pose l'alcool sur la table comme s'il s'était soudain changé en poison.

— J'aurais dû prévoir cette petite fête un peu mieux que ça, je suppose.

Elle pince les lèvres d'un air songeur tout en sortant une bière pour Luc avant de s'en ouvrir une.

— Pas de gyrophare à l'horizon, alors j'ai l'espoir de m'en tirer. Il faudra que j'efface la bande des caméras de surveillance en allant au boulot demain.

1. Aux États-Unis, l'âge de la majorité est fixé à vingt et un ans. (*NdT*)

Frannie se met à rire, et je ne peux réprimer un sourire. Je découvre une facette inattendue de Lili.

— C'est une idée, dit Luc.

Lili se laisse tomber sur l'une des chaises de la cuisine et avale une rasade de bière.

— Aah… ça rafraîchit.

Je ne m'étonne pas qu'elle ait besoin d'un peu de fraîcheur. Elle porte la même tenue – jogging ample et sweat-shirt gris trop grand – que quand elle a emménagé le week-end dernier, alors qu'il fait pas loin de quarante degrés dehors.

Frannie s'assoit sur l'autre chaise.

— Alors, Haden te plaît ?

— Je dirais que c'est pas trop mal. Et ce n'est pas très loin du métro, alors je n'aurai pas besoin du pick-up pour aller à la fac.

— C'est le T, intervient Frannie.

— Comment ça ?

— Le métro, répond ma jumelle en triturant l'étiquette de sa bouteille. Ici, on l'appelle le « T ».

— Oh !

— Tu vas continuer à travailler une fois que les cours auront commencé ? s'enquiert Luc.

— Il faut bien. J'ai besoin d'argent.

— Mmh. C'est rude, dit le démon.

Lili remue sur sa chaise, mal à l'aise.

— Ouais. Et j'ai une bourse, alors je suis obligée d'étudier à plein-temps.

— Il n'y a pas quelqu'un qui pourrait t'aider ? demande ma sœur, le front barré d'un pli soucieux.

— Non. Je n'ai pas de famille.

Une ombre passe sur ses traits.

— Personne ? ajoute Frannie, étonnée.

Lili se contente de secouer la tête, ses iris verts se ternissent et ses épaules se voûtent, si bien que ses cheveux dissimulent en partie son visage.

Je ne supporte pas de lire tant de douleur chez elle. Quelqu'un lui a fait vraiment du mal. Je m'approche discrètement et m'agenouille devant elle. Je meurs d'envie de la toucher. C'est une impulsion que je ne m'explique pas, mais qui me prend aux tripes, qui répond à un besoin profond et lancinant. Je me retiens *in extremis* de toucher son visage, et me force à baisser le bras que j'ai levé sans m'en rendre compte. Je déplore de ne pas pouvoir, rien qu'une fois, lire dans les esprits.

Qui es-tu ?

Son regard s'anime, presque comme si quelqu'un avait appuyé sur un interrupteur, et elle s'adresse à Luc.

— Tu sais, y avait un mec qui matait ta voiture quand je suis arrivée.

Luc bondit à la fenêtre donnant sur le parking.

— Parfait.

— Quoi ?

— Rien, répond Luc après avoir échangé un regard avec Frannie.

Les deux nanas se lèvent et le rejoignent.

— J'aurais dû l'envoyer se faire cuire un œuf. J'ai cru que c'était un ami, ou quelqu'un dans ce genre-là, explique Lili en regardant à l'extérieur.

— J'ai pas d'amis, réplique Luc.

— Sauf Matt, ajoute ma jumelle en lui donnant un coup de coude.

— Matt ? répète Lili avec curiosité.

Lorsqu'elle prononce mon nom, une bouffée d'excitation brûlante m'électrise tout le corps, mais en même temps je suis effrayé. Terrifié, même. Et si jamais elle me détestait ? Si ça se trouve, je n'aurai pas droit à l'erreur lors de notre première rencontre.

— Ouais. Un ami de Luc, explique Frannie en souriant. (Elle observe la pièce autour d'elle.) Il était censé se pointer aujourd'hui. Il a dû nous poser un lapin.

Je me transporte derrière elle, fais apparaître l'un de mes doigts et tire la bretelle de son soutien-gorge. Sursautant, elle donne un coup de pied en direction de mon tibia, mais frappe dans le vide. Lili semble interloquée, et l'expression de Luc me laisse à penser qu'il va me faire passer un sale quart d'heure.

— Bon, je dois y aller. Gardez la bière, dit-elle.

Puis elle sourit, et je retiens mon souffle. Elle est tellement belle.

Ma jumelle soulève le pack posé sur la table pour le lui rendre.

— Prends-la, toi.

— C'est la première fois que je vois ce pack de bières, monsieur l'agent, réplique Lili, et elle bat en retraite, faussement sur la défensive.

Frannie éclate de rire.

— Alors, toujours OK pour aller faire du shopping demain ?

— Ouais, répond Lili, retrouvant sa réserve habituelle.

— Super ! Riley et Taylor sont partantes aussi. Je passe te prendre à midi, comme ça on commencera par aller chercher la commode.

— OK.

Luc la raccompagne, et je me décide en une fraction de seconde. Il faut que je lui parle afin de surmonter mon obsession inexplicable. Si je me faufile dans le couloir derrière elle et qu'ensuite je me matérialise… elle croira que je viens juste de débarquer.

Mais, lorsque Luc lui ouvre la porte, elle lui frôle les côtes avec sa main en passant à côté de lui ; c'est une caresse. Elle lève les yeux vers lui, un léger sourire aux lèvres, et se mordille la lèvre inférieure.

— Bon, à plus tard, dit-elle.

Surpris, il jette un coup d'œil à Frannie, qui est en train de ranger la bière dans le réfrigérateur et ne remarque pas ce petit manège.

— Ouais, à plus tard.

Et il sourit.

J'enrage. J'hésite entre le châtier sur-le-champ ou bien suivre Lili comme je l'avais prévu. J'opte pour cette dernière solution, étant donné que les châtiments doivent normalement être infligés en privé, et je me faufile donc dans le couloir juste derrière Lili. Jetant mon plan aux oubliettes, je lui emboîte le pas et l'observe tandis qu'elle déverrouille la porte de son appartement. La tristesse est de retour dans son regard. Elle entre chez elle en soupirant. Je me retiens de justesse de l'accompagner à l'intérieur. Je brûle d'envie de savoir ce qui se passe, mais je ne peux pas m'immiscer dans sa vie privée. Ce ne serait pas bien.

M'appuyant contre le mur, je me laisse glisser jusqu'au sol et reste assis là, la tête entre les mains, tâchant de maîtriser le tumulte de mes émotions.

Au premier plan, il y a clairement la haine. J'en tremble. Je déteste Luc... à cause de Frannie. Elle l'aime et elle lui fait confiance. Mais il en est manifestement indigne. Parce que, pendant une fraction de seconde... la façon dont Lili l'a dévisagé...

Je suis frappé par l'ironie de la situation, car c'est bien l'ouverture que j'attendais. Il faut que ma sœur ouvre les yeux. Si son démon a envie de se faire toutes les filles qu'il croise, c'est déjà un début. Mais ça tuerait Frannie qu'il fricote avec Lili.

Et ça me tuerait sans doute moi aussi.

Parce que, quand je pense à Lili, d'autres sentiments viennent bouillonner à la surface. La jalousie. Le désir. Je ne peux le nier, en dépit de tous mes efforts, je la veux.

Un rire sans joie enfle dans ma poitrine. Là, tout de suite, je ne suis pas un modèle d'angélisme, hein ?

Mais... Lili. *Seigneur ! Lili.* Si seulement je pouvais lui parler... la toucher...

Je dois découvrir ce qu'il y a entre eux.

Je me lève et décris des allées et venues dans le couloir pendant un certain temps, m'efforçant de juguler mes émotions. Pour finir, je regagne l'appartement de Luc en traversant le mur.

Mais la première image qui accroche mon regard, celle d'un bout de peau apparaissant fugacement au milieu d'un fouillis de draps, me fait l'effet d'un coup de poing à l'estomac. Je ressors aussitôt et retourne m'asseoir la tête entre les mains contre le mur, luttant pour ne pas aller attraper Luc par la peau du cou. Il est trop tard. Je me suis laissé distraire et j'ai oublié quel était le véritable danger.

Chaque fois que ça devenait trop intime entre eux, j'ai réussi à les empêcher d'aller plus loin. Mais je savais que ça ne durerait pas éternellement.

Vu mon obsession pour Lili, je crois que je n'ai pas fini de bousiller consciencieusement ma mission.

Frannie

Presque tous nos vêtements sont éparpillés par terre et, allongés sur le grand lit noir de Luc, nous bougeons au rythme de la musique douce de la chaîne hi-fi. Une toute petite part de moi regrette qu'il ne puisse plus mêler son âme à la mienne comme il le faisait quand il était un démon. Je perds un peu le nord au souvenir de cette sensation. Être possédée par l'essence de celui qu'on aime à la folie a quelque chose de surréaliste, même si le garçon en question est une créature infernale.

Toutefois, la sensation de sa peau tout contre la mienne (je n'ai jamais été si près de quelqu'un) me donne envie d'autre chose. Quelque chose qu'il ne pouvait pas me donner quand il était un démon, sous peine de me vouer à l'Enfer. Mais il est désormais humain, et promis au Paradis. Je veux aller plus loin, et il n'y a rien qui nous en empêche.

Je repense à la capote que Taylor m'a filée peu après qu'on a rencontré Luc. Elle me l'avait donnée pour m'embarrasser, et je suis persuadée que ça ne lui était jamais venu à l'idée que je pourrais m'en servir. Mais, sachant que j'ai ce préservatif dans mon sac, je ressens un tressaillement dans le ventre.

Luc m'embrasse sur l'oreille.

—Ça va ? murmure-t-il.

—Mieux, je réponds en souriant.

—Tu avais l'air d'être à des millions de kilomètres d'ici.

—Jamais de la vie. Je suis juste là. (Je le serre plus fort.) Je t'aime.

—Je sais, dit-il, ébauchant un sourire de ses lèvres parfaites.

Il se redresse sur les coudes, toujours à cheval sur moi. Il s'apprête à m'embrasser, et c'est à ce moment-là que je tique. Je le repousse.

— Dis-le.

— Quoi ?

— Tu sais.

Il hausse les sourcils.

— Non, je ne sais pas.

— Tu ne m'as jamais dit « je t'aime ».

Il se rembrunit.

— Ben voyons.

Mauvaise réponse.

Je sens mon cou puis mes joues s'échauffer ; en moi, la gêne le dispute à la colère. Je le pousse de nouveau, me plaquant contre les coussins pour m'éloigner de lui.

— Pourquoi tu refuses de me le dire ?

— Frannie, ce ne sont que des mots.

Mon cœur me tombe sur l'estomac lorsque la vérité me heurte de plein fouet. Comment ai-je pu être si bête ? Je me redresse en lui donnant une bourrade.

— Tu sais quoi ? Laisse tomber, dis-je en tirant sur mon jean.

— Frannie...

Je l'interromps d'un geste. J'ai remis mon tee-shirt et j'ai traversé la moitié de l'appartement avant qu'il se décide à me suivre. Il cherche à me ralentir en posant la main sur mon épaule, et j'envisage de lui faire une prise de judo, mais je dois m'en aller avant de me mettre à pleurer. Je me dégage et cours vers la porte, perdant une de mes tongs ; je m'en moque. Je distance Luc d'une courte tête, mais je mets trop de temps à tourner ces foutus verrous, et il me rattrape.

— Frannie, écoute-moi.

Il a plaqué les mains contre la porte, de part et d'autre de ma tête, et je sens son souffle chaud dans mon oreille.

Un sanglot s'étrangle dans ma gorge avant de m'échapper.

— Je… ça va, je bredouille en manipulant les verrous tant bien que mal. Mais je dois aller bosser.

Il s'appuie contre mon dos et enroule ses bras autour de ma taille. En le sentant contre moi, mon cœur commence à dérailler, et je déteste ça. Et ça me déplaît encore plus de ne pas réussir à empêcher les larmes de perler à mes cils.

— Je ne l'ai jamais dit, me chuchote-t-il à l'oreille, parce que ces mots… sont loin de suffire.

Ce n'est qu'après avoir déverrouillé la porte et posé la main sur la poignée que je me rends vraiment compte de ce qu'il a dit. Alors, je m'immobilise et appuie mon front contre le battant en m'efforçant de réfléchir, de respirer.

Il me fait me retourner, prend mon visage en coupe entre ses mains et me regarde dans les yeux.

— Seigneur, je t'aime. (Ses yeux s'embuent.) Je t'aime de tout mon être.

Sa voix se brise sur le dernier mot, et il inspire un grand coup en fermant les paupières. Il pince ses lèvres en une ligne mince puis, se détournant de moi, se rend dans la cuisine et, chancelant au dernier pas, pose ses paumes sur la table pour se soutenir. Mon cœur bat la chamade, essaie de s'extraire de ma poitrine tandis que Luc, la tête rentrée entre les épaules, reste là sans rien faire.

— Je t'aime tellement que ça me fait mal, finit-il par dire, si bas que je l'entends à peine.

Je suis toujours appuyée contre la porte, complètement pétrifiée. J'essaie d'ouvrir la bouche pour lui répondre quelque chose mais, dans mon corps, tout est H.S. Mon cerveau n'arrive pas à trouver les mots et, même s'il en était capable, ma bouche refuserait de les prononcer.

Luc se redresse, passe la main sur son visage et se tourne lentement vers moi, les traits tendus, luttant pour maîtriser son émotion. Il penche la tête en arrière, fermant de nouveau les yeux, et inspire par à-coups.

— Je croyais savoir tout ce qu'il y avait à savoir, moi qui ai vécu sept mille ans.

Il hésite, puis pose sur moi son regard torturé pendant quelques instants.

— Je ne savais pas que c'était possible. (Il appuie le poing contre sa poitrine et l'y laisse posé.) Je n'aurais jamais imaginé avoir besoin de quelque chose… de quelqu'un… à ce point-là. Je…

Laissant sa phrase en suspens, il baisse une nouvelle fois la tête.

Avant même que je m'en sois rendu compte, mes jambes m'ont portée à sa rencontre. Tandis qu'il referme ses bras autour de moi, je pose la joue contre sa poitrine et écoute son cœur, qui bat aussi vite que le mien.

— Tu es ma vie, Frannie, murmure-t-il contre mes cheveux. Seigneur ! tu es *tout* pour moi.

Il me soulève pour m'embrasser et, en deux temps trois mouvements, j'ai ôté mes vêtements et nous avons regagné le lit. Il m'embrasse avec plus d'ardeur et, même si je sais que ce n'est plus possible, j'ai l'impression que son âme et la mienne virevoltent ensemble. Et en lui, je le sens : un amour si intense que je me remets à pleurer.

Il essuie mes larmes de ses doigts tremblants, m'interrogeant silencieusement du regard. Mon baiser, qui lui transmet tout l'amour que je lui porte, lui donne la réponse. Nous nous enfonçons dans les draps, l'un contre l'autre, et plus rien n'existe hormis nous deux. Nos âmes dansent et Luc m'emmène au Paradis.

9

Pour l'amour du ciel

Frannie

Mes joues s'échauffent et mon ventre tressaille quand, en passant devant l'appartement de Luc, je repense à hier, et j'éprouve toutes les peines du monde à continuer mon chemin. Mais je dois avouer que, si je m'arrête pour voir Luc, je n'arriverai jamais jusque chez Lili.

— Salut, Frannie, dit-elle en m'ouvrant.

Elle crève de chaud dans son habituel survêtement gris, de la sueur perlant sur sa lèvre supérieure et plaquant ses cheveux foncés sur son front.

— Prête à aller la chercher, cette commode ? je lui demande.

Elle hausse les épaules.

— Ouais.

Elle sort dans le couloir et ferme à clé derrière elle.

En passant en sens inverse, je lance un regard chagrin à la porte de Luc.

Lili s'engage dans l'allée de chez moi, contourne la maison et arrête le pick-up près du garage indépendant, dont la porte est ouverte. Je saute du véhicule, passe devant le monospace garé juste là et m'aventure à l'intérieur en retenant mon souffle, après avoir manqué de m'asphyxier à cause des volutes de poussière qui s'élèvent. Mon père est en train de nettoyer le fond du garage.

— Salut, papa, dis-je, m'adressant à son dos tout en me couvrant la bouche et le nez avec mon tee-shirt.

Il pose le balai dans un coin.

— Frannie. Tu es venue filer un coup de main à ton paternel ?

La transpiration a creusé des sillons dans la pellicule de crasse qui lui macule le visage et, lorsqu'il sourit, la blancheur de ses dents contraste violemment avec sa peau sale.

— Pas exactement, je réponds avec un geste d'indifférence. Tu te souviens de la vieille commode ?

Je suis son regard qui m'indique l'objet en question, couvert d'un drap et enfoui dans un coin sous un tas de vieilleries.

— Celle de Matt ? Ouais.

— Est-ce que je peux la donner à Lili ?

— Qui ça ?

— Papa, je te présente Lili. (Celle-ci s'approche.) Elle vient d'emménager dans l'immeuble de Luc.

Mon père se tourne vers elle en souriant.

— Bien sûr. Si tu en as besoin.

Lili est encore plus pâle qu'en temps normal. Elle écarquille brièvement les yeux, et hésite un peu avant de prendre la main que mon père lui tend.

— Salut.

Lorsque leurs mains entrent en contact, papa marque un temps d'arrêt, puis garde les doigts de Lili entre les siens un peu plus longtemps que nécessaire.

— J'ai l'impression de t'avoir déjà vue. Ta famille habite dans les environs ?

Lili, l'air soudain attristée, fait non de la tête.

— Oh ! D'où viens-tu ?

Elle ne peut soutenir le regard de papa, et contemple ses pieds, qu'elle remue d'un air gêné.

— D'un tas d'endroits. Je bouge beaucoup.

— Je jurerais qu'on s'est déjà rencontrés. À Sainte-Catherine, peut-être ?

— L'école catholique, je lui explique, constatant qu'elle ne comprend pas.

Nouveau signe de dénégation de sa part.

Papa se frotte le front, laissant une traînée brune entre ses sourcils et une tache blanche sur l'arête de son nez.

— Hmm… ça finira bien par me revenir. (Il sourit.) Bon, je vais vous aider à charger la commode, les filles.

Quand nous rentrons à l'appartement, le meuble sanglé à l'arrière du pick-up de Lili, j'avise la Shelby de Luc, garée sur le parking, et je ne peux retenir un sourire. Sourire qui va s'élargissant lorsque je remarque Matt à ma portière.

Matt

Pendant qu'elles se garent, je fais des efforts pour rester visible. Lorsque je m'approche du pick-up et que je m'accoude contre la portière côté passager, Frannie ouvre de grands yeux et m'adresse un sourire éclatant.

— Matt ! Salut.

— Hey, Frannie. Luc est dans le coin ?

Je me rends compte que ce que je dis est idiot. Elle ne sait évidemment pas s'il est là ou non ; elle vient juste d'arriver.

Et je suis persuadé que j'ai aussi l'*air* idiot, parce que je regarde Lili toutes les trois secondes. Ma sœur tâche de garder son sérieux, mais son amusement transparaît dans sa voix.

— Hum, eh bien… sa voiture est là, alors je suppose que oui.

— Ouais. OK.

Fais pas ton bouffon, me dis-je. *Réfléchis.*

— Alors… vous allez monter ce meuble, les filles ? je demande en indiquant ma vieille commode attachée à l'arrière du pick-up de Lili.

— Yep. Tu te sens de nous filer un coup de main ? s'enquiert Frannie.

— OK.

Lili descend du véhicule pour baisser le hayon. Je grimpe à l'arrière du pick-up, surpris de sentir mon corps si raide, le moindre de mes muscles tendu, comme si je faisais une crise de tétanie.

— Je m'appelle Matt, dis-je en lançant un regard peu amène à ma jumelle.

— Salut. Lili, répond-elle sans me regarder. Alors, comme ça, tu es un ami de Luc ?

— Ouaip.

Je défais les sangles de la commode et la pousse jusqu'au bord du pick-up.

Et je ne trouve rien à ajouter.

Frannie tire la partie supérieure du meuble. Je saute du véhicule pour en attraper l'autre extrémité.

— Je ne suis pas complètement impotente, remarque Lili en osant un petit sourire. Laisse-moi au moins porter cette foutue commode. Déjà que tu me la files gratos…

— Attrape-la par l'autre coin, dit Frannie en se décalant.

On se dirige vers le bâtiment, les deux nanas marchant à reculons, et on gravit lentement l'escalier. Mais ma sœur trébuche en atteignant le palier et lâche prise. Lili tâche de redresser le meuble, mais il est trop tard. Il bascule, me poussant en arrière, et je dégringole les marches. Ma nuque craque sèchement en heurtant l'une d'elles, et je tombe à plat dos au pied de l'escalier, les bras coincés sous moi.

— Diablerie d'Enfer ! jure Lili en tirant la commode pour la stabiliser dans le couloir.

Ma sœur jette un coup d'œil à Lili avant de se relever et de dévaler l'escalier.

— Matt, est-ce que ça va ?

Étendu au pied des marches, je ne sais pas trop comment jouer le coup. Je devrais m'être blessé, mais ce n'est naturellement pas le cas.

— Hum… ouais, je crois.

Inventons un petit quelque chose. Une luxation du coude ? Une bosse sur la tête ? Je me redresse en faisant la grimace, sans avoir déterminé comment me comporter de façon crédible.

— Tu t'es cogné la tête vraiment fort, me dit Lili, descendue à son tour. Tu devrais t'allonger et ne plus bouger.

La tête, donc. Je grogne un peu pour faire bonne mesure, et me masse la nuque en faisant semblant d'avoir mal.

— Non. Je pense que ça va.

— Tu es sûr ? Et ton cou ?

— Le cou est nickel, je réponds en lui souriant.

— Tu peux te lever ? demande Frannie.

— Ouais. (Je prends la main qu'elle me tend.) Merci.

Lili m'assiste en me poussant dans le dos. À son contact, je reçois une décharge électrique, et je pousse un gémissement. Avec l'aide conjuguée des deux filles, je me remets lentement sur mes pieds.

— Pas de souci, réplique ma sœur en lâchant ma main.

Lili remonte à l'étage, et Frannie me lance un regard appuyé. Je hausse les épaules.

— On gère, me dit Lili une fois que nous l'avons rejointe sur le palier.

Elles soulèvent la commode, et je les suis dans le couloir avec précaution en me massant la nuque.

Luc

Frannie, Lili et Matt font irruption dans mon appartement, la première tenant ma clé bien en évidence.

— Tu as de la glace ? demande-t-elle.

— Ouais. Qu'est-ce qu'il y a ?

— Matt s'est cogné la tête, m'explique-t-elle, un sourire amusé lui taquinant les lèvres.

Son frère, haussant les épaules, me décoche un sourire dubitatif. Je prends un air faussement atterré. Ce gosse se résume à une tragique succession de gags.

Me rendant dans la cuisine, je remplis de glaçons un sachet congélation. Matt se laisse glisser sur l'une de mes chaises sans même lâcher Lili du regard une seconde pour me remercier.

— De rien, je marmonne.

— Oh ! ouais. Merci, dit-il en appuyant le sac de glaçons contre sa nuque.

— Je te le tiens, propose Lili en se plaçant derrière lui.

Matt lui tend le sac d'un air passablement crétin.

— Alors, qu'est-ce qui s'est passé ? je demande en examinant Matt avec attention.

Celui-ci, affichant un large sourire, tente de faire passer ses yeux de l'autre côté de sa tête pour pouvoir regarder Lili.

— Frannie a essayé de me tuer. Arme du crime : une commode.

— Désolée, répond l'intéressée en prenant place sur l'autre chaise.

Je regarde la sœur puis le frère. Il y a anguille sous roche, j'en suis certain.

— Mais ça va ?

— Ouais, simple bosse sur la tête.

De sa main libre, Lili commence à masser l'épaule de Matt.

— Ça va faire mal pendant un moment, dit-elle. Si ta vue se brouille ou si tu as le vertige, il faudra que tu ailles à l'hôpital.

Matt arbore toujours un grand sourire niais, et il m'a l'air un brin dans les vapes. Peut-être qu'il a bel et bien un traumatisme crânien.

— Nan, pas besoin de médecin. (Il pose sa main sur celle de Lili.) Avec ce que tu me fais, ça va mieux.

Quand je pige, j'ai l'impression de recevoir un électrochoc. Diablerie d'Enfer ! Matt en pince pour Lili. Pourquoi Gabriel ne m'a-t-il pas cru quand je lui ai affirmé que faire appel à lui n'était pas une bonne idée ?

Lili s'écarte de lui en rougissant.

— On va toujours faire du shopping ? demande-t-elle à Frannie.

— Et comment !

— Je vais chercher des sous et quelques trucs. Tu me donnes, genre… un quart d'heure ? demande-t-elle tout en sortant.

— Pas de problème. Prends ton temps.

Une fois que Lili a disparu, j'attrape Matt sans ménagement par le devant de son tee-shirt.

— Qu'est-ce que tu fous, bordel ?

Frannie se relève si brusquement que sa chaise bascule.

— Luc…

— Il faut que tu arrêtes tes conneries et que tu te reprennes, dis-je, mon nez à un centimètre du sien.

— Et toi, faut que tu me lâches, crache-t-il.

— Ça va pas la tête ? Tu peux pas sortir avec une mortelle.

Plaquant sa paume contre mon torse, il me pousse.

— Je sors avec personne. Je transportais une commode.

— Si tu ne peux pas rester concentré sur ton travail, autant qu'on se débrouille sans toi.

— Tu es vraiment aussi con que tu en as l'air. Avec qui Frannie est le plus en sécurité, à ton avis ? Toi ou moi ?

— En temps normal, la réponse irait de soi, mais, là, je n'en suis plus si sûr.

Matt

— Je fais mon boulot.

Il est pas croyable, ce mec. Il monte sur ses grands chevaux simplement par jalousie. Si je suis visible, alors il n'a pas Lili pour lui tout seul et, ça, ça ne lui plaît pas. Le plus consternant, c'est que ma sœur n'y voit que du feu. Elle le prend pour un chevalier au grand cœur qui la protège. Tout ce qu'il protège, c'est son ego.

Frannie nous observe alternativement, le front barré d'un pli soucieux.

— Luc, je ne pense pas que Matt essaierait vraiment d'entamer une relation avec elle.

J'évite le regard interrogateur qu'elle m'adresse.

— À supposer qu'il soit futé. Mais, là tout de suite, m'est avis que son Q.I. fait débat.

— Arrête de plaisanter.

— Je suis on ne peut plus sérieux, Frannie. S'il n'est pas capable de se concentrer, il ne te sert à rien.

Tandis qu'ils se disputent, frustration et colère s'accumulent en moi telles les particules chargées d'électricité d'un orage. J'atteins le seuil critique, je suis sur le point d'exploser.

Je donne une bourrade à Luc, le mettant au défi de riposter.

— Tu es vraiment un hypocrite doublé d'un abruti.

Je le pousse de nouveau, plus fort, et j'obtiens l'effet escompté ; il m'attrape par l'encolure de mon tee-shirt et me plaque rudement contre le mur. Je sens mon pouvoir crépiter, prêt à le réduire à néant, mais Frannie le tire en arrière, malheureusement, et s'interpose entre nous.

— Ça suffit, les mecs !

— Je ne sors pas avec Lili et, même si c'était le cas, qu'est-ce que ça pourrait bien te faire ? je demande avec aigreur. Un ange n'aurait pas le droit de fréquenter une mortelle, mais un démon, oui ?

Il écarte Frannie comme si elle comptait pour du beurre et se place contre moi, son nez touchant presque le mien.

— Parce que tu es censé protéger ta sœur, ce que tu ne pourras pas faire si tu n'as plus tes ailes, dit-il entre ses dents serrées.

Des étincelles crépitent sur ma peau. Je vais le tuer si je ne me barre pas.

— Vous savez quoi ? J'ai ma dose.

Avant que l'un ou l'autre ait pu réagir, je me transporte dans le couloir où, invisible, je m'assois dos au mur en face de l'appartement de Lili, m'efforçant de ne pas céder à l'envie d'y entrer.

Mais l'odeur de soufre me tire de mes réflexions. Je bondis sur mes pieds, toujours invisible.

— Bon, le chérubin, j'attends. Question : qu'est-ce que j'attends ?

Rhenorian est debout à côté de moi ; sa mine renfrognée assombrit ses traits déjà peu aimables.

— J'y travaille, je rétorque vertement.

— Il y a des délais à tenir. On n'a pas tout le millénaire.

— La situation n'est pas aussi simple que je l'espérais, je dis en m'adossant de nouveau contre le mur, réfléchissant à un prétexte qui me permettrait de revoir Lili sans avoir Luc dans les pattes. Si tu as une meilleure idée, je suis preneur.

Il me fusille du regard, me faisant clairement comprendre qu'il n'a rien à me suggérer.

— C'est quand même pas si difficile ? Empare-toi de lui, point, dis-je.

Je me rends alors compte que c'est exactement ça qu'il faut faire.

— Tu devrais le kidnapper, je précise en me remettant sur mes pieds.

Je nous imagine, Lili et moi, en train de chercher Luc, apprenant à nous connaître, nous rapprochant progressivement l'un de l'autre. Je pourrais la réconforter... sécher ses larmes par mes baisers.

— Et ensuite, quoi ?

La voix de Rhenorian m'arrache à mon fantasme.

Je me cogne violemment la tête contre le mur, avant de fusiller mon interlocuteur du regard.

— Tu es un démon. Ne me dis pas que tu n'es pas capable de trouver un moyen d'inverser son marquage.

Il se volatilise dans une bouffée de soufre à l'instant précis où Lili sort de chez elle.

10

‡

Méchante comme un diable

Luc

Il y a quelque chose qui ne va pas avec Matt et Lili. Parce que je dois avouer que Lili me met mal à l'aise depuis quelque temps. Je n'arrive pas à mettre le doigt sur un élément tangible, mais je la trouve bizarre.

Ou peut-être que c'est moi. Peut-être que je me montre injuste. Parce que je me suis surpris quelquefois à… fantasmer sur elle.

Je me suis dit que ça devait être la faute de ces foutues hormones d'adolescent. Mais j'ai eu l'impression que ça ne se limitait pas à ça.

J'observe Frannie qui vide le sachet congélation dans l'évier. Elle me comble. Je dois toutefois reconnaître, quitte à garder cet aveu pour moi, que j'ai senti la morsure froide de la jalousie lorsque je me suis rendu compte que Matt en pinçait pour Lili.

Frannie frissonne quand je l'enlace par-derrière pour l'embrasser sur la nuque tout en faisant courir mon doigt sur son bras.

— Tu ne trouves pas que Matt se comportait de façon un peu… zarb avec Lili ?

— Je sais pas, répond-elle en tournant la tête vers moi. Peut-être. Mais, même s'il l'apprécie, je ne pense pas qu'il essaiera de concrétiser.

— Je n'en suis pas si sûr que toi. Et puis, même s'il se contente de la mater, c'est une source de distraction.

Elle se retourne et se colle contre moi en m'enlaçant, si bien que je perds complètement le fil de mes pensées.

— C'est pour ça que je t'ai, toi.

— Hum..., dis-je, tâchant de me rappeler où je voulais en venir. Sauf que j'ai ma propre casserole à traîner.

Rhenorian rôde quelque part, et il a deux options : trouver un moyen de me ramener en Enfer, ou bien se consumer dans le Brasier pour l'éternité.

Frannie se met sur la pointe des pieds pour m'embrasser sur le nez.

— Est-ce qu'il partirait si je me servais de mon Emprise... ? Si je le persuadais qu'il ne veut pas de toi ?

— Pour moi, tu serais prête à aller contre tes principes moraux ? je lui demande, sans parvenir à dissimuler mon amusement.

Elle me repousse sans ménagement, fronçant les sourcils et pinçant les lèvres.

— Ferme-la, ou bien je change d'avis. Tu veux que j'essaie ou pas ?

Je l'attire de nouveau contre moi.

— On verra ça, dis-je contre ses cheveux, mais j'espère qu'il m'expliquera le pourquoi du comment. Depuis qu'il a deviné que je suis devenu humain, je ne le trouve pas très vindicatif. Il me semble plus curieux qu'autre chose.

— Mais tu as bien dit qu'il ne pouvait pas te ramener en Enfer ? Tu es promis au Paradis.

— Pour le moment.

Elle me serre plus fort.

— Pour toujours.

— Ça reste à prouver. Bref, apparemment, il se tourne les pouces. Il n'a fait aucun effort pour inverser mon marquage.

Je repense à ce qu'il a dit : *« Tu collectionnes les conquêtes »*, et un nœud douloureux de culpabilité me tord l'estomac. Je chasse la voix du démon de ma tête.

— C'est flippant. Il se contente de me garder à l'œil.

— Je me trompe sans doute, mais mieux vaut qu'il te garde à l'œil plutôt qu'il vienne t'alpaguer, il me semble. (Avec un sourire mutin, elle laisse glisser sa main sur mon tee-shirt avant de l'introduire en dessous, contre mon ventre.) Moi, en revanche…

Je frémis sous son toucher.

— Je dis simplement que ça ne lui ressemble pas du tout de se comporter comme ça. C'est une créature née du courroux. Le fait qu'il garde son calme, qu'il se contente de me surveiller, ça ne correspond vraiment pas à son caractère. Ça me rend nerveux.

Elle noue ses bras autour de mon cou, me tirant vers elle pour m'embrasser.

— Bon, qu'est-ce que je dois faire pour te déstresser ? dit-elle, souriant tout contre mes lèvres.

Je lui rends son sourire.

— Tu commences bien.

À cet instant précis, on frappe à la porte.

— Lili. C'est parti pour le shopping.

— Je te suggérerais bien d'emmener Matt mais, s'il passe son temps à baver devant Lili, je suis pas sûr que tu seras plus en sécurité. Je devrais sans doute t'accompagner.

Mon ton est amer. Je n'y peux rien ; la situation me préoccupe vraiment.

Frannie me regarde sans rien dire.

— Quoi ? J'aime faire les boutiques, dis-je, narquois.

— Ouais, je vous vois bien, toi et la casserole démoniaque que tu te traînes, déambuler dans le rayon des soldes chez *Victoria's Secret*.

Je me plais à imaginer la scène pendant une seconde.

— Moi aussi, je m'y vois bien.

Secouant la tête, elle ramène ses cheveux en arrière et fait un nœud.

—Non. Sortie entre filles. En faisant tout de même une exception pour Matt, je suppose, parce que je vois pas vraiment comment l'empêcher de venir. (Elle va ouvrir.) Hey, Lili.

—Hey. Tu es prête ? s'enquiert celle-ci en nous regardant l'un et l'autre.

—Ouais. On récupère Riley et Taylor sur le trajet.

—OK, répond Lili en baissant la tête, si bien que ses cheveux lui tombent en travers du visage.

—À tout', dit Frannie en m'embrassant sur la joue.

Je souris en songeant à ce qu'elle pourrait bien trouver comme lingerie en solde.

—J'attends ton retour avec impatience.

Frannie

On se gare dans l'allée de chez Taylor, et celle-ci dévale les marches du perron. Riley et Trevor la suivent sans se presser, chacun ayant une main dans la poche arrière du jean de l'autre.

Taylor s'approche sans se rendre compte qu'il y a déjà quelqu'un à côté de moi.

—Oh ! Hey, c'est toi, Lili ?

Celle-ci sort de la Mustang et replie le fauteuil pour passer à l'arrière.

—Non, lui dis-je. C'est toi qui montes à la place du mort.

Taylor me lance un regard mauvais que je lui rends volontiers. Elle ne proteste pas.

Riley et Trevor finissent par arriver à la voiture. Une fois qu'ils ont réussi à s'arracher à leur mutuelle contemplation, je fais les présentations, et Riley s'assoit à l'arrière à côté de Taylor. Pendant que je recule dans l'allée, Trevor reste planté là comme un chiot abandonné.

—Alors, que nous vaut ce sweat-shirt? demande Taylor, déclenchant les hostilités depuis la banquette arrière.

— Taylor ! je m'écrie.

— Ça va, répond Lili avec un haussement d'épaules. (Mais elle répond à Taylor sans la regarder.) Ça coûte 3 dollars au supermarché.

J'entends déjà la réplique un peu sournoise que nous prépare Taylor, mais Riley lui tape sur le bras en la fusillant du regard de façon typiquement taylorienne. Puis elle s'adresse à Lili en lui touchant l'épaule pour attirer son attention.

— Frannie dit que tu es inscrite à l'université d'État.

Cette fois, Lili se retourne, mais elle semble regarder Riley sans vraiment la voir.

— Oui, c'est le plan.

— Qu'est-ce que tu étudies ? Le design ? intervient Taylor, railleuse.

Je l'engueule.

— Tu sais quoi, Tay ? Ferme-la.

— Euh, Frannie… Route, volant, tu te rappelles…, me fait remarquer Riley en tendant un doigt tremblant.

À côté de moi, Lili empoigne les côtés du fauteuil et regarde la route avec des yeux écarquillés tandis que je slalome entre les autres véhicules. Taylor et Riley, elles, papotent comme si de rien n'était, mais la voix de la seconde atteint des aigus anxieux chaque fois que je change de file. Et Taylor ne cesse pas d'évoquer les robes à fleurs et les machins qu'on trouve en solde au supermarché. J'aurais dû me douter que mes espoirs seraient vains et qu'elle ne se tiendrait pas à carreau.

On jette notre dévolu sur une place de parking pas trop mal située, près de la zone des restaurants, et on entre dans le centre commercial sans se presser.

— *Aéropostale* ? je suggère, parce que cette enseigne propose toujours pas mal de soldes.

— Ça me paraît bien, répond Riley en partant dans la direction appropriée, et on lui emboîte le pas.

En flânant dans le rayon des fringues bradées, Lili déniche trois tee-shirts imprimés, quelques débardeurs et un short hyper mignon, le tout pour 34 dollars. Je suis un peu déçue de ne pas l'avoir vue les essayer. Je suis toujours curieuse de découvrir ce qui se cache sous cet ample sweat-shirt.

Ensuite, on se rend chez *Victoria's Secret*. C'est leur période de soldes semestrielle, alors je me choisis quelques nouveaux soutifs, dont un en dentelle rouge. Ma meilleure trouvaille consiste en une nuisette de soie bleu saphir vendue 15 dollars ; je suis sûre que Luc va adorer.

Lili, elle, fouille le bac des bonnets D et débusque deux modèles abordables. Verdict : elle n'est pas grosse. Elle a simplement du monde au balcon.

On fait un saut chez *Macy's* et on écume tous les comptoirs de la parfumerie sans exception. Riley et Taylor s'aspergent mutuellement en choisissant des flacons au petit bonheur la chance, tandis que Lili, tombant sur les produits JLo, essaie Glow, une fragrance d'agrumes et de vanille.

— Il te va à merveille, je lui dis, parce que c'est la vérité. Tu devrais vraiment te le prendre.

— Combien ? demande-t-elle en se crispant un peu.

— Oh… dans les 30 dollars. Ouille.

Lili fronce le nez.

— Je peux pas.

Elle repose le flacon et commence à s'éloigner, mais rebrousse chemin et hume de nouveau son poignet.

— Il sent vraiment hyper bon, hein ?

Je lui souris, heureuse de la voir sortir un peu de sa coquille.

— C'est sûr.

Elle sort un tas de petites coupures froissées de sa poche.

— Qui a besoin de manger cette semaine ? dit-elle en me rendant mon sourire.

Dix minutes plus tard, on sort du magasin dans un festival de senteurs fruitées et florales.

— Resto ? je propose.

— Et comment ! réplique Taylor.

En effet, c'est là-bas que les mecs du lycée sont tout le temps fourrés pendant la journée.

Je me marre. Trevor et Jackson Harris sont déjà là avec le reste de leur bande, attablés devant un monticule de frites et des burgers. Je suis convaincue que des garçons en pleine croissance ne peuvent pas se trouver à plus de dix mètres d'une source de nourriture sous peine de dépérir.

Trevor et Riley échangent des œillades langoureuses, mais cette dernière fait preuve d'une retenue exemplaire et nous accompagne au comptoir du *Panda Express*. On prend des trucs à se partager, et Lili semble un peu gênée quand je lui annonce que je l'invite.

— Hé, je te dois bien ça, après le pack de bières.

Elle m'adresse un sourire qui n'en est pas vraiment un. Et, une fois qu'on est assises à table, elle mange du bout des lèvres.

Une fois qu'on a fini de grignoter, je rassemble les plateaux et vais jeter ce qui peut l'être. Au moment où je reviens, les yeux de Taylor se mettent à pétiller.

— Ooh… je t'en ai trouvé un, Lili, déclare-t-elle en montrant ostensiblement du doigt un mec qui rôde aux alentours, dans un jean crade et un sweat-shirt gris taché.

En nous regardant, il s'emmêle les pinceaux et trébuche. Ses longs cheveux bruns lui mangent le visage, alors on ne remarque presque pas qu'il s'est mis à rougir. Et ça me fait mal de le dire, mais vu le pull et les cheveux, il est vrai qu'on dirait une Lili au masculin. Le type s'empresse de partir et disparaît dans la foule des clients estivaux.

Je regarde méchamment Taylor.

Mais à cet instant précis, par-dessus la musique d'ambiance, s'élève un gloussement venant du côté du bassin au jet d'eau, qui est séparé de la zone de restauration par une cloison pas très haute. Le duvet se hérisse uniformément sur ma nuque. Parce que je connais ce rire. Angelique Preston et sa bande viennent de sortir de la boutique *Abercrombie*.

En nous apercevant, Angelique fronce instantanément le nez. Elle s'approche à portée de voix.

— Vous sentez cette odeur, les filles ? Pouah ! Quelqu'un a oublié de sortir la poubelle.

Elle me dévisage d'un air désagréable, mais jette vite son dévolu sur Lili.

— Vraiment sympa de ta part de nourrir les SDF, Cavanaugh.

Je me rapproche de Lili, et constate avec stupeur que Riley et Taylor en font autant. Cette dernière, les yeux changés en poignards, va même jusqu'à se lever et se placer entre Angelique et Lili.

— Va te faire, dit-elle.

Angelique, un rictus aux lèvres, se dirige en minaudant vers la boutique *Hollister*, suivie de toute sa clique.

Et Taylor et Lili passent le reste de la journée collées l'une à l'autre. Allez comprendre.

Matt

Taylor a vécu dangereusement pendant un moment, mais elle semble s'être calmée. J'étais à deux doigts de barbouiller son tee-shirt de sauce aigre-douce, et puis Angelique s'est pointée...

Mais je dois avouer que j'ai dû déployer tout mon angélisme pour ne pas m'introduire dans la cabine quand Lili essayait des vêtements. Surtout la lingerie.

Les filles poursuivent leurs emplettes et finissent par décider de rentrer. Frannie dépose Taylor et Riley, et lorsqu'elle se gare sur le parking de l'immeuble, cheveux au vent dans la Mustang décapotée, notre rencontre est bien entendu purement fortuite.

— Mesdemoiselles, dis-je avec un sourire jusqu'aux oreilles.

— Salut, Matt, répond Frannie.

Lili va récupérer ses achats dans le coffre.

— Tu as trouvé ce que tu voulais ?

— Pas mal de trucs, ouais. Frannie sait comment dénicher les meilleures affaires, explique-t-elle, allant jusqu'à m'adresser un petit sourire.

— Cool. Vous montez, les filles ? je m'enquiers en indiquant le bâtiment.

— Ouais, me répond Lili.

— Je te porte ça ? je propose.

Frannie prend un air faussement consterné, mais Lili réagit sérieusement et serre ses sacs contre elle.

— Je pense que je peux y arriver, merci.

Je lève les mains pour lui montrer que je ne pensais pas à mal.

— Simple proposition...

Je suis les deux nanas à l'intérieur de l'immeuble, et Lili se tourne vers moi quand nous arrivons au pied de l'escalier.

— Gaffe où tu mets les pieds, me dit-elle en souriant.

Elle a les yeux qui pétillent, et une décharge d'électricité brûlante se propage dans tout mon corps.

— Ouais, je réponds en me massant la nuque.

C'est tout ce qui me vient à l'esprit. Je suis vraiment débile.

Frannie se sert de sa clé pour entrer chez Luc et, au moment où elle finit d'ouvrir, on entend un grand bruit à l'intérieur de l'appartement. Rhenorian, prêt à frapper un Luc plaqué contre le mur par Crétin numéro un et Crétin numéro deux, est alerté par le bruit. Il baisse son poing flamboyant ; moi, je suis pris de panique, me demandant ce que Lili a bien pu voir.

Lili. *Merde !*

Elle va se demander pourquoi je ne vole pas au secours de mon « ami ».

Rhenorian assène à Luc un direct du droit. L'approche à l'ancienne, en somme. Ensuite, les deux crétins l'écartent du mur.

— Non ! s'écrie Frannie en se ruant vers lui.

Mais je la retiens. Lili, elle, reste là à regarder la scène. Je tiens peut-être l'occasion rêvée de l'épater.

J'ai donc un démon à sauver.

Fait chier.

— Lâchez-le, j'ordonne en entrant dans la pièce.

— Ouais, c'est ça, me rétorque un Rhenorian railleur. (Regardant subrepticement Lili, son visage se fend d'un large sourire.) À l'attaque ?

Si on se bat à la loyale, qui plus est sous notre forme humaine, je suis cuit d'avance, ou peu s'en faut. Ce qui signifie que je dois le prendre en traître. Je m'approche, captant le regard de Luc. Celui-ci hoche la tête.

Dans le même mouvement, il se débat et brise la prise des deux crétins avant de plaquer le premier contre le mur, pendant que j'encastre mon poing crépitant d'électricité dans la mâchoire de Rhenorian. Je n'ai plus qu'à espérer que Lili n'aura pas remarqué la légère odeur d'ozone que je laisse dans mon sillage. Le démon recule en titubant.

— Satan, pécheur invétéré..., jure-t-il. Choisis ton camp, le chérubin.

Luc a déjà fort à faire avec Crétin numéro un ; il n'a pas entendu.

Rhenorian attrape Crétin numéro deux par la peau du cou et se dirige vers la sortie d'un pas décidé.

— C'était idiot comme plan, de toute façon, grommelle-t-il en me reluquant au passage.

Luc lâche Crétin numéro un, qui rejoint ses congénères non sans me lancer un regard mauvais par-dessus son épaule.

Lili, toute chamboulée, reste près de l'entrée tandis que ma sœur, claquant la porte sur les démons, court retrouver Luc.

— Oh, mon Dieu ! est-ce que ça va ? demande-t-elle en portant la main à sa joue gauche, qui commence à prendre une nuance violacée.

— Je vais bien.

Lili, tremblante, observe Luc avec de grands yeux apeurés.

— Qui c'était ?

— Quelqu'un avec qui je faisais affaire, explique-t-il.

Je ne doute pas qu'il est parfaitement conscient des conclusions que Lili va en tirer. De fait, une lueur de compréhension apparaît sur ses traits.

—Des dealers, dit-elle.

—En quelque sorte. (Il se tourne vers moi.) Merci.

—Ouais, si tu le dis, je réponds, ressentant une pointe de culpabilité qui me déplaît au plus haut point.

Frannie enlace Luc et attire son visage contusionné vers elle pour l'embrasser.

—Comment ils sont entrés ?

—Ils ont frappé à la porte. J'ai ouvert, explique-t-il avec un sourire cynique.

—Oh, seigneur ! Je vais te chercher de la glace.

Elle porte de nouveau la main à la joue de Luc, puis se rend dans la cuisine.

—Je devrais sans doute y aller, dit Lili en se dirigeant vers la sortie.

Elle hésite au moment de tourner la poignée, et je l'en dissuade en frôlant sa main.

—Laisse-moi jeter un coup d'œil dehors.

J'entrebâille la porte. Le couloir est désert.

—La voie est libre, j'annonce.

—Bon, ça a l'air d'aller, dit-elle à Frannie et à Luc, alors on se voit plus tard, d'ac ?

Je lui propose de la raccompagner puis, me rendant compte que j'ai l'air un peu trop fébrile, j'ajoute :

—Je pense vraiment qu'ils sont partis, mais bon, juste par acquit de conscience…

—OK, dit-elle.

On sort de chez Luc et, une seconde plus tard, j'entends le claquement des verrous.

Lili parcourt la courte distance qui la sépare de son appartement en cherchant ses clés.

—Bon, ben… à la prochaine…

Dans le doute, je complète :

— … Matt.

— Quoi ?

— Je n'étais pas sûr que tu te souvenais de mon prénom. Matt. Je m'appelle Matt.

Argh, je suis un idiot.

Elle tourne la clé et ouvre la porte.

— OK. Bon, à plus tard… Matt.

Son regard croise le mien, me titillant l'échine, et elle m'adresse ce qui n'est pas loin de ressembler à un sourire.

— Sois prudent, ajoute-t-elle en jetant un coup d'œil en direction de l'escalier.

Elle entre.

Et me revoilà seul.

11

‡

Que diable… ?

Frannie

Luc effectue un déménagement à la bibliothèque ce soir, alors il m'a fait promettre de rester à la maison. Les Yankees sont en train de mettre une telle raclée aux Red Sox que c'est un supplice de regarder le match[1], et les jurons de papa atteignent des sommets d'inventivité peu communs. Il rabat le repose-pieds de son fauteuil et se penche vers l'avant, les coudes sur les genoux, se focalisant sur l'écran de télévision comme s'il pensait pouvoir faire gagner son équipe par la seule force de sa volonté. Je me motive pour me lever, et me dirige vers l'escalier.

— Tu abandonnes les gars à leur triste sort ?

— Moi ? Jamais ! je me récrie, faussement offensée.

Il sourit, mais reprend vite son sérieux.

— C'est sympa de t'avoir à la maison le soir, ça change.

Maman lève les yeux de ses mots croisés.

1. Les Red Sox et les Yankees sont des équipes de base-ball. (*NdT*)

— Tu devrais passer plus de temps ici, ma chérie. Ça va vite arriver. Dans quelques mois, on ne t'aura plus à la maison.

Je m'appuie contre le mur, au pied des marches, les bras croisés.

— Alors, est-ce que ça veut dire que vous allez cesser de traiter Luc comme…

Maman pose le journal sur ses genoux.

— Nous ne lui avons jamais témoigné que du respect.

— Allons, maman. Tu ne le traites pas comme Chase. Il n'a jamais le droit de monter dans ma chambre.

— Hum, il… je…

— Ce qu'elle essaie de te dire, intervient papa en regardant maman d'un air amusé et un peu narquois, c'est que, jusqu'à maintenant, Luc s'est comporté en jeune homme responsable, et que nous sommes prêts à lui laisser le bénéfice du doute.

J'accuse le coup et ramasse mes dents.

— Ah bon. Alors, je peux l'emmener dans ma chambre, par exemple ?

— En laissant la porte ouverte, précise maman en foudroyant papa du regard.

Je sens un sourire ridicule me monter aux lèvres, et le réprimer serait peine perdue.

— Ouais, OK.

Sur le point de monter dans ma chambre, quelque chose me vient à l'esprit. J'attends que mon pincement au cœur disparaisse, puis :

— Comment ça se fait que je n'ai jamais été obligée de laisser la porte ouverte quand c'était Gabe qui était là ?

Ils échangent un regard.

— Eh bien… Gabe a tout d'un ange, dit maman.

J'en reste un peu interloquée. Je n'ai rien à répondre à ça, parce que Gabe est bien un ange. *Le mien.* Et on ne peut vraiment pas en dire autant de Luc. Je monte l'escalier avec ce vide dans ma poitrine, celui dont j'ai réussi jusque-là à faire abstraction en me focalisant sur tout sauf sur Gabe qui me manque tellement. Je me force à penser à autre chose… à n'importe quoi. J'entreprends de passer en revue mes horaires de boulot, mais je n'en suis qu'à samedi lorsque j'arrive sur le palier et que j'entre en collision avec Grace, qui sort de la salle de bains.

Elle ôte la serviette enroulée autour de sa tête, si bien que ses cheveux retombent sur ses épaules et que de l'eau lui coule dans le dos.

— Tu es là.

— Pas le choix, dis-je sans grande amabilité. Luc est à la bibli.

Ma sœur se contente de me regarder avec son air flippant, comme elle sait si bien le faire ; comme si ses yeux bleus pouvaient me percer à jour, d'une façon ou d'une autre.

— Il est différent, déclare-t-elle lorsque je passe à côté d'elle.

Je fais volte-face, agacée.

— Qui ça ?

— Luc. Il a changé.

Je la dévisage pendant une minute, ne sachant pas trop comment réagir, et je me demande subitement ce qu'elle est vraiment capable de voir, au juste.

J'opine du chef.

— C'est vrai.

Je m'éloigne dans le couloir mais, au moment où je vais entrer dans ma chambre, elle ajoute :

— Comment ça s'est fait ? Tu… ? commence-t-elle timidement.

Son regard est intense. Impossible qu'elle sache exactement en quoi Luc a changé, impossible qu'elle ait compris que je suis responsable. Mais quelque chose, dans son expression, me fait douter.

— Il n'était pas aussi maléfique que tu croyais, en définitive.

En poussant la porte de ma chambre, je l'entends dire, sans vraiment s'adresser à moi :

— Si, pourtant.

Je ramasse sur mon bureau mon vieil exemplaire du *Fléau*, de Stephen King, et m'allonge sur mon lit, tâchant de me motiver pour reprendre ma lecture. Mais Grace ne quitte pas mes pensées.

Que sait-elle au juste ? Chassant notre conversation de ma tête, j'attrape mon portable et envoie un texto à Taylor :

Viens avec moi à La Crique ce soir.

Une minute plus tard, mon téléphone vibre.

Ça me dit rien, lis-je.

Késako ? Taylor est toujours partante pour aller à *La Crique*. La salle d'arcade a tendance à devenir un peu touristique, mais les mecs du lycée ont l'habitude d'y traîner le soir, quand il n'y a pas de fête chez les Gallagher. Tay mate les garçons, et moi j'essaie de battre mon record sur le simulateur de course.

Pourquoi ?

J'attends.

Et j'attends.

Juste au moment où je me décide à appuyer sur la touche de raccourci pour la joindre directement, mon portable vibre de nouveau et mon écran indique :

Je sors avec Lili.

Le pincement de jalousie que je ressens m'étonne. C'est ce que je voulais. Que Lili se fasse des amis. J'appelle, et Taylor décroche à la première sonnerie.

— OK, je te suis. Où on va ?

— Désolée, répond-elle. (Là, la moutarde commence vraiment à me monter au nez.) On va à une soirée à laquelle Marc m'a invitée. Je ne pense pas que c'est un truc pour toi, Fee.

Alors que j'adore faire la fête…

— Depuis quand c'est pas pour moi, d'aller en soirée ?

— Écoute, Fee… C'est juste que, pour une raison que je ne m'explique pas, tu es devenue un aimant à beaux mecs. Si tu crois que j'ai pas remarqué que Marc te matait, l'autre soir chez les Gallagher… Je n'ai vraiment pas envie que tu me fasses de l'ombre ce soir.

— Tu plaisantes, hein ?

— Euh… non.

— Tu n'es pas sérieuse. Tu crois que je vais te piquer des mecs ?

— Probablement pas exprès, mais… ouais.

— Très bien.

Et je ferme mon portable avant d'avoir raccroché.

— Hum, si c'est pas puéril, ça…, me dis-je tout haut. Qu'est-ce qui ne tourne pas rond chez moi ?

La question est rhétorique. Je n'ai pas vraiment d'amies proches, car je me suis arrangée pour éviter de nouer des liens. Taylor est la copine la plus pratique pour moi. Elle ne m'en demande jamais beaucoup, et c'est réciproque. Alors, d'où je sors cette attitude de looseuse et de pot de colle ? Mystère. Mais ça me fait de la peine que Lili nous prenne ce qu'on a partagé pendant neuf ans. Je viens à l'instant seulement de me rendre compte que j'ai besoin des gens, contrairement à ce que je pensais. Et ça m'effraie un peu.

Matt

Je patiente dans le couloir, et j'éprouve un léger vertige quand je finis par l'entendre monter l'escalier. Détaillant ma forme humaine, je m'adosse contre le mur en tâchant d'avoir l'air naturel. Je devrais être occupé à quelque chose au lieu de rester simplement planté là, comme un type animé de mauvaises intentions. Elle arrive en haut des marches et, pendant une seconde, je panique ; je me demande en quoi pourrait bien consister ce fameux « quelque chose ». Je m'assois en me laissant glisser le long du mur. Un exemplaire usé du *Guerre et Paix*, de Tolstoï, se matérialise entre mes mains, et des lunettes à monture noire apparaissent sur mon nez. J'opte pour le look de l'intello. Ça ne peut pas faire de mal qu'elle me prenne pour un mec cultivé.

Je sais que Gabriel en ferait une maladie, mais ma sœur est chez nos parents, à l'abri du champ protecteur de papa, donc je n'ai pas besoin de rester avec elle. Elle est en sécurité là-bas. Aucun démon ne pourrait s'introduire dans la maison.

Alors me voilà. Je n'ai pas pu m'en empêcher. J'ai besoin de mieux la connaître.

Lili s'engage dans le couloir, passant en revue une liasse de publicités, et elle ne me remarque qu'au moment où elle trébuche sur mes jambes. Elle pousse un juron et baisse la tête pour identifier l'obstacle. En me voyant, elle recule de quelques pas, les yeux écarquillés.

Je me remets sur mes pieds.

— Oh ! je suis vraiment désolé, dis-je en m'arrangeant pour qu'elle voie mon bouquin.

Plissant les paupières, elle me contourne en se collant contre le mur opposé et se dirige vers son appartement à reculons.

— Qu'est-ce que tu fabriques assis là ?

— J'attends Luc, c'est tout. (J'indique la piaule du démon.) Je suis vraiment désolé. Je voulais pas te faire peur… ni essayer de te tuer.

Mon sourire semble porter ses fruits, parce que les épaules de Lili se décontractent, et elle paraît moins sur la défensive.

— Alors, comme ça, tu attends Luc ?

— Ouais. J'ai frappé, mais y a personne.

Elle fronce les sourcils.

— Je crois bien qu'il a dit qu'il travaillerait tard.

— Oh ! Merci. M'est avis que je vais poireauter un bon moment.

Elle s'éloigne sans répondre, mais je jurerais qu'un infime sourire taquine ses lèvres avant qu'elle introduise la clé dans la serrure. Ma bonne humeur m'abandonne lorsqu'elle referme la porte derrière elle. Je l'entends verrouiller ce qui peut l'être.

Je patiente, espérant qu'elle va réapparaître et, juste au moment où je me résous à partir retrouver Frannie, la clé tourne de nouveau. Le battant s'entrouvre, et Lili passe la tête à l'extérieur.

— Euh… tu peux attendre chez moi si tu veux.

— Merci.

Je m'avance jusqu'à elle, et elle m'examine longuement, attentivement. Je ne sais pas trop ce que je devrais dire. Mais alors, elle m'ouvre grand la porte.

— Tu as envie d'une bière, ou autre chose ?

Mes pieds m'entraînent dans l'appartement de leur propre chef et, pendant une fraction de seconde, je me demande ce que je fabrique. Mais je bloque cette pensée.

— Avec plaisir, dis-je, un peu fébrile.

Je regarde autour de moi. C'est le foutoir. L'appart ressemble comme deux gouttes d'eau à celui de Luc, sauf qu'il y a de la vaisselle sale et ce qu'on peut appeler du… bordel partout. Lili a négligemment jeté le courrier qu'elle vient de rapporter au sommet d'un monticule de papiers qui se dresse sur le plan de travail.

— Désolée, c'est un peu le bazar, dit-elle, m'assenant l'évidence.

Elle enlève du canapé un petit tas de vaisselle, et l'ajoute sans cérémonie au-dessus de la pile plus imposante qui se trouve déjà dans l'évier.

— Assieds-toi.

Ce que je fais.

Elle sort deux bières du réfrigérateur, puis vient s'asseoir à côté de moi, assez près mais pas au point de me toucher. J'ai la bouche sèche, alors la boisson me soulage, et on discute de tout et de rien pendant un bout de temps. Mon cerveau tourne à plein régime, alors j'ai du mal à ne pas perdre le fil de la conversation. Cela dit, je me réjouis que Lili ne me pose pas de questions auxquelles je ne pourrais pas répondre.

— Une autre bière ? me propose-t-elle en agitant sa propre bouteille vide.

Elle se lève. Maintenant qu'elle n'est plus à côté de moi, et même si on ne se touchait pas, j'ai soudain froid.

— Non, ça va.

— Je vais à une fête, ce soir, dit-elle en mettant la tête dans le frigo. Je pourrais demander à ma copine si ça la dérange pas que tu viennes. (Elle tripote l'étiquette de sa bouteille.) Si ça te dit.

Une décharge électrique me traverse. C'est tout réfléchi, sauf que…

— J'ai déjà… Je ne peux pas. Désolé.

Pathétique. C'est dans des moments comme celui-ci que je regrette de ne pas pouvoir mentir.

— Pas de problème, répond-elle en décapsulant sa bière.

Mais elle ne me regarde toujours pas.

— J'ai vraiment envie de venir, je précise.

Je m'exprime avec tant de véhémence que mon visage s'échauffe, et je redoute soudain de rougir. Je ne savais pas que c'était possible chez les créatures dépourvues de sang.

— Mais tu as une petite amie, déclare-t-elle, levant cette fois les yeux vers moi.

— Non !

Achevez-moi...

— Alors, pourquoi tu ne peux pas m'accompagner ?

— Je suis censé faire... quelque chose.

Le quelque chose que je fais toujours.

— Envoie tout péter.

— Si seulement c'était possible...

Elle baisse les yeux, mais sourit.

— C'est le drame de ma vie. Les bons numéros ont toujours mieux à faire.

Elle me voit comme un « bon numéro ». Je me sens tout endolori. Les anges peuvent-ils faire une crise cardiaque ?

— OK. Je viens.

— Sûr ? demande-t-elle en braquant son regard sur moi.

— Certain.

Qu'est-ce que je fabrique ?

Je m'affranchis des règles.

Un étrange sentiment monte du tréfonds de mon être ; j'ai l'impression d'imploser et d'exploser simultanément, et cette sensation me fait frémir.

— Certain, je répète, en sentant un sourire apparaître sur mon visage.

Au-dedans, je me sens tout tendu, sauvage, incontrôlable. Et ça me plaît. C'est ce qu'on ressent lorsqu'on prend des décisions par soi-même. Lorsqu'on fait ce qu'on a envie. C'est extraordinaire de me dire que je peux peut-être avoir une vie digne de ce nom.

Je patiente dans le couloir pendant que Lili se change et, lorsqu'elle me rejoint, je renonce à toute réflexion cohérente. Elle a troqué son survêt gris contre un jean et un haut noir ample, et s'est improvisé un chignon qui dégage son visage. Elle est belle.

— Waou !

Doux Jésus, pourquoi je n'arrive pas à fermer mon clapet ?

Mais elle me sourit et se met à rougir, alors je me dis que j'ai sans doute pas trop merdé. On prend son pick-up et je ne la quitte pas des yeux de tout le trajet. Quand on se gare dans l'allée de chez Taylor, ça me fait drôle de faire semblant de découvrir les lieux, après tout le temps que j'ai passé sous ce porche avec Frannie. Taylor arrive d'un pas dansant et ouvre la portière côté passager. En me voyant, elle marque un temps d'arrêt, puis un sourire lascif gagne ses traits.

— Ooh… bien joué, Lili.

— Je m'appelle Matt, dis-je.

Elle prend la main que je lui tends, et se hisse dans le pick-up. Je me décale sur la banquette pour lui faire de la place, mais elle se glisse jusqu'à moi, si bien que nos cuisses se touchent.

— Taylor.

Ses yeux me dévorent tout cru.

— J'espère que ça te dérange pas, dit Lili en se penchant pour s'adresser à elle.

— Les garçons sont toujours les bienvenus, Lili, répond Taylor en collant son épaule contre la mienne. Surtout lorsqu'ils sont aussi craquants que celui-ci.

Nous roulons vers le nord de Boston, jusqu'à un quartier composé de vieux édifices de grès brun et morne. De temps à autre, j'aperçois des groupes, parfois d'ados, parfois de sans-abri, qui traînent sur le trottoir. Tout a l'air gris : les immeubles, les voitures, les gens. L'endroit respire la désolation et le désespoir.

— Là, annonce Taylor en désignant une place libre entre une nuée de Harley et un vieux corbillard noir.

Lili se gare pendant qu'elle range le GPS dans son sac.

— Comment tu as entendu parler de cette soirée ? lui demande Lili, considérant le corbillard d'un air dubitatif.

— Par un mec hyper canon. Il joue dans un groupe, explique Taylor, le regard pétillant.

Lili ne semble toujours pas très convaincue, mais elle ouvre la portière et descend lentement de la voiture. Je fais de même, et nous contournons le pick-up pour rejoindre Taylor qui nous attend sur le trottoir.

On se dirige vers un bâtiment qui fait l'angle et duquel s'échappe, à un volume assourdissant, une reprise du *Purple Haze*, de Jimi Hendrix. Un groupe d'ados postés là nous siffle. Il est vrai que Taylor est à son avantage, et que sa courte jupe noire est destinée à attirer les regards.

La porte étant ouverte, nous entrons. Instantanément, l'odeur douceâtre du cannabis nous monte aux narines. Suivant la direction que nous indiquent la musique et la fumée, nous empruntons sur une courte distance un passage sombre pour déboucher dans une pièce presque plongée dans l'obscurité, où s'entassent des corps ondulants. Là, l'odeur de l'herbe se mêle à celle, plus brute, des danseurs en sueur, et je me retrouve submergé par des visions évoquant l'assouvissement de besoins primitifs. Sentant mes propres désirs s'éveiller, je respire un bon coup.

Un sourire étire les lèvres de Lili. Elle est manifestement envoûtée par la foule vêtue de cuir qui évolue dans la pénombre.

Taylor, bouche bée, n'a d'yeux que pour le groupe qui est en train de jouer dans un coin de la pièce. Elle se dirige vers l'estrade basse tenant lieu de scène, en jouant des coudes pour se frayer un chemin entre les danseurs qui tournent, agités de mouvements convulsifs.

Mon sixième sens bourdonne intensément. Il y a des démons ici. Plein de démons. Mais ils se sont si bien mêlés à la foule des mortels que j'ai du mal à les identifier.

Lili me tire par le tee-shirt et m'indique le coin des boissons ; un tonnelet est posé dans un seau plein de glace. Elle prend les deux premiers verres en plastique rouge dans la pile, et me tend le premier. Je nous sers au robinet.

Dans mon dos, quelqu'un me bouscule, et ma bière déborde. Me retournant lentement, je découvre un grand type maigre d'une vingtaine d'années qui, sans dire un mot, me toise de ses yeux noirs et denses. Il sait parfaitement ce que je suis.

Et la réciproque est vraie.

— Qui t'a invité ?

Avant que je puisse répondre, il se tourne vers Lili.

— Toi, demoiselle ?

Lili prend la main qu'il lui tend, et il dépose un baiser sur ses doigts. Un sourire oblique éclaire son visage sombre.

— Parce que, dans ce cas, je suis prêt à pardonner ce comportement un peu cavalier.

— Oui, c'est moi.

J'entends à peine la voix de Lili par-dessus la musique.

— Je m'appelle Chax. Je suis vraiment enchanté de faire ta connaissance.

— Lili.

Je m'interpose entre elle et le type, séparant leurs mains.

— Et moi, je m'appelle Matt. (Je n'ai qu'une envie, c'est d'emmener Lili loin d'ici.) On était sur le point de partir.

— Ce n'est pas à toi que je parlais, rétorque le dénommé Chax sur un ton devenu glacial.

Il se retourne au moment où un mec, plus petit que lui, mais dont les longs cheveux noirs attachés en queue-de-cheval et les yeux noirs, froids, sont identiques aux siens, est justement en train de sortir de la cuisine. Il tend le bras en l'air.

— Hé ! Andrus !

Les corps semblent s'écarter telle la mer Rouge sur le passage du gars en question. En arrivant près de nous, son visage se barre d'un sourire maléfique.

— Andrus, j'aimerais te présenter Lili, dit Chax en passant un bras autour des épaules de son pote.

Lili se décale vers moi, et je l'enlace par la taille. À son contact, mon pouvoir enfle et je me sens soudain invincible.

Le sourire concupiscent de Chax exprime désormais une malveillance pure.

— Oh ! et son ami Matt, ajoute-t-il en agitant négligemment la main.

Le groupe cesse de jouer à cet instant et, malgré le bruit des conversations, des cris et des vivats, il règne un calme anormal.

— Salut, dit Lili.

Elle tire sur son haut en observant Andrus avec insistance. Celui-ci hoche la tête d'un air songeur et titille avec sa langue le piercing qu'il porte à la lèvre inférieure.

— Je peux vous demander comment vous avez eu vent de notre petite réception ?

Lili jette un coup d'œil en direction de Taylor, qui tire sur un joint que vient de lui donner un grand type bien bâti aux cheveux noirs en bataille. Son jean et son tee-shirt noir sont tous les deux déchirés, et il porte une basse noire en bandoulière dans le dos.

— Je crois que c'est ce mec-là qui nous a invités… Qui a invité notre amie, en tout cas, explique Lili.

— Marc s'est trouvé un nouveau joujou, dit Andrus en échangeant avec Chax un regard de connivence.

Puis il adresse un sourire carnassier à Lili.

Il faut vraiment que je sorte les filles de là.

— Bon, Lili… tu es prête à y aller ? je lui demande en resserrant mon bras autour de sa taille.

Le sourire de Chax s'élargit et ses yeux, sans jamais quitter Lili, s'embrasent sous le faible éclairage.

— Vous ne partez pas tout de suite. La soirée vient de commencer.

Il attrape Lili par la main, m'obligeant à la lâcher, et l'entraîne au fond du salon, vers un canapé où une place libre apparaît comme par magie. Il s'y installe et se tapote la cuisse pour inciter Lili à le rejoindre.

Fureur et jalousie m'envahissent, et j'éprouve toutes les peines du monde à ne pas le châtier sur-le-champ. Je me vois déjà rassembler mon pouvoir pour le réduire à néant… ou du moins pour le renvoyer en Enfer.

— Hum… je ne crois pas, non, répond-elle.

Bonne petite, me dis-je.

Elle se tourne vers moi et, pendant rien qu'une seconde, j'ai l'impression qu'elle me voit vraiment tel que je suis. Son regard accroche le mien, et ses lèvres s'incurvent en un léger sourire. Elle me prend la main, entrelaçant ses doigts aux miens, et tout mon être explose, extatique.

12

‡

Terrasser ses démons

Frannie

Je commence à péter sérieusement un câble. M'asseyant sur ma chaise de bureau, j'appuie mon menton contre l'encadrement de la fenêtre et guette la Shelby, tout en contemplant le gris-rose changeant du crépuscule sans vraiment le voir.

Bon Dieu, où est passé Luc ? Comment de temps ça peut bien prendre, de déplacer quelques piles de livres ?

Si je lui file un coup de main, ce sera toujours ça de gagné.

Je me lève d'un bond, enfile mes tongs et dévale l'escalier. En traversant le salon, je fais signe à mes parents.

— Je vais à la bibliothèque.

Papa engueule le téléviseur.

— La vache ! Fichu Jeter[1] !

— Daniel ! le gourmande maman avant de s'intéresser à moi. Ce n'est pas fermé, à cette heure-ci ?

---

1. Derek Jeter, qui joue pour les Yankees. (*NdT*)

— Luc travaille tard, il y a un déménagement. Je vais l'aider, je lui explique en me dirigeant vers l'entrée.

— Bien, mais appelle-nous si tu ne rentres pas directement après.

Je pars d'un pas guilleret, monte dans ma Mustang, mets le contact… et pousse un hurlement lorsqu'un démon aux cheveux brun-roux, absolument gigantesque, se matérialise sur le fauteuil passager.

— Salut, dit-il.

Je ressors sans demander mon reste.

Mon instinct me dicte naturellement de m'enfuir. Mais je me rappelle alors que Luc a dit avoir besoin d'informations. Je me campe fermement sur mes pieds, et cherche à tâtons le crucifix qui pend au bout de sa chaîne, en tâchant d'avoir l'air moins effrayée que je le suis. Je n'ai pas oublié les dégâts que mon ancien crucifix avait infligés à Bélias, et j'espère ne pas être obligée de me servir de celui-ci.

— Qui êtes-vous ?

— Mon nom est Rhenorian, déclare-t-il d'une voix douce, ostensiblement destinée à m'apaiser. (Il sourit.) Mais mes amis m'appellent Rhen.

Mon cœur tente de me suicider en se jetant inlassablement contre ma cage thoracique.

— Qu'est-ce que vous voulez ?

Il m'examine comme s'il essayait de me percer à jour.

— Il l'a fait pour toi, n'est-ce pas ?

— Qui a fait quoi ?

— Lucifer. Il est humain.

— Je sais.

— Comment il a réussi ?

Je mens.

— J-je sais pas.

— Il a dit que quelqu'un l'a changé en humain. Qui ?

— Je sais pas, je répète.

Il coupe le moteur de ma Mustang, retire la clé et descend du véhicule. Ce faisant, il déplie sa grande carcasse et m'adresse un rictus glacial du haut de ses deux mètres dix.

— Tu mens vraiment très mal. (Il me lance la clé par-dessus la voiture.) Crois-moi, je suis un professionnel.

Malgré ma panique, quelque part dans un coin de ma tête, je me fais la réflexion que Matt devrait être là.

— J'ignore comment ça marche.

— Moi, je crois que tu sais, réplique le démon en contournant lentement la voiture.

— C'est pour ça que vous suivez Luc ?

Ma gorge se serre sous l'effet de la peur, étranglant mes paroles. Qu'est-ce que je fabrique ? Il ne me dira rien.

Reculant de quelques pas, je me concentre.

Luc ne vous intéresse pas.

Il marque un temps d'arrêt, et ses traits se vident de toute expression. Mais, l'instant d'après, il secoue la tête et braque sur moi un regard acéré dénué de doute.

— Je découvrirai ce que je veux savoir.

— Lui non plus, il ne pourra pas vous dire comment ça marche. Il ne le sait pas.

— C'est ce qu'on verra, rétorque Rhenorian.

Je fléchis les genoux tandis qu'il avance vers moi, faisant abstraction des battements effrénés de mon cœur et m'efforçant de rester focalisée sur son esprit. *Partez. Luc ne vous intéresse pas. Luc ne vous intéresse pas. Luc ne vous intéresse pas.*

Il bat légèrement en retraite, l'air désorienté.

Je réitère ma poussée mentale. *Luc ne vous intéresse pas.*

Le bruit d'un moteur attire l'attention de Rhenorian, et il tourne la tête au moment précis où Luc arrête la Shelby au bord du trottoir en faisant hurler les freins. Son visage s'éclaire.

Luc bondit de sa voiture, les yeux écarquillés, et se place à mon côté.

— Fiche-lui la paix, Rhen.

— Quand j'aurai obtenu des réponses, répond le démon avec un sourire incisif.

— Par tout ce qui est impie, Rhen, il n'y a rien à dire !

Inspirant profondément, j'essaie de nouveau d'influencer Rhenorian. *Luc ne vous intéresse pas.*

— Va-t'en, dit Luc.

Je recule de quelques pas sans jamais perdre de vue notre adversaire. Il ne manifeste aucune intention de me suivre, mais il arbore une expression difficile à définir.

Luc et moi lui tournons le dos et remontons l'allée précipitamment. Je retiens mon souffle, m'attendant presque à le voir s'interposer entre nous et la maison.

Partez. Luc ne vous intéresse pas.

— À la revoyure, nous lance-t-il.

On entre, refermant la porte derrière nous, et je m'appuie contre le mur, tremblante, persuadée que je vais vomir. Kate descend à ce moment-là. Elle fronce le nez en apercevant Luc.

— Hé, comment tu as fait pour arriver avant Chase ?

Luc, l'air soucieux, entrelace ses doigts avec les miens avant de s'adresser à ma sœur.

— Il était en train de faire la fermeture quand je suis parti. Je suis sûr qu'il ne va pas tarder.

— C'était rapide, dit ma mère en se désintéressant momentanément de ses mots croisés.

— Ouais. Luc m'a évité le trajet, on s'est croisés devant la maison. (J'espère qu'elle ne remarquera pas que ma voix tremble.) On monte.

Elle n'ajoute rien, et la signification de son silence est limpide.

Une fois qu'on est dans ma chambre, Luc ferme la porte. Je songe à la règle établie par maman, mais je ne réagis pas.

— Qu'est-ce qui s'est passé ?

— Je vais bien. Merci d'avoir posé la question.

Il m'attire contre lui et me serre à m'étouffer.

— Frannie, quand je t'ai vue dehors avec lui...

— Je m'ennuyais, dis-je en m'écartant. Je me suis dit que, si je venais t'aider à la bibli, tu aurais fini plus vite.

Il plisse les paupières et pince les lèvres en une ligne dure.

— Bon sang, où est passé Matt ?

— Bonne question.

— Ça ne va pas. Gabriel s'est planté. Matt n'est pas à la hauteur.

Il s'exprime posément, mais son expression n'a rien de calme. Une tempête couve dans les mares noires de ses yeux.

— Arrête ça, Luc. Matt est ici. Je suis certaine qu'il se serait manifesté si j'avais vraiment été en danger.

— Appelle-le.

C'est un défi qu'il me lance. Je m'approche de lui et lui adresse mon meilleur sourire de tentatrice ; ça ne se résume sans doute pas à grand-chose, mais je n'ai pas mieux.

— Là, tout de suite, j'ai pas envie de le voir, dis-je en introduisant ma main sous son tee-shirt pour tâcher de le faire penser à autre chose.

Parce qu'en vérité je ne pense pas que Matt soit avec nous.

Luc enroule ses doigts autour de mes poignets et porte mes mains à son visage, les frôlant avec ses lèvres.

— Appelle-le, insiste-t-il.

— Non, je rétorque, en me dégageant vivement. Toi, appelle-le.

— Si c'est moi, il refusera de venir juste pour m'agacer. Ou alors il est occupé et ne m'entendra pas. Si c'est toi, il n'aura pas le choix.

Je croise fermement les bras.

— Très bien.

Matt

Assis près de Lili, il me serait facile d'oublier qu'on se trouve dans un endroit infesté de démons. Le groupe continue à martyriser ses instruments, et le tempo syncopé me remue jusqu'à la moelle.

Mais le bassiste ne joue pas. Taylor est collée contre lui, les mains sur ses épaules, et ils échangent un baiser, oscillant lentement à l'unisson. Je sais que je devrais aller la chercher, mais Lili est tout près de moi sur le canapé, et sa chaleur est communicative... Je ne vais nulle part. Le contact de sa paume est fabuleux. Électrique.

Je passe un bras autour de ses épaules et l'attire contre moi. Malgré la pénombre, le regard qu'elle me lance est sans équivoque. Mon doigt se perd dans ses cheveux tandis qu'elle pose la main sur ma cuisse, me procurant des sensations inconnues. Elles se propagent, enflant dans mon ventre mais éveillant aussi certaines parties de mon anatomie, si bien que je finis par ne plus penser qu'à Lili. Tout le reste se dissipe quand je me penche pour l'embrasser.

Et c'est là que je perçois l'appel.

Frannie.

Bordel !

Je bondis du canapé.

— Je dois y aller, Lili... désolé.

— Quoi ?

Je la prends par la main pour qu'elle se lève.

— Je dois partir... tout de suite. Et toi aussi. Tu peux pas rester ici.

— Bon, OK. Je vais prévenir Taylor.

— Elle est là-bas, dis-je en lui indiquant l'estrade.

Je sens ma forme humaine m'échapper progressivement.

— Va la chercher et sortez d'ici.

— Tu ne nous attends pas ?

— Impossible. Désolé. (Je commence à reculer vers le couloir.) Attrape Taylor et barre-toi. Tout de suite.

— Comment tu vas rentrer ? demande-t-elle, pétrifiée.

— T'inquiète pas pour ça. Chope Taylor et va-t'en.

Je capte son regard pendant un instant encore, puis je pars en courant pour ne pas être contraint de me volatiliser devant tout le monde. C'est ce qu'on risque quand on est visible. En tant que gardien, vous devez immédiatement cesser toute activité et rejoindre votre protégé lorsque celui-ci vous appelle.

Une fois sorti du bâtiment, je me transporte jusque dans la chambre de Frannie en jurant sous cape. Ma sœur est assise sur son lit et Luc debout près de la porte. Et ils n'ont pas l'air contents.

— Quoi ?

— Dis-moi que c'est une blague…

Luc a beau paraître calme, il est trahi par le fait qu'il serre et desserre les poings sans relâche.

— Est-ce que ça va ? Il s'est passé quelque chose ?

Ma jumelle m'interroge en silence.

— Où tu étais fourré, bordel ? gronde Luc.

— J'étais… je n'ai rien senti.

Je grimace malgré moi, incapable de soutenir le regard de ma sœur.

— Je me moque de ce que tu as « senti » ou pas, réplique Luc avec aigreur. (Sa mâchoire se crispe.) Frannie avait des ennuis et toi, le grand protecteur, tu étais introuvable.

Je ferme les yeux, et une terreur glacée me monte au ventre.

— Qu'est-ce qui s'est passé ?

— Rhenorian est venu, dit Frannie.

— C'est nouveau ? je m'enquiers, soulagé. Il suit Luc, non ?

— Il était ici, moi non, rétorque le démon en me transperçant du regard.

Ses paroles me font l'effet d'un coup de poing à l'estomac. Ce n'est pas ce qui était prévu avec Rhenorian.

— C'est *toi* qu'il voulait ? je demande à ma jumelle en m'efforçant de garder un ton égal.

— En quelque sorte. Il voulait savoir comment Luc a changé.

— Il n'en avait pas après toi ? intervient Luc.

— Non. Il m'a demandé de quelle façon tu es devenu humain. Il pense que tu l'as fait pour moi, et il veut savoir comment ça a marché.

Luc se laisse choir sur la chaise de bureau, les coudes sur les genoux et la tête entre les mains.

Je me poste à la fenêtre. Rhenorian, les yeux rivés sur la maison, est debout sur le trottoir près des arbustes du voisin. M'apercevant, il me salue d'un geste de la main. Agacé, je lui envoie un avertissement sous la forme d'un trait de lumière blanche. S'il déconne avec Frannie, il n'est plus mon allié. Toutefois, même si ça me fait mal de l'admettre, il reste ma meilleure chance d'éloigner Luc de ma sœur.

— Bon, on dirait que c'est toi qui la mets en danger, tout compte fait, dis-je, retournant ma contrariété contre Luc.

Il relève la tête. Son visage est tourmenté, comme s'il avait déjà compris tout seul.

— Matt a raison, dit-il. C'est moi que veut Rhenorian. Si je ne suis pas là, il n'a aucune raison de s'approcher de toi.

Oui… Allez, Frannie, rends-toi à l'évidence.

La panique qui passe dans le regard de ma jumelle m'indique cependant que ce n'est pas près d'arriver.

— Tu ne vas nulle part, décrète-t-elle en se levant de son lit.

— Frannie, sois raisonnable…, dit le démon en attrapant la main qu'elle tend vers lui.

— Tu devrais le laisser partir, Frannie, j'interviens, jouant mon va-tout. Il te met en danger. Même moi, je m'en rends compte.

Mais je parle dans le vide. Ma sœur s'assoit sur les genoux de Luc et lui passe les bras autour du cou.

— Nan. Si tu t'en vas, tu vas devoir m'emmener.

Butée, comme toujours.

Une lueur d'espoir apparaît sur les traits de Luc.

— C'est peut-être ça qu'il faut qu'on fasse… Partir, tout bonnement. Grâce à notre Bouclier, ils ne devraient pas réussir à nous retrouver. On n'aurait qu'à les semer. Et si on allait à L.A. ? On pourrait partir un peu plus tôt.

— Et qu'est-ce qu'on dirait à mes parents ?

— Ils nous croiraient si tu leur expliquais qu'on a décidé de déménager plus tôt. Sers-toi de ton Emprise.

— Hors de question que je l'utilise sur mes parents, Luc, dit-elle sévèrement. Et, de toute façon, je ne suis pas encore prête.

— Donc, en résumé, si tu restes et lui aussi, dis-je à ma sœur, il faut qu'on trouve un moyen pour que Rhenorian vous lâche.

Luc me rend le regard peu amène que je lui lance.

— Ce serait un bon début si tu étais disponible. Tu as une mission à remplir, Matt.

Il a raison. Et il faut que je m'y mette. J'ai été bête de penser, ne serait-ce qu'une seconde, que je pourrais avoir une vie. Je dois cesser d'être obsédé par Lili. C'était une grossière erreur que de vouloir la fréquenter. Ça n'a rien changé ; à vrai dire, il se peut que la situation ait même empiré. Je l'ai laissée me convaincre d'abandonner Frannie. Ça ne se reproduira pas.

J'ignorais que les anges pouvaient souffrir de maux de tête mais, tandis que les pensées bourdonnent dans mon cerveau à une vitesse étourdissante, je suis à peu près certain que c'est ce qui est en train de m'arriver. Je m'assois au bord du lit de ma sœur, les coudes appuyés sur les genoux, et me pince le front.

— Je m'occupe de Frannie. Toi, vois comment nous débarrasser de Rhenorian.

13

Beautés diaboliques

Luc

Matt m'a semblé prendre sa mission plus à cœur, ces trois derniers jours. J'ai demandé à Frannie de le tester, de l'appeler un peu n'importe quand, et il a toujours répondu présent. Ce matin, je ne suis pas trop inquiet. Frannie est à la messe avec sa famille, et il y a peu de chances que Rhenorian, ou même un autre démon, entrent dans l'église. Ce n'est pas que les bondieuseries nous foutent les jetons. Simplement, il est beaucoup trop difficile de résister à l'envie d'éclater de rire. Pas l'idéal quand on cherche à se fondre dans la masse.

On frappe, et je me prends à espérer que Frannie a zappé l'office. Mais c'est Lili, munie d'un bol à céréales blanc, que je découvre sur le palier.

— Salut. Je suis à court de lait, du coup mes Miel Pops font la gueule. Je peux t'en piquer ?

— Pas de problème, dis-je en ouvrant grand la porte.

Lili se faufile sous mon bras, et je referme derrière elle.

— Merci. Je crève la dalle, et j'ai que des Miel Pops à me mettre sous la dent. Carrément pathétique, non ?

Je lui montre le contenu de mon réfrigérateur : une bouteille de lait presque vide, une demi-plaquette de beurre, un carton privé de la majorité de ses douze œufs d'origine, une part esseulée de pizza au pepperoni négligemment enveloppée dans de la cellophane, ainsi qu'une boîte à emporter estampillée *La Maison de bambou de Ming* et contenant Dieu sait quoi.

— Pas tant que ça, dis-je avec un sourire, qu'elle me rend.

Et, pour la première fois, je remarque qu'elle est assez séduisante, en fait. Ce matin, ses cheveux sont ramenés en arrière, si bien que je distingue vraiment ses traits. Même sans maquillage, ils sont beaux et réguliers.

— Prends donc un bol et deux cuillères, me dit-elle. J'ai des Miel Pops à plus savoir quoi en faire.

Elle part en courant, laissant la porte ouverte. Au bout d'une minute, elle revient avec un paquet de céréales au miel de marque distributeur. Je me sors un bol, et elle me sert avant de partager équitablement les derniers centilitres de lait.

S'asseyant en face de moi, elle enlève son sweat gris extra-large. En dessous, elle porte un short en jean délavé ainsi qu'un débardeur blanc, décolleté et presque transparent, qui laisse entrevoir son soutien-gorge noir.

Bon, bah, waou !

— C'est nouveau ?

— Ouais, répond-elle avec un sourire timide. Frannie m'a aidée à dénicher des trucs pas chers.

Je ne me serais jamais douté qu'elle cachait un tel corps sous toutes les fripes qu'elle porte d'habitude. Un coude sur la table, elle appuie son menton dans sa main, ce qui accentue son décolleté que je me surprends à mater. Je me force à examiner plutôt les boules jaunes flottant dans mon bol. Je nage en pleine confusion, mes pensées sont complètement embrouillées.

— Elle est dans le coin ?

— Qui ça ?

— Frannie.

Au son de sa voix, je comprends qu'elle sourit, mais je ne me résous pas pour autant à relever la tête.

— L'église. Elle est à l'église. (Je m'éclaircis la voix.) Alors, quand commencent les cours ?

Je regarde l'extrémité de ma cuillère faire remuer les boules jaunes l'une après l'autre.

— Dans six semaines. D'ici là, si j'ai de la chance, j'aurai suffisamment économisé sur ma paie du supermarché pour pouvoir m'acheter les bouquins.

— Bonne chance. Frannie commence à peu près à la même date. On part à L.A. dans un mois.

— C'est le grand saut. Tu as hâte d'y être ?

Je me débrouille pour scotcher mes yeux au visage de Lili.

— Ça nous fera du bien de passer à autre chose, ailleurs.

Ses doigts quittent sa joue pour se poser sur la bretelle de son soutien-gorge, qui pointe sous celle du débardeur.

— À un moment, on a tous besoin de ça, dit-elle tout bas, avec douceur.

J'approuve d'un « mmh » en reportant mon attention sur mes céréales. J'enfourne une grosse cuillerée.

— Qu'est-ce que tu feras, une fois à L.A. ?

— Je sais pas encore bien, je réponds entre deux bouchées. Peut-être chercher un boulot.

— Du genre…

— Bonne question.

— Tu devrais tenter le mannequinat. Les grosses agences sont à New York, mais il y en a aussi quelques-unes de bonnes à L.A.

Je ris.

— Tu crois que je plaisante ? demande-t-elle en haussant les sourcils.

— Oui.

— Eh bien, non. Les femmes bavent devant les mecs comme toi, ténébreux et respirant le danger.

Elle, elle n'est pas mal non plus. Nos regards se croisent lorsque je lève la tête, et une sensation primitive naît en moi. Je lis sur ses traits quelque chose qui ne devrait pas s'y trouver.

— On verra ça, dis-je en allant poser mon bol dans l'évier.

Je le rince consciencieusement en faisant le vide dans mon esprit, n'y laissant que l'image de Frannie. Une fois que j'ai retrouvé mes moyens, je m'écarte du plan de travail et me tourne vers Lili.

— Je dois partir à la bibliothèque.

— Merci pour le lait, répond-elle en se levant.

Elle veut ramasser son bol mais le fait tomber. Le lait gicle et les Miel Pops s'éparpillent par terre.

— Merde !

Elle se penche et commence à ramasser des poignées de céréales pour les remettre dans le bol. Muni d'une poignée de feuilles d'essuie-tout, je m'accroupis près d'elle pour éponger le lait. Sa main frôle la mienne, me donnant le frisson. Je fais comme si je ne venais pas de ressentir une bouffée de désir charnel d'une intensité inédite.

— Désolée, susurre-t-elle.

— Pas de souci. Je gère, dis-je en lui adressant un geste de la main.

Mais je suis incapable de la regarder.

— Si tu veux t'occuper après le boulot, je serai dans le coin, ajoute-t-elle, s'arrêtant sur le seuil avant de s'en aller.

Elle referme la porte derrière elle, et moi j'en reste comme deux ronds de flan. Planté là, le souffle court, j'essaie de comprendre ce qui a bien pu se passer.

FRANNIE

— Ce mec est à tomber par terre, dit Taylor, appliquant du gloss par petites touches sur ses lèvres gonflées.

Elle a l'air un brin extatique. C'est bien la première fois que je la vois comme ça.

— On s'est vus tous les soirs depuis jeudi, poursuit-elle, et hier, à l'arrière de son corbillard, il m'...

— Un peu de retenue, Tay, dis-je, l'interrompant d'un geste. Tu ne crois pas que les choses vont peut-être un peu vite ?

Par miroir interposé, elle m'inflige le regard mauvais qui est sa marque de fabrique.

— Je veux dire, tu viens juste de le rencontrer.

Elle range le gloss dans son sac et fait volte-face, les poings sur les hanches.

— Tu peux causer. Il y a pas si longtemps, c'est *deux* mecs canons que tu te faisais.

J'ai le cœur qui fait des ratés en pensant à Gabe, et je baisse les yeux.

— C'était différent...

— Seulement parce qu'ils étaient deux. Ce qui fait que tu es deux fois pire que moi.

— ... et on faisait que s'embrasser.

Un sourire aguichant étire ses lèvres.

— Mais ça a changé...

Mes joues s'échauffent insidieusement.

— Je le savais ! jubile-t-elle.

Secouant la tête, je me laisse choir sur ma chaise de bureau.

— Alors, comment c'était, la soirée où tu as emmené Lili ? je demande, avec moitié moins d'agressivité que je l'espérais.

Elle se laisse tomber sur mes oreillers d'un air enjoué.

— Extra, dit-elle, toute jouasse. (Puis elle se renfrogne.) Jusqu'à ce que Lili me kidnappe.

— Et elle est venue accompagnée, c'est ça ? j'ajoute, curieuse malgré moi.

— Ouais. Carrément sexy, lui aussi. Les cheveux blond foncé, ondulés comme les tiens mais en plus courts, et des yeux bleus magnifiques. Je crois bien que Lili a des vues sur lui.

L'idée que la timide Lili ait des vues sur quelqu'un me fait sourire.

— Comment il s'appelle ?

— Matt.

J'en reste coite. Bordel de merde ! Il peut y en avoir combien, des Matt qui me ressemblent et que Lili connaît ?

— Ah oui ?

Je me rends à l'évidence ; Luc avait raison. Matt était en train de faire la fête avec Taylor et Lili pendant que Rhenorian me harcelait juste devant chez moi.

Taylor perçoit mon trouble.

— Tu le connais ?

— Ouais. C'est un ami de Luc. (Ainsi que mon frère et ange gardien mais, ça, je le passe sous silence.) Il les a présentés.

— Hum, j'aurais bien jeté mon dévolu sur lui s'il y avait pas eu Marc, mais bon… Tu as vu Marc. Il est vraiment à croquer.

Elle s'assoit en haussant les sourcils d'un air suggestif.

— Et il embrasse bien, à voir ta bouche, lui fais-je remarquer, railleuse.

Ses yeux pétillent.

— Il est *très* doué avec la sienne, déclare-t-elle, une moue sensuelle sur ses lèvres enflées.

Je l'arrête de nouveau en levant la main.

— Alors, vous vous revoyez quand ?

— Ce soir, à *La Crique*.

— C'est OK si on vient, Luc et moi ?

Rien qu'une seconde, je la sens méfiante.

— D'ac. Pourquoi pas. Tu vas retrouver Luc, là ?

— Non. Il est à la bibliothèque ce matin, et ensuite il me retrouve chez papi.

— Tu peux me déposer quelque part ? demande-t-elle en se décalant jusqu'au bord du lit.

— Chez Luc ?

— Chez Lili.

— Oh ! Vous allez faire quoi ?

Elle se laisse retomber à plat dos sur le matelas.

— Juste passer le temps.

J'attends qu'elle m'invite à l'accompagner, mais ce n'est manifestement pas près d'arriver.

— Prends le bus, dis-je avec aigreur.

Elle roule sur le côté et se redresse sur un coude.

— C'est quoi ton problème ? Tu vas chez ton grand-père. C'est ce que tu viens de dire.

— Je sais pas. J'ai dû croire qu'on passerait du temps ensemble.

— Bah oui. Et ensuite je vais voir Lili.

— Parfait. (Je souffle, agacée.) La sortie, c'est par là.

Elle se lève, me fusille du regard et sort son portable de sa poche. Moi, je lui tourne le dos, attrape un livre au hasard sur ma pile et contemple les lignes sans les voir. Taylor part comme une furie. Mais, avant que la porte se referme sur elle, je l'entends parler.

— Hey, Ry. Faut que tu me déposes chez Lili.

Luc

C'est toujours calme à la bibliothèque, le dimanche. Je suis en train de finir ce que j'ai à faire et m'apprête à rejoindre Frannie chez son grand-père lorsque, levant les yeux de l'écran, je vois Taylor et Lili pousser la porte avec nonchalance.

Taylor sourit en constatant mon étonnement. Elle n'est pas une lectrice assidue.

Je me focalise sur elle, étant donné que Lili est toujours vêtue de son débardeur et de son short. Je me lève du bureau et vais à leur rencontre sous le regard réprobateur de Mavis.

— Mesdemoiselles.

— Coucou, Luc, me salue Taylor en s'approchant trop près de moi, comme d'habitude. Sur quoi tu bosses ?

— J'entre les nouveautés dans le catalogue, dis-je en indiquant l'ordinateur. Je peux vous aider à trouver quelque chose ?

— Non, merci, répond Taylor en donnant un petit coup de coude à Lili. On vient juste vérifier une théorie qu'a Lili.

— Une théorie ? je demande, ma curiosité aiguisée.

— C'est rien, réplique Lili. (Passant son bras sous celui de Taylor, elle l'entraîne vers les ordinateurs destinés au public.) On peut trouver toutes seules ce dont on a besoin.

— À plus, dit Taylor en se tordant le cou pour me décocher un grand sourire.

Elles consultent le catalogue pendant plusieurs minutes, serrées l'une contre l'autre, avant de disparaître au milieu des rayonnages. Elles ressortent dix minutes plus tard, munies de trois imposants volumes. Les deux premiers, je les identifie immédiatement, étant donné qu'ils me sont extrêmement familiers : il s'agit des *Us et coutumes des démons* et d'une traduction moderne de *La Petite Clé de Salomon*. Je ne connais le troisième, un texte plus récent à propos de la magie noire, que vaguement.

Elles étalent les livres sur une table et commencent à les consulter en discutant à voix basse et en gloussant. Deux ou trois fois, elles éclatent même de rire, si bien que Mavis se déplace pour les faire taire. Une brise un peu vive suffirait à la faire s'envoler, menue comme elle est. Néanmoins, dans son antre, elle est suffisamment intimidante pour que les deux nanas ne recommencent à rire qu'une fois qu'elle est repartie.

Serrant son pull contre elle, elle circule lentement entre les hauts rayonnages, redressant les livres avec un soin d'obsessionnelle compulsive avant de regagner le bureau de son pas traînant. Au passage, elle gratifie Taylor et Lili d'un regard mauvais.

En m'approchant à mon tour, je repère un carnet posé entre elles. Lili est en train d'y noter quelque chose, mais elle le referme avant que j'aie pu voir ce dont il s'agissait. Je pose une fesse sur la table.

— Vous avez trouvé ce que vous cherchiez ?

Lili lève la tête vers moi, et esquisse un sourire.

— On maîtrise, merci.

— Parle pour toi, rétorque Taylor en lui donnant un coup de coude. (Et le sourire lascif qui n'appartient qu'à elle apparaît sur son visage.) Moi, je ne suis pas contre un soupçon de bibliothécaire pour agrémenter mes bouquins.

— Je vais te chercher Mavis, alors. Le soupçon, c'est son dada, dis-je, tout en jetant un coup d'œil à *La Petite Clé de Salomon*.

Elles l'ont ouvert à la page expliquant comment invoquer les démons et sous quelles formes ils se manifestent sur le plan terrestre. Un ramassis de conneries, vraiment. Aucun rituel n'est requis, contrairement à ce que suggère le bouquin. On se montre là où on a envie, quand on en a envie. Un mortel ne peut pas grand-chose contre ça.

— N'hésitez pas si vous avez besoin de quoi que ce soit, j'ajoute en me redressant.

En retournant au bureau, je sens qu'elles m'observent toutes les deux.

— Les jeunes, de nos jours, ils ne respectent plus rien, me confie Mavis, oubliant que je fais théoriquement partie du lot.

Se rendant compte de ce qu'elle vient de dire, elle m'adresse un sourire fugace.

— Certains d'entre eux, en tout cas. Toi, tu as une âme d'ancien, Luc.

Elle se renfrogne de nouveau.

— Probablement des satanistes, ces deux filles, conclut-elle en tirant la chaîne qu'elle porte autour du cou et en en triturant la croix.

Je ne peux réprimer un sourire.

— Qu'est-ce qui vous fait dire ça, Mavis ?

— Ce livre, *Magie noire moderne*. Elles étaient en train de recopier les pentagrammes représentés dedans. Je ne comprends pas cette fascination des jeunes pour les vampires et les démons. Plus c'est noir, mieux c'est. Ils ne veulent rien lire d'autre. Où sont passés les classiques ?

— Il y en a de très sombres. Bram Stoker, Mary Shelley, Edgar Allan Poe, dis-je, limitant mon énumération aux auteurs qui ne sont pas plus anciens que le bâtiment.

Il faudra que je pense à demander à Frannie de découvrir ce que trafique Taylor.

— Le monde va droit dans le mur, et c'est cette génération qui est au volant, déclare Mavis d'un air navré en indiquant Taylor et Lili avec emphase.

Mon sourire s'élargit.

— Nous verrons ça.

À cet instant, la porte s'ouvre sur Rhenorian qui entre d'un pas décidé. M'adressant un sourire carnassier, il fait le tour des lieux. En remarquant Taylor et Lili, il ralentit l'allure et semble momentanément surpris. Puis il s'en va, non sans me décocher un autre de ses rictus glaçants.

Tu collectionnes les conquêtes.

Jetant un bref coup d'œil à Lili, je laisse échapper un soupir coupable.

— Vous savez quoi, Mavis ? Il se pourrait que vous ayez raison.

Taylor et Lili se lèvent en faisant grincer leur chaise. La seconde m'adresse un regard ourlé de longs cils noirs tout en tournant négligemment les pages d'*Us et coutumes des démons*, puis elles sortent l'une derrière l'autre. M'approchant de leur table afin de ranger les volumes, je constate que Lili a laissé le sien ouvert à la page où sont évoqués Adam et Lilith, sa première épouse. L'histoire explique qu'elle a quitté l'Éden fâchée, puis qu'après avoir passé des années à arpenter la Terre et à séduire les hommes elle s'est alliée avec Lucifer.

Le premier succube.

Enfin un point sur lequel les mortels ne se sont pas trompés.

— Qu'est-ce que vous manigancez, toutes les deux ? je songe à voix haute, en refermant l'ouvrage.

14

‡

Pour les siècles des siècles

Frannie

Papi sort sans se presser du garage tandis que je me gare devant chez lui. Je descends de la Mustang décapotée, et il me serre dans ses bras à m'étouffer.

— On le sort aujourd'hui, ce moteur ? je lui demande en regardant la Shelby Cobra.

— Tout est prêt. Tu t'occupes du treuil.

Il me montre le levier de contrôle. Les chaînes du treuil sont accrochées au bloc-moteur.

— Luc sera là dans une minute. On devrait attendre.

Il fronce les sourcils.

— J'ai fait ça toute ma vie. J'ai pas besoin d'un gamin pour le faire à ma place.

— Je t'aime, papi, mais tu n'es plus tout jeune. Laisse-nous la main, juste pour le moteur.

— C'est un treuil, Frannie. Hydraulique. Tout va bien se passer.

Je le fusille du regard au moment où la Shelby de Luc apparaît dans l'allée. Il nous rejoint dans le garage, et nous dévisage l'un après l'autre.

— Bon...

— Dis à papi de laisser tomber.

Luc éclate de rire.

— Elle pense que vous allez m'écouter, alors qu'elle elle ne le fait jamais ? Où est-elle allée pêcher une idée si ridicule ?

Un sourire apparaît sur les traits de papi.

— Occupe-toi du moteur, dit-il, et moi je vais manier le treuil.

Luc, m'adressant un regard d'excuse, s'interpose en douceur entre moi et la voiture.

— Prêt, dit-il.

Papi actionne le treuil pendant que Luc guide le bloc-moteur et la transmission pour les dégager.

Je mets en position le support destiné à accueillir le moteur, mais papi me pousse pour que je m'écarte.

— Luc, tu sais manier le treuil ?

— Oui, monsieur.

Papi lui adresse un drôle de sourire, comme s'ils partageaient un secret tous les deux.

— Appelle-moi Ed.

— Très bien, Ed.

Il s'approche du mécanisme et commence à faire descendre le moteur, le posant délicatement sur le support, où papi l'arrime alors.

Luc hausse les sourcils d'un air triomphant, tout content, à l'évidence, d'avoir gagné la confiance de mon grand-père.

J'ai envie de hurler. Non seulement ils m'excluent, mais en plus ils sont en train de se lier d'amitié. Je sais que je devrais être contente mais, pour le moment, ça ne fait que m'agacer.

— Bon, vous n'avez pas besoin de moi, à ce que je vois.

Tournant les talons, je fonce dans la maison et claque la porte du garage derrière moi. Je me laisse tomber sur le canapé, détestant papi qui ne se rend pas compte qu'il va se blesser s'il persiste à vouloir présumer de ses forces, et détestant encore plus Luc pour avoir pris son parti.

Derrière moi, j'entends le battant s'ouvrir et, une seconde après, Luc est assis près de moi. Il veut passer un bras autour de mes épaules, mais je me décale.

— Dans tes rêves, dis-je.

Renonçant à son geste, il se penche en avant, les coudes sur les genoux.

— Je devais choisir qui contrarier : lui ou toi, et j'étais à peu près sûr que tu me laisserais me racheter. J'avais tort ?

— Oui, je souffle en me calant au fond du canapé, les bras fermement croisés.

— Frannie...

Il veut me prendre la main, mais je la retire.

— Il va se tuer dans son garage, et toi tu vas l'y aider !

— Il ne faisait rien de dangereux. Je ne l'aurais pas laissé se blesser.

On sursaute tous les deux en entendant derrière nous un grand bruit suivi d'un cri. Nous nous ruons dans le garage ; mon grand-père est étendu sur le ciment, la jambe coincée sous la transmission. Nous apercevant, il fait la grimace.

— Foutu boulon. Il a cassé.

Nous accourons, et je m'agenouille près de lui.

— Oh, mon Dieu, papi ! est-ce que ça va ?

— Ça roule. Je suis juste coincé. Vous pouvez m'enlever ça ?

Luc et moi, on fait basculer la transmission pour que papi puisse se dégager, puis je laisse à Luc le soin de la maintenir en place.

— Il y a du sang sur ton pantalon, papi. Tu es blessé.

— C'est rien, répond-il en essayant de se relever.

Mais, en déchirant la jambe de son pantalon, je mets à nu une large entaille sur son tibia.

— Reste ici, je lui ordonne.

Puis, m'adressant sans grande amabilité à Luc, qui est debout à côté de nous :

— Empêche-le de bouger.

Je cours jusqu'à la salle de bains et fouille dans les tiroirs jusqu'à ce que j'aie trouvé tout ce dont j'ai besoin. Revenant précipitamment, je constate que Luc – une fois n'est pas coutume – a suivi mes instructions. La main posée sur l'épaule de papi, il l'oblige à rester assis.

— Tiens-toi tranquille, papi, dis-je en posant le matériel à l'endroit le plus propre que j'arrive à trouver. Ça va faire mal.

Je badigeonne la plaie de Bétadine puis l'essuie avec un carré de coton propre. Papi m'obéit et reste immobile pendant que je lui bande la jambe avec une compresse et du sparadrap.

Ensuite, Luc et moi on l'aide à se remettre debout.

— Je t'avais bien dit que tu allais te tuer dans ce garage.

— Un boulon a cédé, Frannie. Aucun rapport avec mon grand âge.

On rentre dans la maison, et je vois bien qu'il essaie de ne pas boiter. Je passe un bras autour de sa taille pour le soutenir. Il finit par capituler et s'appuie contre mon épaule.

Je l'aide à s'asseoir à la table de la cuisine.

— Il faut qu'on t'emmène à l'hôpital. Si ça se trouve, tu as une fracture.

— Non, c'est pas cassé.

Luc, s'accroupissant près de lui, lui soulève la jambe et fait doucement pivoter sa cheville avant de lui tâter le tibia, tout en surveillant sa réaction.

— Je crois que tout va bien, Frannie, déclare-t-il, constatant que papi ne grimace pas de douleur.

— Tu as eu de la chance, cette fois, mais je ne veux pas que tu retournes dans le garage sans moi, dis-je sévèrement.

— Oui, chef, répond papi en riant.

— Bon, qu'est-ce qu'on a pour le dîner ? demande Luc en explorant le réfrigérateur. (Il en sort une boîte d'œufs.) Une omelette ?

— À condition que ce soit toi qui cuisines, dit papi.

Souriant, Luc fouille dans les placards à la recherche d'un bol et d'une poêle.

— Tu ne peux pas continuer à lui faire la tête après un repas comme celui-là, me reproche papi, assis en face de moi, une fois que nous avons fini de manger. (Puis il s'adresse à Luc en agitant sa fourchette au-dessus de son assiette vide.) Où tu as appris à faire ça ?

— Je chope quelques trucs à droite et à gauche.

Je pousse un soupir de frustration. Luc pose la main sur mon genou et le presse doucement. Cette fois, je ne le repousse pas.

— Pourquoi vous ne m'écoutez jamais, tous les deux? je m'enquiers, exaspérée.

Échangeant un regard, ils éclatent de rire.

Et j'ai beau avoir envie de leur flanquer un grand coup sur la tête, ma bouche se met à sourire malgré moi devant ce spectacle. Je me mords les lèvres pour ne pas m'esclaffer à mon tour et me recompose une mine renfrognée. Luc, passant un bras autour de mes épaules, m'embrasse sur le front. Je le repousse d'une bourrade.

— Alors, comment ça va se passer ? demande papi, l'air songeur.

— De quoi vous parlez ?

— Je n'ai encore pas complètement pigé tous les tenants et les aboutissants de la situation.

— Pour autant que je sache, je suis humain comme tout le monde, explique Luc.

Le front de papi se barre d'un pli.

— Et c'est Frannie qui t'a transformé ? poursuit-il en inclinant la tête dans ma direction.

— Grâce à son amour pour moi, confirme Luc après m'avoir brièvement regardée.

— Bon, je vais peut-être un peu vite en besogne, mais vous pourriez rester ensemble… vous marier, avoir des enfants et tout le tintouin ?

Ma tension artérielle grimpe d'un cran. Je n'avais jamais vraiment réfléchi à nous sur le long terme. Avec tout ce qui s'est passé, penser au lendemain relevait déjà du défi. Et Gabe a l'air de penser que le Paradis a des projets pour moi. Pourrait-on vraiment se marier un jour, Luc et moi ? Une existence ordinaire avec une vraie famille. Est-ce que ça fait partie de ce que l'avenir me réserve ?

Viscéralement, je sens que la réponse à cette question est non. Si j'en crois les mois qui viennent de s'écouler, je ne mènerai jamais une vie normale.

Cela étant dit, la lueur d'espoir que je vois dans le regard de Luc me tient un autre discours.

— Peut-être, répond-il. Pour autant que je sache, notre situation est inédite. À ma connaissance, je suis le seul démon devenu mortel, alors je ne sais pas vraiment à quoi il faut qu'on s'attende.

— Mais tu l'accompagnes à L.A., dit papi après avoir accueilli les paroles de Luc avec un hochement de tête approbateur.

Luc me serre plus fort contre son épaule.

— Oui.

Papi commence à débarrasser la table, mais je lui prends son assiette des mains, et il se rassoit. Je vais poser l'ensemble de la vaisselle dans l'évier et, une fois que Luc et moi avons fini de ranger la cuisine, je découvre que papi nous observe avec un sourire mélancolique.

— Quoi ?

Il ne se départit pas de son sourire, mais baisse les yeux.

— Tu me rappelles simplement quelqu'un.

Mamie et lui se sont fiancés pendant l'été d'après la terminale. Ils avaient notre âge. Contournant la table, je vais lui faire un câlin.

— Elle me manque aussi, je lui murmure à l'oreille, et il me presse affectueusement la main.

Une fois que nous avons remis le moteur sur son support, en l'y arrimant avec soin, je m'assure que papi arrive à se déplacer normalement, et je lui change son pansement, puisque la plaie a cessé de saigner. Puis, après qu'il nous a promis de rester à distance respectable du garage, nous rentrons à l'appartement, Luc et moi.

— Au fait, on retrouve Taylor et son nouveau mec idéal à *La Crique*, ce soir.

— Où elle l'a dégotté ? demande Luc en souriant.

— Il joue dans le groupe de Reefer. Taylor est tout émoustillée.

Le sourire de Luc s'élargit.

— Elle l'est toujours, non ?

Je ris en me rappelant comment elle bavait sur Luc, au début, lorsqu'il s'est pointé à Haden High.

— Bref, on saura à quoi il ressemble ce soir.

Matt

Je refuserais de l'admettre en sa présence, mais le démon sournois de ma sœur a raison. Je me suis laissé distraire. Il vaudrait mieux que je me contente de rester invisible. L'ombre de Frannie.

Je l'ai suivie en silence ces trois derniers jours, après le fiasco de la soirée. L'ange gardien dévoué.

Mais jamais je n'avais imaginé que protéger quelqu'un serait si difficile. Gabriel m'avait prévenu que je serais soumis à des tentations. Il m'a dit que la tâche serait ardue. Mais il m'a aussi expliqué que j'étais fait pour ça, né pour ça. Et je l'ai cru.

Sauf que ce n'est pas simplement ardu. C'est une torture.

Déjà, je suis obligé de regarder ma sœur gâcher sa vie en s'acoquinant avec un démon. Mais ce n'est pas le pire.

Le pire, c'est que je me rends compte de ce dont je suis privé.

En regardant Frannie vivre sa vie… une vie qui aurait pu être la mienne si la situation avait évolué différemment, je ne peux m'empêcher de désirer tout ça : une tape dans le dos de la part de papi ; un ami proche qui me casserait les pieds ; un premier baiser partagé avec ma première petite amie. Toutes ces possibilités qui se sont évanouies pour moi il y a dix ans…

Alors, voilà ma réalité actuelle : je suis assis dans un couloir, tâchant de déterminer ce que je vais bien pouvoir dire à ma jumelle lorsqu'elle m'interrogera à propos de la soirée avec Lili et Taylor.

Comment ai-je pu penser que Frannie n'apprendrait pas ce qui s'est passé ? Mais l'élancement diffus à mon entrejambe est là pour me rappeler que je ne réfléchissais pas tout à fait avec le bon cerveau, à ce moment-là. Et ça, pas question de le lui expliquer.

Alors, je patiente dans le couloir pendant qu'elle et Luc finissent ce qu'ils ont à faire. C'est alors que Lili apparaît en haut de l'escalier. Elle pleure.

Mon sang se glace dans mes veines. Je sais pertinemment que j'ai décidé de m'en tenir à ma mission, mais j'ai soudain désespérément envie d'aider Lili. Je me matérialise en haut de l'escalier et remonte le couloir d'un pas vif, atteignant l'appartement de Luc au moment où Lili se glisse à l'intérieur du sien.

— Lili ? Est-ce que ça va ?

Elle me regarde d'un air profondément peiné et, avant même d'avoir pu dire « ouf », je l'ai rejointe et je l'ai prise dans mes bras.

— Qu'est-ce qui s'est passé ? dis-je tout contre ses cheveux.

Elle se raidit et s'écarte de moi, les yeux rivés sur le sol.

— Rien.

— On ne dirait pas, je réponds avec douceur.

Lui essuyant la joue, je lui montre mes doigts mouillés de larmes.

Ma fureur contre celui ou celle qui l'a blessée pèse comme un rocher sur ma poitrine. En dépit de ça, son regard m'attire dans ses profondeurs. Je ne peux pas faire abstraction de son corps contre le mien, et une sensation de chaleur m'envahit, si bien que je finis par avoir l'impression que nous nous fondons l'un dans l'autre. Presque sans m'en rendre compte, je me penche pour l'embrasser, mais elle m'esquive au dernier moment.

— C'est juste... Oublie.

Elle entre à reculons dans son appartement, et je place mon pied dans l'entrebâillement pour l'empêcher de fermer la porte.

— Parle-moi, Lili.

Les larmes lui montent aux yeux.

— C'est rien. C'est bête de ma part.

— Dis-moi.

— C'est ce type, là. Il me suivait, et j'ai eu peur.

Mon estomac se tord en un nœud douloureux.

— Qu'est-ce qu'il a fait ?

Elle se contente de secouer la tête, et les larmes recommencent à couler sur ses joues.

— Il t'a fait du mal ?

Elle secoue la tête plus énergiquement.

— Non… mais…

Je cherche à la câliner de nouveau et, cette fois, elle ne résiste pas.

— Tout va bien, maintenant. Je suis là. (Notre étreinte provoque ce qui ressemble à des étincelles.) Qui c'était ? Tu l'as identifié ?

— Non.

Puis elle relève la tête, les joues striées de filets humides.

— Attends… Peut-être qu'il était à la soirée.

Je la garde encore un peu contre moi, et je sens son cœur battre contre ma poitrine ; je suis certain que si j'en avais un, de cœur, il ferait pareil. Pour finir, je m'écarte d'elle. Je sais ce que je dois faire.

— Reste ici, et ferme à clé derrière moi.

Elle écarquille les yeux.

— Qu'est-ce que tu vas faire ?

— Reste chez toi, c'est tout.

Tenant son visage entre mes paumes, j'essuie ses larmes avec mes pouces. Lorsque nos regards se croisent, je ressens un déclic. Un morceau de mon existence, dont j'ignorais jusque-là l'absence, vient de se mettre en place comme la clé de voûte qui manquait à un édifice.

Lili et moi, on est faits l'un pour l'autre.

Je ne suis ni effrayé ni angoissé par cette révélation. Ça tombe sous le sens. Et Lili l'a elle aussi compris ; le doute n'est pas permis.

— Je me charge de tout.

Elle me prend dans ses bras et me serre tout contre elle ; je pousse un gémissement.

— Sois prudent, dit-elle.

Je m'abîme dans son regard pendant un instant encore, puis je recule et referme la porte sur elle avant de taper dessus avec ma paume.

— Ferme à clé.

J'entends les verrous tourner un par un. Mais alors que je suis sur le point de me transporter à l'endroit de la soirée, Frannie et Luc sortent de l'appartement.

Et je suis complètement écartelé entre l'envie de retrouver le bâtard qui harcèle Lili et celle de suivre ma sœur.

Fais ton boulot, Matt.

Je n'ai vraiment pas le choix. Je leur emboîte le pas non sans remords, et grimpe sur la banquette arrière de la Shelby.

15

Péchés mortels

Luc

Diablerie d'Enfer!

Marchosias.

Où Taylor a-t-elle bien pu le dégotter ?

En entrant dans la salle d'arcade, Frannie et moi, on les aperçoit collés l'un contre l'autre entre le distributeur de jetons et les tables d'air hockey. La foule évolue convulsivement sous un staccato de lumière, en une danse sans queue ni tête, criant pour se faire entendre malgré les bruits stridents, les « bips-bips » des bornes de jeu et la musique assourdissante sortant des enceintes placées en hauteur. Mais rien de tout ça ne semble distraire Taylor et Marchosias.

Frannie, me décochant un large sourire, entreprend de se frayer un chemin jusqu'à eux. Je la retiens par le bras. Est-ce que je dois lui dire ? Dans un cas comme dans l'autre, elle n'est pas en sécurité ici. Parce que Marchosias ne peut être là que pour une seule raison.

Elle fait volte-face, le front barré d'un pli contrarié et les lèvres pincées en une ligne dure.

— Quoi ?

— Je le connais.

Elle écarquille les yeux.

— Il vient…

— … de l'Enfer, oui. C'est l'un des préposés au Brasier et… un ami, je pense qu'on peut dire ça. Marchosias.

Elle regarde par-dessus son épaule. Taylor a passé ses bras autour du cou de Marchosias, et il s'en faut de peu qu'elle lui grimpe dessus.

— Tu n'es pas sérieux… ?

Ses oreilles virent au rouge tandis que, sur ses traits, la peur le dispute à la colère. Elle tourne les talons comme une furie, mais je resserre ma prise sur son bras.

— Lâche-moi ! crache-t-elle.

— Frannie, arrête. Il n'est pas là pour s'amuser. Il veut t'atteindre à travers Taylor.

— Eh bien, ça fonctionne, rétorque-t-elle en se dégageant avec force.

Elle se dirige vers les deux tourtereaux qui n'ont pas repris leur souffle une seule fois.

Je la rattrape à mi-chemin et l'oblige à se tourner vers moi, l'attrapant fermement par les deux bras.

— C'est pas la meilleure stratégie, Frannie. Taylor ne doit pas savoir. Ce serait encore plus dangereux pour elle.

Fermant les yeux, elle prend une profonde inspiration pour tâcher de se calmer.

— Qu'est-ce qu'on fait, alors ?

— Tu restes ici.

Je regarde autour de moi, espérant que Matt est dans le coin. Il a sans doute lu mes pensées, car je sens alors qu'on me donne une chiquenaude sur la nuque. Levant les yeux au plafond, je masse l'endroit sensible.

— Je vais leur parler, j'ajoute.

— Non. Je viens avec toi. C'est mon amie, Luc, décrète Frannie, le regard dur.

Il est clair que je ne vais pas réussir à l'en dissuader, alors c'est moi qui capitule.

— Soit. Reste derrière moi.

Nous fendons la foule et atteignons finalement le couple ; Marchosias presse Taylor contre le mur. Avant que j'aie pu réagir, Frannie passe devant moi et secoue son amie par son tee-shirt.

— Tay.

L'intéressée se déscotche de Marchosias, le regard flou et le souffle court. Il lui faut une minute pour retrouver ses moyens, et ses yeux se focalisent progressivement sur nous.

— Oh ! coucou, Fee. Vous avez pu venir.

Ça n'a pas l'air de l'enchanter. Marchosias, pour sa part, a l'air ravi. Passant un bras autour des épaules de Taylor, il reluque Frannie.

— Tu étais à la soirée, la dernière fois. Frannie, c'est ça ?

— Et moi, c'est Luc, j'interviens en interceptant la main qu'il lui tend.

Pas moyen que je laisse Marchosias la toucher.

— Marc, répond-il, son sourire se muant en rictus vorace.

Il me broie la main – par défi – sans quitter Frannie des yeux.

Ensuite, on reste plantés là dans un silence embarrassé que Frannie finit par rompre.

— Bon, quelqu'un a faim ? demande-t-elle. On pourrait se prendre une pizza à côté.

Taylor m'a l'air d'avoir de l'appétit, mais pas pour une pizza.

— Euh… ouais, d'ac.

Marchosias guide Taylor à travers la marée humaine. Juste au moment où nous atteignons la sortie, la porte s'ouvre sur Angelique, au bras d'un mec blond hyper musclé faisant à peu près ma taille, dont les yeux marron, enfoncés dans leurs orbites, exprimet un déstabilisant mélange de violence et de perversion. Pas besoin d'être un démon pour comprendre que ce type n'augure rien de bon, et que son âme est probablement déjà vouée à l'Enfer. Taylor s'arrête net, les yeux écarquillés, et Frannie la prend par la main.

Taylor ne semble même pas reconnaître Angelique. Elle a les yeux rivés sur le type. Et je me rappelle alors où je l'ai déjà vu. À la carrière.

— Hey, Brendan, dit-elle, abasourdie.

Marchosias pose la main contre sa fesse, et elle est submergée par son pouvoir ; son regard se voile. Elle se penche contre lui et semble oublier jusqu'à l'existence dudit Brendan.

Angelique dévisage Marchosias, puis salue Taylor sur un ton suffisant, tout en faisant courir son doigt sur les abdos de son cavalier.

Elle projette en avant son imposante poitrine et me décoche une œillade langoureuse, comme si le fait qu'elle se pavane au bras d'une brute aussi susceptible de la cogner que de coucher avec elle allait m'inciter à céder enfin à ses multiples tentatives de séduction.

— Hey, Luc.

Brendan se désintéresse de Taylor pour me regarder durement. Il cherche à m'intimider, ça ne fait aucun doute. Je réprime un petit rire en me remémorant son hurlement de fillette. Hurlement qui aura un franc succès auprès des démons lorsqu'il passera l'éternité à brûler en Enfer. Les préposés au Brasier vivent dans l'attente de mortels comme lui, qui représentent la forme suprême du divertissement.

Posant la main sur l'épaule de Taylor, je dévisage respectivement Brendan et Marchosias. Elle se débrouille, je ne sais pas comment, pour tomber sur des types plus infréquentables les uns que les autres.

— Angelique, qui est ton ami ? je finis par demander, non sans une moue réprobatrice à l'adresse de son chevalier servant.

Le mec prend un air encore plus désagréable.

— Brendan, répond-il en s'avançant, poussant Angelique par la même occasion.

— Luc, dis-je en souriant.

Il considère un moment la main que je lui tends avant de la prendre et de la serrer fort. Je lui rends la pareille en guise d'avertissement, regrettant de ne pas pouvoir le menacer plus ouvertement.

— Et ton ami à toi, qui c'est ? demande-t-il alors à Taylor avec dédain.

Marchosias, yeux rouges et luisants, lui présente sa main d'un air à la fois espiègle et narquois.

— Marc.

Brendan répète sa manœuvre d'intimidation. Mais son jeu se retourne contre lui lorsque Marchosias lui broie les doigts. Il tente de se dégager, mais un rictus maléfique retrousse les lèvres du démon ; un éclair rouge crépite en fusant sur sa peau.

— Aah ! hurle Brendan, les traits déformés par une grimace.

Il tombe à genoux tandis que Marchosias instille son pouvoir en lui. Il tire vers l'arrière en désespoir de cause, et le démon finit par le lâcher.

Nostalgique de mon ancien pouvoir, je sens le tranchant de la jalousie et regrette que ce ne soit pas moi qui aie rabattu son caquet à ce connard. Puis, oubliant ça, j'enlace Frannie et nous sortons, laissant derrière nous Brendan et Angelique.

Frannie

— Quel petit joueur, Brendan, j'arrive pas à le croire, dit Taylor en riant. (Elle passe ses bras autour du cou de Marchosias.) Tout ce que tu as fait, c'est lui serrer la main, et il se met à brailler comme un gros bébé. Joli.

On entre chez Ricco, et je me fais toute petite, espérant qu'il ne me remarquera pas. Espoir évidemment déçu.

— *Un toro !* s'exclame-t-il avec un grand sourire, en serrant la main de Luc.

— Ricco.

— Pas de ristourne, ajoute mon patron à mon intention, en plissant les yeux.

— Si vous le dites, dis-je en passant devant lui pour aller m'asseoir dans le fond de la salle, à la table habituelle de Luc.

Celui-ci prend place à côté de moi, et Marchosias en face de nous, attirant Taylor sur ses genoux. Mais il ne me quitte pas des yeux, même lorsque Taylor enfouit son visage contre son cou.

J'attends que Luc agisse. Il est censé avoir un plan. Plan qui ne devrait pas m'obliger à rester assise et à regarder ma meilleure amie rouler des pelles à un démon.

— Coucou !

La voix appartient à Delanie, venue poser quatre assiettes en plastique rayé et une pile de verres à l'extrémité de notre table. Elle sort un calepin et un crayon de son court tablier noir.

— Je suis en formation, et Dana a dit que je pouvais m'occuper de vous.

Dana, accoudée au comptoir, observe effectivement ce que fait Delanie. J'agite la main dans sa direction, et elle me sourit en retour.

— Hey, Delanie, dis-je. Apporte-nous juste un pichet de coca et…

Je laisse à Taylor le soin d'achever ma phrase, et elle daigne lâcher la bouche de Marc suffisamment longtemps pour préciser, avec un sourire à l'adresse de ce dernier :

— Ni oignons… ni ail.

Marc me regarde en haussant les sourcils d'un air suggestif, et pousse Taylor, jusque-là assise sur ses genoux, sur la banquette.

— Juste une pizza au fromage pour quatre, conclus-je.

Delanie répète notre commande à voix haute tout en la notant sur son calepin.

— Ça arrive tout de suite.

Puis elle ajoute, avec un grand sourire :

— Je mourais d'envie de dire ça.

Elle s'éloigne fièrement vers la cuisine, sa longue queue-de-cheval noire se balançant d'un côté et de l'autre, et accroche la commande au-dessus du passe-plat. Manifestement toute contente d'elle, elle se retourne pour m'adresser un sourire radieux, et Dana lui donne une petite tape dans le dos.

Quand je reporte mon attention sur notre table, l'expression de Marchosias me fait froid dans le dos.

— Taylor m'a dit que vous vous connaissez depuis un bail.

Je hoche la tête.

Il tripote Taylor mais c'est toujours moi qui le captive. Je sens la frustration monter, et c'est sur Luc que j'ai envie de passer mes nerfs. Il devrait faire quelque chose. C'est alors que je le sens presser mon genou pour attirer mon attention. Je suis son regard. Les toilettes. Il se lève pour me laisser passer.

— Hey, Tay. Faut que j'aille au petit coin. Tu m'accompagnes ?

— Ouais, comme tu veux, répond-elle après avoir silencieusement consulté Marc.

Je l'entraîne vers le fond de la salle, dans le couloir menant aux toilettes. Une fois que notre table n'est plus en vue, je l'arrête net.

— Tay, tu vas avoir des emmerdes avec ce type.

Elle se dégage avec brusquerie.

— Oh ! splendide, rétorque-t-elle, narquoise. Tu es jalouse !

— Arrête ton char. Je suis tout sauf jalouse. Je pense simplement qu'il est dangereux.

Ses yeux se mettent à pétiller et un sourire éclaire son visage.

— Et qu'est-ce qu'il y a de mal à ça ?

— Non, Tay. *Vraiment* dangereux, je veux dire. J'ai un sale pressentiment.

— Je l'ai inspecté sous presque toutes les coutures et, crois-moi, il n'y a rien de « sale », réplique Taylor sans cesser de sourire. Et tu as vu ce qu'il a fait à Brendan. C'était pour me protéger.

— Taylor, sois sérieuse !

Son sourire se mue en grimace.

— Tu sais quoi, Fee ? Fous-moi la paix. Tu as Luc, alors à quoi ça rime que tu sois jalouse ?

— Je ne suis pas jalouse, je gronde.

Elle ne comprend vraiment rien à rien, bordel !

— Bla-bla-bla, rétorque Tay d'un air atterré. Bon, tu dois y aller, ou pas ? demande-t-elle en tendant le bras vers les toilettes. Parce que, sinon, je retourne à table.

Je me contente de la regarder, tâchant de trouver quoi lui dire pour qu'elle pige. Dans un mouvement d'humeur, elle tourne les talons.

— Tay, attends.

Je la retiens par le bras juste au moment où elle va atteindre les premières tables.

— Luc le connaît. De là où il vivait avant. Selon lui, ce type a fait des trucs vraiment pas recommandables.

— Eh bien, il va me faire des trucs extrêmement recommandables, alors mets-la un peu en veilleuse, et point barre.

C'est un sale type. Tu ne veux pas de lui.

Je me crispe intérieurement, me haïssant pour ce que je suis en train de faire, et j'exerce une poussée mentale sur Taylor.

Elle ne réagit pas.

Je recommence. *Il te fera du mal, comme Brendan.*

Taylor s'appuie contre le mur, l'air abattue.

— Tu penses qu'il va me faire du mal ? demande-t-elle d'une voix soudain mal assurée.

Cette fois, c'est mon corps qui se crispe. Mais il ne faut plus qu'elle s'approche de lui. Je fais bien d'intervenir.

— Oui.

Elle secoue la tête, comme pour s'éclaircir les idées, puis lève les yeux vers moi.

— Mais...

— Ce mec est une source d'emmerdes, Taylor.

Elle opine lentement du chef.

— Une source d'emmerdes.

J'ai une remontée de bile, et je me sens soudain nauséeuse. Je n'arrive pas à m'ôter de l'idée que ce que je fais est mal, même si j'agis pour le bien de Taylor.

— Bon, tu rentres avec Luc et moi ?

Elle acquiesce de nouveau.

Je la lâche, et nous retournons nous asseoir.

Luc

— Bon, l'Enfer est à court de démons dignes de ce nom ? C'est juste que je me demande pourquoi ils ont envoyé un amateur patenté.

De l'autre côté de la table, Marchosias m'assassine du regard.

— Tu peux causer. (Un éclair rouge crépite autour de son poing qui est braqué sur moi.) Montre-moi ce que tu as dans le ventre, Lucifer.

— Sérieusement, pourquoi ils enverraient un préposé au Brasier aux trousses de Frannie ?

— Ta… défection a laissé aux Acquisitions un vide que je me suis fait un vrai plaisir de combler. C'est le service le plus propice à l'ascension sociale, vu que Béhérit se consume dans le Brasier… Bref, tu vois. (Une expression malveillante gagne ses traits.) Ma dernière mission officielle avant de changer de poste.

Delanie arrive en coup de vent, dépose lestement la pizza et le pichet de soda sur la table.

— Je n'ai rien oublié ?

Je lui souris, mais d'un sourire forcé ; je n'aime pas la façon dont Marchosias la mate.

— Non. Merci, Delanie. Je crois qu'on a tout.

— D'ac, Luc. Dis-moi si tu as besoin de quelque chose d'autre. (Elle s'adresse à Marchosias.) On se voit au studio demain ?

— Je ne manquerais ça pour rien au monde, réplique le démon d'un air purement machiavélique.

— J'arrive pas à croire que tu nous aies mis sur le coup, pour la démo, dit Delanie, les yeux brillants. Ça va être génial ! Bon, faites-moi signe si vous avez besoin d'autre chose.

Elle part s'occuper de la table voisine, et Marchosias la regarde s'éloigner avec convoitise.

Je me décale vers le fond de la banquette pour poser une jambe dessus.

— Frannie ne doit plus être la priorité, vu qu'ils nous envoient le stagiaire.

Se penchant, les coudes sur la table, Marchosias tripote une part de pizza.

— Tu oublies que je te connais mieux que la plupart des démons, Lucifer.

— Faut que tu laisses tomber, Marchosias.

— Pourquoi diable je devrais faire ça ? Mes progrès sont fulgurants. Me voilà taillant une bavette avec toi et avec ma cible. (Il jette un coup d'œil dans la direction où sont parties les filles, et un sourire apparaît lentement sur son visage.) Et Taylor... disons que c'est la cerise sur le gâteau. Un bonus délicieux. Je songe à la garder.

Mon sang se met à bouillir, et j'éprouve toutes les peines du monde à ne pas bondir par-dessus la table pour l'étrangler.

— Il y a que nous que ça concerne, Marchosias. Laisse Taylor en dehors de ça.

Son sourire s'élargit, et une étincelle danse dans ses iris.

— Désolé... trop tard. Elle est déjà très... impliquée. Tu connais l'adage concernant le beurre et l'argent du beurre ? Eh bien, j'ai eu mon beurre, si tu vois ce que je veux dire.

C'était couru d'avance. Je pousse violemment la table contre lui, l'attrape par le col et le projette au sol tandis que la pizza et le soda s'envolent.

— Ne l'approche plus.

Sa surprise se mue en amusement. Il se relève.

— Et, manifestement, il se pourrait bien que j'arrive à inverser *ton* marquage, en plus de ça. Ça me ferait trois âmes d'un coup. Peut-être un record pour les Acquisitions ?

— Loin de là, dis-je en secouant la tête.

Les deux filles reviennent alors des toilettes.

— Qu'est-ce qui se passe ? s'enquiert Frannie, avisant le désordre.

— Juste un désaccord mineur. Marc allait partir, je réponds sur un ton menaçant.

Delanie revient.

— Tu as besoin d'un coup de main, Fee ? demande-t-elle en nous observant à tour de rôle.

— Non, on est bons, répond Frannie en se baissant pour ramasser le pichet vide. Désolée pour le bordel.

Delanie jette une serpillière sur la moquette pour éponger la mare, et rassemble les bouts de pizza éparpillés sur le plateau en aluminium cabossé.

— Tu es sûre ? insiste-t-elle en jetant un coup d'œil à Marchosias.

— Ouais, merci, réplique Frannie en lui tendant le pichet.

Elles se relèvent toutes les deux, et Delanie s'empresse de retourner derrière le comptoir, non sans lancer un dernier coup d'œil par-dessus son épaule.

— On s'en va, dis-je en posant négligemment un billet sur la table puis en pressant la main de Frannie.

— Allez, Taylor.

Mais en se tournant vers son amie, elle constate que celle-ci regarde de nouveau Marchosias dans le blanc des yeux. Le démon passe lentement un doigt en travers de son front, et elle se serre tout contre lui.

— Tay, tu as dit que tu nous accompagnais, Luc et moi, lui rappelle Frannie, au désespoir, en l'attrapant par le coude.

Taylor retrouve le sourire lascif qui n'appartient qu'à elle.

— Changement de programme, répond-elle.

Marchosias me lance un regard qui en dit long.

— Tay, rentre avec nous…, insiste Frannie après m'avoir imploré silencieusement. S'il te plaît ?

— Et pour quoi faire, Fee ? réplique l'intéressée sur un ton railleur. Tenir la chandelle ? Je ne pense pas, non.

— J'ai apporté de quoi prendre du bon temps, déclare Marchosias en sortant de sa poche un sachet en plastique, au fond duquel repose un assortiment de pilules.

Ricco, debout derrière le comptoir, semble médusé.

— Range ça, ordonne Taylor entre ses dents en surveillant la poignée de clients attablés à proximité.

— S'il te plaît, Tay, dit Frannie en la prenant par la main. Viens avec nous.

— Hum… non, réplique Taylor, irritée, en se dégageant.

Elle se colle contre Marchosias, qui l'enlace, et tous les deux se dirigent vers la sortie sous le regard de Frannie.

Si on pouvait tuer par l'opération du Saint-Esprit…

Matt

Frannie sort en coup de vent, et je la suis en flottant au-dessus du sol, enrageant contre Luc, qui l'a entraînée là-dedans. Il n'aurait jamais dû la laisser s'approcher si près d'un démon.

Elle veut suivre Taylor et Marchosias, et se retourne vivement quand Luc la retient par le bras.

— Pourquoi tu les as laissés partir ? hurle-t-elle. Taylor ! crie-t-elle à son amie qui s'éloigne.

Pas de réponse.

Se dégageant violemment, elle s'accroupit sur le trottoir, la tête entre les mains, et laisse échapper un grondement venu de quelque part au fond de son être. Lorsqu'elle lève les yeux, ses joues humides luisent sous les néons de *La Crique*.

— Mon Emprise ne sert vraiment à rien.

Entre la salle d'arcade et chez Ricco, quelque chose bouge dans la pénombre, et je n'ai qu'une seconde pour réagir ; j'enveloppe Frannie dans un Bouclier juste avant qu'un énorme démon apparaisse sur le trottoir.

— Rhen, grogne Luc en jetant un coup d'œil à la silhouette lointaine de Marchosias. Super. La « sainte » famille au grand complet.

Avant que Luc ou moi on puisse l'en empêcher, Frannie se remet sur ses pieds et se jette sur Rhenorian. Elle le bouscule, mais ça n'a pas beaucoup d'effet.

— Vous allez nous foutre la paix, tous autant que vous êtes ?

Luc la tire par le poignet tandis que je m'interpose entre elle et Rhenorian.

Mais le rire caverneux de ce dernier nous prend tous au dépourvu.

— Elle me plaît, dit-il. Un vrai petit volcan.

Ma sœur échappe à Luc et cherche de nouveau à l'intimider.

— Vous ne pouvez pas nous emmener. Ni lui ni moi.

— Pour le moment, rétorque Rhenorian avec une expression rusée. Mais j'ai un plan. (Il se tourne vers l'endroit où je me tiens, invisible.) Un bon.

Et le voilà volatilisé.

— C'était quoi, ça ? demande Luc avec colère. (Il attrape ma sœur par les épaules.) Il aurait pu te tuer.

Frannie semble complètement déconfite.

— Il ne va pas me tuer. Je suis promise au Paradis.

Il la lâche.

— Je n'en serais pas si sûr, à ta place.

— Peu importe. On doit aider Taylor.

Luc enfonce les pouces dans ses poches avant et suit ma jumelle, qui s'éloigne en direction de la voiture.

— Frannie, je n'ai pas l'intention de troquer ta sécurité contre celle de Taylor. Je ferai ce que je peux pour elle, mais la priorité c'est toi.

Pour une fois, je suis du même avis que lui, mais ça ne signifie pas pour autant que je vais le laisser s'en tirer à si bon compte. Je me matérialise sur la banquette arrière tandis qu'ils montent dans la Shelby.

— Ouais, bonne stratégie. Protéger Frannie en allant bouffer une pizza avec un démon.

La mâchoire de Luc se crispe, et il me fusille du regard par rétroviseur interposé.

— Si je pouvais te faire confiance, au moins... mais, au lieu de faire ton boulot, tu essaies de perdre tes ailes de la façon la plus créative possible..., gronde-t-il.

Ma jumelle partage équitablement sa fureur entre nous ; ses yeux lancent des éclairs.

— Vous savez quoi ? Allez vous faire voir, tous les deux ! Je peux me gérer toute seule.

Je m'affale au fond du siège.

— Frannie, je sais que tu peux botter le cul d'un démon bien comme il faut, mais sois raisonnable. Tu n'aurais jamais dû t'approcher de Marchosias... ni de Rhenorian. Qu'est-ce qui t'a pris ?

Un voile passe devant ses yeux et une ombre sur ses traits.

— Je dois aider Taylor. (Baissant la tête, elle se mordille la lèvre inférieure.) C'est ma faute. Il se sert d'elle pour m'atteindre. (Elle lance à Luc un regard peu amène.) J'ai exercé mon Emprise sur elle. Elle allait venir avec nous. Puis il a fait ce truc, là, en lui touchant le front, et elle s'est ravisée. Qu'est-ce que c'était que ça ?

— Il s'est servi de la table rase. C'est l'une des techniques les plus puissantes dont nous disposons pour entrer dans la tête de quelqu'un. Mais n'oublie pas, Frannie, même avec ça, il ne pourrait pas l'obliger à faire quelque chose dont elle n'a pas envie.

Gémissant, ma sœur enfouit sa tête entre ses mains, et le reste du trajet se déroule en silence, absorbés que nous sommes par nos pensées respectives. L'esprit de Frannie est tourné vers Taylor, j'en suis certain. Le mien est resté à l'appartement. Chaque seconde est une torture, parce que je n'arrive pas à effacer de mon esprit le visage baigné de larmes de Lili. Quelqu'un est à ses trousses. Et si le gars en question se trouvait à la soirée, alors il s'agit probablement d'un démon. Il faut que je trouve un moyen de la protéger.

Qu'est-ce qu'un démon peut bien vouloir à Lili ?

Elle est promise à l'Enfer. Je l'ai su dès l'instant où je l'ai vue. Il lui est sans doute arrivé quelque chose, indépendamment de sa volonté. Quoi qu'il en soit, un humain voué à l'Enfer n'a généralement pas un démon sur les talons pour autant. La plupart des mortels concernés vivent leur vie entière sans même savoir que leur destin est scellé.

Ma gorge se serre lorsque je songe à la seule explication logique.

S'ils envoient un démon traquer une âme déjà marquée, c'est qu'ils la veulent tout de suite. Ce mec a été envoyé pour cueillir Lili.

Il ne l'aura pas.

Je ne le laisserai pas faire. La place de Lili n'est pas en Enfer.

Comment vais-je arriver à les protéger toutes les deux, ma jumelle et elle ? Même moi, je ne peux pas être à deux endroits en même temps.

Luc s'engage dans l'allée et gare la voiture.

— Tu veux que je monte ?

— Non, répond ma sœur, sans pour autant faire mine de descendre.

Une larme coule sur sa joue. Luc l'attire contre son épaule et tourne son visage vers lui afin de l'embrasser, ce qui m'ôte l'envie de rester là. Je me matérialise sous le porche pour attendre qu'ils finissent de se dire au revoir.

Lorsque Frannie sort enfin du véhicule, elle a les yeux rougis. Elle entre dans la maison pendant que Luc s'éloigne en marche arrière.

Je plane sur le perron, invisible, luttant avec moi-même. Il faut que je reste… mais je dois m'en aller. Je m'écarte de la maison, flottant toujours, et j'aperçois la lumière qui s'allume dans la chambre de ma jumelle. Elle est en sécurité derrière le Bouclier de papa. Normalement, personne ne peut l'atteindre.

Dédaignant la vague de culpabilité qui me submerge, je me transporte dans le couloir de l'immeuble et frappe à la porte de Lili. J'entends quelqu'un bouger à l'intérieur, mais personne ne me répond.

— Lili ? C'est moi, Matt.

Au bout de ce qui me semble être une éternité, j'entends que les verrous commencent à tourner, et Lili entrebâille le battant. Elle m'observe sans rien dire. Puis elle ouvre grand la porte et, sans un mot, elle me fait entrer en me tirant par la main. Une fois qu'elle a verrouillé de nouveau derrière nous, elle me guide vers le canapé. Je m'assois, et elle se love contre moi. J'enfouis mon visage dans ses cheveux et la garde dans mes bras jusqu'à ce qu'elle s'endorme.

16

‡

Damnation

Frannie

— Je ne vais pas rester plantée là pendant qu'un démon est en train de faire Dieu sait quoi à Taylor, dis-je en me cognant le front contre la table de Luc.

— Elle a le choix, Frannie, répond celui-ci.

— Mais, s'il s'en prend à elle, c'est à cause de moi !

Depuis qu'on a laissé Taylor chez Ricco dimanche soir, je lutte contre cette culpabilité qui me broie. Je n'arrive pas à dormir, et j'ai constamment l'impression que je vais vomir. Mais vu que, cette semaine, je n'ai pas non plus réussi à me remplir l'estomac, je n'ai rien à rendre. Il faut que j'aide Taylor, mais elle refuse de m'adresser la parole. Elle ne prend pas mes appels, et elle n'est jamais là quand je vais frapper à la porte de chez elle.

Et qu'est-ce que c'est débile, l'Emprise... ! J'ai essayé tout ce qui me passait par la tête : j'ai suggéré à Tay de se tenir à l'écart de Marc, de m'appeler ; j'ai tenté de la persuader qu'elle n'en pince pas pour lui...

Ça fait presque une semaine, et le téléphone n'a pas sonné une seule fois.

J'ai peut-être l'Emprise, mais je ne la maîtrise pas du tout… ce qui la rend inutile, à peu de chose près.

Luc s'assoit en face de moi et se penche pour prendre ma main entre les siennes.

— Pourquoi Taylor et Lili s'informent-elles sur les démons ?

— Quoi ?

— Elles étaient à la bibliothèque dimanche. Elles avaient des bouquins concernant le folklore démoniaque et la magie noire, et elles étaient en train de copier des symboles d'invocation.

Ma nausée s'aggrave.

— Je sais pas, dis-je en poussant un soupir de frustration. Bon, qu'est-ce que Marc essaie de faire ? Comment pense-t-il pouvoir m'atteindre à travers elle ?

— M'est avis que son plan, après mûre réflexion, consiste à t'approcher… à inverser ton marquage, mais qu'en t'évitant Taylor est en train de tout faire partir en vrille.

Ce qu'il n'ajoute pas, et que j'entends néanmoins, c'est : « et se met en danger par la même occasion ».

— C'est possible qu'elle soit au courant ? Est-ce que c'est pour ça qu'elle et Lili se renseignaient sur les démons ?

Le front de Luc se barre d'un pli soucieux.

— J'espère pas.

— Pourquoi ça ?

— Tu sais bien, Frannie. Si elle sait ce qu'il est, et qu'elle… *avec* lui…

— Oh, seigneur ! Il essaie de la marquer ?

Le sang se retire subitement de mon visage, et mon champ de vision devient gris aux marges. Luc, tourmenté, me regarde sans me voir.

— C'est une possibilité, répond-il.

— Peut-être qu'on devrait faire comme tu as dit. Si on partait, tout simplement, et qu'on se cachait, il la laisserait tranquille ?

Son regard croise le mien, puis il détourne la tête.

— Peut-être.

La sonnerie de mon téléphone me fait sursauter et, lorsque je vérifie l'identité de l'appelant, l'écran me montre Taylor qui sourit bêtement. Je soulève sèchement le clapet.

— Tay !

— Marc ne me trouve pas très charitable.

Rien qu'en entendant sa voix, je suis soulagée, et ça s'entend aussi.

— Comment ça ?

— Il dit que je devrais pas t'en vouloir. Alors, c'est toujours un salaud ? demande-t-elle, moqueuse.

— Désolée.

— Ouais, si tu le dis. Bref, il vous invite à une soirée chez lui. Ce soir, 22 heures.

Je regarde la pendule. Il est 21 h 15.

— Super. C'est où ?

Elle me dicte l'adresse.

— Bon, on se voit là-bas, conclut-elle, et elle raccroche.

Je suis vraiment sur les nerfs, parce que, quand Matt apparaît près de moi, je sursaute de nouveau.

— Porte ? Toc-toc ? Ça te dit quelque chose ?

Mon frère, ouvrant de grands yeux, montre le papier posé sur la table.

— C'est là que la fête avait lieu. L'endroit était infesté de démons. C'est un piège, Frannie. Tu ne peux pas y aller.

Je le foudroie du regard.

— Non, mais tu plaisantes !

Luc

Matt a raison. Frannie ne peut pas se rendre là-bas, mais moi oui.

— Ton frère et moi, on ira ensemble, dis-je. Comme ça, on aura plus de chances d'entrer et de ressortir en un seul morceau.

— Tu sais quoi ? Je commence à en avoir ma claque de ta rengaine de macho. « Je dois te protéger », mon œil ! Tu viens de dire à papi que tu étais aussi humain que moi, et tu sais pertinemment que je pourrais te régler ton compte même en dormant. Pourquoi tu es tellement persuadé que tu ne risques rien ? Sans doute que c'est moi qui devrais te protéger.

Elle n'a pas complètement tort. Cela dit…

— C'est pas après moi qu'ils en ont. Toi, en revanche…

— Soit. C'est moi leur cible. Qu'est-ce qu'ils vont faire ? Je suis vouée au Paradis, et je ne pense pas que ce soit appelé à changer dans les cinq minutes qu'il va nous falloir pour aller là-bas et récupérer Taylor.

Dubitatif, je repense à Taylor et Lili, les nouvelles meilleures amies du monde, penchées sur leurs bouquins à la bibliothèque.

— Et si on emmenait Lili ? je suggère. À vous deux, vous devriez être capables de convaincre Taylor de rentrer sans Marc.

— Non ! crie Matt.

On se tourne simultanément vers lui, Frannie et moi. L'ange baisse la tête, s'intéressant à ses pieds qui ne cessent pas de remuer.

— Il y a un démon qui en a après elle, explique-t-il. Elle ne va vraiment pas bien. Ce serait dangereux pour elle de retourner là-bas.

— Retourner où ça ? (Lili, sur le seuil, considère nos mines surprises.) C'était ouvert…

Sauf que je suis certain que non. J'ai fermé la porte moi-même. J'observe Lili avec circonspection. Elle a remis son survêt ample.

Le visage de Matt s'adoucit. Il s'avance vers elle, la prend par la main et se perd dans ses yeux pendant une longue minute avant de se tourner vers moi et de me fusiller du regard.

— Nulle part. C'est rien.

Si j'avais besoin d'une preuve supplémentaire, il vient de me la donner. Il n'y a pas à s'y tromper. Lili est devenue sa priorité. Il a perdu pied.

— Taylor a des ennuis, explique Frannie après s'être éclairci la voix. On va la rejoindre à la soirée où elle est. Chez ce type…

Son expression évolue alors, le pli soucieux qui barre son front se décalant vers le haut en même temps que ses sourcils.

— Celui chez qui vous êtes allés l'autre soir, précise-t-elle en regardant tour à tour Matt et Lili.

L'expression de son frère est reconnaissable entre mille : culpabilité. C'est pire que ce que je craignais.

— Eh bien, manquait plus que ça, je lui dis avec colère.

— Taylor est retournée là-bas ? demande Lili sans dissimuler son inquiétude. On doit aller la chercher.

Tournant les talons, elle se dirige vers la sortie.

Frannie, Matt et moi lui emboîtons le pas. Je dois savoir plus précisément dans quoi on s'embarque.

— Qu'est-ce que tu sais de ces mecs ? Ceux qui ont organisé la fête ?

— Pas grand-chose, répond-elle, descendant l'escalier au petit trot. Taylor a été mise au courant par le type qui lui plaît. Elle m'a dit qu'il y aurait un groupe qui jouerait. J'ai invité Matt, et on y est allés, mais c'était un peu glauque et, vu que Matt a dû partir, j'ai chopé Taylor et on s'est cassées.

Je suis toujours passablement énervé contre l'ange lorsque nous arrivons au pick-up de Lili. Il y monte, prenant bien son temps pour boucler sa ceinture et ne pas avoir à me regarder.

— Suivez-moi, dit Lili en démarrant.

— Tu me crois, maintenant ? je demande à Frannie lorsque nous sortons du parking.

— À quel sujet ?

— Matt et Lili. Il y a quelque chose entre eux.

— Ils sont amis, réplique-t-elle, automatiquement sur la défensive. Et donc ?

— Il n'y a pas que ça.

Elle regarde le pick-up orange cabossé qui nous précède à travers le pare-brise.

— Tu crois ?

Ça n'a pas l'air de la contrarier autant que ça devrait. Elle semble presque optimiste.

On se gare le long du trottoir dans un quartier malfamé de la ville. Lili et Matt viennent nous retrouver. Quelques secondes plus tard, je remarque Rhenorian, qui trouve une place de stationnement au coin de la rue. J'espère que, s'il veut s'en prendre à nouveau à nous, il ne va pas choisir de passer à l'acte ce soir.

— Prêts ? demande Lili.

J'implore silencieusement Frannie, debout de l'autre côté du capot, d'attendre dans la voiture avec Matt.

— Dans tes rêves, décrète-t-elle, et elle s'éloigne dans la direction d'où provient la musique assourdissante.

Nous pénétrons dans une salle plongée dans la pénombre, et même avec le staccato de la musique, nous sentons que le volume des conversations baisse significativement à notre arrivée. La moitié des têtes se tournent vers nous.

Je n'arrive pas à identifier la majorité des démons présents, mais leurs yeux trahissent leur nature. Et je reconnais tout de même certains d'entre eux.

Andrus est présent. Intéressant. Il fait partie des plus âgés et est à la tête du service de Relations publiques. Je ne suis pas étonné de le trouver dans le tourbillon de la vie terrestre. Son équipe s'immisce parmi les humains pour contrebalancer l'effet des sermons haineux, catégorie « enfer et damnation », qu'on leur sert à l'église. Il ne faudrait quand même pas que les mortels aient *trop* peur de nous.

Il se dirige vers nous, les silhouettes ondulantes s'écartant sur son passage, et met un point d'honneur à laisser transparaître, juste en marge de notre perception, sa forme véritable.

— Lucifer. Quelle agréable surprise ! (Son regard dévie derrière moi, et un sourire amusé étire alors ses lèvres.) Et tu nous as amené de la compagnie.

Matt se rapproche imperceptiblement de Lili.

— Marchosias en personne nous a invités. Comment refuser ? je réplique.

D'autres démons convergent vers nous, formant un cercle qui a de quoi rendre claustrophobe, et Frannie se met instinctivement en garde, prête à en découdre.

— Ça va, lui dis-je en lui touchant le bras.

— Et voilà ton amie, reprend Andrus, tendant la main vers le visage de Frannie.

— Où est Marchosias ? je demande en m'interposant.

Son sourire, s'élargissant, exprime une perversion nouvelle.

— Pas dispo pour le moment, déclare-t-il en baissant le bras. Désolé, tu es coincé avec moi.

Des rires sarcastiques s'élèvent dans la foule. Prenant Frannie par la main, je passe au milieu d'Andrus et de ses acolytes. Nous cherchons Taylor et Marchosias. Le groupe est en train de jouer, mais son bassiste n'est pas sur scène. Matt me tape sur l'épaule pour m'indiquer la cuisine, et nous nous frayons un chemin vers elle entre les corps oscillants.

Frannie pousse un hoquet et se fige près de moi.

Le seul néon du plafonnier encore en état de marche clignote de manière syncopée tel un stroboscope, mais ça ne dissimule rien de la scène qui nous accueille. Tous les plans de travail et les placards ont été démontés n'importe comment, laissant un linoléum très abîmé, des orifices béants dans les murs et des tuyaux à nu. Le mobilier se résume à une table en bois striée d'encoches qui a connu des jours meilleurs. Elle est jonchée de briquets, de seringues, de cadavres de bouteilles de bière et d'une bouteille de Jack Daniel's sans bouchon, renversée et pratiquement vide.

Au bord de la table est également perchée Taylor, en appui sur ses paumes, la tête penchée en arrière et les yeux fermés, sa jupe remontée jusqu'à la taille.

Et serrant Marchosias entre ses jambes.

En moins de temps qu'il n'en faut pour le dire, Lili s'approche d'eux et tire le démon en arrière.

— Merde, que... ? crie celui-ci en remontant la braguette de son jean.

Taylor a l'air complètement pétée : ses traits sont vides de toute expression, et ses paupières tombantes cachent en partie des yeux qui semblent irrémédiablement dans le vague. Elle regarde autour d'elle sans vraiment voir ce qui se passe, et baisse sa jupe. Matt est près d'elle lorsque Lili l'aide à descendre de la table.

— Oh, seigneur ! s'écrie Frannie, se ruant vers Taylor avant que j'aie pu l'en empêcher.

Elle passe le bras dans le dos de son amie, qui ne semble même pas se rendre compte de sa présence, et la guide dans ma direction en la soutenant.

Marchosias, remarquant ma présence, m'adresse un large sourire.

— Tu as le chic pour gâcher une soirée. Et dire qu'avant tu savais si bien t'amuser, Lucifer... Qu'est-ce qui t'est arrivé, bordel ?

Mon ancienne nature me répugne profondément. Ma fureur contre Marchosias – contre moi-même – bouillonne dans mon ventre telle une mare d'acide brûlant. En quatre grandes enjambées, je suis sur lui. L'attrapant par le tee-shirt, je le pousse violemment contre le mur.

— Tu vas laisser Taylor tranquille.

Marchosias hausse les sourcils.

— Tu ne peux pas te garder toutes les mortelles, Lucifer.

Je jette un coup d'œil à Lili par-dessus mon épaule, espérant qu'elle est trop occupée pour avoir entendu ce qu'il vient de dire. Justement, Frannie et elle sont en train d'emmener Taylor, fendant la foule dans la pénombre. Je plaque de nouveau le démon contre le mur.

— Ne t'avise plus de la toucher.

— Trop tard. Je lui ai montré.

Sa forme humaine chatoie, laissant entrevoir le démon qu'il est : yeux rouges et brûlants enfoncés dans une peau lisse et écarlate, traits anguleux et corps de satyre (sabots compris), sans oublier les courtes cornes noires, incontournables.

— Je lui ai montré, et elle n'a pas changé d'avis pour autant.

Je le rudoie une dernière fois en tremblant de frustration, car je n'ai aucun moyen de lui faire vraiment mal. Puis je le lâche et sors de la cuisine à reculons pour retrouver les autres. Frannie et Lili, encadrant Taylor, sont presque obligées de traîner cette dernière, et Matt ferme la marche, focalisé sur plusieurs démons qui ont convergé vers la sortie pour nous regarder partir.

— Est-ce qu'elle va bien ? je demande, tout en sachant que ce n'est pas le cas.

Taylor est vouée à l'Enfer.

Frannie essaie de cacher les larmes qui coulent sur son visage. Elle ne peut pas répondre.

— Ils l'ont soumise au souffle diabolique. Elle est dans un sale état, dit Lili.

Je comprends bientôt pourquoi nous avons attiré l'attention générale.

Andrus.

Il s'appuie contre le chambranle, entre nous et la sortie.

— Vous ne partez tout de même pas ? demande-t-il, l'air faussement étonné.

Nous continuons à avancer vers lui mais, lorsque nous arrivons à sa hauteur, il se redresse, si bien qu'il nous barre complètement le chemin. Dehors, derrière lui, Chax est posté en renfort sur le trottoir.

— Lucifer, vous êtes libres de partir quand bon vous chante (il jette un coup d'œil à Matt avec une moue désobligeante), toi et ton… lumineux ami. Les dames, en revanche… (un sourire carnassier déforme hideusement ses traits) vont rester.

En disant cela, son regard se pose sur Frannie.

— Réfléchis bien, dit Matt en se plaçant devant Lili.

L'air se charge d'électricité statique. Il s'en faut de peu que je la voie danser sur la peau de Matt.

— Comme ça, en public ? Vraiment ? poursuit Andrus. Tu es sûr de vouloir aller sur ce terrain-là ?

En un éclair, Matt le plaque contre le mur, l'avant-bras en travers de sa gorge. L'odeur d'ozone tranche avec la touffeur de l'air nocturne, et tous les poils se hérissent sur les bras d'Andrus.

— Oui, répond l'ange, les paupières plissées, son visage à quelques centimètres de celui du démon.

Chax se rue sur lui, le poing rougeoyant, mais je m'élance pour l'intercepter, et lui fais une clé de bras avant de le jeter face contre terre.

— Va-t'en, Frannie !

Lili et elle, contournant Chax, entraînent Taylor à l'extérieur. Et c'est à ce moment-là que j'aperçois Rhenorian, debout sous un lampadaire hors service, sur le trottoir d'en face.

— Bon sang ! je marmonne.

Une fois sortie, Frannie se retourne.

— Luc... ?

— File ! je lui crie.

Elle hésite une seconde, mais Lili ne s'est pas arrêtée, alors elle la suit.

J'enfonce mon genou dans le dos de Chax dont je sens, sous moi, l'énergie commencer à jaillir.

La forme démoniaque d'Andrus affleure par intermittence.

— Tu es bien mal accompagné, ces temps-ci, Lucifer, dit-il en toisant Matt.

— N'est-ce pas ? Mais des fois ça sert d'avoir un ange sous la main.

Je jette un coup d'œil dehors. Les filles sont presque arrivées à la Shelby. J'adresse un signe à Matt, et nous lâchons les démons pour sortir à reculons. L'ange accentue son aura qui est, j'espère, trop subtile pour être remarquée des mortels présents. Bien entendu, s'il commence à littéralement lancer des éclairs, ça ne risque pas de passer inaperçu. Je lance les clés de la voiture à Frannie.

Lili et elle font monter Taylor à l'arrière, puis Lili, suivie de Matt, traverse la rue au petit trot et monte dans son pick-up. Devant l'immeuble, je constate que Rhenorian a rejoint Andrus et Chax ; je suis vraiment impatient de voir ce qu'ils vont bien pouvoir inventer pour nous rendre la monnaie de notre pièce, en bons démons qu'ils sont.

Je me jette dans la Shelby avec Frannie, on claque les portières, puis j'écrase l'accélérateur et démarre en faisant hurler les pneus.

Frannie, enfouissant son visage entre ses mains, se met à sangloter.

Mon cœur se serre, parce que je sais qu'elle se rend responsable de ce qui s'est passé. Elle ne sait même pas ce qu'il y a de pire, dans tout ça.

Et ce n'est pas moi qui vais le lui annoncer.

Matt

Lorsque nous arrivons chez Luc, celui-ci m'attire à l'écart pendant que Frannie emmène Taylor dans la salle de bains.

— Elle ne doit pas savoir, pour Taylor, me dit-il d'un air menaçant.

— Il le faut. Si elle persiste à vouloir la sauver, son ignorance ne fera que la mettre en danger.

— Et tu ne crois pas qu'elle va essayer de « sauver » Taylor, comme tu dis, si elle apprend que son âme est marquée ? Ce sera pire. Elle va culpabiliser.

— Tu dois lui dire.

Taylor vomit dans les toilettes.

— Pas encore.

— Bientôt.

— Frannie s'occupe de Taylor, dit Lili, arrivant dans le dos de Luc. (Elle agite la main en direction de la salle de bains, en fronçant le nez.) Et la gerbe, c'est pas mon rayon, alors je me barre.

— Je te raccompagne, dis-je.

— Je dois avoir trois mètres à faire. Je crois que je peux m'en sortir.

— Je viens avec toi, j'insiste tandis qu'elle s'éloigne.

Luc me considère d'un air peu amène avant d'aller retrouver les filles.

— Tu as vu le mec ? Il était là ? je demande à Lili.

— J'ai pas vraiment regardé, répond-elle en tournant sa clé dans la serrure.

— Je veux que tu restes loin de ces types. Donne-moi ton numéro de portable.

Elle frotte le bout de son pied contre un chewing-gum collé sur le linoléum.

— J'ai pas les moyens de m'en offrir un.

La panique s'insinue en moi par bribes. Ils ne doivent pas être contents de ce qui s'est passé ce soir, et ils en ont déjà après Lili. Elle est le membre le plus vulnérable de notre mission de sauvetage, une mortelle déjà promise à l'Enfer. Ils vont s'en prendre à elle.

— Je veux que tu me dises s'ils t'approchent. Au travail, n'importe où...

Elle regarde dans le couloir avant de pousser la porte.

— Ce n'est pas le quartier le plus sûr, j'ajoute en lui emboîtant le pas.

Elle se retourne.

— J'ai pas les moyens d'habiter ailleurs.

— Il n'y a personne qui puisse t'aider ?

— Ça fait un moment que je suis en solo. Et je dois sortir les sous pour la fac de ma propre poche. Je touche diverses bourses et des aides financières pour m'acquitter des frais de scolarité, mais le salaire que je touche au supermarché n'est pas mirobolant, et il me sert à payer le loyer, et tout le reste.

Je la regarde verrouiller soigneusement la porte derrière nous et ensuite se diriger vers la cuisine. Elle sort deux canettes de Coca du frigo. J'ouvre la mienne et m'installe sur le canapé.

— Et ta famille dans tout ça ?

Elle s'assoit à son tour, et une décharge d'électricité brûlante se propage dans tout mon corps lorsqu'elle se love contre moi.

— Il n'y a personne d'important. Je n'ai jamais connu ma mère, et mon père…

Tous ses muscles se crispent.

Je sens une traction au fond de moi, comme si on m'arrachait le cœur. J'ai désespérément envie de l'aider, mais je ne sais pas comment faire. Je passe un bras autour de ses épaules et, l'attirant contre moi, je lui caresse les cheveux.

Elle se met à pleurer, et je me surprends à vouloir essuyer ses larmes de mes baisers. Mais je n'en fais rien. Lili se cache le visage contre mon épaule, et je la laisse s'épancher.

— Ça te ferait du bien d'en parler ? je lui demande, une fois qu'elle commence à se calmer.

— Je crois pas que je pourrais, dit-elle en redressant la tête.

— Si l'envie t'en prend, que ce soit maintenant ou plus tard, sache que j'ai de grandes oreilles et une petite bouche.

Elle esquisse un sourire.

— C'est vrai qu'elles sont légèrement trop grandes, tes oreilles, mais, ta bouche, je la trouve parfaite.

Et, lorsque ses lèvres touchent les miennes, je jurerais que je viens d'être frappé par le feu de l'Enfer. La chaleur pourfend mon enveloppe humaine.

Je ne sais pas quoi faire. Seigneur ! c'est ce que je voulais. Je suis écartelé entre le besoin de l'attirer tout contre moi et celui de la repousser. Mais je ne peux pas la repousser. Je n'arrive pas à m'y résoudre. Alors, je lui rends son baiser. Je ne suis pas loin d'être terrifié mais, tandis que je me fonds en elle, l'incendie qui se propage sous ma peau s'apaise et devient une aura chaude. J'embrasse Lili à pleine bouche ; j'aspire à plus d'intimité entre nous, je souhaite que cette expérience, mon premier baiser avec ma première petite amie, ne cesse jamais.

Lorsqu'elle s'écarte de moi, j'attends un instant l'apparition des anges vengeurs venus me dépouiller de mes ailes. Constatant qu'il ne se passe rien, je pousse un soupir de soulagement, et c'est alors que je découvre le regard de Lili braqué sur moi ; elle semble aussi apeurée que moi.

— Désolée, dit-elle. J'ai cru…

Je l'interromps en posant le doigt sur ses lèvres chaudes et humectées.

— Tu ne t'es pas trompée, je murmure.

Je suis pris d'un frisson d'excitation. Tous mes sens s'embrasent. Voilà tout ce que je désire sans pouvoir l'obtenir.

Serait-ce possible ? Avec Lili ? S'il s'agit d'amour et non de luxure, est-ce que je perdrai mes ailes ? Car je l'aime. Je l'ai aimée à la seconde où je l'ai aperçue pour la première fois.

Portant la main à sa joue, j'approche de nouveau son visage du mien. Maintenant que l'appréhension est en train de refluer, j'arrive à me focaliser sur elle et sur les sensations qu'elle me procure… Elles ne ressemblent à rien de ce que j'ai connu jusque-là. Des émotions enflent en moi et, avant même de m'être rendu compte que j'ai ouvert la bouche, je m'entends dire :

— Je t'aime, Lili.

Elle bondit du canapé, les yeux écarquillés.

— Quoi ?

J'aurais le cœur au bord des lèvres, si j'en avais un.

— Je suis désolé. Je ne voulais pas…

— Tu ne pensais pas ce que tu disais. Je sais, réplique-t-elle en baissant la tête.

Je me lève lentement et reste planté là, ne sachant pas trop ce qu'elle attend comme réponse. Mais je ne peux pas mentir.

— Si, je le pensais vraiment. Simplement, peut-être que je n'aurais pas dû dire ça. Désolé.

Elle recule de quelques pas, apparemment encore plus hébétée. Nous restons là à nous dévisager pendant ce qui me paraît être une éternité, puis elle tourne les talons et se rue vers la salle de bains.

Désireux de l'aider d'une façon ou d'une autre, je la suis, mais elle m'arrête d'un geste de la main à l'entrée de la pièce.

— Donne-moi juste une seconde, d'accord ?

Je me rassois, et elle ferme la porte. Je suis à deux doigts de me rendre invisible pour aller vérifier si elle va bien, mais elle m'a prié de la laisser seule, alors je prends racine sur le canapé.

Lorsqu'elle ressort de la salle de bains, elle se roule en boule à côté de moi. Une larme dessine un chemin accidenté sur sa joue. Je l'essuie.

— Est-ce que ça va ? je demande à Lili en l'embrassant de nouveau.

— C'est simplement que je n'ai jamais fréquenté quelqu'un qui… C'est la première fois que je suis aimée.

— Je t'aime, je répète en l'attirant tout près de moi.

Elle se cale contre mon flanc et je l'enlace. Et je sais que ma place est auprès d'elle.

17

Péché originel

Frannie

Taylor est sous la douche, et je suis obligée de m'assurer régulièrement qu'elle tient debout. Je l'ai ramenée chez moi la nuit dernière, une fois qu'elle a eu les idées assez claires pour être capable d'appeler sa mère, et elle est restée dormir à la maison. Je l'ai accompagnée à la salle de bains deux fois au milieu de la nuit pour qu'elle vomisse dans les toilettes, et j'ai passé le reste du temps lovée contre elle dans le lit tandis qu'elle tremblait.

Je frictionne mes cheveux mouillés, puis jette la serviette humide sur mon jumeau, confortablement étendu en travers de mon lit. Je resserre ma robe de chambre contre moi.

— Tu penses que ça va aller, Taylor ?

Je jurerais presque que ses prunelles ont brillé brièvement de colère avant que la tristesse s'y installe.

— Je sais pas.

— Elle est vraiment… dans un sale état. Je crois que ce démon lui a fait quelque chose, en dehors de… tu sais.

Je me remémore la scène, et mon estomac forme un nœud dur.

—Faudra que tu demandes à ton petit copain, rétorque Matt sur un ton soudain incisif.

—Qu'est-ce que Luc pourrait bien savoir à ce sujet ?

—Tout. Il est des leurs.

—Arrête avec ça, Matt, dis-je sèchement.

Ses paupières s'étrécissent.

—Il te ment, Frannie, grogne-t-il.

—Pas du tout ! Mais, en parlant de mentir, Luc pense qu'il y a quelque chose entre Lili et toi.

Matt ne répond pas. Il reste simplement planté là, la tête basse.

—Alors... ?

Je le sens lutter pour articuler un « non », mais il ne peut pas mentir. Une étincelle d'optimisme me titille le cerveau, et mon humeur s'adoucit.

—Comment ça marcherait, exactement ? je demande. Est-ce que tu pourrais... je sais pas...

Il me regarde droit dans les yeux.

—Non, dit-il, esquissant un sourire désabusé.

—Pourquoi pas ? Je fréquente bien Luc, moi.

Je sais que c'est égoïste de ma part de dire ça. Est-ce mal d'espérer que mon frère puisse avoir une vie ?

—Ça ne fonctionne pas comme ça. Même si je le voulais...

—Pourquoi ? Ce n'est pas juste.

Il bondit du lit avec colère, et son regard me transperce. Son pouvoir enfle, et les poils se hérissent sur mes bras ; une odeur d'ozone emplit la chambre.

—Ne me parle pas de justice, gronde-t-il tout bas. Ce démon a tout, et moi je n'ai rien.

Il écarquille les yeux, et ses traits se figent en un masque scandalisé ; quant à moi, je suis sciée. Je n'arrive pas à croire que Matt ait dit ça. Sur ce ton-là, qui plus est. Et, manifestement, lui non plus n'en revient pas.

—Je..., commence-t-il.

Mais il n'achève pas sa phrase. Il se masse le front.

— Matt, je suis…

Quoi ? Désolée ? je songe avec gêne. Mal à l'aise, j'examine mes mains.

— Ça n'aurait pas dû se passer comme ça.

— Et pourtant…, dit-il d'un air profondément las en se rasseyant sur le lit.

Je prends place sur ma chaise de bureau.

— Tu as tort à propos de Luc, dis-je prudemment. (J'ai conscience que ce n'est sans doute pas le bon moment d'évoquer la question, mais je sens que j'ai besoin que ça sorte malgré tout.) Il est mortel, maintenant. Exactement comme moi.

Les yeux braqués sur le tapis, Matt pousse un profond soupir.

— Il ne sera jamais comme toi.

— Tu te trompes. Luc m'aime. Il est humain. Jamais il ne me ferait du mal.

— Peut-être bien que non. (Il esquisse un sourire las.) Mais il ne peut pas te protéger pour autant.

— Hum… possible. Mais tu vas cesser de faire ton rabat-joie ? Tu vas le lâcher un peu ?

— S'il le mérite, répond-il, poussant un nouveau soupir. J'espère simplement que je n'aurai pas à le regretter.

— Si tu veux arriver à quelque chose en tant qu'ange gardien, il va falloir que tu piges qui est le véritable ennemi, je lui fais remarquer en levant les yeux au plafond. Ce n'est pas Luc.

— Selon toi. Tu oublies que c'est moi le professionnel. Je pense être capable de juger du caractère des gens un peu mieux que toi.

— Est-ce que je suis autorisée à changer ta mission ? je demande sans pouvoir retenir un sourire.

Une lueur passe dans le regard de mon jumeau et, l'espace d'une seconde, j'ai l'impression qu'il va me dire que oui. Il se lève.

— Non.

— Parce que je pense vraiment que Taylor a plus besoin de toi que moi.

— Il faut que tu me rendes un service, déclare-t-il en allant à la fenêtre avant de se tourner de nouveau vers moi.

Son expression a quelque chose de désespéré et d'un peu sauvage.

— Ah ouais ? dis-je avec circonspection.

Il lève vivement la tête et se volatilise juste avant que la porte s'ouvre avec un craquement. Taylor, vêtue de mon peignoir, entre d'un pas traînant. Elle a toujours une tête de déterrée : fatiguée et amaigrie, elle a une mine de papier mâché et de grandes marques pourpres sous ses yeux dont le gris s'est terni.

— Tu survivras ? je lui demande en me levant.

— Peut-être, répond-elle d'un ton peu amène, sans me regarder.

Je la serre dans mes bras, même si c'est pas trop le genre de truc qu'on fait d'habitude.

— Je ne le laisserai plus te faire du mal.

Elle se dégage avec colère, puis ramasse ses vêtements qui sont posés par terre.

— Ouais, bla-bla-bla.

— Tu es en état de rentrer ? Tu peux passer la journée ici si tu veux.

— Non, ça va, répond-elle en enfilant son tee-shirt.

J'ignore quels seraient les mots justes. Je vois bien que ça ne « va » pas vraiment, mais je ne sais pas comment arranger la situation.

— Tu es sûre que ça va ?

— Fiche-moi la paix, Frannie ! crache-t-elle, haineuse.

J'en reste médusée.

— J'en ai vraiment ma claque de tes airs de sainte-nitouche, comme si tu étais la perfection incarnée ou je ne sais quoi...

— Tay, je veux simplement t'aider.

— Eh bien, dans ce cas, fous-moi la paix.

Elle tire sur sa jupe, manquant de perdre l'équilibre, et me repousse lorsque j'essaie de la stabiliser.

— Je me casse.

— Tay...

Elle me lance un regard mortel tout en se dirigeant vers la porte.

— Lâche-moi !

Et, tout d'un coup, je suis furax.

— Tu n'as pas idée des risques qu'on a pris pour te sortir de là, Luc et moi.

— Je ne t'avais rien demandé. Je ne voulais pas que tu viennes.

— Tu ne sais pas ce qu'il est, Tay.

Son regard s'assombrit et son visage se crispe.

— Je sais tout ce que j'ai besoin de savoir. Laisse-nous tranquilles.

— Non. Hors de question.

Elle fonce vers l'escalier aussi vite que ses jambes flageolantes le lui permettent.

— Va te faire foutre ! dit-elle sans se retourner.

— Parfait ! Tu sais quoi ? Va au diable ! je lui lance.

Mes mots se perdent dans un silence assourdissant une fois que Taylor est partie en claquant la porte d'entrée derrière elle. Maman, inquiète, apparaît au pied de l'escalier et m'interroge du regard. Je me contente de secouer la tête et je retourne dans ma chambre. Là, je m'affale sur mon lit et contemple le plafond. Des larmes coulent le long de mes tempes. Quelle idiote je suis ! Taylor est à côté de la plaque. Elle a besoin de mon aide.

Seigneur, comme j'aimerais que Gabe soit là ! Il saurait quoi faire. À cette simple évocation, je hume une senteur de neige d'été et quelque chose, doux comme une plume, me frôle la joue. Pendant un instant, je suis pétrifiée et mon cœur semble caler, pour repartir de plus belle lorsque je recommence à respirer. Me redressant lentement, je regarde autour de moi.

Les yeux grands ouverts, je murmure : « Gabe » dans la chambre déserte. Mais la sensation disparaît aussi vite qu'elle est venue, et je me retrouve plus seule que jamais.

Je reste allongée pendant une éternité, regrettant l'absence de mon ange et tâchant de prendre une décision. Finalement, je m'extrais de mon lit et enfile mon vieux jean ainsi qu'un tee-shirt.

— Maman, je vais chez Taylor ! je braille en traversant le salon.

Sans attendre de réponse, je file chez Taylor au petit trot mais, en arrivant là-bas, c'est Trevor qui vient m'ouvrir.

— Hey, Trev. Je peux parler à Tay ?

— Elle n'est pas là.

Mon cœur fait un bond.

— Elle n'est pas rentrée ?

— Elle est restée pendant, genre... cinq minutes. Elle est montée directement dans sa chambre, mais ensuite le mec au corbillard s'est pointé. Elle est redescendue en quatrième vitesse et ils se sont barrés.

Je sors mon portable et compose son numéro, mais son répondeur se déclenche directement.

— Merde !

— Quoi ?

— Ce type est vraiment une source d'emmerdes, Trev.

J'ai la nausée en songeant à ce qu'il a fait à Taylor.

— Je l'ai même pas vu une seule fois. Il se gare devant, et Taylor se casse.

Je redescends les marches du perron et m'éloigne à petites foulées.

— Je dois la trouver. Appelle-moi si elle rentre, je lance par-dessus mon épaule.

Une fois rentrée à la maison, je saute dans ma voiture pour aller chez Luc.

Matt

Je n'y avais plus pensé depuis la fois où Frannie a abordé le sujet, il y a quelques semaines. Mais, après ce qui s'est passé avec Lili hier, l'idée est restée dans un coin de ma tête toute la journée. L'Emprise est le seul moyen. Grâce à elle, sans doute que je pourrais avoir Lili... et tout le reste.

Elle a bien transformé le démon. Pourquoi pas moi ?

Je me sens déjà en train de changer. Quand je suis avec Lili, je ressens des choses que je n'aurais même pas crues possibles.

Au volant, Frannie, les sourcils froncés, perdue dans ses pensées, scrute la route à travers le pare-brise.

Je m'éclaircis la voix en m'enfonçant davantage dans la banquette, et entame le petit laïus que j'ai préparé.

— Tu te souviens, quand tu m'as dit que tu voulais me rendre mortel ?

Sur les traits de ma sœur, le pli soucieux s'efface.

— Ouais, dit-elle prudemment.

— Je veux que tu le fasses.

L'effet de surprise passé, son visage se décompose, et les larmes lui montent aux yeux.

— Oh ! Matt, j'aimerais tellement… mais je ne crois pas que je puisse.

— Pourquoi pas ? je demande sur un ton un peu forcé que ma sœur, j'espère, n'aura pas remarqué.

— Mon Emprise n'est rien du tout. Je croyais le contraire, mais… (Elle secoue la tête, accablée.) Ça… je ne peux pas le faire.

L'ampleur de mon désespoir m'incite à continuer sur ma lancée, alors que je sais pertinemment que je devrais laisser tomber le sujet.

— Tu as dit que tu avais envie de m'aider… pour te racheter. Saisis ta chance.

Mes traits se figent en une grimace tandis que je plie sous le poids de mon dégoût. Je n'arrive pas à la regarder en face. Je n'avais jamais prévu de dire ça, de jouer cette carte-là. J'ignore d'où m'est venue cette idée.

Quand je me résous enfin à lever la tête vers elle, elle m'observe à la dérobée, une larme coulant sur sa joue. Elle l'essuie avec son poignet.

— Qu'est-ce qu'il faudrait que je fasse ?

— Tu dois simplement avoir envie de me transformer, je suppose. Tu sais mieux que moi comment l'Emprise fonctionne.

—Mais c'est ce que j'ai toujours voulu. (Blessée, elle laisse échapper un sanglot.) Même avant tout ça… j'ai toujours voulu que tu reviennes.

—C'est peut-être pour ça que, contre toute attente, je suis devenu ton gardien. Mais je pense que tu ne dois pas te contenter de ça, et désirer que je sois mortel. Humain.

—Je…, commence-t-elle sans grande assurance.

—Penses-y, c'est tout.

Elle le fera. Je le sais. Sa culpabilité, dense et pesante, couvre son âme telle une chape. Et j'ai beau me dégoûter, l'élancement diffus que je ressens n'est pas seulement dû à de la répugnance. Parce que je brûle pour Lili, et que c'est l'unique façon de pouvoir être avec elle. Frannie aussi veut que nous soyons ensemble. C'est même elle qui a abordé le sujet la première. Je me sens rasséréné en prenant conscience que je n'ai rien fait de mal, au bout du compte ; j'ai simplement encouragé ma sœur à agir comme elle le voulait déjà.

Nous nous garons devant chez Luc. Elle coupe le contact et reste assise un long moment avant de se tourner vers moi.

—J'essaierai, dit-elle.

Je descends avant qu'elle ait pu remarquer mon euphorie. Je suis quasiment certain que je brille littéralement.

Frannie sort à son tour de la Shelby, et je me rends compte que je tremble. Impossible d'arrêter le processus. J'en ai tellement envie. La scène m'apparaît clairement : Lili dans mes bras, tant de douceur et de chaleur… Elle me touche, m'embrasse…

Un frisson me parcourt. On pourrait quitter Haden. Aller quelque part où personne ne nous connaît. Être ensemble ; *vraiment* ensemble. J'explose en une myriade d'étincelles. Peut-être que je devrais lui lâcher du lest, au démon. Si c'est ça qu'il éprouve pour Frannie…

On monte et on entre dans l'appartement de Luc. Mon cœur en émoi s'élance vers de nouveaux sommets lorsque je découvre Lili, assise dans la cuisine dans son survêtement gris.

Une queue-de-cheval dégage son visage et elle est… belle. Presque comme si elle brillait. Incroyablement vivante.

Puis j'aperçois Luc assis en face d'elle, et les assiettes vides posées entre eux. Ils ont l'air en grande conversation, et mes bonnes dispositions envers le démon fondent instantanément.

— De quoi vous parlez ? je demande en me dépêchant de la rejoindre.

Luc ne répond pas immédiatement. Il observe alternativement Lili et Frannie, plissant les paupières de façon presque imperceptible.

— De rien, dit-il.

Il se lève et enlace Frannie.

— Lili et moi, on a préparé une omelette. Vous en voulez ?

J'agrippe si fort le dossier de la chaise de Lili que je m'étonne vaguement que le bois ne rompe pas. Serrant les dents, je ravale la fureur à laquelle je meurs d'envie de laisser libre cours. Comment Frannie peut-elle être à ce point aveugle ? Elle ne voit donc pas que le démon fait les yeux doux à Lili ?

J'étouffe.

Est-ce que les anges le peuvent ? Il faut que je sorte d'ici.

Lili se lève, m'accordant un rapide coup d'œil.

— Je dois me préparer à aller bosser. À plus, les enfants.

Elle rince son assiette et ses couverts dans l'évier, et je la suis en m'efforçant de ne pas poser les mains sur elle.

— J'y vais aussi, dis-je en me retournant pour leur dire au revoir. Je reviens tout à l'heure.

Luc me dévisage, mais ne dit rien.

Une fois que nous sommes sortis, je cesse illico de sauvegarder les apparences. J'entrelace mes doigts à ceux de Lili et l'accompagne jusqu'au pas de sa porte.

— Tu dois vraiment aller bosser ?

— Seulement dans quelques heures. (Elle baisse les yeux et rougit.) Mais j'espérais que, si je partais, tu viendrais peut-être chez moi.

Tous mes sens s'embrasent.

— Me voilà, je réponds en souriant. Alors, tu m'invites à entrer ?

Elle tourne la clé dans la serrure. Avant même qu'elle ait pu refermer le battant derrière nous, j'ai pris son visage entre mes mains et nos lèvres se sont jointes.

Ensuite, je me plonge dans le vert inouï de son regard.

— Désolé. Je me devais de faire ça.

Elle me sourit, puis me prend par la main. Je cherche un endroit où m'asseoir, mais Lili ne semble pas se soucier du fait qu'il y a des vêtements partout sur le canapé. Elle me fait tomber sur les coussins, se colle contre moi et m'embrasse.

Me voilà pris dans un tourbillon. Il m'entraîne dans les profondeurs. Mais j'en ai envie. Je veux qu'il me fasse sombrer et ne me laisse jamais remonter à la surface.

Lili m'explore de ses mains, et je la serre fort, sentant quelque chose remuer au fond de moi. Une sensation primitive mais bien réelle. Du désir.

Non. *De l'amour.* Je l'aime. Est-ce mal d'avoir envie d'être près de l'être aimé ?

Je me noie en elle tandis que je passe mes mains dans son dos, sur ses hanches, avant de les glisser sous son tee-shirt.

— Arrête ! s'écrie-t-elle en reculant.

Je la lâche, me maudissant d'avoir été trop vite en besogne. *Qu'est-ce qui ne tourne pas rond chez moi ?*

— Je suis désolé. J'ai perdu la tête. Ça se reproduira pas.

— C'est pas ça. Je veux être avec toi, mais…

Je la prends de nouveau contre moi, un peu rasséréné.

— Qu'est-ce qu'il y a, alors ?

Elle me regarde sans conviction, effrayée. Je sens soudain le froid m'envahir, convaincu qu'elle a changé d'avis à mon sujet.

— Si je te le dis, tu t'en iras, dit-elle humblement.

— Et si je te promets le contraire… ?

— Ça changera rien.

— Allez, essaie.

Elle va à la fenêtre et observe longuement le parking. Et, lorsque sa voix s'élève, j'ai l'impression que le poids du monde l'accable.

— Je suis pas un ange, Matt.

Je sursaute. Comment peut-elle être au courant ? Par Luc ?

Elle s'écarte de la vitre, et le faible éclairage souligne le lustre humide sur ses joues.

— J'ai déjà eu des mecs... plein de mecs.

Ma tension se relâche, et un profond soupir de soulagement monte de ma poitrine. Elle n'est pas au courant. Et, à partir de maintenant, elle sera en sécurité. J'y veillerai. Personne ne l'approchera plus d'assez près pour lui faire du mal. Il faudra d'abord me passer sur le corps.

Je la rejoins sans hâte.

— Peu importe qui tu as aimé avant...

Son visage se crispe, et son regard devient de pierre.

— Je ne les aimais pas ! crache-t-elle.

Le froid envahit tout.

— Oh ! dis-je.

La douleur que je perçois dans sa voix manque de m'achever. Je veux la réconforter, mais elle m'en empêche d'un geste et recule légèrement.

— Je me débrouille pour survivre.

Elle se tourne de nouveau vers la fenêtre tandis que sa voix se brise, et elle tente, sans succès, de réprimer un sanglot.

— Je suis vraiment navré, Lili.

Je me sens complètement impuissant.

Elle tressaille lorsque je pose la main sur son épaule, et se dirige rapidement vers la cuisine, attrapant un couteau tranchant posé sur le plan de travail recouvert de linoléum. Elle fait tourner le manche dans sa main – je songe avec angoisse à quoi elle pourrait l'utiliser – avant de planter l'extrémité de la lame dans le lino.

— Qu'est-ce que je peux faire ?

La pression qui me broie la poitrine est presque insupportable.

— Va-t'en, c'est tout, dit-elle, le regard dur même à travers ses larmes.

— Je ne te laisse pas comme ça.

J'avance d'un pas vers elle, je lui tends la main, mais elle bat en retraite, furieuse.

— J'ai pas besoin de ta pitié. Allez, barre-toi.

Mais je n'obéis pas et je m'approche lentement d'elle ; il faut que je fasse quelque chose.

— Non.

— Quoi, tu tiens absolument à avoir ta part du gâteau ? raille-t-elle. (Ses traits se déforment sous l'effet de la colère.) Tu es exactement comme les autres.

Elle se tourne de nouveau vers le plan de travail, me donnant l'impression qu'elle va récupérer le couteau.

Mon ventre se contracte durement. Je dois lui faire comprendre que je suis différent, mais comment y parvenir ? Je me concentre sur elle, sur ce qu'elle m'inspire, et projette ces sentiments au-dehors pour tâcher de les lui transmettre.

— Non, je réponds avec douceur. Je ne m'en irai pas tant que tu n'auras pas compris que je suis sérieux. Je t'aime.

— Tu ne peux pas m'aimer, dit-elle, interloquée. Je ne suis pas quelqu'un qu'on aime.

Avec précaution, je passe mes bras autour de sa taille.

— Pourtant, je t'aime.

— Et moi, je te hais, rétorque-t-elle en baissant la tête.

— Si ça peut te faire du bien…

Elle se penche, les paumes à plat contre mon torse, et je referme mes bras autour d'elle.

— Je te hais, répète-t-elle.

Je l'embrasse au sommet du crâne et enfouis mon visage dans ses cheveux.

— Je t'aime.

Elle se presse contre moi, et je m'embrase. Et, lorsqu'elle me donne un baiser, c'est comme si on allumait une lampe. La chaleur croissante me consume lentement.

Il faut que j'arrête ça, pour un tas de raisons. Elle est vulnérable, et je ne dois pas en profiter. Sans compter qu'il y a mes ailes. Je me trouve certainement devant une ligne que je ne dois pas franchir, sous peine de les perdre. Mais c'est presque impossible. J'ai tellement besoin de Lili, c'est comme si elle était le cœur que je n'ai pas. Une partie vitale qui manque à mon être.

Je trouve la force de m'écarter d'elle.

— Lili… tout de suite, je ne peux pas.

Elle me pousse, brutalement.

— Je te dégoûte, c'est ça ?

— Non. Absolument pas. C'est pas du tout ça.

Je porte la main à son cœur, et je le sens battre sous mes doigts. Mon cœur à moi, c'est Lili.

— Ouais, c'est ça. Allez, dehors.

Elle fonce vers la porte et me l'ouvre.

Je reste planté là, tandis que le creux noir que sont devenus mes organes s'effondre. Je dois m'en aller avant que la situation dégénère. Mais pas comme ça.

— Lili.

— Va-t'en.

Je m'avance jusqu'à elle puis, sur le seuil, j'hésite. Je veux lui montrer que je suis sérieux, que je ne veux pas simplement coucher avec elle. Je l'embrasse sur le front. Mes lèvres se décalent jusqu'à son oreille.

— On va faire ça bien, Lili. J'ai juste besoin d'un peu de temps.

Combien de temps il a fallu à Frannie pour changer Luc ?

Quelques semaines ? Un mois ?

Pour Lili, je patienterai le temps qu'il faudra. Et, en attendant, il doit bien y avoir un moyen pour que j'inverse son marquage. Un élan d'espérance m'envahit, si bien que j'ai l'impression que je vais exploser. Il faut juste que je tienne encore un peu.

C'est gérable.

Mais, lorsque son regard croise le mien, je ressens une vague de désir chauffé à blanc si puissante que je ne pense plus qu'à une chose, l'avoir contre moi. Le feu me pourfend, consumant les doutes que j'entretenais jusque-là. Je n'avais encore jamais ressenti un besoin si exigeant et si brut, dévorant tout. Lili ferme la porte et attire de nouveau mon visage vers le sien.

À partir de ce moment-là, tout devient flou : les baisers, les gestes maladroits pour ôter nos vêtements… Et puis nous nous retrouvons allongés par terre, nos corps l'un contre l'autre. Je fais tout mon possible pour arrêter, pour m'obliger à réfléchir. Mais lorsqu'elle me murmure « je t'aime » à l'oreille, je suis lié. Tout ce que je suis se fond en elle.

18

L'antre du démon

Matt

Nous sommes allongés par terre.

— Il faut vraiment que j'aille au boulot, dit Lili en levant la tête de mon épaule. Et puis ça me fait un mal de chien. (Bougeant pour pouvoir se masser la hanche, elle m'adresse un sourire incertain.) Le canapé aurait été beaucoup plus confortable.

J'attrape son sweat-shirt qui est posé à côté de nous, et je le passe autour d'elle en l'attirant contre moi, enfouissant mon visage dans ses cheveux. Il n'y a pas de mots pour décrire ce que je ressens. En parlant de félicité, je serais encore bien loin du compte. Quand je me redresse légèrement pour la regarder dans les yeux, je constate qu'elle me sourit. Ce qui signifie sans doute que ça s'est bien passé pour elle.

Et, apparemment, ça s'est bien passé pour moi aussi.

Au début, j'avais beau la désirer, je n'étais pas disponible à cent pour cent, parce que j'étais sûr que j'étais cuit. Je guettais l'arrivée des anges vengeurs. Mais, au fil du temps – je songe en souriant que ça s'est même éternisé –, j'ai réussi à être *vraiment* avec elle, à m'oublier complètement. Et les sensations ont dépassé mes attentes, mes espoirs les plus fous. Peut-être que j'avais raison. Peut-être que, si c'est de l'amour, ça m'est autorisé.

Lili se dépêtre de moi. Je m'appuie sur un coude tandis qu'elle se dirige vers la salle de bains, puis je me lève et rajuste ma tenue, un rien embarrassé. Qu'est-ce qui est censé se passer, maintenant ? Je reste ? Je m'en vais ? Quelle est la marche à suivre ?

Je choisis de m'asseoir sur le canapé et d'admirer Lili de loin pendant qu'elle se prépare. Lorsqu'elle apparaît, en débardeur et jean délavé, je la rejoins. Je passe un bras autour de sa taille, écarte des mèches de son visage et l'embrasse. Lorsqu'elle pose les mains sur mes joues pour mieux répondre à mon baiser, je ressens une décharge électrique, et je me surprends à briller un peu. Sentant Lili sursauter, je jugule mon pouvoir.

— Waou, dit-elle en souriant lorsque nous nous séparons.

— Ouais… Waou.

Je déploie de gros efforts pour ne pas briller.

— Bon, si tu veux rester, pas de souci, déclare-t-elle en détournant les yeux. (Son sourire devient timide.) Je serai de retour vers 20 heures.

Je lis de l'espoir dans le coup d'œil qu'elle me jette. Elle glisse la main dans sa poche et en sort une clé.

— J'ai un double, dit-elle.

— Tu ne crois pas que tu me fais confiance un peu trop facilement ?

— Tu es en train de me dire que je devrais me méfier ? demande-t-elle en haussant les sourcils.

— Non, dis-je en faisant disparaître l'objet dans mon poing. J'espère simplement que tu ne donnes pas la clé de chez toi au premier venu.

Les mots ne sont même pas encore sortis de ma bouche que je les regrette déjà.

Le visage de Lili s'assombrit.

— Rends-moi ça, ordonne-t-elle en cherchant à attraper ma main.

J'esquive son geste et profite de son mouvement pour la saisir par la taille et la serrer contre moi.

— Je ne voulais pas dire ça comme ça. Je me fais simplement du souci pour toi.

Elle me repousse avec méfiance.

— Je serai là quand tu rentreras. Je t'aime, je lui murmure à l'oreille en l'attirant contre moi.

Elle semble apaisée, mais elle ne me rend pas mon baiser pour autant. Je la regarde s'éloigner dans le couloir en espérant que je n'ai pas tout fait foirer, puis je me transporte dans l'appartement de Luc.

Ma jumelle, la mine renfrognée, scrute les profondeurs d'une tasse de café oublié tout en triturant une part d'omelette froide avec sa fourchette. Son front est appuyé contre sa main, et ses doigts disparaissent dans ses cheveux. De l'autre côté de la table, Luc ne cesse de faire tourner son café dans son mug sans quitter Frannie des yeux.

Y aurait-il une ombre à leur tableau idyllique ?

Est-ce mal que cette perspective me réjouisse ? C'est déjà le plus beau jour de ma vie. Serait-ce possible qu'il s'améliore encore ?

Je me juche sur le plan de travail, incapable de réprimer un grand sourire.

— Ça roule ?

— La ferme, m'ordonne ma sœur. J'essaie de me concentrer.

J'interroge Luc silencieusement.

— Elle essaie de se servir de son Emprise sur Taylor, m'explique-t-il.

— Pour… ?

— Pour qu'elle ne s'approche plus de Marchosias.

Frannie se lève et s'avance jusqu'au lit, sur lequel elle se laisse choir à plat dos en se cachant les yeux avec son avant-bras.

— Alors tu vas rester plantée là toute la journée à répéter à Taylor que Marchosias est une enflure et qu'elle ne veut pas de lui ?

— Il faut bien que je tente quelque chose. C'est ma faute si elle est avec lui. Je ne peux pas me tourner les pouces alors qu'il va marquer son âme.

Je fusille Luc du regard, et il fait la grimace.

— Appelle-moi, appelle-moi, appelle-moi…, marmonne-t-elle.

— Si tu as besoin de moi, je serai dehors, lui dis-je en lui tapotant le genou.

— D'ac, répond-elle, le visage toujours caché par son bras.

Je me transporte directement chez Lili. *Elle m'a donné une clé*, je songe avec un frisson d'enthousiasme. Je suis le bienvenu… elle m'a accueilli chez elle. Fini pour moi de rôder dans le couloir.

Je déambule dans son appartement, le sourire scotché aux lèvres. Dans la salle de bains, je trouve un flacon de son parfum posé sur le lavabo. La senteur me déçoit. Sur la peau de Lili, elle prend une autre dimension.

On peut en dire autant à mon sujet, je suppose. Je ne suis plus l'ange que j'étais ce matin encore. Ce que j'ai partagé avec Lili a tout changé.

Je m'observe dans la glace accrochée au-dessus du lavabo, et un fait apparaît en pleine lumière, même si les néons n'éclairent pas grand-chose. Je ne peux pas m'occuper de Frannie alors que Lili ne quitte pas mes pensées. Il faut que je trouve le moyen d'inverser son marquage. C'est la nouvelle mission qui m'incombe. Je dois en toucher un mot à Gabriel.

Frannie

— La Shelby a besoin de nouvelles plaquettes de frein, dit Luc.

Je sais ce qu'il essaie de faire, et je lui en sais gré mais, même si ça me distrairait de m'allonger avec lui sous la Mustang et de me mettre plein de cambouis partout, ce n'est pas ça qui va aider Taylor.

— Je dois partir au boulot, dis-je en me levant du lit.

— Dis que tu es malade, suggère Luc en se balançant sur sa chaise.

— Non. Il faut que j'y aille. Le samedi après-midi, il y a plein de goûters d'anniversaire. Ricco va me virer si je ne me pointe pas.

— Je t'accompagne.

Il repose les pieds par terre et se lève.

— Je vais bien, Luc. Arrête de me traiter comme un bébé.

— Tu es sûre que ça va ? demande-t-il, dubitatif.

— Oui. Je t'assure.

Il ne semble pas très convaincu.

— Appelle-moi en arrivant là-bas.

— D'ac.

Il m'accompagne jusqu'à la porte, et scrute le couloir avant que je sorte.

— Concentration, Matt, dit-il à haute et intelligible voix en s'adressant au couloir désert.

Dès que je suis montée dans ma voiture, je sors mon portable. C'est Delanie qui décroche.

— Hey, Delanie, dis-je faiblement en me composant une voix éraillée à souhait. Tu peux dire à Ricco que je pense avoir attrapé la grippe ?

— Argh, réplique l'intéressée, écœurée. Tu es pas en train de cracher partout, si ?

— Si, partout, je confirme en toussant pour faire bonne mesure.

— Dégueu !

— Carrément. Alors, tu lui diras ?

— Ouais.

Et elle raccroche illico, comme si j'allais lui refiler mes microbes par téléphone interposé.

Je retiens un instant mon souffle, attendant que Matt apparaisse et me demande ce que je fabrique. Mais il ne vient pas. Expirant profondément, je démarre et je croise Rhenorian, qui est garé au fond du parking. En constatant qu'il se contente de me suivre des yeux, je comprends que j'ai le champ libre. Je pars vers le sud.

Quand j'arrive dans le quartier de Marc, je suis obligée de rouler au petit bonheur la chance, et j'envisage pendant une seconde d'appeler mon frère pour trouver mon chemin. Toutefois, je suis consciente qu'il tenterait de me mettre des bâtons dans les roues, exactement comme Luc l'aurait fait s'il avait été là, alors je laisse tomber.

Je m'engage dans la rue de Marc. Mon estomac se noue et je fronce involontairement le nez en revoyant Taylor assise sur la table de la cuisine. Le cœur battant la chamade, je fais le tour du pâté de maisons pour essayer de me garer assez près de la porte d'entrée, de façon à pouvoir surveiller les allées et venues. Lors de mon deuxième passage, je repère quelqu'un qui part. L'emplacement libéré se trouve à peu près au milieu de la rue, en face de l'immeuble de Marc. Je reste longtemps assise là à murmurer mon mantra :

— Taylor, Marc n'est pas pour toi. Il te fera du mal. Marc n'est pas pour toi.

Je n'ai aucun moyen de savoir si Taylor est bien là ou non, alors je patiente et guette son apparition.

Mais c'est un pick-up orange que je vois s'arrêter un peu plus loin dans la rue.

Lili ?

Oh, seigneur ! Elle aussi, elle cherche Taylor.

Je bondis de la voiture pour l'empêcher de se fourrer dans la gueule du loup mais, lorsqu'elle marche vers le bâtiment, je la vois qui sourit.

Elle sourit ?

Les pièces du puzzle se mettent en place, et je m'entends pousser un grognement. Elle n'est pas venue pour Taylor. Durant le bref instant qu'il m'a fallu pour piger ça, elle a disparu à l'intérieur de l'immeuble. J'éprouve toutes les peines du monde à ne pas me ruer à sa suite. Mais je me retiens. Dans l'immédiat, je dois me concentrer sur Taylor.

Je remonte dans ma voiture et patiente. Au bout d'une heure, j'ai mal partout tellement tous mes muscles sont contractés, et j'acquiers la certitude que je vais passer l'arme à gauche. J'ai appelé Taylor sur son portable une bonne centaine de fois mais, comme d'habitude, elle ne répond pas.

Finalement, n'y tenant plus, je me dirige vers le bâtiment, mais c'est alors que Lili en ressort, et j'en ai un instant le souffle coupé. Marc est avec elle. Il la pelote.

Je me poste derrière une voiture en stationnement, et me penche à l'angle du pare-chocs. Marc et Lili se dirigent vers le pick-up, garé à deux places de là où je me trouve. Lili dit quelque chose que je n'entends pas.

— Je serais jaloux si je ne te partageais pas déjà avec le reste de l'humanité, répond Marc en s'appuyant contre elle pour l'immobiliser contre le véhicule.

Il l'embrasse avec rudesse. Rien qu'en voyant ça, j'ai mal aux lèvres.

— Tu as ton jouet, reprend Lili en s'écartant de lui. C'est moi qui devrais être jalouse. Et si tu tombais amoureux d'elle ?

— Elle n'est rien, réplique Marc tandis que Lili monte dans son pick-up.

— Veille simplement à ce qu'elle soit là quand j'aurai besoin d'elle, ajoute celle-ci par la vitre ouverte. C'est capital qu'on soit vraiment synchros.

Marc se penche pour un nouveau baiser, mais Lili le repousse et démarre. Le démon regarde le pick-up s'éloigner cahin-caha et disparaître au coin de la rue.

Toujours dissimulée derrière la voiture, mon pouls me martelant les tempes, je tente de donner un sens à la scène dont je viens d'être témoin. Lili est avec Marc ? *Comment ça se fait ?*

Lorsque Marc retourne chez lui, je sors de ma cachette. J'arrive à peine à respirer, et je ne sais pas trop ce que je m'apprête à faire, mais il faut que je sache si Taylor se trouve ici.

— Marc !

D'abord stupéfait, il reprend vite contenance, et ses iris d'obsidienne étincellent tandis qu'un sourire naît lentement sur ses traits.

— Eh bien, regardez qui voilà…

— Où est Taylor ? je demande avec colère.

— Où est ton toutou chéri ? réplique-t-il, constatant que je suis seule.

— Elle est à l'intérieur ? je gronde en jetant un coup d'œil en direction de la bâtisse.

D'un geste, il m'invite à entrer.

— Pourquoi ne pas vérifier ?

J'avance d'un pas vers lui, mes ongles s'enfonçant douloureusement dans mes paumes.

— Elle est là, oui ou non ?

Il prend un air concupiscent qui me fait froid dans le dos.

— Je ne sais pas. La dernière fois que je l'ai vue, Andrus en avait fini avec elle, et elle était avec Chax.

Instinctivement, je me rue sur lui et le plaque sur le trottoir, l'immobilisant par le cou.

— Impressionnant. (Il sourit et ne cherche même pas à me résister.) Qu'est-ce que tu ressens en ce moment même, Frannie ? De la fureur ? De la haine ?

Je comprends ce qu'il essaie de faire, et ça marche. Je n'arrive pas à maîtriser la rage bouillonnante qui réduit mon ventre en une masse à vif, saignante. Je veux le voir mort.

Disciplinant ma respiration, je me force à le lâcher. Je me redresse lentement. Ce n'est pas en perdant mon sang-froid que je pourrai aider Taylor.

— Je t'en prie, entre, me propose Marc en se relevant d'un mouvement souple. (Avec une petite courbette, il m'indique la porte d'entrée.) Je possède un assortiment de couteaux Ginsu.

Il porte la main à son cœur, et ses doigts pianotent sur sa poitrine.

— Tu te sentiras tellement mieux en les manipulant…, ajoute-t-il avec un sourire sarcastique.

— Elle est là ? je répète entre mes dents serrées.

— Un seul moyen d'en avoir le cœur net, déclare-t-il.

Il franchit la porte, me laissant sur le trottoir.

Je n'ai pas le choix. Respirant un grand coup pour me défaire de la panique qui m'oppresse, je lui emboîte le pas et m'engage dans le court passage plongé dans l'obscurité pour déboucher dans la pièce encore plus obscure. Pendant le temps d'adaptation dont mes yeux ont besoin, des doigts s'enfoncent dans mes bras, m'obligeant à avancer. Clignant des paupières, j'essaie de me libérer tout en m'efforçant de distinguer mes agresseurs. Lorsque je réussis enfin à discerner autre chose que des yeux rougeoyants dans la pénombre, j'identifie Marc et Chax, debout de part et d'autre de moi. Andrus est assis sur un trône improvisé, sur l'estrade qui sert de scène aux musiciens.

Je me penche brutalement sur le côté et oriente un coup de genou vers l'entrejambe de Chax. Surpris, il a un mouvement de recul et me regarde avec un brin d'hébétude, mais aussi d'amusement.

— Diablerie d'Enfer ! C'était quoi, ça ?

— Désolé, mec, répond Marc, moqueur. J'aurais dû te prévenir.

Tout en reprenant contenance, Chax m'adresse un sourire éclatant. Il s'approche mais, au lieu de s'en prendre à moi, il me fait un clin d'œil et assène à Marc un grand coup de poing en plein dans la mâchoire. Ce dernier recule d'un pas, déstabilisé, et desserre sa prise. J'en profite pour faucher ses jambes d'un coup de pied circulaire. Il heurte le sol en poussant un juron.

Un petit rire discret provenant de la scène attire l'attention des deux démons et la mienne. Je me retourne. Andrus m'adresse un sourire tout en crocs.

— Je crois que tu me plais. Ce sera vraiment un plaisir de t'entraîner.

— M'entraîner ? dis-je sur un ton désagréable.

— Oui, une fois que nous aurons inversé ton marquage – ce qui risque manifestement de ne pas traîner –, il faudra que tu reçoives un entraînement. Et le mec des Relations publiques n'est-il pas le formateur rêvé ? Tout est une question d'image et de positionnement. On te met devant les personnes qu'il faut, tu te sers de ton Emprise pour qu'elles agissent comme il faut, et c'est le jackpot. Rien ne pourra t'arrêter.

J'en ai assez entendu. Je tourne les talons, parcours la distance qui me sépare de la cuisine en quelques grandes enjambées, et allume la lumière. Je balaie visuellement l'endroit du regard en tâchant de bloquer mentalement le souvenir de ce que Marc faisait à Taylor la dernière fois que je suis venue ici. La lueur intermittente des néons me révèle que la pièce est déserte. Taylor n'est pas là.

Chax veut s'approcher de moi, mais Andrus l'en dissuade d'un geste. C'est à lui que je m'adresse.

— Où est-elle ?

Il se contente de me sourire.

Traversant la pièce principale, j'ouvre à la volée une porte située près de la scène. Elle donne sur une pièce sombre qui sent la transpiration, la pourriture et pire encore. J'appuie sur l'interrupteur et, sur la moquette marron élimée, l'ampoule nue d'une lampe de bureau renversée illumine une pile de vêtements sales. Je ramasse la lampe et m'avance.

Deux grands matelas souillés occupent la majeure partie de l'espace au sol. Six ou sept silhouettes féminines, entièrement dénudées, y sont étendues. Quelques-unes bougent lorsque je les éclaire. Aucune des filles n'a les cheveux roses. Pas de Taylor.

Une partie de moi remercie Dieu tandis que l'autre gronde de frustration.

Je m'engage plus loin dans la pièce et m'accroupis près des matelas, posant la lampe à côté de moi. Je secoue par l'épaule une jolie blonde qui semble avoir l'âge de Maggie. Elle remue à peine.

— Est-ce que ça va ? je lui demande, sans obtenir de réponse de sa part.

Me redressant, je me tourne vers l'entrée et découvre qu'Andrus, debout dans l'encadrement de la porte, me bloque le passage, une expression de sauvagerie vaguement menaçante sur le visage. Avant que j'aie pu réagir, il comble la distance qui nous sépare, s'arrêtant à quelques centimètres à peine de moi. Il enserre ma nuque dans une main brûlante et m'oblige à lever la tête.

— Tu aurais ta place parmi elles, jolie comme tu es, dit-il en indiquant du menton les filles allongées.

— Qu'est-ce que vous leur avez fait ? je gronde.

— Reste dans le coin, et tu le sauras, réplique-t-il avec un sourire pervers.

— Tu ne voudrais pas de moi, dis-je en agrémentant mes paroles d'une poussée mentale.

Pendant une fraction de seconde, ses traits perdent toute expression ; puis il secoue la tête, riant doucement.

— Mmh… le roi Lucifer sera satisfait d'apprendre que tu t'es exercée.

De sa main libre, il m'attrape par la mâchoire et écrase ses crocs contre mes lèvres. Sa force me surprend.

Hoquetant, je le repousse, le goût du sang dans la bouche. Ce faisant, je me prends les pieds dans la lampe et dans le tas de vêtements qui se trouve derrière moi. J'atterris sur les fesses.

— Je me devais de faire ça avant que tu me fasses changer d'avis, glousse-t-il en me tendant la main.

Je me relève sans aide et cherche à le frapper au visage, mais il intercepte mon poing et le retient.

— *Où est Taylor ?* je demande sèchement en me dégageant.

— Je ne sais pas, répond-il au bout d'un long moment.

— Elle n'est pas là ?

Il hésite, et une lueur de sauvagerie passe dans son regard. Je me ramasse sur moi-même, croyant qu'il va de nouveau essayer de me maîtriser. Mais, au lieu de ça, il me sourit presque tendrement.

— Non, elle n'est pas là. On a ce qu'on voulait.

Je répugne à abandonner les filles, mais je pars en courant, poussant Andrus au passage. Je fonce directement à ma voiture, mon cœur battant à un rythme effréné, et je démarre en écrasant l'accélérateur sans un regard en arrière, de peur de ce que je pourrais découvrir.

Sur le trajet, j'appelle la police à propos des filles. Puis j'essaie de joindre Taylor toutes les trois secondes. Toujours pas de réponse. *Rentre à la maison, Taylor*, me dis-je avant de répéter la phrase à voix haute, maintes et maintes fois.

Et Lili. Qu'est-ce qu'elle fabriquait avec Marc ?

Luc

Lili est sur le pas de ma porte. Elle semble différente ; plus sûre d'elle, sans que je sache bien pourquoi. Le brun foncé de ses cheveux attachés en queue-de-cheval accentue fortement la pâleur de son teint. Du revers du poignet, elle écarte sa frange, révélant le vert intense de ses yeux, et elle me sourit.

— Hey, Luc. Frannie est dans le coin ?

Je lui ouvre la porte en détournant mon regard d'elle.

— Elle va venir après le boulot. Tu peux l'attendre avec moi, si tu veux. Elle ne devrait pas trop tarder.

Elle passe à côté de moi en me frôlant le bras, et je suis interloqué en sentant un besoin impérieux m'envahir. Je chasse cette sensation tandis que Lili se dirige sans se hâter vers mon meuble à CD, laisse courir son doigt sur les tranches et choisit l'un des titres.

— Je peux mettre celui-là ? demande-t-elle.

— Je t'en prie.

Elle s'assoit ensuite dans la cuisine, en repliant une jambe sous elle. Je lui propose un peu du café que je suis en train de me servir.

— Je ne suis pas très café, merci. Alors, tu es sûr que Frannie va venir ?

— Yep.

— Quand ?

— Bientôt, normalement.

Je la rejoins à la table et elle me lance un regard tout en longs cils sombres.

— C'est quoi l'histoire, entre toi et Frannie ?

— Comment ça ?

— Je sais pas. Depuis combien de temps vous êtes… ensemble ?

— Techniquement parlant, ça fait quelques mois.

— « Techniquement » ?

— Notre relation était un peu… compliquée, au départ.

Je laisse libre cours au sourire qui me taquine les lèvres.

— Pourquoi ? demande Lili en me le rendant.

Je me penche, les coudes sur la table et les doigts autour de ma chope, et m'abîme dans la contemplation du liquide fumant.

— Peu importe. C'est de l'histoire ancienne.

— Elle est ton idéal ? Tu sais, la fille parfaite ?

Je la regarde brièvement ; elle m'adresse un petit sourire matois. J'avale une rasade de café qui trace son sillon brûlant dans ma gorge.

— Elle n'en est vraiment pas loin.

— Ce n'est pas un oui franc et massif, ça. Qu'est-ce que tu changerais chez elle, si tu en avais la possibilité ?

— Waou…

La question est épineuse, parce que ma première réaction a été de lui répondre que j'aimerais que Frannie n'ait pas l'Emprise ; comme ça, elle n'aurait pas l'Enfer à ses trousses et elle serait en sécurité. Mais c'est son Emprise qui a fait de moi ce que je suis aujourd'hui, *qui* je suis. Et puis pour rien au monde je ne troquerais ce que je vis avec elle. Des frissons dans tout le corps, je dessine mentalement ses traits.

— Rectification, dis-je. Je ne changerais rien. Pour moi, elle est la fille parfaite.

Lili touche celle de mes mains qui tient la chope. Sa voix est douce, elle m'envoûte.

— Tiens donc…

Pendant une seconde, la pièce semble chatoyer, se flouter momentanément, formes et sons fusionnant et se brouillant. La dernière chose que je distingue nettement, avant que le vertige s'empare de moi, c'est Lili qui sourit, toujours penchée vers moi.

Je lâche ma chope, appuie mon coude contre la table et ferme les yeux en attendant que mon malaise disparaisse. Mais il ne s'arrange pas. Il s'intensifie même. Une voix ténue me parvient, comme venue de très loin. Au début, je crois que c'est toujours celle de Lili, et puis je me rends compte qu'elle appartient à Frannie. Elle prononce mon nom, puis touche mon visage. Je commence à retrouver mes esprits.

Frannie est là, debout près de moi. Je me lève, l'attirant contre moi. Le monde se brouille de nouveau quand ses lèvres touchent les miennes. Un élan étourdissant fait bourdonner tous mes sens, et je respire un grand coup pour ne pas perdre pied. Frannie est dans mes bras, elle me serre tout contre elle. Elle écrase sa bouche contre la mienne, avec tant de fougue que nos dents s'entrechoquent.

De minuscules bribes de félicité fusent à travers moi tandis qu'elle m'oblige à reculer vers le lit, des idées coquines dansant dans ses yeux saphir qui pétillent. Et lorsqu'elle réduit mon tee-shirt en lambeaux, d'un seul geste, un désir primitif enfle en moi. Subitement, il n'existe plus rien d'autre que mon besoin d'être avec elle, inassouvi. Elle m'aimante, et je pousse un gémissement lorsque nos corps entrent en contact.

— Frannie, je gronde en entremêlant mes doigts à ses cheveux.

Puis j'attire sa bouche contre la mienne et l'embrasse avec ardeur.

Elle me mord la lèvre, et le goût du sang dans ma bouche attise mon désir, le mue en un besoin purement animal. Elle me pousse sans ménagement et, déséquilibré, je tombe sur le lit. Elle se juche sur moi et tout commence à chavirer autour de moi, à se changer en un brouillard noir.

— Tu m'appartiens, dit-elle avant de me dévorer d'un baiser.

19

Un ange déchu

Frannie

J'appelle Matt en arrivant à la maison, et il apparaît instantanément dans ma chambre, près de la fenêtre.

— On doit trouver Taylor.

À m'entendre, on croirait que je suis hors d'haleine, ce qui est le cas, d'une certaine façon, puisque je n'arrive pas à respirer correctement depuis que je suis repartie de chez Marc.

— Pour ça, je peux peut-être t'aider mais, concernant son marquage, je ne peux rien faire.

J'ai dû mal comprendre.

— Quoi ?

Il baisse la tête, mais pas avant que je remarque son étonnement.

— Je pensais que Luc t'en avait parlé.

Je vacille sur mes jambes, et je réussis à me laisser choir au bord du lit avant qu'elles cèdent sous moi.

— L'âme de Taylor est… marquée ? (Il ne répond pas.) Qu'est-ce qui se passe, Matt ?

— Taylor est vouée à l'Enfer, Frannie. Elle est allée trop loin avec Marc. Tu ne peux rien y faire.

Une plainte enfle dans ma poitrine. J'ai la gorge tellement serrée que je manque d'air. Dans mes yeux, des étoiles scintillent et se ternissent pour mieux scintiller de nouveau.

— Luc… il était au courant ?

— Je…

Je perçois son hésitation, et je me demande pourquoi il prend la peine de réfléchir. Il déteste Luc.

— Oui, finit-il par avouer.

Je sors de ma chambre et traverse le salon comme une furie sans tenir compte des appels de ma mère. Je démarre en trombe.

— Qu'est-ce que tu fais, Frannie ? me demande Matt.

Je garde les yeux rivés sur la route, incapable de trouver les mots derrière l'acier froid de ma fureur.

Lorsque, arrivée à destination, je tourne violemment la clé dans la serrure, prête à en découdre avec Luc, je ne me rappelle même pas ce qui s'est passé pendant le trajet.

Par le biais du rythme lancinant de *Wrong* qui sort de la chaîne hi-fi, les Depeche Mode m'indiquent que rien ne va plus.

Et en regardant autour de moi, je constate qu'ils ont raison.

La première chose que je remarque, c'est le soutien-gorge de dentelle noire suspendu à la place de celui de dentelle rouge que j'avais offert à Luc en talisman, et qui n'avait plus quitté la tête de son lit.

Deux corps bougent ensemble sous la couette.

Le sang se retire de mon visage, et tout devient froid tandis que la scène se dévoile devant moi : les vêtements entassés par terre, certains appartenant à Luc et d'autres bien plus féminins, ça ne fait aucun doute ; les longs cheveux brun étalés sur l'oreiller ; le soupçon de vanille et d'agrumes qui se mêle à l'odeur plus capiteuse des corps chauds.

J'en ai le souffle coupé.

En marge de mon champ de vision, tout devient flou, et je commence à avoir un peu le tournis. Comme en transe, je m'avance. Quatre pas me mènent jusqu'au lit, et mon cœur se rabougrit dans ma poitrine lorsque j'entends Luc soupirer de plaisir.

J'empoigne la couette et tire sans pouvoir réprimer le gémissement offensé qui me monte aux lèvres. J'éprouve toutes les peines du monde à ne pas me plier en deux tandis que mon ventre se noue douloureusement.

Lili.

— Oh ! seigneur…, dis-je d'une voix étranglée.

Je recule en chancelant près de Matt qui semble paralysé par la scène. Il me retient par le bras, et ses doigts s'enfoncent dans ma chair, encore et encore, jusqu'à ce que la douleur m'arrache à ma torpeur.

Luc ne semble pas du tout se rendre compte de notre présence, perdu qu'il est en elle. Lili, en revanche, me lance un regard en coin, un léger sourire aux lèvres. Elle s'apprête à embrasser Luc de plus belle.

— Non ! je hurle sans vraiment m'en rendre compte.

Assaillie par une multitude d'émotions, je me cache le visage contre l'épaule de Matt et constate alors qu'il tremble. Lorsque je me redresse, je vois qu'il est furieux. Il me repousse et se rue sur Luc pour le tirer en arrière.

— Lâche-la, espèce de salopard !

Luc cligne des yeux ; il semble avoir du mal à se concentrer, comme s'il émergeait d'un rêve et était incapable de comprendre ce qui l'entoure. Son regard passe de Lili à Matt.

— Lève-toi, fils de pute ! hurle mon frère.

Luc, toujours complètement déphasé, cligne de nouveau des paupières. Matt l'oblige à se mettre debout en le tirant par les cheveux.

— T'approche plus d'elle !

Analysant ce qui se passe, je m'aperçois soudain que c'est Lili, et pas moi, que Matt est en train de défendre.

— Matt ? dit Luc.

Pour seule réponse, mon jumeau le balance au sol, lui saute dessus et commence à lui marteler le visage. C'est à peine si Luc lève les bras pour se défendre ; il est trop hébété pour ça.

Enfin, me semble-t-il, il reprend possession de ses moyens. Il arrive à porter à Matt un coup de poing qui lui projette la tête en arrière et en profite pour se dégager. Il se relève, la lèvre fendue, sa joue commençant à enfler. Il braque les yeux sur moi, bouche bée, pétrifié par le choc. Je suis en avance, ça crève les yeux. Il ne s'attendait pas à être pris sur le fait. Ensuite, il reporte son attention sur le lit. Sur Lili.

Luc

Je lutte pour maîtriser mes sens tandis que l'illusion vacille puis s'estompe. Alors, c'est Lili et non plus Frannie qui est couchée dans mon lit.

Satan, ayez pitié…

J'ai la tête qui tourne et je suis complètement déstabilisé mais, à travers mon brouillard intérieur, je me rends compte de ce que j'ai fait. Un cri tourmenté jaillit du tréfonds de mon être.

— Non !

Frannie, d'une immobilité de statue, les traits déformés par la douleur, s'appuie d'une main sur la table de la cuisine pour se soutenir. Une larme coule lentement sur sa joue, et mon cœur se contracte en une boule dure.

— Comment tu as pu faire ça…

À peine un murmure.

— Frannie, je ne…, je commence en tendant la main vers elle.

Mais il n'y a rien que je puisse dire pour réparer ça. Je me passe la main dans les cheveux, tâchant de réfléchir.

Comment ça a pu se produire ?

Je fouille dans mon esprit, mais il n'y a rien. Tout se résume à un brouillard noir.

Je considère Lili, et la chope posée près de Frannie sur la table. Des bribes de souvenirs viennent m'asticoter : Lili qui me pose des questions à son sujet, qui me touche la main. Puis le noir désir. Le besoin animal. La certitude que si je ne possédais pas Frannie sur-le-champ, j'en mourrais.

Du désir à l'état brut.

Je reçois la réalité en pleine face.

Parvenant à peine à respirer, je m'en prends à Lili, assise au bord de mon lit.

— Toi ! Qui es-tu ?

Elle tressaille, serrant le drap autour d'elle, et les larmes lui montent aux yeux. Soudain, je ne sais plus trop où j'en suis. J'ai envie de faire porter le chapeau à Lili, mais…

Frannie est en train de battre en retraite.

— Non. Frannie, je t'en prie…

Elle s'enfuit en courant au moment où son frère me jette de nouveau au sol en hurlant comme une harpie.

— Je le savais ! Je vais te tuer !

Il m'empoigne par les cheveux et me cogne la tête par terre ; je sens son pouvoir enfler, et l'électricité statique qui apparaît entre nous me hérisse le poil. Je repousse l'ange et me remets sur mes pieds en faisant abstraction des élancements douloureux de mon crâne.

Matt se redresse à son tour, brillant tellement que c'en est presque aveuglant. À travers ce halo, je distingue des langues de foudre blanche dansant sur sa peau, et l'odeur piquante de l'ozone envahit subitement l'atmosphère. Tournant les talons, je me rue vers la porte. Derrière moi s'élève un cri torturé, et je me raidis en attendant l'impact de l'éclair dans mon dos. Mais rien ne se passe.

Un jaillissement de lumière blanche engloutit la pièce et, pendant un instant, je ne vois plus rien. Plissant les yeux, je lève le bras pour les protéger. Deux silhouettes, ombres au milieu de toute cette blancheur, convergent vers Matt.

Diablerie d'Enfer ! des anges vengeurs.

Leur beauté n'est pas un mythe. Leur splendeur céleste m'empêche de détourner mon regard d'eux. Mais elle est aussi terrible, au sens le plus beau et le plus horrible du mot, car ils ont pour seul objectif la destruction.

Ce n'est pas la première fois que je me retrouve devant eux, naturellement, mais, en comprenant la raison de leur présence, je ne peux rien faire pour empêcher la terreur de me prendre aux tripes.

Leurs ailes de plume glorieusement déployées, ils fondent sur Matt qui est resté près du lit. Le visage grimaçant, il a toujours les yeux rivés sur moi. Une soudaine et irrépressible impulsion de le protéger m'incite à revenir sur mes pas. Mais la chaleur glaciale des vengeurs me brûle, me force à reculer.

Matt lève la main, et la foudre crépite sur sa paume, grandit vers le point de non-retour. Il n'a toujours pas remarqué les anges.

— Tu la toucheras plus, gronde-t-il.

À l'instant précis où il libère sa puissance, il avise l'être qui se pose devant lui, et il écarquille les yeux. Son énergie offensive est absorbée, dévorée vivante par l'aura éclatante de l'ange vengeur. Immédiatement après, Matt hurle, enveloppé à son tour dans ce halo.

Ses cris ne m'empêchent pas d'entendre le craquement d'os écœurant de ses ailes, brisées net. Impossible de me détourner, même si j'en meurs d'envie. Un puissant souffle d'air saturé de pouvoir me heurte de plein fouet, comme si je venais d'être soufflé par l'explosion d'une bombe, et je recule en chancelant jusque dans le couloir. Et puis, aussi vite qu'elle est venue, la lumière disparaît, abandonnant Matt qui saigne, allongé sur le sol.

Je me lance à la poursuite de Frannie sans un regard en arrière.

Matt

J'ai l'impression de m'éveiller après un rêve. Lili, enveloppée d'un drap, est agenouillée au-dessus de moi. Ses doigts me caressent le visage et, lorsqu'elle se penche pour m'embrasser, j'explose de bonheur. Je l'attire contre moi pour répondre à son baiser avec fougue, me perdant dans la sensation de notre proximité physique.

— Est-ce que ça va ? me demande-t-elle en me couvrant de baisers.

Je lui souris, un rien déçu d'être dans l'incapacité de me rappeler ce qui vient de se passer. Manifestement, on était ensemble – elle est nue sous le drap –, mais…

C'est là que je m'aperçois que je ne suis pas nu, moi. Je suis en jean et en tee-shirt. Je découvre que nous nous trouvons dans l'appartement de Luc, et non chez Lili.

— Que… ? je lui demande, m'efforçant de retrouver la mémoire.

Son regard se voile, et elle met un terme à notre étreinte.

— Je ne voulais pas.

Une image fuse dans ma tête. Lili. Dans le pieu de Luc.

Une autre. Celle de mon poing entrant en collision avec la joue de Luc.

Je me lève, et j'ai les jambes qui tremblent. Je n'arrive pas à faire fonctionner mon cerveau exactement comme il faut. Mes sens sont comme tamisés, je vois trouble. C'est alors que quelque chose de chaud me coule dans le dos. Et mes omoplates sont parcourues d'intenses élancements aigus. Je plaque ma main dans mon dos, contre le tissu, et étouffe un petit cri en la retirant humide… et rouge.

Du sang ?

C'est impossible. Les anges ne saignent pas.

Les cheveux chocolat de Lili, toujours agenouillée, lui tombent sur les épaules. La fureur mais aussi le désir me consument, atténuant la douleur de mon dos. Tout ce que je ressens, c'est la peine qui me broie le cœur tandis que la scène, tel un raz-de-marée, me revient brutalement en mémoire.

— Lili ?

Elle se lève avec le drap.

— Je ne voulais pas de lui, Matt, mais je n'avais pas le choix…, dit-elle en me regardant d'un air peiné.

Une larme trace un sillon sur sa joue.

Pris de fureur, je m'approche d'elle sans trop savoir si j'ai l'intention de la frapper ou bien de l'embrasser, et elle se jette à mon cou.

— Je t'en prie, Matt. Je suis vraiment désolée.

Lentement, je pose mes mains tremblantes sur ses hanches. Pendant qu'elle sanglote contre mon épaule, je ne peux faire abstraction des courbes de son corps que dessine le tissu fin, la seule chose qui nous sépare… Elle lève vers moi ses beaux yeux verts, et je deviens fou de désir. Je l'embrasse sans ménagement avec un gémissement impérieux, animal dans son avidité. Mais alors je la revois au lit avec Luc, et je la repousse.

— Tu as couché avec lui.

— Je ne voulais pas. Tu dois me croire. Il m'a obligée.

Son visage est empreint d'une douleur et d'un désespoir sans bornes, et subitement le besoin que j'ai de la protéger devient irrépressible.

— Lili, je murmure contre ses cheveux en la serrant contre moi à l'étouffer.

— Ça ne me plaît pas d'être comme ça. (Elle niche son visage contre mon cou, puis se redresse. Mais je demeure captif de son regard.) Promets-moi que tu resteras avec moi.

— Je resterai avec toi, dis-je, incapable de dire autre chose.

— Pour toujours, murmure-t-elle.

— Pour toujours, je répète en posant mes lèvres contre les siennes.

Mon dos me lance quand elle y porte la main et, dans ma tête, un signal d'alarme inconnu retentit. Mais avec Lili si près de moi, je n'arrive pas à me concentrer sur cette sensation. Sa bouche trace un chemin tiède et moelleux jusqu'à mon oreille, où elle me murmure alors :

— Tout va aller tellement mieux, dorénavant… Tu es mon ange. (Elle m'embrasse, lentement, tendrement, avant de me libérer.) Il est temps de partir.

Des images dansent aux marges de ma conscience. Elles sont brouillées, et j'ai du mal à leur donner du sens, mais je me persuade subitement qu'elles ont de l'importance.

— Où ça ? je demande, m'efforçant de comprendre pour quelle raison la panique commence à prendre possession de moi.

Je ferme les yeux, redoublant d'efforts pour me souvenir de ce qui s'est passé, et je sens Lili se coller de nouveau contre moi. Quand je rouvre les paupières, son visage est à quelques centimètres du mien.

— Tu as promis que tu resterais avec moi.

Dans ma tête, le volume du signal d'alarme augmente.

— Où va-t-on ?

Elle se détache de moi en soupirant, et tout mon être hurle.

— Deux choix s'offrent à toi, Matt. Tu peux évoluer parmi les mortels, impuissant (elle accompagne ses paroles d'un vague geste englobant le monde dans son ensemble), ou bien tu peux rester avec moi. Jure fidélité au roi Lucifer, et tous nos vœux seront exaucés. Ton pouvoir grandira sans entraves, loin de ces bizarres notions de Bien et de Mal que le Ciel affectionne. Tu seras libre de te venger de qui bon te semblera. De n'importe quelle personne qui t'a causé du tort.

L'image de Luc – de ce qu'il a fait à Lili – se concrétise dans ma tête, et je sais que c'est ça que je veux. La vengeance. Mais…

— Les anges ne jurent fidélité qu'au Tout-Puissant.

Lili pose la main sur mon dos puis me la présente, dégoulinant de sang.

— Tu ne peux pas retourner là-bas. Tu n'as plus d'ailes.

Et c'est là que le reste de la scène m'apparaît avec netteté ; une lumière blanche, me brûlant de chaleur glacée. Le craquement mouillé des os qui se brisent, et la douleur fusant dans tout mon corps.

Des anges vengeurs.

C'est là que la réalité me heurte. Lorsque tout – les paroles de Lili, les vengeurs, le sang, ainsi que la fureur et le désir qui semblent me consumer – s'assemble pour former une seule et même pensée cohérente.

Je suis déchu.

Je chancelle, submergé par la culpabilité et par une terreur incommensurable.

Plus d'ailes.

Je m'attendais à ce que ça arrive lors du premier baiser que j'ai échangé avec Lili, puis de nouveau lorsque nous avons couché ensemble. Je savais que je jouais avec le feu, alors pourquoi je suis surpris ?

Sauf que je ne suis pas simplement surpris. Mes entrailles se liquéfient tandis que je prends conscience de l'horreur de ma situation.

Je ne peux plus retourner là-haut.

Le drap dont se couvre Lili tombe lorsqu'elle se coule une nouvelle fois entre mes bras.

— J'ai besoin de toi, murmure-t-elle, m'implorant du regard. Viens avec moi, Matt. Jure fidélité à mon seigneur, et tous nos désirs seront exaucés.

À cet instant, je finis par comprendre, et le désespoir me tord le ventre, me donne la nausée.

— Quand tu as dit qu'« il » t'avait obligée, tu ne parlais pas de Luc, n'est-ce pas ?

— Non, avoue-t-elle en se raidissant. Tu dois comprendre que c'est le désir qui me nourrit. Sans ça, je ne peux pas survivre.

Elle se détache de moi, et je sens mes bras resserrer leur étreinte malgré moi, car je redoute de la voir s'échapper. Ses yeux flamboyant de vert, elle trace avec son doigt le contour de mes lèvres.

— Mais le désir des mortels est loin de valoir le tien. Je pourrais vivre pour l'éternité grâce à mon ange.

Une singulière pensée me consume : elle m'appartient. Les autres ne peuvent pas l'avoir. Sa bouche trouve la mienne, m'embrase. Je brûle pour elle, je ne suis plus que besoin et désir. Elle m'embrasse plus fougueusement, et je suis traversé par une sensation de félicité semblable à un éclair incandescent. C'est alors que je suis pris de vertige ; le monde matériel, sans oublier Lili, s'estompe. J'ai l'impression d'être violemment happé à travers le temps, et je ferme très fort les yeux pour lutter contre la nausée qui monte en moi.

Quand la sensation finit par disparaître, je ne sais pas bien où je suis arrivé. C'est un endroit que je n'avais encore jamais vu. Une lumière indigo vacillante entre par ce qui ressemble à la bouche d'une grotte, mais cette grotte, celle dans laquelle je me trouve, possède une apparence inédite. Les parois scintillent, pourrait-on dire, mais de manière contraire à ce qu'on entend par là d'ordinaire. Au lieu de réfléchir de petites particules de lumière, on dirait que celle-ci tente de s'échapper et que les parois la dévorent. Le sol est d'un noir laqué mais doux sous mes pieds ; j'ai l'impression qu'il pourrait m'avaler si je me déplaçais trop rapidement. Je me tourne lentement, à la recherche d'un indice qui me permettrait de comprendre où je suis.

Et c'est là que je respire l'odeur du soufre.

20

Souffle d'ange

Frannie

En voyant Luc essayer de me rattraper, j'ai manqué d'emboutir trois voitures en stationnement lorsque j'ai quitté le parking de l'immeuble, et j'ai roulé pied au plancher jusqu'à la maison. J'ai foncé dans ma chambre et fermé à clé derrière moi sans un mot pour mes parents. Ça fait une demi-heure qu'ils toquent à la porte à intervalles réguliers. Deux fois, c'était pour m'annoncer que Luc était en bas. Mais je n'ai pas envie de les gérer – ni eux, ni lui – dans l'immédiat. J'ai besoin de réfléchir.

Je mets mes écouteurs, allume mon iPod pour m'isoler et me roule en boule sur mon lit pour tâcher de trouver un sens à tout ça. La scène passe en boucle dans ma tête. Luc et Lili au pieu. Je les revois, encore et encore, et chaque fois j'ai l'impression de mourir un peu plus.

Il m'a trompée. Ce n'était pas censé arriver. Tant que je voulais être avec lui, la réciproque devait être vraie. C'était le principe même de cette idiotie d'Emprise. Elle devait me rendre tout simplement irrésistible.

Mais mon Emprise ne rime à rien. Je le sais désormais.

Fermant les yeux, j'enfouis mon visage dans l'oreiller. Je ne suis pas surprise de sentir une main dans mes cheveux. Ce n'était qu'une question de temps avant que Kate ou quelqu'un d'autre se décide à crocheter ma serrure. Mais, en humant une odeur de neige estivale, je retiens mon souffle.

Je me jette dans les bras de Gabe.

— Je suis désolé, Frannie. J'aurais dû être là.

Son souffle dans mes cheveux, ses bras autour de moi... *Seigneur, comme il m'a manqué...*

— Tu aurais dû, oui, dis-je en le serrant plus fort.

— C'est ma faute.

Reculant légèrement, je me plonge dans son fabuleux et triste regard. Et, malgré l'apaisement que me procure sa neige estivale, ma colère enfle.

— À moins que je me goure et que ça ait été toi dans le pieu avec Lili, je ne vois pas comment ça pourrait être ta faute.

— Ça me coûte de l'admettre, je t'assure, mais Luc n'y est pour rien. Il ne savait pas ce qu'il faisait.

La boule dure de colère et de trahison qui a pris place dans ma poitrine menace de se dissoudre dans les larmes, mais je me refuse à pleurer.

— Ne le défends pas. Il ne le mérite pas.

— Tu as raison, et j'aimerais l'enfoncer, crois-moi. Mais la triste vérité, c'est que, au moins pour cette fois, il n'est vraiment pas responsable de ce qui s'est passé. Il a été piégé.

Je le repousse sans ménagement.

— Je l'ai vu, Gabe ! Elle ne l'obligeait à rien.

La scène réapparaît dans ma tête, et je pousse un gémissement. La trahison de Luc forme dans mon ventre une pierre brûlante qui creuse mon organisme. Je lui ai tout donné, mon cœur, mon âme et mon corps. Je l'aimais plus que tout. S'il m'aimait autant qu'il l'a prétendu, alors les efforts de Lili pour le séduire seraient restés vains. Elle lui plaisait forcément, ne serait-ce qu'un tout petit peu, et cette certitude me lacère comme un rasoir.

Mais je le savais dès le départ, n'est-ce pas ? Je savais bien que le véritable amour n'existait pas. Comme une imbécile, je me suis autorisée à y croire, et voilà ce que je récolte. J'ai le cœur brisé. Exactement ce que je mérite. J'ai été tellement bête…

—Je suis vraiment navré, dit Gabe, tourmenté. (Il m'attire contre son épaule et m'enfouit sous une avalanche de neige d'été.) Tu m'as tellement manqué…

Je me détache légèrement de lui de façon à pouvoir lui caresser le visage. J'ai du mal à croire qu'il est vraiment là. Il ferme les paupières et pousse un gémissement qui vibre dans son torse, sous mes doigts. C'est un signe de plaisir autant que de peine.

—C'est pour ça que je ne pouvais pas rester, dit-il.

—Tu ne vas pas repartir !

Je suis un peu gênée par mes accents de désespoir, mais ils ne font que refléter assez fidèlement mon état d'esprit.

—Non, réplique-t-il avec un sourire mal assuré. Je t'ai laissée tomber une fois. Ça ne se reproduira pas. J'ai promis que je serais toujours là pour toi, et j'entends respecter ma parole.

Sa réponse suffit à me rasséréner un peu. Il me caresse les cheveux et, progressivement, je me détends.

Son regard intense, plein de promesses, est à couper le souffle. *Dieu, qu'il est beau !* Je me rends compte que je me suis rapprochée de lui et que nos visages ne sont plus qu'à quelques centimètres l'un de l'autre.

Il pose la main contre ma joue et trace le contour de mes lèvres avec son pouce. Puis il ferme les yeux.

—Ah… s'il y a bien une mortelle pour qui je renoncerais à mes ailes…

J'essaie de faire abstraction de la bouffée de culpabilité qui m'envahit ; en vain. Mon Emprise ne sert à rien, sauf quand il s'agit de bousiller les gens. Je secoue la tête pour m'éclaircir les idées.

— Ce n'est pas vraiment ce que tu veux. C'est juste cette idiotie d'Emprise. Ce n'est pas ta faute.

Il sourit, parce qu'on ne peut pas mentir à un ange.

— Mais si, c'est ma faute. En ta présence, je ne sais pas me tenir, dit-il en se penchant pour m'embrasser sur le front.

Il m'enveloppe de sa neige estivale, et mon cœur blessé bat à tout rompre dans ma poitrine. J'enfonce mes doigts dans ses boucles blond platine pour l'attirer à moi, mais je m'arrête à l'instant où nos lèvres vont se rencontrer.

J'éprouve des remords en m'apercevant de ce que je suis en train de faire. Je veux me perdre en lui, effacer tout ce qui m'entoure. Pas parce que j'ai envie de Gabe, mais parce que j'ai toujours envie de Luc. L'orifice saignant qui perce ma poitrine me tue ; c'est une douleur si intense qu'elle en devient physique. Je veux qu'elle cesse. Grâce à Gabe, c'est possible. Mais ce ne serait pas juste, pas charitable de lui demander ça.

On sursaute tous les deux en entendant qu'on frappe à la porte. Je me détache de mon ange et lisse sommairement mes cheveux en désordre. Gabe se poste à la fenêtre et contemple les tourbillons colorés du crépuscule.

— Frannie ? appelle mon père. Je peux entrer ?

Mes joues s'échauffent.

— Hum… peut-être plus tard, papa.

— Laisse-le entrer, Frannie, intervient mon ange.

— Non ! je chuchote.

— Il faut que tu le laisses entrer, insiste Gabe en me regardant sévèrement.

— Euh… une petite seconde. Attends.

Perplexe, je vais déverrouiller la porte. Papa nous regarde l'un après l'autre, le front barré de plis de contrariété.

Je m'attends à le voir péter une durite et demander à Gabe comment il est entré, mais il n'en fait rien.

— Qu'est-ce qui se passe ?

Ma bouche réagit avant mon cerveau, et je commence à blablater.

— Rien, papa. On était simplement…

— Ça recommence, dit Gabe d'une voix douce.

Sa déclaration me fait l'effet d'une douche froide.

— Matt… ? demande papa en blêmissant.

— Il est déchu, Daniel, dit Gabe, au supplice.

À cet instant, je prends conscience que ce n'est pas à moi que mon père s'adressait. Il est focalisé sur Gabe. Et la colère que je croyais lire sur ses traits est en réalité de l'inquiétude.

J'ai le vertige en essayant de suivre la conversation. Pourquoi Gabe évoque-t-il Matt en présence de mon père ? Et depuis quand ils s'appellent par leur prénom, tous les deux ? Comment se fait-il qu'ils se connaissent si bien ? Gabe n'a rencontré mes parents qu'une fois, et c'était il y a plusieurs mois. J'ai l'impression d'avoir zappé une information capitale.

Papa s'appuie contre le chambranle. Gabe l'attire dans ma chambre et referme ensuite le battant.

— Allez, dis-lui. Elle doit savoir.

Ils se regardent, l'air soucieux, puis papa s'adresse à moi, la mine grave.

— Je dois te montrer quelque chose, déclare-t-il en commençant à déboutonner sa chemise bleue.

Toujours sous le choc, je me détourne lorsque je constate qu'il a aussi l'intention d'enlever le maillot de corps blanc au col en V qu'il porte en dessous.

— Papa. Qu'est-ce que tu fabriques ?

Mon père est très pudique. Je ne l'ai jamais vu sans au moins un tee-shirt sur le dos. Même à la plage.

— Il faut que tu voies ça, Frannie… afin que tu comprennes.

Il me présente son dos, et je ne peux réprimer un petit cri. J'éprouve toutes les peines du monde à ne pas toucher ses omoplates couturées de cicatrices blanches.

— Oh, seigneur ! d'où ça vient ?

Je suis la direction du regard qu'il lance par-dessus son épaule. Gabe se trouve près de la fenêtre, mais ses pieds ne touchent pas le sol ; il plane. Son tee-shirt a disparu, remplacé par d'immenses ailes qui sont apparues dans son dos. Il ne me les avait encore jamais montrées, et je comprends à présent pourquoi. Elles sont fabuleuses. Elles sont couvertes de plumes, mais elles ne ressemblent à rien de ce que j'aurais pu imaginer ; on est loin des peintures stupides qu'on peut voir dans les églises ou ailleurs. Les plumes de Gabe paraissent constituées d'énergie pure… de lumière blanche.

Captivée, je m'avance vers lui. Je tends le bras pour toucher le bord d'une rémige, mais Gabe arrête mon geste ; je perçois sa réticence. Mais, finalement, il porte ma main à sa bouche et embrasse ma paume, me donnant ainsi son consentement. Lorsque mes doigts frôlent les plumes, un flux d'électricité grésille sur ma peau. Instantanément, tout son savoir, tout ce dont il a été témoin fuse à travers moi, et tout devient noir.

†

Quand je me réveille, je suis allongée dans mon lit. Gabe, assis près de moi, me tient la main. Son vieux T-shirt bleu a réapparu. Mon père, lui aussi rhabillé, fait les cent pas. Je ferme les yeux, m'efforçant de me rappeler ce qui s'est passé juste avant le trou noir. Papa… des cicatrices. Gabe… des ailes.

J'écarquille brusquement les yeux et me redresse aussi sec.

—Non !

—Désolé, mais si, répond mon père avec une légère tristesse.

—Tu es un ange ?

—Non. Mais j'en étais un autrefois.

—Non, mais, qu'est-ce que ça veut dire, d'abord ? je demande, agacée.

—J'ai perdu mes ailes, Frannie. Il y a longtemps.

—Oh, seigneur ! fais-je en me cachant le visage dans mes mains. (Puis une question me vient à l'esprit.) Tu es vraiment mon père ?

—Oui, je suis ton père, me confirme-t-il avec un sourire rassurant.

Je regarde dans le vide pendant un instant, essayant de saisir les tenants et les aboutissants de ses propos. Ma vision se trouble, puis s'assombrit. Constatant que je respire trop vite et que j'ai l'extrémité des doigts engourdie, je discipline ma respiration, de crainte de m'évanouir.

— Bon, qu'est-ce que ça fait de moi… ? De nous ?

Manquant de souffle, j'ai dû mal à prononcer des phrases complètes.

— Des Néphilim, intervient Gabe. Toi et tes sœurs, vous êtes des Néphilim.

— Je pige pas.

— Vous n'êtes qu'à moitié humaines, Frannie, toi et tes sœurs.

— Je ne comprends toujours pas ce que ça signifie.

Je me penche au-dessus du sol, subitement persuadée que je vais vomir.

— Les Néphilim sont les enfants nés d'anges déchus et de leurs partenaires humains, m'explique Gabe en me caressant le dos. Ta mère est mortelle ; ton père, un ange. La plupart des Néphilim sont mortels, mais ils héritent parfois de leur parent céleste des dons spécifiques, comme une force exceptionnelle, la clairvoyance, ou bien d'autres talents de nature plus ésotérique.

— L'Emprise, par exemple, dis-je.

Ce n'est pas une question.

Gabe, opinant lentement du chef, ne cesse de me regarder comme s'il fallait me prendre avec des pincettes.

— Et mes sœurs ?

— Elles sont toutes spéciales, chacune à sa façon, répond-il en entrelaçant ses doigts aux miens.

Je pense à Grace, à cette manière qu'elle a de voir à travers moi.

— Et elles ont un ange gardien, elles aussi ?

Papa me fait signe que non.

— Elles n'ont pas besoin d'être protégées pour le moment.

Je pose les pieds par terre et me décale au bord du lit, tandis qu'une terreur froide et insidieuse monte en moi.

— Et le mien, je ne l'ai plus, n'est-ce pas ?

Gabe baisse la tête sans répondre.

— C'est ma faute. (Les larmes me piquent les yeux.) Je voulais que Matt ait une vie.

— Tu n'es pas responsable, Frannie, réplique gravement Gabe en jetant un coup d'œil à mon père. Ton frère n'est pas le premier ange à perdre ses ailes à cause de Lilith.

— Lilith ? *Lili*, tu veux dire ?

Une larme coule sur la joue de mon père.

— Papa ?

— J'étais comme Matt.

— Comme Matt, je répète tout bas pour moi-même. Un ange gardien, donc ? (Il me le confirme d'un geste.) Qu'est-ce qui s'est passé ?

— Je me suis laissé... distraire.

— Par Lili, dis-je, réunissant les pièces du puzzle. Qui est-elle ?

Papa tire ma chaise de bureau et s'assoit en face de moi, les coudes appuyés sur les genoux. Il baisse la tête comme si elle était trop lourde à porter.

— Elle est la première femme. La première épouse d'Adam.

— Adam, le seul, l'unique ?

— Les choses se sont mal terminées entre eux, et elle fut bannie d'Éden.

— Tu plaisantes.

— Je préférerais..., intervient Gabe.

— Alors, c'est un *démon* ?

Je continue à croire que c'est une blague, mais Gabe affiche un air mortellement sérieux.

— Elle est et n'est pas un démon.

Je le dévisage sans répondre, bouillant de frustration contenue ; c'est un vrai casse-tête.

— Techniquement parlant, elle est toujours humaine mais, hiérarchiquement, elle est descendue au niveau des démons.

Papa me prend la main en soupirant.

— C'est une très longue histoire. Disons simplement qu'Ève n'est pas la seule à avoir été approchée par Lucifer. Lilith est, par essence, Sa reine, Sa compagne terrestre. En résumé, elle est le premier succube.

— Alors, comment se fait-il que Matt n'a pas compris ça ? je demande, sans dissimuler mon irritation. Les anges sont censés savoir ce genre de chose.

— L'âme de Lilith est humaine, réplique mon père. En apparence, il n'y a aucune différence entre elle et un mortel marqué pour l'Enfer. Quand tu me l'as présentée… Je ne sais pas où j'avais la tête. J'aurais dû comprendre.

Le mystère reste tout de même entier. Lilith a été bannie d'Éden…

— Mais ça s'est passé il y a… une éternité, lui fais-je remarquer. Si elle n'est pas vraiment un démon, comment peut-elle être encore en vie ?

— Lucifer a levé les entraves de son âme. Elle n'est pas liée, et donc libre d'occuper successivement plusieurs hôtes mortels. Elle peut s'emparer de n'importe quel humain promis à l'Enfer. Tout ce qu'elle a à faire pour entrer dans la personne, c'est la toucher.

— Pourquoi elle s'en prend à Luc ? je demande, cachant mon visage dans ma main parce que je n'arrive pas à me résoudre à regarder mon ange.

Gabe soupire.

— Je suis convaincu que c'est après toi qu'elle en a. Si elle arrive à te priver de tes soutiens, tu deviendras vulnérable. Une cible facile.

L'expression de Luc… et de mon frère…

Ils se seraient entre-tués.

— Qu'est-ce qui va arriver à Matt ?

Gabe s'assoit à côté de moi sur le lit, et son chagrin transparaît dans sa voix.

— Il est déchu. Il n'a plus sa place au Paradis. (Il se raidit légèrement.) C'est ma faute. Je lui ai confié une mission pour laquelle il n'était pas prêt. J'ai dû me dire que… je ne sais pas…

Il se penche contre moi et ajoute tout bas, pour moi seule :

— Mais perdre ses ailes… aucun ange n'est à l'abri de ça.

— Dans ce cas, comment ça se fait que tu es… ici, papa ? Comment peux-tu être mon père ? Ce n'est pas comme ça que Lucifer est devenu le diable ? Il est bien le premier ange déchu ?

— Oui. Mais nous avons tous le choix.

Une étincelle d'espérance éclaire mes ténèbres.

— Alors, Matt pourrait s'en sortir ? Récupérer ses ailes ?

La tristesse de Gabe étouffe mon espoir dans l'œuf.

— Rien ne fait plus plaisir à Lucifer que d'accueillir les anges déchus. Pour lui, ce sont des transfuges ; leurs âmes sont plus précieuses que les âmes terrestres.

— Lors de ma chute, reprend papa, je me suis vu offrir, comme nous tous, un choix : rejoindre les Grigori et demeurer sur Terre parmi les mortels, privé de la presque totalité de mes pouvoirs, ou bien poursuivre ma chute jusqu'en Enfer. Lucifer nous appâte en nous proposant de les conserver. Il sort le grand jeu.

Mes pensées fusent dans tous les sens et je ne parviens pas à réfléchir de façon cohérente. Je fronce le nez, tâchant de me concentrer.

— Les Grigori ?

— Tous les anges déchus ne choisissent pas le Mal, répond mon père avec un soupir. Les Grigori sont des anges déchus qui vivent dans le tumulte de l'existence afin de protéger l'humanité. Telle est la charge qui nous incombe. Elle est notre pénitence et notre moyen de rédemption. (Il se tourne vers Gabe.) Et notre seul espoir d'un jour retrouver nos ailes.

Un serpent froid et sombre s'immisce en moi, et je frissonne.

— Qu'est-ce que Matt décidera, d'après toi ?

— Je l'ignore, Frannie. Tout dépendra de l'intensité de sa colère, je suppose. Se voir dépouillé de ses ailes… c'est perçu comme une trahison. La plupart des anges que le Ciel prive de leurs ailes ne sont évidemment pas en pleine possession de leurs moyens, sans quoi ils ne se seraient pas retrouvés dans la position qui est la leur.

— Alors, il est… parti. Ils ont fait ça pour m'atteindre, dis-je, ancrant ainsi dans ma tête ma responsabilité dans cette affaire.

Gabe, peiné, acquiesce silencieusement.

Il n'y a pas d'échappatoire. Je suis maudite. Toutes les personnes de mon entourage – tous les gens qui comptent pour moi – souffrent à un moment ou à un autre.

Et ça ne finira jamais.

J'ai l'impression de suffoquer. Je me lève du lit, vite imitée par Gabe. Il veut me prendre dans ses bras, mais je ne le laisse pas faire.

— J'ai vraiment besoin de réfléchir un peu toute seule.

Me donnant un peu d'air, il plonge son regard dans le mien pour, j'en ai conscience, essayer d'évacuer mes pensées de mon cerveau, et je suis trop lasse pour m'en soucier.

— Je serai dans le couloir si tu as besoin de moi, finit-il par dire en hochant la tête.

Je fais un câlin à papa, puis me place à la fenêtre et contemple les branches du chêne, oscillant sous le vent d'un début d'averse estivale. J'entends le cliquetis de la porte qui se referme derrière moi, et je tends l'oreille, à l'affût des bourrasques qui ébranlent régulièrement la vitre. J'ouvre la fenêtre puis la moustiquaire et m'accoude sur le rebord ; la pluie fraîche me picote les joues. Quand je retrouve une respiration normale, j'essuie mon visage mouillé et me redresse. Je me croyais seule. Mais papi est là, adossé contre le mur, non loin de l'entrée ; il semble troublé.

Je cours vers lui.

— Ta maman m'a appelé, elle m'a dit ce qui s'est passé, dit-il en me serrant dans ses bras. Alors, finalement, c'était le diable.

Serrée que je suis contre lui, sa voix paraît caverneuse à mes oreilles. Je respire l'odeur suave de son tabac à pipe.

— J'aurais dû faire quelque chose. (Il lisse tendrement mes cheveux humides.) Je croyais me voir en lui, mais j'aurais dû savoir à quoi m'en tenir.

Je me mets à pleurer… sur moi, sur Matt, sur Taylor. Je n'ai pas envie de verser la moindre larme pour Luc, et pourtant…

Elles coulent librement sur mon visage tandis que la scène de sa trahison me revient en force. Elle s'enroule autour de mon cœur et le comprime douloureusement. Je prends une ample inspiration pour me soulager.

— Je l'aimais, papi.

Ma voix n'est guère qu'un murmure, comme si je n'étais même pas capable d'avouer ça tout haut.

— Je sais, dit-il d'une voix mal assurée.

Je pleure dans ses bras. Une fois que je me suis calmée, il essuie mes larmes avec son pouce comme il avait l'habitude de le faire quand j'étais petite.

— Va dormir un peu, et on avisera demain.

En l'entendant parler de ça, je me rends compte que je suis épuisée.

— D'ac.

— Ça prend du temps de se remettre d'une peine de cœur, mais ça va aller, Frannie. (Je lis du chagrin dans ses yeux.) Je te le promets.

J'acquiesce, une nouvelle larme perlant sur mes cils.

Une fois que papi est parti, refermant la porte derrière lui, je me change et me mets au lit. Je suis juste en train de m'assoupir lorsque les premières images du cauchemar me réveillent en sursaut.

Taylor.

En à peine quelques minutes, j'ai perdu à la fois Luc et Matt. Pas question que je perde Taylor.

J'envoie un texto à Trevor.

— Taylor est rentrée ?

— Non, répond-il simplement.

J'ai le cœur lourd et douloureux. Serrant mon portable contre moi, je roule sur le côté.

Et je regarde par la fenêtre.

Et je prie.

Parce que c'est la seule idée qui me vient.

21

‡

Feu d'Enfer

Frannie

Je m'éveille en hoquetant, et des bras robustes m'enlacent par-derrière, me pressant contre un corps ferme.

— Luc, je murmure.

Mais avant même d'avoir prononcé son nom, je sais que ce n'est pas lui, à cause de mon cauchemar... Et ce n'est pas de la cannelle que je hume. La senteur qui imprègne l'air tel un nuage à la dérive, c'est celle de la neige estivale de Gabe.

Je vis ça toutes les nuits depuis trois semaines.

— Ça va, Frannie. C'est moi. Je suis là.

Comme d'habitude, la terreur commence à se dissiper telle la brume sous l'effet d'une brise, et je me serre contre mon ange. Mais il ne peut rien faire pour combler le creux douloureux que j'ai dans la poitrine.

— Merci.

Il écarte mes cheveux de mon visage avec son doigt et m'embrasse sur l'oreille.

Je roule sur le dos et me plonge dans ses yeux bleus dont l'éclat est visible dans la pénombre de ma chambre.

— Est-ce que ça va s'arrêter un jour ?

— Ça finira par aller mieux.

Je me complais dans ce mensonge, parce que ça ne risque pas d'aggraver beaucoup la situation, et parce que Gabe ignore qu'il me ment.

— Je trouve que tout part en vrille. Taylor sort avec un démon, et elle ne veut même pas me parler. Matt est parti. Et Luc…

Je grimace, et un gémissement peiné monte au fond de moi. Seigneur ! tout ce que je vois quand je pense à lui, c'est Lili couchée dans son lit, et ça me fait mal.

À la faveur d'un pâle rayon argenté, je vois Gabe se rembrunir.

— Je vais la retrouver, Frannie. Je ne la laisserai plus te faire du mal.

J'ai conscience que c'est Lilith qu'il évoque ; il se sent coupable, et je déteste ça. Il n'est pas responsable de ce qui est arrivé. Mais je n'ai pas envie de penser à elle dans l'immédiat.

— Qu'est-ce qu'on peut faire concernant le marquage de Taylor ? je demande en contemplant le plafond.

— On trouvera bien quelque chose.

Je me serre contre lui et me laisse submerger par le calme qu'il me procure, tout en tâchant de mettre mon cerveau en veille. Je me sens toujours mieux en présence de Gabe, et plus nous sommes près l'un de l'autre, plus je sens sa paix et son amour. On dirait qu'il en est pétri. En repensant à notre baiser, j'ai le cœur qui se met à battre plus fort ; jamais je n'avais connu une sensation de paix si tangible.

Il se raidit entre mes bras et je me rends compte qu'une fois encore mes pensées m'ont trahie.

— Ne t'en fais pas, dis-je avec un pauvre sourire. Je ne vais pas te manger.

— Frannie, tu sais que je ferais n'importe quoi pour toi, mais dans l'immédiat ce « n'importe quoi » implique que je garde mes ailes. Sans elles, je ne te servirais à rien, répond-il tristement. Mais j'ai énormément de mal à résister à ton Emprise… d'autant que je n'en ai pas vraiment envie.

— Alors, tu aimerais que je bride mes émotions.

— Ça m'aiderait, avoue-t-il en posant la tête sur l'oreiller.

— Dans ce cas, tu ne devrais peut-être pas passer tant de temps dans mon lit, je lui fais remarquer en m'écartant de lui.

Un rai de lune frôle ses traits, donnant l'impression qu'il luit. Ou peut-être que c'est vraiment le cas.

— Mais ça me plaît, d'être ici, dit-il avec un petit rire.

À l'idée qu'il puisse s'en aller, j'étouffe, frappée de plein fouet par le désespoir.

— Très bien. Reste.

— Toujours. (Il ferme mes paupières.) Endors-toi.

À l'abri dans ses bras, je mets malgré tout un long moment à m'assoupir.

‡

La sonnerie du téléphone posé sur ma table de chevet me réveille en sursaut. Sur l'écran, le sourire de Riley.

— Je passe te chercher dans une heure, me dit-elle quand je prends l'appel.

— Pour quoi faire ?

— Tu m'accompagnes à Boston. J'ai une réunion d'orientation à la fac. Taylor était censée m'accompagner, mais…

— Elle sèche la réunion ?

Mon moral me tombe dans les chaussettes. Tay était tellement excitée à l'idée d'aller à la fac ! Si, même ça, ça ne suffit plus à éveiller son intérêt…

Riley hésite avant de répondre.

— Elle a tout plaqué, dit-elle en soupirant. Alors, tu vas venir avec moi ?

— Oh ! Ry, je suis vraiment pas d'attaque.

— Il faut que tu sortes de chez toi, et je n'ai pas envie d'aller là-bas toute seule.

— Où est passé Trevor ?

— Ils font un truc en famille, explique-t-elle après avoir marqué une pause.

— Un truc en famille ? (Je m'assois dans le lit et entortille le drap autour de moi.) Avec Taylor ?

— *Pour* Taylor, en fait. Ils font intervenir le conseiller qu'ils ont commencé à voir après que son père… enfin, tu vois.

Les Stevens ont connu des moments vraiment difficiles. La tentative de suicide de M. Stevens, et maintenant ça… Mais, rien qu'en apprenant que Taylor va recevoir de l'aide, je me sens de meilleure humeur. Peut-être que, si elle redevient elle-même, elle se décidera à éviter Marc, et je pourrai l'y aider.

— Tu l'as vue ?

— Seulement une ou deux fois. Elle n'est presque jamais chez elle.

— De quoi elle a l'air ?

Cette fois, j'entends Riley renifler avant de me répondre.

— Elle a une tête à faire peur. Vraiment. (Elle renifle de nouveau et s'éclaircit la voix.) Bon, je passe te prendre dans une heure.

Luc

L'employé, calé au fond de son siège, les pieds sur son bureau, est plongé dans une bande dessinée. De l'autre main, il tient un Big Mac dont la sauce (une édition limitée) dégouline sur sa chemise déjà tachée. La calvitie le guette. Je patiente de mon côté de la réception pendant une bonne minute sans obtenir de réaction, puis je toussote pour attirer son attention.

L'homme sort le nez de son bouquin.

— Vous partez ?

— Chambre 6, dis-je en plaquant une liasse de billets sur le comptoir. Je reste une semaine de plus.

Il se lève et, en partant, je le vois du coin de l'œil empocher l'argent.

Une fois dans la rue, je flâne sans but précis, anonyme parmi les personnes qui se rendent au travail et parmi les touristes. C'est la première fois depuis trois semaines que j'éprouve l'envie de m'aventurer au-delà de la supérette qui se trouve sur le trottoir en face de l'hôtel. J'ai surtout passé mon temps dans l'atmosphère confinée de la chambre, à examiner le plafond et à trembler, allongé sur un matelas dur comme de la pierre, avec la sensation d'être un drogué en pleine crise de manque, tellement je me faisais violence pour résister à l'impulsion qui me dictait de regagner Haden. Pour retrouver Frannie, ma came.

Mais impossible pour moi de retourner là-bas. Toute cette histoire était un mensonge, une belle illusion. J'ai beau ardemment désirer être avec elle, je ne peux pas être celui dont elle a besoin.

Au moins, mon Bouclier semble toujours intact. La dernière fois que j'ai vu Rhenorian, il était dans sa Lincoln, garée devant la bibliothèque. C'était il y a trois semaines, juste avant que je présente ma démission à Mavis et que je file sans demander mon reste. Le lendemain de…

Mon ventre se noue douloureusement.

Au moins, Gabriel est revenu. Je suis parti aussitôt après m'en être assuré. Frannie est en sécurité, et elle le restera tant que l'ange sera à son côté et que moi je n'y serai pas. S'il y a bien une chose dont je suis certain, c'est que Gabriel se montrera beaucoup plus consciencieux que Matt.

Je marche dans un brouillard, me faufilant entre les chapelets de piétons peuplant les rues moites de Boston en ce jour d'été. Je ne sais pas trop où je vais, et je m'en fiche un peu. Je me concentre sur le reste de mon plan. Si je ne peux pas m'approcher de Frannie, en revanche rien ne m'empêche de continuer à l'aider. Vu que

Gabriel veille sur elle, j'ai le champ libre pour débusquer Lilith… À condition de trouver un moyen de l'arrêter.

Je finis par acheter un hot-dog à un marchand ambulant, près du stade de base-ball de Fenway Park, et je le grignote distraitement tout en poursuivant mon chemin, même si je n'ai pas faim.

En passant devant un kiosque à journaux, plusieurs manchettes attirent mon attention. Recrudescence des violences et victimes supplémentaires au Moyen-Orient ; essai nucléaire en Corée du Nord. La situation dégénère plus vite que nous l'avions espéré.

Je sursaute en me rendant compte que je viens, avec ce « nous », de m'associer aux démons, et j'essaie de me persuader que la perspective d'un désastre imminent ne m'a pas procuré un frisson d'excitation.

Me détournant des titres de presse, je commence à rebrousser chemin jusqu'à l'hôtel.

Et je marque un temps d'arrêt.

Frannie et Riley sont en train de sortir de la station Kenmore Square.

Éprouvant un léger vertige, je m'adosse contre l'immeuble de brique le plus proche, et consacre quelques instants à reprendre possession de mes moyens. Ensuite, je me tourne de nouveau vers la bouche du métro.

Elles ont disparu.

L'espace d'un instant, la panique me cloue sur place, et puis je force mes pieds à bouger. J'avance jusqu'à l'angle du pâté de maisons aussi vite que mes jambes flageolantes me le permettent, et je regarde au coin de la rue. Je pousse un soupir de soulagement en voyant les deux filles s'éloigner lentement. Riley a le bras passé autour de Frannie, comme si elle avait besoin de la soutenir.

C'est stupide… et dangereux. Si je me suis interdit de retourner à Haden, c'est pour une bonne raison.

Mais mon corps refuse de laisser la raison prendre l'ascendant sur lui. Je leur emboîte le pas en restant à bonne distance d'elles. La rue est suffisamment fréquentée pour qu'il m'arrive de les perdre de vue momentanément et, lorsque ça se produit, mon angoisse me pousse à accélérer l'allure, à combler la distance qui me sépare d'elles. Et plus je me rapproche, plus je la sens… cette électricité brûlante qui joue sous ma peau.

Elles finissent par ralentir puis par s'arrêter devant l'entrée d'un *Starbucks*. Je me coule derrière une colonne de brique à quelques pas de là et les épie prudemment.

— Je te retrouve ici après la réunion d'orientation, dit Riley.

Elle a les mains posées sur les épaules de Frannie, qui se trouve dos à moi, et lui parle à quelques centimètres du visage, comme si elle craignait que Frannie n'entende pas ce qu'elle raconte.

— Ça va aller ?

Frannie acquiesce d'un signe de tête.

Riley lui presse affectueusement la main avant de s'éloigner. Frannie reste longtemps là sans bouger, et je dois lutter pour ne pas céder à l'envie de l'aborder. Un groupe d'hommes d'affaires passe à côté d'elle en entrant dans le *Starbucks*, et elle les suit.

J'attends pendant quelques minutes, aux prises avec ce qu'il me reste de bon sens. Je devrais tourner les talons. Ce serait la meilleure chose à faire pour la protéger. C'est ce que je ferais si j'étais futé.

Mais, Satan miséricordieux, je dois voir son visage. Pour m'assurer qu'elle va bien.

Lorsqu'un nouveau groupe de personnes entre dans le café, je me joins à elles.

Frannie est assise à l'une des tables du fond devant un café fumant qu'elle ne boit pas, et il est évident qu'elle ne va pas bien *du tout*. J'emplis mes poumons pour résister à la pression qui tente de me broyer la poitrine ; mon cœur cherche à s'effondrer en lui-même.

Elle a les joues creusées, et son regard vide est perdu dans le lointain. Rien n'anime son beau visage tragique.

Trois semaines se sont écoulées, et elle est toujours hantée par ce que j'ai fait. Par ma trahison.

Pétrifié par la culpabilité, je dois produire un effort pour tenir debout, si bien que je ne m'en rends compte que trop tard. Elle a abandonné son café et se dirige droit sur moi, précédée d'une odeur de goudron ; le signe de son désespoir.

Est-ce qu'elle m'a vu ?

Catastrophé, je me matérialise dans le couloir, derrière elle. Elle hésite durant une fraction de seconde, puis accélère l'allure et sort du café.

C'est là que je tombe des nues. Je me suis déplacé grâce à mon *pouvoir*.

Envahi à mon tour par un désespoir qui me coupe le souffle, je prends conscience de ce que ça implique. De *tout* ce que ça implique. Je me laisse choir contre le mur pour ne pas tomber à la renverse, et y appuie ma nuque, cherchant à absorber un air dont je n'ai pas besoin.

Frannie ne veut vraiment plus de moi. Dans le cas contraire, je serais resté humain. Or je ne le suis clairement plus. Tous les indices que je refusais de voir et tentais de rationaliser existaient bel et bien, en réalité. Je suis redevenu un démon.

Trois semaines. Ça a pris seulement trois semaines.

Sachant ça, je n'ai qu'une seule option. Je regarde Frannie s'éloigner. Je me redresse mais, juste au moment où je m'apprête à me transporter jusqu'à l'hôtel, je perçois un bourdonnement. Une main se pose sur mon épaule. Puis mon sixième sens cesse de m'asticoter, et Gabriel disparaît.

J'accroche le panneau « Ne pas déranger » à la porte de ma chambre exiguë, plongée dans l'obscurité, avant de tirer le verrou. L'odeur de tabac froid et d'humidité couvre un fumet plus âcre qui m'enfonce dans les abîmes du désespoir. J'allume le poste de radio minable qui est posé sur la table de chevet afin d'avoir un bruit de fond, et je me laisse choir sur le lit dur comme du bois.

Je garde les yeux rivés sur le plafond couleur de fromage blanc pendant… des heures ? des jours ? Je n'en ai pas la moindre idée.

Personne n'est venu me demander une rallonge, alors ça ne doit pas faire plus d'une semaine.

J'ai envie de mourir. *Pourquoi les démons ne le peuvent-ils pas ?*

J'envisage la possibilité de me transporter dans le néant – l'équivalent démoniaque du suicide – lorsque l'odeur âcre du soufre m'emplit les narines. Je me relève aussitôt.

— Depuis combien de temps tu n'as pas bougé, Lucifer ? J'attends devant ta porte depuis des jours…

Les yeux rouges de Rhen luisent dans la pénombre. Il s'appuie contre le mur, dans un coin de la chambre, les chevilles croisées et les mains dans les poches de son jean.

Je reprends ma position initiale.

— Tu as répondu tout seul à ta question. Je croyais t'avoir semé. Comment tu m'as trouvé ?

— Ce Bouclier céleste ridicule te cache toi, pas ton pouvoir, imbécile. Quand tu t'en es servi, tous les démons à la ronde l'ont senti. C'est moi qui étais le plus près, c'est tout. (Il m'adresse un sourire sarcastique.) J'ai fini par comprendre comment tu fonctionnes. Je me suis dit que tu ne t'éloignerais pas trop de ton humaine.

Parfait. Mon pouvoir est au ras des pâquerettes et, à la seconde où je le solliciterai, je serai fichu. C'est triste à dire, mais je savais que Rhen était là. J'ai capté le fil de ses pensées, exactement comme au bon vieux temps. J'espérais que c'était le fruit de mon imagination, mais non. L'infernal lien psychique est rétabli.

Rhen se redresse nonchalamment et se poste près du lit.

— Ça n'a plus d'importance, maintenant, mais comment elle a fait ?

Je sursaute en entendant ce « elle ». Il a pigé.

— De quoi tu parles ?

— Tu étais humain. Là, tu ne l'es plus. Comment elle fait ?

— C'est pas elle.

Il me relève sans ménagement en tirant mon tee-shirt, et me plaque contre le mur.

— Ne me mens pas.

— Je ne mens pas, dis-je sans aucune sincérité. (Je me masse la nuque.) Elle n'a rien à voir là-dedans. C'était l'ange.

Les yeux de Rhenorian rougeoient.

— Il prétend que non.

J'ai soudain froid, malgré ma chaleur démoniaque. Est-ce que Matt est en Enfer ? Travaille-t-il pour eux… rectification : pour *nous* ? Si c'est le cas, Frannie court un danger encore plus grand que ce que je pensais.

— Et tu l'as cru ?

— Les anges ne peuvent pas mentir.

Et c'est là que la vérité me frappe. Matt s'est acoquiné avec Rhen…

— … avant sa chute, dis-je, achevant tout haut ma réflexion.

La poigne de Rhen accentue sa pression, et un sourire naît lentement sur ses lèvres.

— Disons que ce n'était pas un de tes plus grands fans.

Matt voulait se débarrasser de moi à tout prix. Ça m'attriste plus que ça me met en colère.

— Bon, peu importe. (Il me lâche.) Maintenant, plus rien ne t'empêche de retourner en Enfer avec moi. C'est grave, Lucifer. Tu ne t'es pas contenté de merder. Tu as trahi.

— Je sais.

Les mains en l'air, comme un criminel qui se rend, j'avance d'un pas.

— Tu ne vas pas te battre ? demande-t-il, ses traits déformés par une grimace

Je ne suis pas très surpris. Rhen est une créature née du courroux, après tout. Normal qu'il soit déçu de ne pas avoir l'occasion d'en découdre avec moi.

— Diable, qu'est-ce qui t'est arrivé ?

L'image de Frannie vient danser devant mes yeux. *Tout…*

— Rien.

— Alors tu acceptes de venir avec moi, pas de chichis ?

Sur le mur, le visage de Frannie se dissipe. Elle ne veut pas de moi. Même si c'est le résultat que j'escomptais, ça me fait l'effet d'un coup de poignard dans mon cœur de soufre.

Je ne peux peut-être pas me suicider, mais je connais une excellente solution de rechange.

— Allons-y.

‡

L'Enfer n'a pas changé, mais moi, oui. « Démon je suis, démon je resterai », j'avais l'habitude de plaisanter. J'avais tort. Et ce n'est absolument pas drôle.

Tout, dans cet endroit qui a été mon foyer pendant sept mille ans, me répugne ; je déteste ce que je suis et regrette amèrement ma vie avec Frannie. Mais ce n'était pas moi. Ce n'était pas réel. Et pas la peine d'espérer pouvoir un jour revenir en arrière.

Rhenorian m'a amené directement au bord du Brasier. Je suis enchaîné, sous ma forme humaine, à un poteau de bois calciné, les bras au-dessus de la tête. À perte de vue s'étend une mer de visages. Mes frères démoniaques me dévorent de leurs yeux souvent malveillants et toujours rougeoyants. Ils attendent avec impatience que le spectacle commence.

— Il y a du monde, je marmonne sous cape.

— C'est un Diktat, m'indique Rhenorian, qui se tient à distance respectable de moi.

Mon ventre se crispe. Un Diktat. Les légions infernales sont réunies au grand complet. On entend m'exposer en public, m'ériger en exemple. Aucune chance que je sois jugé et exécuté rapidement, donc.

Mais pourquoi ? À supposer que mes congénères aient la possibilité de s'engager sur la voie que j'ai empruntée, lequel pourrait bien être tenté de le faire ? L'île Flamme, surmontée de la masse noire et imposante du Pandémonium, s'élève des remous orange et or du Lac de Feu. Alors, comme si, en prêtant attention à Son château, je L'avais invoqué, le roi Lucifer apparaît sous Sa forme humaine : yeux verts et luisants nichés dans un visage aux traits forts et anguleux, haute et puissante carrure drapée d'une longue robe rouge. Le portrait tout craché de Zeus.

Rhenorian bat en retraite et se fond dans la masse des démons tandis que le roi, s'approchant à moins de cinquante centimètres de moi, plonge Son regard dans le mien. Je serre les dents si fort que j'en sens une craquer, et je m'efforce de ne pas laisser mon expression trahir la douleur que je ressens tandis que Son pouvoir me fouaille, traquant les derniers vestiges de mon humanité. Lorsqu'Il m'accorde un répit, je souffle par saccades l'air de mes poumons.

— Louable effort de ta part, Lucifer, me concède-t-Il avec un atroce rictus. Tu ne devais pas être très à ton aise.

Crispant de nouveau les mâchoires, je regarde droit devant moi sans répondre.

Il adresse un signal à la foule, et trois sinistres démons – nul doute qu'ils font partie de la Sécurité placée sous les ordres de Rhenorian – se détachent de la masse des badauds avides de divertissement. Deux d'entre eux sont armés d'une corsèque et le troisième est muni d'un chat à neuf queues. Derrière eux, dans le velours des ombres mouvantes, je distingue autre chose ; c'est plus une présence qu'une véritable silhouette. Quoi que ça puisse être, ça semble exister aux marges de la perception. Le phénomène fluctue en chatoiements successifs, tantôt flous tantôt très distincts, et je finis par me convaincre qu'il ne s'agit que d'un jeu de lumière, d'une illusion. Mais alors les démons s'écartent et quelque chose s'avance, j'entraperçois un être d'une noirceur infinie, qui semble dévorer toute lumière aux alentours.

Se postant près du roi, le mage prend consistance ; tout, chez lui, a l'obscurité d'un gouffre, à l'exception de ses yeux rouges. Ses longs membres semblent n'avoir d'autre utilité que d'être plantés dans son corps tordu évoquant une brindille. Les mages évoluent entre le conscient et l'inconscient, et ils ne peuvent se manifester physiquement qu'en présence de leur créateur, Lucifer.

S'Il a fait appel à l'un d'eux, ça ne peut signifier qu'une chose. Je me blinde mentalement et efface de ma mémoire tout ce qui a trait à Frannie. Je me concentre sur les souvenirs de la période précédente, lorsque j'ignorais jusqu'à son existence, et prie pour que ça suffise à la protéger.

Le roi esquisse un sourire triste.

— Ça n'aurait pas dû se passer comme ça. (Il porte un long doigt à Ses lèvres et les tapote d'un air songeur.) D'ailleurs, rien n'est encore perdu.

Reculant, Il entreprend de faire le tour du poteau auquel je suis enchaîné, puis avance vers moi, le visage à quelques centimètres à peine du mien.

— Si tu me révèles ce que je veux savoir, reprend-Il calmement, la voix légèrement rauque, je n'aurai pas besoin d'envoyer quelqu'un explorer ceci. (Son doigt, appuyé contre ma tempe, me roussit les cheveux.) C'est maintenant ou jamais. Prends ta décision.

M'armant de détermination, je soutiens Son regard.

Enfin, au bout de ce qui me semble une éternité, Il pousse un soupir navré.

— D'une façon ou d'une autre, j'arriverai à mes fins. (Il décrit un nouveau tour complet autour de moi.) Je ne comprends pas pourquoi tu veux t'infliger un tel traitement, dit-Il, m'indiquant le mage.

Un sourire mauvais fend le visage noir et anguleux de la créature, dévoilant une armée de crocs rouges lorsqu'elle tend la main vers moi. Je grogne sous l'effort que je produis pour tenter de l'empêcher d'entrer. C'est peine perdue. Je sens le mage s'immiscer dans ma tête, fouiller dans mes pensées et dans mes souvenirs, et je sais qui il y cherche. Je fais de mon mieux pour me focaliser sur n'importe quoi sauf sur Frannie, remontant jusqu'à l'époque très ancienne où je surveillais les Portes avec le Mâtin Barghest. Je me concentre de toutes mes forces sur ces images. Mais celle de

Barghest m'évoque le jour où il a secouru Frannie, aux prises avec Béhérit. Je fais tout mon possible, mais plus je m'évertue à chasser son souvenir, plus elle s'ancre en moi.

La partie est aussitôt perdue. Je perçois la satisfaction du mage à l'instant où le contact se produit. Accablé, je comprends ce que ça signifie. Il a extrait Frannie de mes pensées et s'est introduit dans les siennes. Un mage est l'incarnation démoniaque d'un cauchemar. Il hantera ses songes et, par leur intermédiaire, lui montrera des choses. Ils sont aussi la fenêtre qui lui permettra d'entrer dans son monde. Il l'y verra évoluer, *saura* ce qu'elle y fait. Pire encore, tant qu'il se trouvera dans sa tête, Lucifer pourra l'y rejoindre.

Non!

Je redouble d'efforts pour chasser la créature, mais elle est toujours logée dans mon esprit lorsque, de sa main griffue, elle fend lentement l'air pour me labourer le torse, m'infligeant quatre entailles cuisantes qui réduisent mon tee-shirt en lambeaux. Je me mords la langue et mes traits se crispent de douleur. Je sais que ce n'est pas réel, que tout se déroule dans mon esprit, et je ne cesse d'ailleurs pas de me le répéter. Mais tout semble tellement vrai… Le sourire dément du mage, qui va s'élargissant, me prouve qu'il s'amuse fort de ma vaine résistance.

Lucifer, après m'avoir de nouveau tourné autour, braque sur moi Son regard inquisiteur.

— Ton cas est absolument unique. Tu me comprends, j'en suis sûr.

Alors c'est ça. Je vais lui servir de cobaye. Il va consciencieusement me tailler en pièces, tant mentalement que physiquement, à la fois pour trouver des réponses et pour montrer à toutes les créatures de l'Enfer quel sort Il réserve aux traîtres. Il fera d'une pierre deux coups.

Soudain, Il fond une nouvelle fois sur moi, et je me raidis pour supporter la douleur qui va à coup sûr s'abattre sur moi. Mais Il se contente de me souffler Son haleine dans l'oreille.

— Je sais qui elle est, et je vais m'emparer d'elle, Lucifer. Elle était mienne au Commencement, et elle m'appartiendra de nouveau. Tu ne peux rien pour m'en empêcher.

« Elle était mienne au Commencement. » Qu'est-ce que ça signifie ? Une terreur glacée s'infiltre en moi, et mon cœur de soufre s'effrite en mille particules.

— Transforme-toi, Lucifer, me commande-t-Il, de noires idées plein les yeux.

Je n'ai encore jamais été en mesure de désobéir à un ordre direct de Sa part, mais je me surprends à résister. Au fond de moi, je n'ai pas envie de revêtir ma forme démoniaque. Je sens mes jambes faiblir lorsque je trouve la source de ma réticence. Parce qu'il s'agit de Frannie ; je la porte dans mon cœur. Nous faisons partie l'un de l'autre, et je répugne à la laisser partir.

Voilà la personne que j'ai envie d'être. Celle que j'étais quand je fréquentais Frannie. Si je m'enlève cette enveloppe, celle que je portais en sa présence pour la toucher, que se passera-t-il ? Et si les souvenirs de ma vie avec elle étaient enfermés dans ma forme humaine ? Si je m'en dépouille, il se peut que j'oublie définitivement ces instants de ma vie. Ils disparaîtront, et je suis terrifié à l'idée que je ne les récupérerai peut-être jamais. Ces moments sont la seule chose qui rend mon existence tolérable.

— Non.

C'est la stupeur générale chez les laquais diaboliques, et le roi Lui-même semble incrédule. Une seconde après, mille éclairs me pourfendent. Lorsque enfin la salve s'arrête, je m'affaisse au bout de ma chaise en poussant un cri. Des chuchotements parcourent l'assemblée.

La forme humaine de Lucifer se déchire, et Le voilà devant moi dans toute Sa gloire infernale. Il me transperce de Ses yeux ardents, dont le vert tranche sur la peau plus noire que noire de Son visage anguleux. Mon cœur de soufre bat la chamade lorsqu'Il déploie Ses ailes semblables à celles d'une chauve-souris, nous enveloppant dans un cocon noir et parcheminé qui occulte tout, les sons comme la lumière. La malveillance qui émane de Lui me submerge, je me noie dans un flot d'idées sinistres et de dépravation.

— Qu'est-ce que tu as dit ? chuinte-t-Il.

Je creuse au fond de moi pour y trouver de nouveau Frannie ; ma force.

— Non. J'ai dit non.

Cette fois, la puissance qu'Il libère est insupportable. Un feu infernal me frappe de plein fouet, détruisant tout sur son passage. Le dernier son que j'entends avant que tout se fonde dans la noirceur de mon calvaire est celui de mon propre hurlement.

22

Enfer impie

Frannie

Je m'éveille d'un sommeil agité au son de mon propre hurlement, complètement empêtrée dans les draps et mon cœur tambourinant dans ma poitrine. Dans ma tête, la foudre était revenue, mais cette fois la sensation avait été différente.

J'étais bien.

Je ne hurlais pas de douleur, mais d'extase.

Luc.

J'ai perçu son ombre, son aura ténébreuse, lorsque je me trouvais à Boston la semaine dernière avec Riley. J'ai même cru l'entrapercevoir, pendant une fraction de seconde, quand j'étais au *Starbucks*, et j'ai humé son odeur de cannelle. Il m'accompagne partout depuis ce jour-là ; c'est une impression qui ne me lâche pas, qui me tiraille au fond du cœur ; je suis manifestement incapable de renoncer à lui.

Et il m'est aussi apparu en rêve. Il y avait ces éclairs qui me traversaient le crâne, et je lui infligeais des horreurs, je le torturais. Serpents. Griffes. Feu. Il hurlait, et chacun de ses hurlements suscitait en moi une décharge de plaisir intolérable.

Oh, seigneur… j'ai aimé ça !

Qu'est-ce qui ne tourne pas rond chez moi, bordel ?

Mais, alors que le vertige me donne la nausée, je me rends compte que ce n'était pas vraiment moi. C'était quelqu'un d'autre qui torturait Luc dans mon rêve. Un être flou, sans forme ni visage, à travers qui je voyais la scène. Il avait soif de sang, et moi je me délectais des cris de Luc.

Prise de frissons, je roule sur le côté et me penche au-dessus de la corbeille à papier, craignant de vomir. Mais non. Je me recouche en gémissant au moment où la tête de papa apparaît dans l'entrebâillement de la porte.

— Frannie, ma puce ? Ça va ?

En me voyant trembler, tout échevelée et transpirante, il entre et s'agenouille près de mon lit.

J'essaie de respirer calmement pour ralentir les battements de mon cœur, en vain. Je regarde derrière moi, espérant que Gabe est là, mais ce n'est pas le cas. *J'ai besoin de lui.*

— Ouais, désolée. J'ai juste fait un cauchemar.

Ma voix se brise, alors papa ne me croit pas. Mon état semble lui briser le cœur.

— Je sais que ça a été dur, ces dernières semaines…

— Je vais bien, papa, je t'assure. (Je me redresse sur un coude.) Enfin… ça va aller.

— Tu veux que je reste ?

— Non. Ça va. Merci.

Je repose la tête sur l'oreiller en m'efforçant de sourire. Il n'est pas dupe, c'est certain, mais il s'éloigne.

— Appelle-moi si tu as besoin, dit-il avec un soupir.

— D'accord, papa.

La porte se referme derrière lui avec un cliquetis, et je laisse libre cours aux larmes que je refoulais. J'enfouis mon visage dans l'oreiller pour étouffer mes sanglots. C'est alors qu'une main me caresse le dos, et une senteur de soleil hivernal envahit la chambre. Je me redresse.

— Où tu étais ? je demande à Gabe, assis au bord du lit.

— Il y avait un truc dont je devais m'occuper.

— Luc… j'ai rêvé que…

— Je sais.

La douleur que je ressens au fond de moi me force à l'interroger. Il faut que je sache.

— Qu'est-ce que j'ai vu, au juste ?

Les ombres nocturnes ne cachent pas les plis soucieux de son visage, mais il ne me répond pas.

Mon cœur lutte contre la pression qui lui est infligée, et l'air refuse d'affluer dans mes poumons.

— Gabe… ?

— Je m'en occupe, Frannie, réplique-t-il sèchement.

Il ne m'avait encore jamais parlé sur ce ton. Il y a vraiment quelque chose de grave. La terreur me traverse de part en part.

— Comment ça, tu t'en occupes ? Où est Luc ?

Il hésite.

— En Enfer.

La chambre tangue. La foudre dans ma tête… elle était bien réelle.

— Il est… mort ? je demande en regardant Gabe droit dans les yeux.

— Techniquement, non.

— Oh, seigneur ! Allez, dis-moi franchement ce qui se passe !

Il pousse un gros soupir.

— C'est un démon, Frannie.

Ses paroles me font l'effet d'un coup de poing à l'estomac ; j'en reste pétrifiée.

— Un démon… en Enfer. Il est reparti là-bas ?

Mon ange acquiesce tristement.

— Pour quelle raison il a pu faire ça ?

— Il a dû se dire qu'il n'avait plus vraiment de raison de rester ici, suggère Gabe en me caressant la joue.

Je l'enlace et lui laisse le soin de m'apaiser pour que mon rythme cardiaque retrouve un semblant de normalité.

—Alors, il est parti… pour de bon.

—Je tâche de trouver un moyen de le ramener.

Je me serre tout contre lui et essaie de respirer de façon à combler le trou que j'ai dans la poitrine. Et je le sens bel et bien se remplir. De colère. La fureur enfle en moi au point que je me mets à trembler. Je venais tout juste d'atteindre le stade où je pouvais penser à Luc sans que ça me broie le cœur. J'ai vécu des moments horribles, mais je savais qu'il était nécessaire de passer à autre chose.

Mais il est retourné là-bas. Sans la moindre hésitation.

—Si tu fais ça pour moi, ce n'est pas la peine, dis-je en le repoussant.

Pendant qu'il me caresse la joue avec son pouce, ses yeux bleus me transpercent jusqu'à l'âme. Ils restent pétillants malgré le tumulte qui les assombrit. Gabe pose alors ses lèvres, très douces et en même temps impérieuses, sur les miennes.

Je goûte sa fraîcheur de soleil hivernal, et elle fuse dans tout mon corps, illuminant mes ténèbres intérieures. Couverte de neige estivale, ma colère se tarit. Je me colle contre lui, l'embrasse avec plus de fougue ; je lui réclame plus.

Je reviens à la réalité en le sentant se raidir.

—Je ne veux pas de toi, je lui murmure, m'efforçant de vraiment penser ce que je dis.

Il appuie son front contre le mien.

—Je sais. (Frissonnant, il se détache de moi.) C'est tellement dur…

—Je suis désolée. J'essaie de ne pas…

De ne pas quoi ? De ne pas le désirer, je suppose. Mais il est ce qu'il est, alors il m'est impossible de ne pas le chérir.

Il m'attire contre son épaule, et je me rends compte qu'il tremble.

—C'est pour nous deux que je fais ça. Je t'aime…, commence-t-il.

Les papillons qui me chatouillaient jusque-là l'estomac s'envolent dans un tourbillon. Réprimant cette sensation, je me détache de l'étreinte de Gabe et me plonge dans ses beaux yeux bleus.

—Je t'aime aussi.

—… mais je ne peux pas être avec toi, complète-t-il avec un triste sourire. Ta place est auprès de Luc. (Il se lève.) Je serai juste à côté. Appelle si tu as besoin de moi.

Il a déjà disparu dans le couloir lorsque je lui murmure :

—J'ai besoin de toi.

Reposant la tête sur l'oreiller, bien décidée à ne pas me rendormir, je contemple les ombres mâtinées de lune qui dansent sur mon plafond. Je passe les doigts sur mes lèvres brûlantes en essayant de ne pas désirer Gabe… et de ne pas m'inquiéter pour Luc.

Luc

Lucifer continue à décrire de larges cercles autour de moi, m'examinant sous tous les angles possibles et imaginables.

J'ai perdu la notion du temps. Impossible de déterminer depuis quand je suis enchaîné à ce poteau. Ce que je sais, en revanche, c'est que le roi aime en général faire traîner les choses en longueur, et je ne doute pas qu'Il va me laisser accroché là pendant des mois. Des années, peut-être.

Il se place devant moi, Son visage parcheminé à quelques centimètres du mien, et je me prépare pour le round suivant.

—Transforme-toi ! tonne-t-Il.

Épuisé, je laisse pendre la tête et avise les entailles rouges qui barrent mon torse. Elles saigneraient si j'étais toujours humain ; dans ma condition actuelle, elles me brûlent en tout cas comme de l'acide. J'en ai partout : sur les jambes, dans le dos… Le Mâtin, grondant et claquant des mâchoires, tourne autour de moi comme Lucifer, mais à bonne distance de ce dernier. Car oui, le roi, ayant décidé que la foule devait se voir offrir un spectacle plus « vivant », a fait venir les Chiens de l'Enfer.

Le mage, lui, ne se départit pas de son sourire. Il attend.

—Non, je déclare en grimaçant, prêt à endurer la douleur que ma réponse ne manquera pas de déclencher.

Lucifer claque des doigts en soupirant. Les dents du Mâtin s'enfoncent dans mon épaule, lacérant ma chair et y instillant un venin qui se propage dans mon dos en une éruption insoutenable. Chaque morsure me donne l'espoir qu'elle sera la dernière, mais j'ai bien conscience que mon sort ne risque pas d'être scellé si facilement.

À mesure que la souffrance s'immisce dans la moindre de mes cellules, je sens ma résolution fléchir.

—OK, je grogne entre mes dents serrées.

J'essaie de redresser la tête, mais elle pèse une tonne.

Lucifer siffle le Mâtin. Je m'affaisse au bout de ma chaîne et, me contorsionnant, j'appuie mon front contre le poteau calciné. Le roi m'intime d'agir en haussant les sourcils avec impatience.

Je ferme très fort les paupières, comme si le fait de ne pas assister à la transformation allait servir à quelque chose, et me focalise sur la part de Frannie que j'abrite dans mon cœur. Mais, alors que je m'apprête à me dépouiller de ma forme humaine, l'air âcre se met à tourbillonner, et une vive lumière blanche perce les ombres indigo mouvantes.

La dernière chose que j'entends avant qu'un élan étourdissant m'emporte à travers le temps et l'espace, c'est le rugissement de Lucifer.

†

Je reviens à moi dans un lit moelleux aux draps blancs. Dans une chambre blanche également. Meublée de blanc.

Gabriel. Je suis forcément chez lui.

Écartant le drap, je fais le bilan. Les plaies de mon torse et de mes jambes sont profondes, mais en voie de guérison ; c'est l'un des avantages d'être un démon. Le souvenir cuisant de la douleur, lui, persiste, sous la forme d'une irritation désagréable qui s'enracine en moi.

Je m'assois au bord du lit, les pieds par terre et, durant un instant, j'ai la tête qui tourne.

C'est là que je comprends vraiment. Je *suis* chez Gabriel. Quelqu'un a réussi – grâce à l'Emprise – à m'arracher à l'Enfer. Au nez et à la barbe du roi Lucifer.

Je recommence à me sentir mal.

— Frannie, je murmure.

Je sais que je ne devrais pas reprendre espoir, mais c'est plus fort que moi. Je bondis du lit, vacille puis, retrouvant l'équilibre, attrape les vêtements que Gabriel a laissés à mon intention sur le fauteuil blanc, près du lit. Je m'habille et dévale l'escalier tant bien que mal.

Gabriel est étendu sur le canapé du salon, une jambe sur l'accoudoir, déchiffrant *Le Fléau*, de Stephen King, en plissant les yeux.

— Tu devrais vraiment songer à t'acheter des lunettes, dis-je.

Fébrile, je cherche Frannie, mais nous ne sommes que tous les deux dans la pièce. Gabe pose le livre ouvert à cheval sur son genou, et me regarde en silence me diriger d'un pas chancelant vers la fenêtre avant de me laisser choir dans le fauteuil.

— Alors, qu'est-ce qui s'est passé ?

— C'est une très longue histoire, répond-il en esquissant un sourire.

Je me penche, les coudes sur les genoux.

— Étant donné que je suis redevenu immortel, j'ai tout mon temps.

— On a trouvé une faille.

— C'est ça, ta longue histoire ? Pas très impressionnant, dis-je sèchement.

Il s'agite, mal à l'aise.

— La petite partie de ton essence qui demeure humaine nous appartient, alors nous avons légitimement exigé sa restitution. Naturellement, tout nous ramène toujours à des considérations diplomatiques. Il m'a fallu un certain temps pour Le convaincre d'intervenir – sur ce coup-là, Michel m'a laissé me débrouiller… – parce qu'il fallait froisser un tas d'ego pour te sortir du pétrin.

Mon humeur s'assombrit et je m'affaisse au fond du fauteuil, la tête basse, parce que j'ai cru…

— Ce n'était pas Frannie.

Je me l'avoue tout haut pour que ça devienne réel. J'avais tort d'espérer qu'elle changerait d'avis à mon sujet et se servirait de son Emprise pour me secourir.

Le temps d'arrêt que marque Gabe avant de prendre la parole me confirme que j'ai vu juste.

— Non.

Alors, voilà, Frannie en a fini pour de bon avec moi. Je ravale la bile qui me monte dans la gorge, mais ma voix n'en est pas moins amère.

— Donc, encore une fois, tu as sauvé ma pauvre carcasse.

— Ce n'est pas un concours, mec.

— Fallait pas prendre cette peine.

— J'avais besoin de ton aide. (Il pose son livre par terre et me lance un regard narquois.) Imagine ma surprise de te retrouver en *Enfer*.

— Tu aurais dû m'y laisser.

Il se cale contre les coussins du canapé et pousse un long soupir.

— Frannie a besoin de toi.

— Exactement. Elle a besoin que je *disparaisse*, et pour ça il n'y a pas mieux que le Brasier.

Se levant du canapé, il se poste à la fenêtre.

— J'ai eu l'impression que Lucifer avait de grands projets pour toi, pourtant, dit-il, les yeux dans le vague.

— Peu importe. Je n'ai eu que ce que je méritais.

— Vous faites la paire, avec Frannie. Toujours à vous sentir responsables dès qu'il se passe un truc.

— La différence, c'est qu'à peu près tout ce qu'on a vécu est *vraiment* ma faute.

Plissant les paupières très fort pour chasser l'image du visage hanté de Frannie, je me remets péniblement sur mes pieds.

— Tu aurais dû me laisser, dis-je en me dirigeant vers la porte d'entrée.

— Je ne pouvais pas. Ce n'était pas des paroles en l'air, j'ai besoin de ton aide. Frannie a des ennuis, Luc. (L'ombre de la culpabilité passe sur ses traits et, fébrile, il ne cesse pas de se tordre les mains.) Elle est à ramasser à la petite cuillère, et il n'est pas impossible que ma présence aggrave son état.

Il souffre le martyre, et semble à deux doigts de craquer. Même s'il ne l'avouera jamais devant moi, il est amoureux d'elle. Et il a continué à l'aimer même après être parti, ce qui signifie que ses sentiments n'ont aucun lien avec l'Emprise. Mais maintenant que Frannie veut être avec lui…

J'éclate d'un rire sans joie. C'est le comble.

— Tu m'as arraché à l'Enfer pour que je joue l'élément perturbateur ?

— Sa place est à ton côté, dit-il avec une douleur évidente. Tu es la seule personne qui comprend ce qui est en jeu. Elle a besoin de ton soutien.

— Elle t'a toi, je rétorque, railleur. Un ange bien droit dans ses bottes. Qu'est-ce qu'elle pourrait bien avoir à faire avec moi ?

— Je ne…, commence-t-il. Je ne pensais pas que ça pourrait arriver. Que je pourrais… (Il me regarde avec insistance.) Je suis une Domination. Tu sais ce qui se passera si je perds mes ailes.

Je n'ai pas envie de discuter de ça.

— Tu aurais dû y penser avant de tomber amoureux d'elle.

Je sollicite mon pouvoir afin de partir d'ici, mais j'ai oublié que ce n'était pas près d'arriver, rapport au satané champ céleste qui protège la maison de Gabriel. J'ouvre la porte d'entrée à la volée, parce qu'il faut vraiment que je me casse.

Mais c'était trop demander que d'espérer que l'ange me ficherait la paix. Il me suit sur le porche et me toise.

— Belle performance. J'ai vraiment cru qu'elle comptait pour toi.

Je me retiens à grand-peine de lui faire goûter mon feu infernal, mais je n'ai pas l'intention de lui montrer combien ses paroles m'ont blessé.

— Le naturel revient au galop. Je suis un démon, après tout.

— Et un connard de première.

Je m'apprête à me transporter jusqu'à mon appartement, mais le voisin de Gabriel est sur sa pelouse en robe de chambre ; il ne nous quitte pas des yeux.

— Tu t'attendais à quoi ?

Je saute du haut des marches et me dirige vers l'arrière de la maison. Il m'emboîte le pas.

— Pourquoi tu refuses de l'aider ?

— Je te l'ai dit. Le mieux que je puisse faire, c'est lui ficher la paix.

Il secoue la tête en marmonnant.

— Essaie plutôt de trouver Lilith, dis-je en lui lançant un regard mauvais, qu'il me rend. Elle ne lâchera pas l'affaire.

Il veut riposter par une remarque cinglante, mais alors ses traits se pétrifient… puis l'horreur s'y peint.

— On va chez toi. Vite ! s'écrie-t-il, affolé.

Puis il se volatilise.

23

Remettre son âme entre les mains du Seigneur

Frannie

Luc est en Enfer. C'est tout ce que je sais. Est-il en sécurité ? mort ?

Je n'arrive pas à croire qu'il se soit retransformé ; qu'il ne soit plus humain. Qu'il ne m'appartienne plus. J'ignore à quoi je m'attendais, mais je ne devrais pas m'étonner, parce que c'est *moi* qui l'ai changé. Je ne voulais plus de lui. Je le détestais.

Tout en continuant à l'aimer.

Je l'aime encore.

Ça ne change cependant rien à ce qu'il a fait. Rien de ce qu'il pourrait dire ne me redonnerait confiance en lui.

Gabe, pour sa part, ne devrait pas *me* faire confiance. Après son départ, j'ai passé le reste de la nuit à tenter de me persuader que je ne le désirais pas. Mais ce sont des conneries. J'ai envie d'être avec lui.

Il m'a dit de rester à la maison, à l'abri du champ protecteur de papa. Alors, pourquoi j'ai pris la voiture pour me rendre chez Luc ? Mystère. J'ai sans doute besoin de m'assurer qu'il est vraiment parti avant de pouvoir passer à autre chose, aller de l'avant. On croit ce qu'on voit, comme dit le proverbe.

En apercevant la Shelby de Luc sur le parking, je suis à deux doigts de faire demi-tour. Mais je m'abstiens. Je me gare près du bâtiment et reste assise au volant pendant une éternité, luttant contre la panique qui cherche à me dominer. Je me surprends à triturer la patte de lapin et la clé d'argent brillant, toutes les deux accrochées par leur chaîne à la clé de la voiture. Je me sens faible, nauséeuse, et j'ai du mal à mettre un pied devant l'autre. Des souvenirs me reviennent brièvement en mémoire : notre rencontre avec Lili, le premier jour, dans l'entrée ; la commode qu'on monte à l'étage ; Matt tombant dans l'escalier. Le poids de mon cœur lourd broie mon courage, et je manque de rebrousser chemin. Mais je me fais violence.

J'enfonce la clé dans la serrure avec un peu d'appréhension, essayant de ne pas me remémorer ce que j'ai découvert la dernière fois que je me suis présentée chez Luc à l'improviste, et je sursaute lorsqu'une voix douce s'élève un peu plus loin dans le couloir.

— Frannie ?

Prise d'un léger vertige, je me tourne vers Lili qui vient de sortir de chez elle.

— Il faut vraiment que je te parle, Fee.

Elle semble apeurée.

Je cligne des yeux, tâchant de m'éclaircir les esprits, de m'obliger à la voir sous son véritable jour. Elle est un succube, la compagne du roi Lucifer. Mais j'ai affaire à la timide et craintive Lili.

Lili, qui se trouvait dans le lit de Luc, la dernière fois que je l'ai vue.

Mon pouls bat contre mes tempes.

— Qu'est-ce que tu veux ? je demande, le cœur au bord des lèvres.

— Il n'est pas là, dit-elle en regardant ses pieds.

Je finis de déverrouiller la porte et entre. Elle a raison. L'appartement est désert.

— Qu'est-ce que tu veux ? je répète en m'efforçant de garder un ton égal.

— C'est juste que…, commence-t-elle en s'approchant prudemment. On peut discuter ?

J'ouvre la porte en grand, elle entre nonchalamment et je referme derrière nous. Je regarde autour de moi et, avisant le lit, je ne peux empêcher les larmes de me monter aux yeux. Le souvenir de ce que nous avons vécu, Luc et moi, celui de notre première fois qui signifiait tant pour moi, est assombri par sa trahison.

— Dis simplement ce que tu as à dire et fiche-moi la paix.

— Je ne voulais pas de lui, répond-elle en effectuant un pas timide dans ma direction.

Je les revois ensemble comme si la scène se déroulait en ce moment même devant moi. Je lui crache :

— On n'aurait pas cru.

Son regard accroche le mien, et j'y décèle soudain une force surprenante. Ainsi qu'autre chose. Quelque chose de brûlant, d'interminable… et d'ancien.

— C'est toi que je veux.

Subitement, un désir monstrueux me paralyse. Elle se coule jusqu'à moi, me bloquant contre la porte. Je ferme les paupières tandis qu'un plaisir intense envahit toutes les cellules de mon corps. Je sens son souffle chaud contre ma joue et gémis en me plaquant le plus possible contre le battant. Mais sa main se pose alors sur mon visage, caressante. Elle trace avec son doigt le contour de ma pommette, suit l'arête de mon nez jusqu'à ma bouche. Lorsque je rouvre les yeux, je suis instantanément hypnotisée. Mon pouls atteint des sommets, mais la peur n'est que partiellement responsable du phénomène.

J'inspire par à-coups tandis que la pièce se met à tournoyer autour de moi ; puis ses lèvres scellent les miennes, et tout devient flou. Un flux d'électricité me parcourt et, quand elle tente de se détacher de moi, je ne la laisse pas faire. Contre ma bouche, je sens qu'elle sourit en constatant que je l'attire désormais vers moi au lieu de lui résister.

— C'est ça, murmure-t-elle. Laisse-toi aller.

À ces mots, ma mémoire se braque sur Luc, qui semblait tellement perdu quand il était avec elle. Quelque chose – noir, laid, ancien – virevolte à l'intérieur de moi, tentant de prendre l'ascendant.

Je me dégage tandis qu'un signal d'alarme retentit dans mon esprit. Instinctivement, j'attrape Lilith et lui fais une clé de bras.

Mais elle m'échappe tout aussi promptement et se place à distance respectable.

— Pas besoin d'en passer par là, Fee. Tu ignores qui je suis... ce que je peux faire pour toi.

— Je t'interdis de m'appeler comme ça, je gronde. (En toisant la véritable source de ma colère, une force nouvelle monte en moi.) Et puis je sais qui tu es, *Lilith*.

Elle semble accablée. Ses traits se décomposent et ses yeux s'embuent de larmes.

— C'était Gabriel ? Qu'est-ce qu'il t'a dit ?

— Ce n'était pas Gabe, dis-je en revoyant le visage de mon père quand il m'a parlé d'elle.

Quand il m'a raconté comment il avait perdu ses ailes.

— Daniel, murmure-t-elle en baissant la tête, comme si elle avait lu dans mes pensées. (Son regard insondable est empli de douleur.) Il était spécial à mes yeux. Mon premier ange.

Je me détourne avant qu'elle puisse m'ensorceler à nouveau, sentant la fureur enfler en moi. Mais je me remémore alors l'attitude de Lili quand elle a rencontré papa dans le garage, ce jour-là, sa tristesse, et j'aurais presque envie de la croire. Diverses émotions m'ont envahie : chagrin, compassion, honte, désir, si bien que mes pensées ne sont plus qu'un indescriptible chaos.

— Spécial ? Et Matt, alors ? Et Luc ? Eux aussi, ils étaient spéciaux ?

Une ombre insidieuse passe sur ses traits.

— Leur désir me maintient en vie. Sans eux, je mourrais. Alors, oui, je suppose qu'ils sont tous spéciaux à leur façon.

Je me retourne pour attraper la poignée de la porte.

— Mais pas autant que toi.

Appuyée contre le battant, je lutte contre la vague sensuelle qui menace de m'emporter.

Je fais volte-face, et elle est là, à quelques centimètres de moi à peine. L'impulsion qui me dicte de l'attirer à moi est presque irrésistible. Le besoin d'être avec elle m'endolorit, met à nu toutes mes terminaisons nerveuses.

Le souffle court, je presse ma bouche contre la sienne. Une plainte, mi-gémissement mi-grondement, monte en elle, et elle me plaque contre la porte.

Au bout d'une minute, le rythme déjà rapide de mon pouls se fait effréné, parce que je veux reprendre mon souffle et que je n'y parviens pas. Lili m'étouffe littéralement de son baiser. Il y a quelque chose de palpitant à l'idée que je puisse mourir dans ses bras. Frémissant, je me plaque violemment contre elle pendant que mes poumons hurlent leur besoin d'air. C'est comme si elle aspirait ma vie… et j'y consens.

Le baiser de mort.

La terreur titille mes sens et se mêle à l'ardeur de mon désir. Je n'avais jamais rien connu de tel ; mes émotions sont exposées au grand jour, indomptables. Je tire Lili par ses vêtements pour être plus proche d'elle, et ses doigts compriment ma gorge, bloquant le peu d'air que j'arrivais encore à inhaler ; des étoiles clignotent devant mes yeux tandis que de minuscules pics de félicité fusent à travers moi.

Lili glisse ses lèvres sur le côté, traçant un sillon incandescent de ma joue à mon oreille.

— Tu m'appartiens, murmure-t-elle en accentuant la pression de ses doigts.

Par-dessus son épaule, dans mon champ de vision rétréci, je vois le lit de Luc. Celui où je me suis donnée à lui. Celui où il m'a trahie.

Avec Lili.

En songeant à ce que nous avions, Luc et moi, et que nous avons perdu, le chagrin me submerge. Une larme brûlante, en coulant sur ma joue, me tire brusquement de ma transe. Mon cœur se serre, et l'avertissement qui résonne dans ma tête grandit en intensité. Et là, j'entends la voix de Gabe.

« Elle est et n'est pas un démon. »

Me focalisant sur le lit, sur ma peine, je repousse Lili, bien consciente que je ne trouverais jamais la force d'agir si je croisais son regard. Au prix de gros efforts, je réussis à creuser un petit espace entre nous. Cela me fait plus mal que je l'aurais cru, car le désir impérieux m'endolorit jusqu'aux os. Elle me tient toujours par la gorge, et j'en tire presque du réconfort ; nous sommes toujours liées.

Mais elle resserre sa prise pour que je ne lui échappe pas, et j'ai alors l'impression que mes poumons vont exploser. Devant mes yeux, les étoiles deviennent de plus en plus brillantes, et la panique déclenche en moi une poussée d'adrénaline. Je casse son étreinte, lui fais une clé de bras et pivote pour la plaquer face contre terre. L'afflux de sang dans ma tête me donne le tournis. Mon corps reprend vie dans une alternance de chaud et de froid.

— Qu'est-ce que tu me veux ?

Les mots s'échappant de ma gorge irritée tiennent presque du sanglot.

— Tout, dit-elle, tournant la tête du côté de l'épaule que je lui tords. Tu es faite pour être avec nous… avec moi.

Même si j'évite de la regarder dans les yeux, le simple fait qu'elle me parle accentue son pouvoir d'attraction. Je comprends soudain qu'elle a raison. Il ne fait aucun doute que nous nous appartenons mutuellement. De toute ma vie, je n'avais jamais eu autant envie d'être avec quelqu'un.

Mais, tandis que je la tiens clouée au sol, je revois Luc exactement au même endroit, il n'y a pas si longtemps. Je peux presque encore sentir son poids contre moi, son souffle dans mon oreille, son murmure : « Je t'aime de tout mon être. »

Je verse de nouvelles larmes, sachant qu'il ne le pensait pas vraiment. Mais ce souvenir m'aide à garder la tête froide et, lâchant Lili, je recule jusqu'au milieu de la pièce.

— Je m'en vais.

— Désolée, Fee. Pas moyen.

Elle a l'air presque triste en disant ça, mais le vert intense de ses yeux m'indique qu'elle ne plaisante pas.

— Dégage, dis-je aussi hardiment que possible.

Elle reste le dos à la porte, secouant la tête. Je tente de la pousser, mais elle m'agrippe le bras pour me faire un étranglement.

— Ne m'y oblige pas, Fee.

Avant qu'elle puisse de nouveau bloquer ma respiration, je balaie l'air avec ma jambe et la cueille au genou, l'obligeant ainsi à desserrer sa prise. Je me contorsionne pour me dégager et recule de quelques pas vers le lit.

— Laisse-moi partir.

— J'ai des ordres. Mon roi te convoite. Je ne peux pas faire ça.

— Je suis promise au Paradis. Tu ne peux pas me prendre.

Elle semble un instant songeuse.

— Détail technique. Mais maintenant que Luc et Matthew ne sont plus là… (un sourire taquine la commissure de ses lèvres) l'avenir ne semble plus vraiment gravé dans le marbre.

Je passe à côté de la table, comblant centimètre par centimètre la distance qui me sépare de la porte. Lili suit mon déplacement sans tenter de m'intercepter. Je la contourne vivement, mais juste au moment où je touche le métal froid de la poignée, elle repousse violemment ma main.

Elle se rembrunit.

— Fini de jouer, Fee. J'arrive toujours à mes fins, au cas où tu n'aurais pas remarqué. Et là, tout de suite, c'est toi que je veux.

Je discipline ma respiration afin de réprimer l'onde électrique qui court sur ma peau. Elle se rue sur moi lorsque je tente une nouvelle fois de m'enfuir, mais je bloque son coup, agrippe son bras et mon pied entre en contact avec son genou, qui se dérobe. Elle pose l'autre genou à terre mais, profitant du fait que je la vise au visage, elle me fait tomber à la renverse. Je me cogne violemment la nuque, et un filet de sang s'insinue dans mes cheveux tandis que je me relève.

— Allez, viens avec moi, Fee. S'il te plaît. Ça pourrait être sympa. Facile. Je peux te faire ressentir des trucs inimaginables.

— Jamais.

Une ombre passe sur ses traits, et elle paraît soudain effrayée.

— Tu n'as pas idée de ce qu'Il m'infligera si…

— Si, je vois bien ce qui t'attend, dis-je, sans parvenir à gommer mon intonation sarcastique. Le Brasier ?

Elle pâlit.

— Ça, c'est pour ses laquais. Moi…

Elle n'achève pas sa phrase. Elle serre ses bras autour d'elle en frissonnant, accablée, le regard vide.

J'ai presque envie de compatir, mais j'ai bien compris son petit jeu de pauvre gamine fragile. J'ai marché une fois dans sa combine, et elle a bousillé mon univers. Ça ne se reproduira pas.

Profitant de son inattention, j'essaie de fuir mais, immédiatement, elle me donne un coup de pied à la hanche qui me projette en arrière. On se tourne autour dans l'appartement, échange après échange, et elle arrive toujours à se placer entre moi et la sortie. Elle est en piteux état, sans doute autant que moi, mais je tiens bon.

J'ai un accès de panique en me rendant compte que je ne m'étais encore jamais battue pour défendre ma vie. Aucun des élèves de la salle n'arrive à me battre. Mais ils ne sont pas Lilith. Et leur but n'est pas de me tuer pour de vrai. Là, ça fait tilt. Si je veux avoir une chance de l'emporter, je ne dois pas céder à l'affolement.

Respire. Travaille ton équilibre.

L'Emprise…

Luc me conseillerait de me servir de l'Emprise.

Je bloque un coup de pied et me décale tout en tâchant de trouver comment influencer Lili.

Je suis promise au Paradis. Tu ne peux pas m'avoir.

Elle repart à l'attaque sans le moindre temps d'arrêt, me frappant en plein torse avec sa jambe ; je heurte le mur mais me redresse aussitôt pour éviter un nouvel assaut.

Tu ne veux pas de moi.

Cette fois, elle hésite bien une fraction de seconde ; ça me suffit pour lui filer un œil au beurre noir. Elle chancelle, se cogne à la table et manque de tomber.

— Tu es douée, dit-elle avec un brin d'admiration.

Elle essuie un filet de sang sur son arcade sourcilière et s'appuie contre la table, comme si elle capitulait.

Abandonnant ma posture de combat, je fais un pas vers la porte. Elle ne lève pas le petit doigt, alors, poussant un soupir de soulagement, je jette un coup d'œil dans cette direction.

Il ne lui en faut pas davantage.

Son pied s'enfonce dans mon estomac, et je m'étale sur le lit, mes poumons se vidant brutalement en un douloureux « whoosh ». Vive comme l'éclair, elle se juche sur moi. J'enroule mes jambes autour d'elle pour tenter de la déloger puis de l'immobiliser, mais c'est peine perdue. Et l'oreiller qu'elle m'a plaqué sur le visage ne bouge pas d'un centimètre.

Mon air s'est irrémédiablement enfui ; l'oreiller m'empêche de remplir mes poumons. En hoquetant, j'arrache convulsivement la chaîne de mon crucifix et tente de frapper Lili avec.

— J'aime les bijoux comme toute nana qui se respecte, mais je ne suis pas un démon, Fee, dit Lili en m'arrachant le crucifix. Alors, à moins que tu veuilles me le donner… ça n'a vraiment aucun intérêt.

Mes forces s'amenuisent et mon champ de vision se couvre de taches vives. Mes poumons me brûlent. Plus je griffe et je me débats, plus l'éclat des mouchetures s'intensifie, et mes membres deviennent bientôt si lourds que je n'arrive plus à les mouvoir. Et juste avant que le monde vire au noir, quelque chose me tiraille au-dedans avec un bruit écœurant, comme si quelqu'un me sortait les boyaux par le nombril.

‡

Lorsque je rouvre les yeux, le monde semble différent. Je me sens instable. Tout est embrouillé, tordu, comme dans ces miroirs déformants de fête foraine. Le flou est en partie induit par mon œil droit, qui est enflé. Mais il n'y a pas que ça. Cessant de regarder le plafond, je m'intéresse à la pièce : une chaise renversée, une trace de sang sur la porte… Je panique en me rappelant ce qui s'est passé. Je bondis du lit et manque de tomber, prise de vertige. Mon corps ne bouge pas comme je m'y attendais, et c'est en vacillant que je me remets sur mes pieds. Je suis à côté de mes pompes. Complètement étrangère dans mon propre corps. Je tourne sur moi-même pour voir si je peux repérer Lilith. Mais c'est moi qui attire mon attention.

Je suis couchée sur le lit, pâle et immobile.

C'est moi ? Je suis morte ?

Comment ça peut être moi ? Je tapote mon corps inanimé. Rien. Je cherche mon pouls. Il est là, mais je le perçois à peine. Une vague terreur commence insidieusement à me taquiner l'esprit, sans jamais vraiment se déployer.

Avec une froide objectivité, je regarde la main ensanglantée posée contre ma carotide. Une main humaine aux ongles vernis de bleu.

Je me tourne vivement vers le miroir accroché à la porte de la salle de bains, et je découvre Lilith qui me rend mon regard ; ses plaies sont sans gravité. Je lève le bras… elle aussi.

— Bienvenue dans mon humble demeure.

La voix de Lilith ne fait pas vibrer mes tympans. Elle résonne dans ma tête.

Non !

Lilith me sourit dans le miroir.

Je me fais vaguement la réflexion que j'aurais dû voir le coup venir. J'ai le don de Vision. La dernière fois que j'ai failli mourir, j'ai pu l'anticiper. J'aurais dû recevoir un avertissement. *Est-ce que ça veut dire que je ne suis pas vraiment morte ?*

— Techniquement parlant, tu es vivante, dit Lilith dans ma tête.

Percevant ma confusion, elle poursuit, triomphante :

— Je t'ai amenée au seuil de la mort afin d'extraire ton âme. Si je t'avais vraiment tuée, les Célestes me l'auraient dérobée, ce qui était hors de question. Ta place est auprès de moi.

— Je ne suis pas morte ?

Mais ce n'est pas ma voix qui s'élève. C'est celle de Lilith.

— Pas encore, précise-t-elle. Sans âme, ton corps ne survivra pas bien longtemps.

Deux vérités, dansant à la périphérie de ma conscience, me titillent. La première, c'est que je pourrais réintégrer mon corps par ma volonté. Il faudrait que je persuade Lilith de me laisser partir grâce à l'Emprise.

La seconde, c'est que je devrais avoir peur, être terrifiée… ressentir quelque chose, n'importe quoi… Mais je ne ressens rien de tout ça, parce que mes pensées sont tournées vers de plus sombres considérations. La vengeance, par exemple, et le fait que je déteste… tout le monde. Comme ce serait bon de tuer quelqu'un ! Je songe vaguement que cette personne devrait être Lilith, mais un autre nom vient immédiatement noyer celui du succube.

Luc.

Tout ce qui nous est arrivé, à Taylor, à Matt et à moi est sa faute. Soudain, j'ai envie qu'il meure pour ce qu'il a fait, pour m'avoir trahi.

Je laisse la fureur froide disposer de moi. C'est tellement agréable de lui céder sans retenue ! Une poussée d'adrénaline me guide vers les étagères ; je prends l'un des vieux exemplaires de Dante posés sur celle du milieu, arrache et déchire en petits morceaux une poignée de pages, puis les lance comme des confettis. Je ne suis pas sûre à cent pour cent que le rire désagréable qui retentit – c'est autant une sensation qu'un son – m'appartient pleinement, mais il m'aiguillonne. Je balaie d'un geste les ouvrages des deux étagères centrales avant de m'attaquer aux CD. Je m'en sers pour casser la vitre, et ils atterrissent dans le parking en contrebas. Les tintements du verre cassé nourrissent mon rire et se marient à lui. Ramassant un tesson, je le fais courir contre ma paume, y dessinant une ligne écarlate que je lèche ensuite en poussant un gémissement. Je goûte la saveur salée et métallique du sang. La voix qui ne m'appartient pas vraiment s'élève.

— Je veux...

Celle de Lilith est un murmure dans ma tête, elle me fait miroiter des plaisirs interdits.

— Quoi, Frannie ? Qu'est-ce que tu veux ? Si tu pouvais tout obtenir, tout faire, que choisirais-tu ?

Luc remue sous moi, vulnérable. Fébrile, je m'imagine en train de promener un tesson de verre sur son torse, son cou, son visage. Le sang coulant de ma paume se mélange au sien. Sanglante promesse.

Voilà ce que je veux : voir Luc mourir dans les affres du plaisir. Emporter son âme en Enfer pour qu'elle se consume dans le Brasier. L'image du Monde Souterrain est très nette dans mon esprit. Aussi claire que si j'étais allée là-bas un millier de fois.

— Admirable. (La voix de Lili, cajoleuse, m'encourage.) Nous formerons une grande équipe, Frannie. J'ai tant de choses à t'apprendre. Et, lorsque tu seras prête, mon roi te trouvera un corps qui te conviendra.

Une légère peur s'insinue en moi à la mention de Lucifer, mais j'ai à peine le temps de la percevoir qu'elle cède devant le désir. Mon désir de Lui et de Son pouvoir. Une étourdissante vague sensuelle s'abat sur moi. J'ai besoin de Lui. Je veux être en Sa présence.

— Ça peut s'arranger, m'informe Lilith, et son frisson d'impatience se mêle au mien.

Subitement, l'air se charge d'électricité statique. Mon duvet se hérisse et tout mon corps vibre, chaque cellule s'éveillant sous l'afflux de pouvoir qui me traverse. Mon besoin impérieux irradie. Inspirant profondément pour lutter contre le vertige qui me gagne et réguler les battements effrénés de mon cœur, j'attends Sa venue.

C'est alors que, avec un son mouillé de déchirure, Il apparaît dans un éclair rouge et ardent.

Il est immense et puissant. Sa beauté me tétanise, et je frémis en le voyant S'avancer avec une grâce silencieuse, avide. Sa peau noire et parcheminée semble absorber toute la lumière qui L'entoure et la restituer à travers ses yeux verts et luisants de félin. Une couronne d'or hérissée de pointes, attribut de Son pouvoir atemporel, surmonte Son visage anguleux et entoure des cornes rouge sang torsadées. Et, malgré la ferveur de mon désir – de mon besoin – de lui, je suis figée. Je ne peux que Le regarder lentement S'approcher avec un respect mâtiné de crainte.

— Frannie, tonne-t-Il, un sourire de convoitise aux lèvres. Enfin, te revoilà mienne. Ça faisait si longtemps.

Lorsqu'Il enfonce Ses griffes dans mon épaule, la douleur monte, doublée d'un plaisir indicible.

— Souviens-toi, me souffle-t-il à l'oreille de Sa voix rauque.

Il m'enveloppe de Ses ailes, et j'éprouve soudain une sensation de familiarité, d'aise ; l'image fugace d'un bel ange aux yeux d'un vert intense m'apparaît. Ses lèvres ardentes me brûlant le front, Il instille Son pouvoir en moi, et j'ai l'impression d'être connectée à l'univers… Feu… je brûle vive… atroce félicité. Au cours de cette éternité qui dure à peine le temps d'un battement de cils, une partie de moi meurt, miette par miette, jusqu'à ce que le monde devienne un vortex sombre de dépravation, de dégénérescence et de sentiments destructeurs.

Ce monde est l'Enfer.

Je suis perdue dans les ténèbres.

Puis… plus rien.

Luc

En me matérialisant dans l'appartement, la scène que je découvre manque de me tuer. Mon cœur principalement constitué de soufre est broyé par le poids de mes agissements. Je me rue vers le corps inanimé de Frannie en une fraction de seconde.

Gabriel plane près de l'entrée dans toute sa gloire angélique, ses deux paires d'ailes entièrement déployées. En s'approchant de nous, il intensifie son halo brillant. Un afflux de feu d'Enfer incandescent illumine alors la pièce, instantanément suivi d'une décharge de foudre blanche. L'odeur d'ozone couvre celle du soufre et me fait presque suffoquer. Je prends le pouls carotidien de Frannie ; il est à peine perceptible.

Je me dis que l'ange va l'aider, mais il passe à côté de nous et, le suivant des yeux, je remarque que sa lumière blanche nimbe une forme sombre et fumante, debout près des étagères de livres : celle de Lucifer tenant Lilith entre ses ailes parcheminées. Je dois avoir la berlue. Ça fait des lustres que le roi d'Enfer ne s'est pas aventuré sur Terre.

Lorgnant Gabriel avec malveillance, Il resserre Ses ailes de chauve-souris autour de Lilith comme si elle était Son trophée le plus cher.

— Tu sais qu'elle M'appartient, Gabriel, dit-Il d'une voix rauque.

— Lâchez-la, rétorque l'ange en s'approchant légèrement.

Désorienté, je serre Frannie contre moi. C'est à ce moment-là que je me rends compte que je ne sens pas son essence, même si elle est toujours en vie. Son âme a quitté son corps.

J'arrive trop tard.

Désespéré, je la soulève comme si je pouvais l'obliger à reprendre connaissance par la simple force de ma volonté. Une nouvelle salve de feu infernal détruit la moitié de la cuisine, mais ma seule réaction consiste à protéger Frannie des débris qui volent à travers l'appartement.

Gabriel riposte en envoyant un éclair vers Lucifer, qui est en train de reculer vers la fenêtre en tenant Lilith derrière Lui. La foudre angélique atteint sa cible, et le roi se convulse en poussant un rugissement qui ébranle l'appartement. Il soulève le succube, le fourre sous Son énorme bras comme s'il s'agissait d'une poupée de chiffon et, d'un battement d'ailes, se juche sur le rebord de la fenêtre, achevant de briser les vitres et broyant le bois de Ses pieds griffus. Il déploie Ses ailes, prêt à s'envoler. En un éclair blanc, Gabriel le rejoint, évitant au passage un flot de feu d'Enfer, et le retient par une aile pour l'empêcher de fuir l'appartement.

Le roi s'écrase contre le mur près de mon lit ; le plâtre se fendille et une partie de ma fresque s'effrite. C'est là que je l'entends.

La voix de Lilith qui s'élève, sourde et étranglée, comme si elle luttait pour empêcher les mots de sortir.

— Vous ne voulez pas de moi. Retournez en Enfer.

Lucifer se fige aussitôt, et mon sang se glace.

Frannie.

Son essence se trouve dans l'hôte humaine de Lilith. J'ignore comment c'est possible, mais ma terreur est telle en voyant Lucifer gagner la sortie en emmenant le succube que je sais que c'est vrai.

Je pose délicatement le corps de Frannie sur le lit à l'instant où Gabe se rue à l'attaque, obligeant Lucifer à lâcher prise. Il tire Lilith derrière Lui, et elle s'effondre sur le sol. J'emmagasine autant d'énergie que j'en suis capable et l'envoie sur Lucifer. Simultanément, Gabriel libère un éclair aveuglant. Nos assauts combinés atteignent leur cible en pleine poitrine dans un jaillissement de rouge et de blanc ; le roi, violemment projeté en arrière, fracasse le mur séparant mon appartement de celui de Lili dans un vacarme indescriptible.

Il se relève et, poussant un rugissement déchirant, Il disparaît dans des vapeurs écœurantes de soufre.

— Poule mouillée, marmonne Gabriel.

Mais sa voix tremble. Atténuant l'éclat de son aura et reprenant son apparence mortelle, il se tourne vers Lilith qui est en train de se remettre sur ses pieds.

— Ton baratin céleste n'a d'effet que sur les démons. (À l'évidence, le succube a repris les commandes.) Je n'en suis pas un. Continue comme ça, et tout le monde, je dis bien tout le monde… (sa voix est lourde de menace) mourra.

— Relâche-la, dit Gabriel en reculant d'un pas.

Lilith reporte son attention sur moi, mais alors ses traits se déforment.

— Fiche-lui la paix, souffle une petite voix étouffée.

Le cœur au bord des lèvres tellement je suis affolé, je m'approche prudemment.

— Non, Frannie. Sers-toi plutôt de ton Emprise pour l'obliger à te lâcher.

— Tu peux y arriver, Frannie, renchérit Gabe en s'avançant à son tour, l'espoir peint sur son visage encore auréolé de lumière.

Mais Lilith reprend possession de ses moyens.

— Elle est à moi désormais.

Je me rue sur elle instinctivement.

— Lâche-la ! je gronde.

La tenant par le cou, je la plaque contre le mur et, brandissant le poing, je la menace de mon pouvoir.

— Impossible, coasse-t-elle. Tu sais ce qu'Il me fera si je ne la Lui ramène pas.

Elle a raison. Lilith est Sa reine, mais ça ne veut pas dire qu'Il lui épargne Son courroux. J'ai entendu les rumeurs et, une fois, les hurlements. Je comprends soudain la raison pour laquelle Il a baissé les bras si vite. Il sait que Lilith n'osera pas renoncer à Son trophée, qu'elle accomplira Sa volonté.

— Arrête, Luc, intervient Gabe, me tirant en arrière. Tu ne peux pas la tuer.

Je m'aperçois à ce moment-là que j'étais en train de l'étrangler. Je me rends à l'évidence. Impossible de tuer le succube sans perdre également Frannie et l'hôte humain.

À l'instant où je me fais cette réflexion, la fille qui se trouve en face de nous commence à chatoyer, et Frannie apparaît. Elle me tend la main.

Je chancelle immédiatement, heurté de plein fouet par une vague de désir qui me change en marionnette.

— « Fiche-lui la paix », mon cul. Je le veux, et je l'aurai.

Autour de moi, le monde tremble par saccades et devient flou lorsque le succube porte la main à ma joue.

J'entends la voix de Gabriel au loin, quelque part, mais je n'y fais pas attention, car seule compte Frannie. Je sens son corps contre le mien, et une chaleur dévorante me consume.

— C'est ça, m'encourage-t-elle en me donnant un baiser.

Son pouvoir d'attraction me ronge. Je n'ai qu'une envie, c'est d'être plus proche d'elle. Recueillant mon essence, je m'immisce entre ses lèvres ouvertes. Mais une voix me tire de ma transe lubrique.

— Non ! s'écrie Frannie.

— On commence à être un peu à l'étroit là-dedans, tu ne trouves pas ? l'interrompt Lilith. Il fait chaud, on transpire. Et tu sais bien que j'adore ça, Luc.

Je me crispe, car je sais que Frannie est témoin de notre échange, mais le succube a vu juste. Je ne me suis jamais senti aussi confiné dans le corps de quelqu'un.

L'essence de Lilith virevolte, immense, ombreuse, impossible à contenir. L'âme de l'hôte, noire et sirupeuse, est tapie dans un coin. Il est clair qu'elle est promise à l'Enfer. C'est d'ailleurs pour ça que le succube a pu s'emparer d'elle.

Et puis je perçois la présence blanche et opalescente de Frannie, qui s'enroule faiblement autour de mon aura d'un noir laqué. En dehors du problème qui tient au fait que Lilith s'est emparée d'elle, je sens que quelque chose cloche terriblement. Il n'y a plus d'étincelle dans son âme ; j'ai l'impression qu'elle est trop épuisée pour continuer à vivre... exténuée. L'affolement m'envahit, m'empêchant de réfléchir. Tout ce que je sais, c'est qu'il faut que je la sorte de là.

— Je pourrais partir en emmenant leurs âmes.

— Pas question. Mon roi veut te récupérer. Et, si j'en crois notre dernière rencontre, je vais vite te faire passer l'envie de partir.

Une nouvelle vague de séduction manque de venir à bout de ma résistance, mais je la canalise et la renvoie à la source. Je commence à y voir plus clair, et je me rends compte que le succube et moi ne sommes pas si différents que ça. Lilith est un pion dans Son jeu, tout comme je l'étais. Si je pouvais lui faire entrevoir une issue…

— Tu n'es pas obligée de faire ça, Lilith.

Son essence, couleur de fumée striée d'écarlate, tournoie, étouffante, autour de Frannie et de moi.

— Tu sais bien que si.

— Il t'utilise, Il *nous* utilise dans Son jeu pervers. S'Il met la main sur Frannie, il n'y aura plus moyen de L'arrêter.

— Il est déjà invincible. Et puis peut-être que j'ai envie de Le laisser faire. Lorsqu'Il aura pris la place du Tout-Puissant, les choses changeront.

— Pas toutes. Il restera la torture… le traitement qu'Il t'inflige…

— J'en ai *besoin*. Son désir est sans équivalent dans le monde mortel. J'espérais que Matt me suffirait, mais…

Elle n'achève pas sa phrase. Derrière son agressivité, il y a une peur sous-jacente qu'elle n'arrive pas à dissimuler. Et elle vient de me révéler ce qui nous différencie. Je suis né du péché. Lilith, elle, l'a choisi. Il y a des milliers d'années, elle a conclu un pacte avec le diable. J'ai troqué mon immortalité contre l'amour. Elle, elle a renoncé à sa mortalité pour la luxure.

— Je ne peux pas vivre sans Son désir, ajoute-t-elle d'une voix brisée. Frannie l'a senti. Elle sait.

J'ai le vertige. C'est pour ça que son âme ne répond plus, qu'il ne reste plus qu'une coquille creuse ? *Qu'est-ce qu'Il lui a fait ?* La culpabilité me transperce de part en part, me laissant froid et vide.

Je n'ai rien fait pour empêcher ça.

Je revois ses yeux saphir, intensément vivants, et j'ai envie de mourir, parce que je sais que tout est ma faute. Je n'étais pas assez fort pour la mériter… pour la protéger.

Je l'appelle mentalement et m'avance avec lenteur, encerclant son essence chatoyante. M'efforçant de masquer mes doutes et mes craintes, je joue sur ceux de Lilith.

— Une fois que Frannie sera à Ses côtés, tu penses vraiment qu'Il continuera à te désirer ?

— Il m'a toujours désirée, et ce n'est pas près de changer, répond-elle, me jetant à la figure son amertume et sa haine.

Les stries rouges de son essence s'épaississent et se solidifient.

C'est là que je passe à l'action. Je mêle mon essence à celle de Frannie.

Je t'en prie, Frannie. Je t'en prie, reviens-moi.

— Comme c'est mignon… mais il est trop tard. Elle se serait livrée à notre roi de son plein gré si tu n'étais pas venu fourrer ton nez dans nos affaires.

L'essence de Frannie brûle et virevolte, retrouvant sa vivacité seconde après seconde. Je me délecte d'elle, et ma propre aura se gonfle. L'odeur de poivre noir de sa colère me monte aux narines, et puis j'entends sa voix, d'abord faible, puis de plus en plus assurée à mesure qu'elle reprend conscience d'elle-même ; on dirait un mantra. Elle hausse le ton, si bien que je finis par déchiffrer les mots au milieu de la cadence des sons. Puis Frannie gagne suffisamment d'aplomb pour obliger les lèvres de l'hôte à remuer.

— Laisse-moi, dit-elle au succube. Tu ne veux pas de moi. Laisse-moi. Tu ne veux pas de moi.

Mon espoir renaît. Je garde l'essence de Frannie mêlée à la mienne pour qu'elle sollicite toute mon énergie. Lilith cherche à s'enfuir, et je sollicite le peu de pouvoir dont je dispose pour forcer le corps de l'hôte à rester immobile. Elle lutte pour maintenir son emprise, elle nous inonde d'idées noires : sang, désir, mort, et je sens la détermination de Frannie faiblir.

— Non, Frannie, ne l'écoute pas, dis-je, psalmodiant avec elle. Laisse-moi. Tu ne veux pas de moi. Laisse-moi.

Frannie est portée par un élan différent, et le flux de son essence gagne en puissance. Je puise dans ses forces pour mieux les lui renvoyer, alimentant ainsi le vortex de nos âmes mêlées.

— Luc ?

Mon nom, accompagné d'un geyser olfactif de chocolat chaud, surgit du tréfonds de son être.

— Concentre-toi, dis-je en m'efforçant de suivre mon propre conseil. Laisse-moi. Tu ne veux pas de moi.

Frannie recommence à psalmodier, avec plus de conviction.

L'emprise du succube vacille. Son essence cendrée s'effiloche pendant une fraction de seconde, et c'est suffisant. Soulagé, je sens l'essence de Frannie s'élever dans des effluves de cassis et de girofle. Et puis elle s'échappe.

Voulant l'imiter, je m'immisce entre les lèvres de Lilith, mais celle-ci pousse un hurlement de harpie. Je ressens un tiraillement répugnant ; une force me retient prisonnier.

— Non ! s'écrie-t-elle. Je ne peux pas retourner là-bas sans au moins l'un de vous deux.

Elle se tourne vers Gabe, qui est penché au-dessus du corps inanimé de Frannie. Il a placé une main sur son cœur et l'autre sur son front. Son affolement me broie le cœur et me terrorise.

— Débrouille-toi, mec. (Il commence à lui faire du bouche-à-bouche.) Allez, Frannie…

Sans que je puisse rien faire pour l'en empêcher, Lilith se rue vers Frannie, bien décidée à la récupérer. Mais, juste à temps, Gabriel abat sur nous sa foudre blanche.

Lilith s'effondre en hurlant, et j'étouffe à grand-peine mes propres cris. La douleur est atroce, mais je n'ignore pas que Gabriel a jugulé sa puissance, sans quoi l'hôte humain serait mort. L'éclair suffit néanmoins à briser l'attention du succube.

Je pense à Frannie, à la personne qu'elle a fait de moi, et je sens ma force s'amplifier. Je pousse de toutes mes forces. Lilith gémit sous l'effort qu'elle doit fournir pour me retenir malgré la douleur. Mais je réussis à me libérer et je me catapulte vers mon corps.

L'intensité du choc manque de me faire perdre connaissance. Je me relève en retrouvant difficilement mes esprits.

Lilith m'imite et, jetant un coup d'œil à Gabriel, s'éloigne en chancelant. Elle sort de l'appartement, couverte de sang, faisant une peur bleue à Taylor avec qui elle tombe nez à nez.

— Salut, miss, dit le succube.

Tout se passe très vite.

Lilith s'abat sur Taylor. Le corps de l'hôte, privé d'énergie, s'effondre, et celui de Taylor s'enfuit à toutes jambes.

Je me retourne vivement en entendant un chuintement étranglé derrière moi. Dans les bras de Gabriel, Frannie hoquette, les mains crispées autour de sa gorge.

— Taylor, dit l'ange en me chassant d'un geste du menton.

Mon inquiétude me fait hésiter pendant une seconde ; j'ai besoin de toucher Frannie, de m'assurer que ça va aller. Puis je m'en vais, enjambant au passage la forme évanouie qu'habitait Lilith il y a encore quelques secondes. Lorsque je déboule de l'immeuble, j'entends rugir un moteur ; une voiture s'éloigne à un train d'enfer. Je cours jusqu'à la rue, et j'entraperçois les feux arrière d'un vieux corbillard noir qui disparaissent au coin d'une rue.

Marchosias. Merde !

J'attends un instant au bord du trottoir, puis je me dépêche de monter retrouver Frannie.

24

‡

Le démon qui est en moi

Frannie

Lorsque Luc revient à l'appartement, j'ai toujours la gorge en feu et je vois trouble. Mon estomac fait un bond à la vue de Lilith évanouie dans ses bras.

Gabe me berce. Il émousse ma douleur physique et celle de mes poumons qui me brûlent ; il me fait tout oublier. Espérant qu'il va m'enfouir complètement sous sa neige d'été, je pose ma tête parcourue de violents élancements au creux de son cou, et il me serre plus fort contre lui.

Un mouvement de recul de ma part, lorsque Luc allonge Lilith près de moi sur le lit, me colle encore plus contre mon ange. Luc lance un coup d'œil dans ma direction avant de s'assurer qu'elle est confortablement installée sous la couverture. Puis il s'adresse à Gabe :

— Est-ce que ça va aller ? demande-t-il, l'air soucieux.

— Je ne sais pas, répond mon ange en passant une main caressante sur mes cheveux.

Impassible, Luc observe Lilith. Il se penche pour lui dégager le visage.

Et ça me fait un mal de chien de le voir la toucher comme ça. Je me détourne en essayant de faire abstraction de la scène de la dernière fois.

— Il faut que j'y aille, j'articule d'une voix rauque, l'air faisant vibrer, bon an mal an, mes cordes vocales douloureuses.

— D'accord, Frannie.

Je grimace et laisse échapper un cri au moment où Gabe me soulève.

— Gabriel ?

À son intonation, je comprends que Luc est alarmé, et ça me surprend. Mais, lorsque nos regards se croisent, il baisse la tête.

Je nage en pleine confusion. Je n'ai pas oublié ce que j'ai ressenti auprès de Lilith, l'ardeur de mon désir pour elle, alors je peux concevoir que ce qui s'est passé ce soir-là n'était sans doute pas complètement la faute de Luc. C'est ce que ma tête me dit. Mon cœur brisé, en revanche, n'arrive pas à encaisser.

— Tu sais quoi ? dis-je à Gabe. Pose-moi. Je vais bien. (La vérité, c'est que j'ai vraiment mal partout, mais les mecs ne sont pas obligés d'être au courant.) Rien de cassé.

Gabe, tourmenté, ne discute pas, même s'il sait pertinemment que je mens. En revanche, il ne me pose pas par terre.

— Et Taylor ? demande-t-il à Luc.

— Qu'est-ce qui ne va pas avec Taylor ? interviens-je.

Je m'agite, et je dois étouffer un petit cri lorsqu'une vive douleur me transperce le flanc. J'interroge Luc silencieusement, mais il se contente de secouer la tête.

— Il n'y a pas de quoi t'inquiéter, réplique Gabe.

Et je le sens qui recommence à me faire son numéro d'ange merdique.

— Ce n'est pas une réponse, je rétorque, luttant contre le calme qui m'envahit.

— Je la trouverai. Ne t'en fais pas.

À l'entendre, tout n'a pas l'air de se dérouler comme il l'aimerait, alors je m'affole. Je me débats pour qu'il me lâche, mais chaque mouvement me vaut des élancements aigus en divers endroits.

— Tu vas la trouver ? Qu'est-ce que ça veut dire, bordel ? *Elle est venue ici ?* (J'agite les jambes parce qu'apparemment c'est là que j'ai le moins mal.) Bas les pattes !

Il me pose avec délicatesse, et me soutient pour que je ne tombe pas. Il fait signe à Luc de répondre à sa place, mais je surprends l'avertissement silencieux qu'il lui lance par la même occasion.

— Non ! (Je l'attrape par le devant de son tee-shirt.) À toi de m'expliquer.

Il ne peut pas mentir, lui, contrairement à Luc qui passe son temps à raconter des craques. Je veux la vérité.

— Plus tard, Frannie.

— Tout de suite ! j'éructe.

— Il faut qu'elle sache, intervient Luc avec tristesse. Lilith s'est emparée d'elle.

J'observe la fille étendue sur le lit ; en moi, la panique le dispute à la confusion.

— Lilith est juste là, dis-je.

— Ce n'est pas Lilith, c'est son hôte, m'explique Gabe.

Ma frustration enfle ; j'ai envie de le gifler pour qu'il cesse de me parler par énigmes.

— *Qu'est-ce qui se passe, bordel ?*

— Lili a changé de corps, dit-il, le front barré d'un pli soucieux. Elle a pris celui de Taylor.

— Elle a pris le corps… de Taylor ?

Car l'âme de Taylor est marquée pour l'Enfer. Dans un coin de ma tête, toute l'histoire commence à prendre tournure ; je reste pétrifiée.

— On va la récupérer, affirme Luc.

Il se refuse à croiser mon regard mais, même si sa voix tremble, je vois qu'il est bien décidé à réussir. Le sol est jonché des pages de son édition originale du *Purgatoire* ; il s'accroupit pour les toucher.

— Qu'est-ce qu'on va faire ? je demande à Gabe.

— Il faut que tu rentres chez toi, Frannie… que tu te reposes. Luc et moi, on est mieux armés pour retrouver la trace de Taylor et régler son compte à Lilith.

— Je veux v…

Gabe m'interrompt en posant son doigt sur mes lèvres tuméfiées.

— Tu peux très bien m'obliger à te céder en te servant de ton Emprise, mais tu sais aussi bien que moi que tu ne ferais que nous ralentir et te mettre dans nos pattes. C'est ça que tu veux ? Qu'on te protège ? Ou bien tu préfères récupérer Taylor saine et sauve ?

Agacée, j'essaie de me convaincre qu'il a tort.

— Mais mon Emprise pourrait se révéler utile.

— De quelle façon ?

— Je pourrais… je ne sais pas… Peut-être que Lilith ficherait la paix à Taylor.

— Je doute que le problème se règle si simplement. C'est toi qu'elle convoite, Frannie. Plus tu seras loin d'elle, mieux ça vaudra.

Je me remémore ce que Lilith m'a fait, les sensations qu'elle m'a procurées, et je finis par me rendre à l'évidence. Gabe a raison.

— D'accord.

— Je vais la raccompagner, dit Luc, posté devant la fenêtre cassée.

Ses yeux d'obsidienne capturent les miens. Je reçois un coup au cœur en me rappelant qu'ils ne sont plus humains.

— Je suis capable de conduire, lui fais-je remarquer, furieuse d'entendre que ma voix tremble.

— Non, rétorque Gabe. Et moi, j'ai déjà celle-là sur les bras, ajoute-t-il en désignant la fille étendue sur le lit.

— Allons-y, dis-je.

Gabe retient Luc par le bras.

— Reste avec elle jusqu'à ce que j'arrive, dit-il sévèrement.

Il parle bas, alors sans doute qu'il n'avait pas envie que je l'entende, mais c'est le cas, et je le lui fais clairement comprendre en prenant un air désagréable.

En faisant mes premiers pas vers la sortie, je constate que mon corps fonctionne toujours, mais j'ai le genou gauche enflé, légèrement engourdi. Il cède sous moi quand je veux descendre la première marche et, tandis que je me retiens à la rambarde, Luc m'attrape par le bras pour me stabiliser. La réaction de mon organisme me prend totalement au dépourvu. Envahie par sa chaleur démoniaque, je pousse un gémissement, et mes jambes déjà flageolantes déclarent forfait. Luc me rattrape au moment où je m'effondre, et me soulève dans ses bras.

Je ne peux pas le regarder dans les yeux.

— Pose-moi.

Il avance sans tenir compte de mes propos.

— Pose-moi, je répète une fois qu'on a descendu l'escalier.

Là, il m'obéit.

Je clopine jusqu'à ma voiture. Sans un mot, Luc tend la main vers moi, alors je lui file la chaîne à patte de lapin, à laquelle sont accrochées la vieille clé usée de la Mustang et celle, toute neuve, de son appartement.

Je monte, et lui s'installe au volant.

— Vraiment, je suis en état de conduire, dis-je.

Croisant les bras, je me cale au fond du siège jusqu'au moment où mes côtes me rappellent que ce n'est pas une brillante idée.

La seule réaction de Luc consiste à démarrer la Mustang pour reculer. Il me regarde durant une fraction de seconde, et je la vois. Sa culpabilité.

Ma rage fait sauter le couvercle du gouffre noir de mes émotions.

— Tu étais au courant.

C'est une accusation plus qu'une question.

— Qu'est-ce que tu savais, au juste ? (Nouveau coup d'œil dans ma direction, mais il ne répond pas.) Lili, tu savais ce qu'elle était ?

Il serre les dents, mais continue à simplement surveiller la route.

— Tu savais que Matt et elle étaient, genre… ensemble ?

— Ça, je te l'ai dit, répond-il d'une voix totalement monocorde.

C'est vrai. Et j'ai espéré qu'il avait raison, idiote que je suis. Mon estomac se noue douloureusement.

— Tu savais que l'âme de Taylor était marquée pour l'Enfer.

Ça non plus, ce n'est pas une question.

Nouveau coup d'œil de sa part ; la culpabilité est toujours là.

— Comment tu as pu me cacher ça ?

Il secoue la tête sans rien dire.

J'ai l'esprit en ébullition tellement les questions et tout ce que j'aimerais dire à Luc se bousculent. L'ensemble se range aisément sous la bannière du : « comment tu as pu me tromper, espèce de connard ? Et quel menteur, en plus ! » Mais je sais ce qu'il me répondrait : qu'il est un démon. À quoi je m'attendais ? Alors, je fulmine en mon for intérieur et m'efforce de ne pas le calculer. Et j'essaie aussi de ne pas tenir compte du trou douloureux qui s'est creusé en moi. Fermant les yeux, je me cale contre l'appuie-tête et me tourne sur le côté pour qu'il ne voie pas les larmes qui inondent mes joues.

Je me remémore la raison pour laquelle je me suis rendue chez lui, au départ : mon cauchemar. Je voulais voir par moi-même qu'il était vraiment parti. Mais il est là. Si près que je pourrais le toucher. Ce que j'ai envie de faire. Je veux sentir ses bras autour de moi, ses lèvres sur les miennes.

Seigneur, comme il m'a manqué...

Qu'est-ce qui ne va pas chez moi ? Comment je peux l'aimer et le détester en même temps ?

Essuyant mes larmes, je le regarde à la dérobée. Légèrement sur la gauche par rapport au poste de conduite, il a une main sur le volant et l'autre sur le levier de vitesses. Sous sa tignasse noire et soyeuse, ses yeux rouges luisent, et la lumière des quelques réverbères en état de marche se réfléchit sur le piercing de son sourcil.

Seigneur ! je ne sais pas quoi penser. Il semble se porter pas trop mal, alors apparemment il est allé en Enfer de son plein gré. C'était bête de ma part de m'inquiéter ?

Je me retiens de justesse d'amorcer un geste vers lui. Il fait exprès de rester focalisé sur la route et ne semble pas avoir la moindre intention de s'adresser à moi. Son visage est dur, ses traits tirés. Si je comptais toujours pour lui, il me le dirait, non ?

Les larmes menacent de revenir, et je les tue dans l'œuf. Repensant à Lilith, à ce que j'ai ressenti quand elle m'a embrassée, j'éprouve alors le besoin de lui dire :

— Pour Lilith… je sais que ce n'était pas ta faute.

Il se raidit, toujours concentré sur la conduite ; je remarque qu'il ne respire pas. Certaine que je n'obtiendrai pas d'autre réaction, je me tourne de nouveau vers la vitre.

— Je suis désolé, dit-il à voix basse.

J'espère qu'il n'entend pas ma respiration saccadée entrecoupée de sanglots.

Pendant que je lutte pour me maîtriser, il se gare dans l'allée, descend et me lance les clés. Puis il reste debout à côté de la Mustang, m'observant de ses yeux durs d'obsidienne qui résistent à toute tentative d'exploration de ma part. Plus que tout, je regrette amèrement que Gabe ne soit pas là pour lire dans son esprit.

Je me rends compte qu'il attend que je rentre, alors je me lève et me dirige vers la maison en tâchant de ne pas boiter. À mi-chemin, je me retourne pour essayer à nouveau de déchiffrer son expression. En cet instant où il n'a pas encore conscience que je le regarde, ses émotions sont à nu, et je capte quelque chose. De la douleur.

Il s'en faut de peu que je m'élance vers lui. Mais, tout de suite après, il me remarque, et son visage redevient dur et froid comme la pierre. Je fais un pas vers lui, mais ça s'arrête là. Cependant, il faut que je sache.

— Pendant tout ce temps, tu as fait semblant ? Est-ce que j'ai un jour compté pour toi ?

Une dizaine d'émotions se succèdent rapidement sur son visage sans que je puisse identifier la moindre d'entre elles, puis il retrouve son impassibilité. Un long silence embarrassé s'ensuit, puis il fait lentement « non » de la tête.

Ça a le mérite d'être clair. Il est sûr de lui. C'est ce qu'il me fallait pour que je puisse lâcher prise… aller de l'avant. Je rentre chez moi, avec l'impression que mon cœur est sur le point de me tomber sur l'estomac. Maintenant que Luc ne peut plus me voir, j'appuie mon front contre la porte d'entrée et laisse ma peine se dissoudre dans les larmes. Mais la voix de maman s'élève de la cuisine, et je dois réfléchir à la façon dont je vais réussir à aller me débarbouiller incognito. J'aurais un peu de mal à expliquer à mes parents les vêtements déchirés, les ecchymoses et les taches de sang. *Ouais, vous vous souvenez de la fille avec qui Luc a couché ? Eh bien, on s'est mis sur la gueule.*

Tendant l'oreille, je me rends compte que ce que j'entends est en réalité la moitié maternelle d'une conversation téléphonique. Dans le salon, la télé, volume à fond, retransmet un match des Red Sox. Il y a cinquante pour cent de chances que papa se soit endormi dans son fauteuil. Vu que mes sœurs détestent le base-ball, je suis certaine qu'il est seul.

J'essaie d'entendre ce qui se passe malgré le raffut que font les commentateurs, et ça ne rate pas. Je perçois un léger ronflement. J'essuie mes larmes et lisse mes cheveux avec mes paumes désormais humides, avant de traverser le salon et de monter l'escalier aussi vite et aussi discrètement que possible. J'ai l'intention de filer directement dans la salle de bains, mais j'entends l'eau couler. Je ne suis pas la première sur le coup.

Je me dépêche de m'enfermer dans ma chambre. Par la fenêtre, je regarde les nuages qui s'amoncellent, annonciateurs d'orage, en me demandant comment ça se fait que la météo semble s'accorder si parfaitement à mon état d'esprit. Je me fais vaguement la réflexion que j'aurais sans doute dû remettre la capote de la Mustang.

Et c'est là que mon cœur fait un bond.

Luc s'appuie contre la portière de ma voiture, la tête rentrée dans les épaules. Je le vois se redresser brusquement et arpenter l'allée, puis il se tourne vers ma fenêtre. Je me baisse vivement, étouffant un cri lorsque je me cogne le flanc contre mon bureau.

Pourquoi il est toujours là ?

Je me rappelle alors que Gabe lui a demandé de rester.

Je traverse ma chambre à quatre pattes et me relève tant bien que mal en m'aidant de ma commode. Je me regarde dans la glace. Mon apparence n'est pas aussi déplorable que je le craignais. Mais je fais la grimace en portant la main à la bosse douloureuse que j'ai sur la nuque. Je me crispe de nouveau en appuyant dessus involontairement, car la sonnerie de mon portable me fait sursauter.

J'espère que c'est Taylor. Mais l'écran me montre Riley.

— Tu as des nouvelles de Tay ? me demande-t-elle.

De quoi elle est au courant ?

— Euh… non. Tu sais bien qu'elle ne m'adresse plus la parole. Quoi de neuf ?

— D'après Trev, elle vient de passer en coup de vent sans parler à personne, juste pour emporter quelques affaires. Il est inquiet.

— Je sais pas, Ry. Marc est sérieusement flippant. Trev a raison d'être inquiet.

Dieu sait que je me fais du souci, moi ! Je ne suis plus qu'une boule de nerfs.

Ry reste un instant silencieuse, puis :

— On devrait pas essayer de la retrouver ?

— Peut-être bien, dis-je, espérant que Gabe est déjà parti à sa recherche.

J'entendis le cliquetis de la porte de la salle de bains.

— Écoute, je dois y aller. Appelle-moi si tu as des nouvelles, d'ac ?

— D'ac.

J'appelle Gabe.

— Taylor vient de passer chez elle à l'instant.

— Je vais aller voir ça. Tu es chez toi ?

— Ouais.

— Repose-toi. Je viendrai quand je pourrai.

Sa voix est douce, rassurante, et, à la simple évocation de sa venue, je me sens moins oppressée.

— OK. J'essaierai.

Je rabats le clapet de mon téléphone et patiente. Une fois que le calme est revenu dans le couloir, je me précipite dans la salle de bains avec ma serviette et mon peignoir.

La douche soulage ma peau brûlante. Les paumes plaquées contre la paroi, je laisse l'eau me purifier, du moins à l'extérieur. En revanche, je n'arrive pas à me défaire de mon tumulte intérieur ; en moi se mêlent le souvenir d'avoir été possédée par Lilith et celui du malaise que j'ai ressenti dans les bras du roi Lucifer. Car, c'est sinistre, mais je m'y suis sentie étrangement bien. Je frémis en revoyant le visage angélique.

Pourquoi c'est ce visage que j'ai vu lorsqu'Il me tenait prisonnière ? À qui appartient-il ?

Finalement, avec un grognement de frustration, je me force à orienter mes pensées vers Taylor. Il faut que je l'aide.

Je me dépêche de finir de me doucher, enroule ma serviette autour de mes cheveux et m'examine de nouveau dans le miroir tout en me brossant les dents. J'ai une coupure à la naissance des cheveux, au-dessus de mon œil droit, mais il faudrait que j'écarte mes cheveux pour qu'elle se voie, une marque rouge légèrement enflée sur ma joue droite, et ma lèvre inférieure est gonflée. Rien de bien sorcier à justifier auprès de mes parents ; le plus moche sera dissimulé sous mes vêtements. J'enfile mon peignoir délicatement pour ne pas trop réveiller mes contusions, et regagne ma chambre. Je croise Maggie qui sort de celle qu'elle partage avec Grace.

— Pourquoi il y a Luc dans notre allée ? Je croyais que vous aviez rompu.

J'ai beau faire de mon mieux pour rester indifférente, je me sens toute chose en entendant son nom.

— Euh… on a rompu, oui. Je ne sais pas ce qu'il fait là.

L'espoir fait pétiller les yeux saphir de ma sœur. Elle a toujours eu un faible pour Luc.

— Peut-être qu'il veut te récupérer, suggère-t-elle avec un sourire radieux.

— Peu probable, dis-je, malgré les élans de mon cœur qui espère le contraire.

Maggie hausse les épaules, déçue, et va dans la salle de bains. Moi, j'allume mon iPod, et juste à ce moment-là mon portable, posé sur le bureau, sonne. Je cours vérifier qui m'appelle. Taylor ! C'est sa ligne fixe.

— Taylor. Est-ce que ça va ?

— Frannie ? J'espérais que Taylor était avec toi.

— Non, Madame Stevens.

Il y a un blanc.

— Il commence à être tard. Ces jours-ci, elle rentrait à peu près à l'heure convenue. Est-ce qu'elle t'a dit où elle allait ?

Ça, c'est au-dessus de mes forces… Je lutte pour retenir mes larmes et pour empêcher ma voix de trembler.

— Non.

— Bon, si tu as des nouvelles, dis-lui de ramener ses fesses, d'accord ?

— D'accord.

Je reste plantée là, le téléphone à la main. Taylor. Elle est je ne sais où, et moi je ne peux rien faire…

À moins que… ?

— Fiche la paix à Taylor. Tu ne veux pas d'elle, dis-je tout haut.

Puis je répète mentalement mon mantra, de plus en plus vite, tout en balançant la serviette sur ma chaise de bureau et en éteignant la lumière.

Alors, mon cœur se serre, parce que je me remets à penser à Luc.

Dans le noir, je scrute l'allée en restant à bonne distance de la fenêtre ouverte. Ne le voyant pas, je serre la ceinture de mon peignoir au point de me faire mal aux côtes, et je m'enhardis. Ce n'est que le nez collé à la moustiquaire que je repère enfin ses yeux rouges et luisants, parmi les branches du chêne. Ils sont rivés sur moi.

Je recule maladroitement lorsqu'il bondit vers moi, déchirant la moustiquaire. Et il étouffe mon hurlement avant que je puisse le faire moi-même. Ses lèvres sont incandescentes, et mon cri se mue en gémissement tandis qu'il me serre contre son corps brûlant. Croyant me faire mal, il desserre son étreinte.

Puis il se détache de moi. Son visage est empreint de douleur et de doute.

— Frannie...

Je n'ai pas envie qu'il finisse sa phrase, parce que je répugne à penser à tout ça. Il est là, et je l'aime. C'est tout ce qui compte. Lâchant les pans de mon peignoir, je porte mon index à ses lèvres. Je m'oblige à me concentrer sur Luc et sur l'instant présent, occultant tout le reste. Je l'attire contre moi en le faisant taire d'un baiser, et me balance au rythme de la musique. Chaque battement de cœur me rapproche de Luc.

Il me rend mon baiser. Avec la fougue du désespoir. Ses lèvres tracent un sillon brûlant sur mon épaule, mon cou, s'acheminant vers mon oreille, à laquelle il me murmure :

— Je m'en veux tellement...

Son désarroi me fend le cœur.

— Ce n'était pas ta faute, dis-je en nichant mon visage contre son tee-shirt. Je le sais, maintenant.

Il embrasse mes cils où perle une larme. Je l'embrasse de nouveau en passant mes mains sous son tee-shirt, et je veux le pousser vers le lit, mais j'ai un mouvement de recul en touchant sa peau habituellement sans défaut. Car elle ne l'est plus. Loin s'en faut. Soulevant le tissu, j'étouffe un cri en apercevant les profondes entailles et les perforations dont son torse, son dos et ses épaules sont couverts. Je frémis en me remémorant mon rêve... la scène de torture.

— Qu'est-ce qui t'est arrivé ? je murmure, redoutant sa réponse.

— C'est rien, dit-il avec un petit sourire triste. Dans quelques jours, il n'y paraîtra plus.

Il me montre sa joue, là où se trouvait la cicatrice rouge en dents de scie que Béhérit lui avait laissée en souvenir ; je remarque seulement à l'instant qu'elle a disparu.

— Ça, en revanche...

Il hésite, puis introduit sa main par l'échancrure du peignoir qui s'est ouvert, et longe mes côtes. Je commence à rajuster ma tenue, mais me ravise ; sa main qui électrise ma peau se fait aussi caressante, apaisante pour mes ecchymoses. Je sens la douleur refluer rien qu'à son contact.

Mon corps réagit ; une braise naît dans mon ventre, puis le feu se propage partout. Laissant mon peignoir me glisser des épaules, j'enlève son tee-shirt à Luc. Puis je l'attire vers le lit, sous les draps… là où il pourra guérir ma douleur.

Ses baisers redoublent d'ardeur, et je me perds en lui. J'ai besoin de le sentir encore plus près, contre mon cœur. Je veux sentir de nouveau son âme virevolter en moi. Je tends mon esprit vers lui ; sans paroles, rien qu'avec la sensation de ce dont j'ai besoin. Et lorsque son essence s'immisce entre mes lèvres, telle de la soie, elle me submerge. Je me noie en elle. De la chair de poule apparaît sur ma peau dont la sensibilité s'est éveillée, et je pousse un gémissement.

L'essence de Luc m'emplit tout entière dans une explosion de félicité, caressant les moindres recoins de mon âme, me donnant des frissons. Rien de tel n'existe dans le monde physique. Je sens la présence de Luc dans chaque parcelle de mon corps.

J'ai l'impression de rentrer chez moi.

Luc

C'est tellement mal. Et tellement égoïste de ma part.

Ce serait trop facile d'oublier le passé récent, de prétendre que les dernières semaines n'ont pas existé, et de me fondre en Frannie, dans l'instant présent. C'est mon vœu le plus cher. Je n'avais jamais connu un cas de conscience si terrible. J'ai besoin d'elle. Elle est ma vie.

Mais je ne peux pas oublier.

Peu importe combien de millénaires je vivrai encore, je n'oublierai jamais la douleur de Frannie lorsque, en tirant le drap, elle m'a trouvé avec Lili. Je n'oublierai jamais l'amer désespoir qui a failli me détruire quand j'ai compris ce qui s'était passé. Enfin, je n'oublierai jamais que tout est ma faute. Le fait que j'étais humain n'excuse rien. Lilith m'a dévoilé son identité ce jour-là, à la bibliothèque. J'aurais dû comprendre.

Mon incartade n'est que l'une des mille façons dont je pourrais la détruire, si on restait ensemble.

C'est avec timidité qu'elle m'attire contre elle, tremblante. À chacune de ses caresses, le feu danse sur ma peau en éruptions minuscules. Mon cœur de soufre bat la chamade. Et la sensation de nos âmes qui s'enroulent l'une autour de l'autre est incomparable ; c'est une félicité pure que de faire partie d'elle, de me mêler à la blancheur irisée de son essence. Je n'ai jamais rien vu de si beau, et le gouffre vertigineux des perceptions me coupe le souffle.

En étant avec elle, je me rends compte que, durant mes quelques mois d'humanité, j'avais commencé à tenir tout ça pour acquis : la bonté incommensurable de Frannie, sa capacité à aimer, et le spectre des émotions qu'elle a su tirer de moi.

Je manque de me laisser emporter par le besoin, non plus seulement de son âme, mais de son corps. Je me perds dans ses effluves de girofle et de cassis, elle m'enivre de son amour au parfum de chocolat chaud. Rien qu'un instant, je suis persuadé que nous pouvons être ensemble… dans tous les sens du terme.

Du chocolat. Elle m'aime.

Cette découverte intensifie mon désir, et j'éprouve toutes les peines du monde à m'arrêter. Mais ce que j'ai fait est impardonnable. Elle mérite tellement mieux que ça…

Sans oublier que, si elle couchait avec moi, ça inverserait son marquage.

Je retire mon essence et me détache de ses lèvres, de ses mains tremblantes, avant de commettre l'irréparable.

— Frannie, on ne peut pas. Je suis de nouveau un démon. Ton marquage…

Son marquage.

Je suis comme frappé par la foudre. Comment j'ai réussi à entrer en elle ? On ne peut pas posséder des personnes promises au Paradis. Je sollicite mon sixième sens, et il me semble que le statut de Frannie n'a pas changé. Alors, comment... ?

Se raidissant, elle appuie son front contre mon épaule sans répondre.

— Si je suis resté, c'est juste pour... veiller. M'assurer que tu étais en sécurité. Je n'ai jamais eu l'intention qu'on en arrive à...

Elle se détache de moi et se tourne sur l'autre flanc.

— Alors, tu n'as pas envie d...

Je lui coupe la parole, parce que je la désire mais que l'inverse ne devrait pas être vrai.

— Ce que je veux ne rentre pas en ligne de compte. J'ignore ce que Lilith va faire. Je suis resté simplement pour qu'elle ne puisse pas arriver jusqu'à toi.

En entendant le nom de Lilith, elle se raidit de nouveau et, le cœur à vif, serre le drap contre elle.

— J'ai besoin de savoir, dit-elle sans me regarder. Quand tu étais avec elle...

— Arrête, Frannie, je t'en prie, dis-je, car il m'est intolérable de penser à ce que j'ai fait... à ce qu'elle a vu.

Toutes les cellules de mon corps protestent lorsque je me lève. Il m'est physiquement douloureux de m'éloigner d'elle. Je me penche pour ramasser son peignoir d'une main tremblante et le pose sur l'oreiller à côté d'elle, puis enfile mon tee-shirt et me dirige vers la fenêtre.

— Je dois m'en aller.

Mais je ne suis pas certain d'y arriver.

Immobile, je l'observe pendant quelques instants, puis je fais un pas vers elle.

Stop !

Je me force à ne plus regarder sa silhouette qui se dessine sous le drap fin. Je m'éclaircis la voix, sans quoi la boule brûlante qui est en train de se former dans ma gorge m'empêchera de parler.

— Je ne serai vraiment pas loin. Je ne pense pas qu'elle puisse arriver jusqu'à toi. (Je touche la moustiquaire toute déchirée.) Pour ça, il faudrait qu'elle entre dans la maison comme n'importe quel humain.

Elle ne quitte pas le mur des yeux.

— Trouve Taylor.

— Je suis désolé…, dis-je, perdant mes moyens.

Je sors par la fenêtre et retourne m'asseoir dans l'arbre.

Je mets plus de temps à m'apaiser que je l'avais espéré. Mais je ne résiste pas à l'impulsion qui me dicte de retourner auprès de Frannie, parce que je dois m'assurer que le champ protecteur de M. Cavanaugh est toujours intact. Fermant les yeux, je me concentre sur le lit et sollicite mon pouvoir. Je me heurte à la barrière céleste et suis renvoyé dans l'arbre. *Bien.*

Je m'installe sur une fourche pour attendre Gabriel. Et parce qu'il n'y a qu'à moi que ça peut faire du mal – et d'ailleurs je mérite de souffrir –, mon esprit vagabond retourne dans le lit avec Frannie.

25

Un Enfer sur Terre

Frannie

Je n'ai pas bougé d'un centimètre depuis que Luc est parti, et je suis pleinement éveillée quand, à minuit, le téléphone sonne de nouveau.

C'est la mère de Taylor.

L'estomac noué par l'appréhension, j'envisage de laisser sonner, redoutant de commettre un impair si jamais je prenais l'appel. Je décroche.

—Quand as-tu parlé à Taylor pour la dernière fois, Frannie ?

Mme Stevens est désespérée, presque hystérique.

—Ça fait des semaines qu'elle ne m'a pas adressé la parole.

—Quoi ?!

Elle semble tomber des nues. Apparemment, Taylor ne l'a pas mise au courant.

—Marc ne m'a pas plu. (J'ai presque un haut-le-cœur en prononçant son nom.) Ça l'a mise en rogne.

Elle ravale un gémissement.

— La police ne bougera pas. On me dit qu'elle est sans doute sortie avec un garçon, quelque chose comme ça. Si tu as la moindre idée de l'endroit où elle pourrait être…

J'ai l'esprit en ébullition… et ça ne me mène nulle part.

— Je ne sais pas. Elle était chez Lili tout à l'heure… peut-être que… je ne sais pas.

Un long silence s'ensuit.

— Bon, s'il te vient une idée, ou si tu as des nouvelles, appelle-moi.

— OK, dis-je, mais elle a raccroché.

Elle est probablement déjà en train de composer le numéro de Riley.

Je me redresse, passe le tee-shirt que je garde sous mon oreiller et serre le drap contre moi. Où Lilith pourrait-elle bien aller ? Si elle retourne à l'appartement, Gabe la trouvera. Mais, à supposer qu'elle n'aille pas là-bas… va-t-elle fuir ou bien essayer de s'en prendre à nouveau à moi ? Si elle abandonne, alors elle peut se trouver n'importe où, mais quelle est la probabilité pour qu'elle renonce à moi ? Donc, sans doute que si je m'exposais, comme un appât, elle viendrait à moi.

Je commence à échafauder mon plan : d'abord me débarrasser de mes gardes du corps, puis aller quelque part où Lilith me trouvera. Mais où ça ? Je mets mentalement en scène plusieurs scénarios, recensant toutes les fins possibles. Seule une poignée d'entre eux nous laisse la vie sauve, à Taylor et à moi.

‡

La foudre s'abat dans mon crâne déjà parcouru d'élancements douloureux, m'arrachant brusquement à un état de pseudo-somnolence agitée. J'essaie de vider mon esprit, soudain terrifiée à l'idée de ce que je vais voir si je laisse l'image prendre forme. Mais c'est inéluctable. Je sais déjà qui c'est.

Taylor.

Elle gît dans les bois, couverte de sang, et mon estomac fait un bond tandis que j'essaie de bloquer ma vision. Je roule sur le côté et vomis à côté de la corbeille ; cela dit, je n'ai pas grand-chose dans le ventre, vu que ça fait un bout de temps que je n'ai pas d'appétit.

Et c'est là que je me rends compte que je suis seule. Pas de Gabe. Il était là pendant la nuit ; j'ai humé sa neige d'été, senti son souffle frais dans mes cheveux. Sans ça, je n'aurais pas réussi à dormir du tout. Mais il est parti.

Je prends mon portable et appuie sur la touche correspondant à Taylor. Si Lilith décroche… Mais je tombe sur la boîte vocale, et c'est là que je m'aperçois que je retenais mon souffle. Je raccroche et compose le « 3 ».

Riley répond dès la première sonnerie.

— Elle t'a appelée ?

— Non. J'espérais que, peut-être, tu aurais des nouvelles.

— Pas vraiment. Trev est avec moi. Ses parents sont vraiment flippés. La police dit que Taylor a dix-huit ans et qu'elle a sans doute simplement fugué, alors ça ne bouge pas. (Elle baisse le ton, et je comprends qu'elle a mis la main autour du portable.) Tu penses qu'elle aurait pu faire ça ? Partir avec Marc ?

En soi, ce serait déjà une mauvaise nouvelle, mais je regrette que ce ne soit pas aussi simple que ça. Je ferme les yeux. Derrière mes paupières flotte l'image de Taylor se vidant de son sang dans les bois.

J'étouffe un petit cri et bondis du lit en reconnaissant l'endroit.

— Je dois y aller, Ry. Appelle-moi plus tard, dis-je, rabattant le clapet sans même attendre sa réponse.

Les Gallagher.

Étant donné que j'avais immédiatement bloqué ma vision, je n'avais pas eu le temps d'en analyser les détails, la première fois. Mais les bardeaux gris de la remise des Gallagher apparaissent au bord de l'image. Le sol aux alentours est jonché de canettes de bière et de mégots de cigarettes, et je repère aussi un préservatif usagé. En me repassant la scène pour repérer d'autres détails, je remarque qu'elle s'accompagne de sons. J'entends nettement *How to Save a Life*, de The Fray. Mon estomac effectue un nouveau bond, et je respire l'odeur salée et métallique du sang de Taylor qui s'élève dans l'air lourd du crépuscule.

Crépuscule.

Taylor mourra derrière la remise des Gallagher au crépuscule.

Je m'habille en quatrième vitesse, hors d'haleine, et ce n'est que lorsque je lève les bras pour enfiler mon tee-shirt qu'une douleur fulgurante me transperce le flanc. J'ai menti à Gabe. J'ai au moins une côte cassée. C'est le cadet de mes soucis, cela dit.

Maman m'intercepte au pied de l'escalier avec des pancakes et des saucisses.

— Tu seras la seule à pouvoir avaler un petit déjeuner chaud. Tout le monde est encore au lit.

Mon ventre gargouille à cette idée.

— Je n'ai vraiment pas faim, maman. Je vais chez Riley.

Mensonge.

Elle fronce les sourcils, mais se radoucit aussitôt.

— Il faut que tu te nourrisses, Frannie. Je sais que tu as très mal vécu ta rupture, mais tu ne peux pas te permettre de perdre plus de poids. Ce n'est pas sain.

Je perds du temps. Il faut que je sorte d'ici pour parler à Gabe, afin qu'on décide de la marche à suivre.

— Ça n'a rien à voir avec lui, maman, dis-je sur un ton cinglant. Je n'ai pas faim, c'est tout.

Je m'en vais avant qu'elle ait l'occasion de réagir.

Je longe la rue en courant mais, arrivée à la moitié du chemin, je me rends compte que je fais peut-être un mauvais calcul. Et si Lilith fuyait à la vue de Gabe ?

Je n'aurai sans doute pas de seconde chance. Je dois récupérer Taylor du premier coup.

Réfléchis.

Je reviens à mon plan d'origine, celui que je voulais mettre en œuvre avant de découvrir où serait Taylor à l'heure de sa mort. Je peux tenter d'appâter Lilith, de l'attirer à découvert sans l'effaroucher. En l'absence de Gabe et de Luc, ça pourrait marcher.

Pour changer de corps, elle doit trouver une personne dont l'âme est promise à l'Enfer. Et si je me servais de l'Emprise pour lui faire croire que mon marquage a été inversé ? Elle essaierait alors de passer de Taylor à moi ; après tout, c'est moi qu'elle veut. Mais je reste vouée au Paradis, donc elle n'arriverait pas à me posséder. Lors d'un transfert, les deux corps doivent être en contact, c'est ce que papa m'a expliqué. Si j'éloigne Taylor durant le processus, Lilith n'aura plus de corps à sa disposition. Est-ce qu'elle peut survivre ? Gabe a dit que son âme était humaine, alors je suis pratiquement sûre que non. Mon pouls s'emballe à mesure que le plan et ses dangers inhérents prennent forme dans ma tête.

Tout ce que j'ai à faire, c'est inciter Lilith à sortir du corps de Taylor, puis éloigner Taylor.

Sans que Gabe et Luc viennent tout faire foirer.

Mon Bouclier est sans effet sur Luc. Quant à Gabe, il est capable de lire dans mes pensées, sauf quand je fais très attention. Il faut donc que je les évite tous les deux.

Je rappelle Riley. Ça ne me plaît vraiment pas de me servir d'elle de cette façon, mais je fais ça pour Taylor. Si je pouvais lui expliquer, je suis sûre qu'elle approuverait mon initiative. Je devrais réussir sur les deux tableaux : ne pas mettre Riley en danger, tout en m'arrangeant pour qu'elle me fournisse un alibi.

— Dis, vous pouvez venir, Trev et toi ?

— Tu as du nouveau pour Taylor ?

— Non, mais j'ai une idée, dis-je en tournant les talons.

Une fois chez moi, je mangerai quelques pancakes ; ça fera plaisir à maman. Et si mon Emprise n'est pas complètement nulle, je m'éclipserai le moment venu au nez et à la barbe de tout le monde.

Luc

Ce que j'ai fait hier soir est inexcusable. Et, si je reste, je vais recommencer. J'ai rejoué chaque caresse, chaque baiser dans ma tête, inlassablement. Elle ne sera en sécurité qu'auprès de Gabriel. Il aurait dû m'abandonner à Lucifer.

Voilà ce qu'il faut que je fasse : regagner l'Enfer et entrer dans la danse. Sans quoi, je ne sais pas trop comment j'arriverai à rester loin d'elle.

Mais je repense alors au mage. Si je retourne là-bas, ils se serviront de moi pour trouver Frannie, j'en ai la certitude.

— Je dois m'en aller.

— Tu iras où ?

Gabriel, étendu de tout son long sur son canapé, triture d'un air absent l'assise un peu boulochée.

— N'importe où, pourvu que ce ne soit pas ici.

— Alors, après tout ce qui s'est passé, tu comptes quand même prendre tes jambes à ton cou, répond l'ange, narquois. Lâche.

Je redresse brusquement la tête et bondis du fauteuil, braquant sur lui mon poing rougeoyant. Mais je remarque alors la foudre blanche qui danse sur sa peau, et l'odeur d'ozone dont l'air est soudain saturé. Gabe essaie de me faire sortir de mes gonds. Je me rassois lourdement.

— Je ne suis pas d'humeur pour tes petits jeux.

— Ce n'est pas un jeu, rétorque-t-il avec sérieux.

L'électricité statique hérisse le duvet sur ma nuque.

— Il n'y a rien que je puisse faire. Il vaut mieux pour elle que je parte.

— J'aimerais bien que ce soit vrai mais, même si ça me fait mal de l'admettre, elle est toujours amoureuse de toi, dit-il sur un ton forcé.

— Était. Elle *était* amoureuse de moi. Puis j'ai couché avec Lilith, et ça a réglé le problème. C'est toi qu'elle veut, maintenant, dis-je, le souhaitant sincèrement.

Je frémis en me rappelant le parfum de chocolat chaud. Elle ne devrait pas m'aimer. Elle sera bien mieux avec Gabriel, qu'il conserve ses ailes ou pas.

— Non. Elle a toujours besoin de toi, Luc, affirme-t-il en appuyant sa nuque contre le dossier du canapé.

Les mots ont l'air de lui écorcher la bouche.

Fermant les yeux très fort, je revois son peignoir entrouvert, ses mains sur ma peau, et ce souvenir me perce le cœur. Je cale ma lourde tête contre ma main.

— Elle est coriace, dis-je avec une grimace affligée. Elle s'en remettra.

Mais moi, non.

— Je n'en suis pas convaincu, dit Gabe en fronçant les sourcils, comme s'il avait mal au crâne.

— Elle est toujours promise au Paradis ? je demande en le regardant très attentivement.

Remuant sur le canapé, il se redresse légèrement.

— Tu ne devrais pas avoir besoin de me poser la question.

— Ça semble être le cas, mais...

— Mais quoi ?

— Comment j'ai pu la posséder si elle y est toujours vouée ?

Haussant les sourcils, il se penche en avant, les coudes sur les genoux.

— Qu'est-ce que tu as fait ?

— Je me suis arrêté avant qu'on... commette l'irrémédiable, dis-je, la tête basse. Mais j'ai envoyé mon essence en elle. J'ai senti un tiraillement, et j'ai lâché prise.

Un sourire désabusé, tout de travers, étire ses lèvres.

— Même les lois de l'univers plient devant son Emprise, manifestement.

— Tu penses que c'est ça, l'explication ?

— Si c'est ce dont elle avait envie... (Il hausse les épaules.) C'est pour ça que j'ai besoin que tu restes. En sa présence, je ne sais pas me tenir.

— Et c'est nouveau ? je rétorque, essayant de masquer un accès de jalousie et échouant sur toute la ligne.

— Quand tu n'es pas là, son pouvoir d'attraction me… (Il est à la torture.) Je vais perdre mes ailes, et je ne lui servirai plus à rien.

— Alors tu veux que je reste ici et que je sauve ta pauvre carcasse, je réponds sur un ton acerbe.

Se calant de nouveau au fond du canapé, il contemple le plafond.

— Ça résume plutôt bien la situation.

— Et si je finis par… (Repensant à la nuit dernière, je laisse ma phrase en suspens.) Tu as l'air d'oublier qu'elle a autant d'ascendant sur moi que sur toi.

— Et même plus. Je parie que tu vas redevenir mortel.

Sa douleur, vive et profondément ancrée en lui, transparaît dans sa voix.

— Il faut que je parte, dis-je en me levant. Pour un tas de raisons. C'est évident que, si je reste, je vais finir par franchir la ligne, et puis Haden est le premier endroit où ils viendront me chercher. J'ai gâché la petite démonstration de Lucifer au vu et au su de tout l'Enfer ; Il ne va pas être très content.

Gabe réfléchit longuement à mes propos.

— C'est ce que tu as de mieux à faire, du moins pour le moment, finit-il par reconnaître. On trouvera un moyen de te cacher ; ton Bouclier nous facilitera la tâche.

— Reste le problème de ma magie. C'est un cercle vicieux. Je pense que j'aurai vraiment du mal à leur échapper sans utiliser mon pouvoir mais, à la minute où je vais m'en servir, ils sauront où je suis.

— Je peux sans doute t'aider à prendre une longueur d'avance.

— Je t'en serais très reconnaissant. Mais d'abord nous devons trouver le succube.

Le visage de la fille qui était Lilith m'apparaît, et tous mes muscles se crispent.

— Qui était-elle ? je demande.

— Qui ça ?

— La fille avec qui j'… (Mon estomac fait un bond et je ravale une montée de bile, tant mon comportement envers elle me dégoûte.) L'hôte de Lilith.

La victime de Lilith.

Gabriel, l'air épuisé, s'appuie sur l'accoudoir.

— Elle s'appelle Robin. Je l'ai conduite à l'hôpital hier soir. Je passerai la voir plus tard. (Il me regarde droit dans les yeux.) Ce n'est pas ta faute si tu as couché avec elle, Luc. Tu sais ce dont Lilith est capable.

Éprouvant le besoin de m'enfuir, je me dirige vers l'entrée, et je découvre alors Riley et Trevor sur le pas de la porte. Les larmes ont laissé des traces sur les joues de Ry ; quant à Trev, le teint pâle, il est dans un état second.

La première, surprise, ouvre des yeux ronds.

— Luc.

— Riley, dis-je en respirant profondément pour m'éclaircir les idées. Des nouvelles de Taylor ?

— Non. On vient de chez Frannie. Elle a la liste des numéros de téléphone de toute la classe. On est en train d'envoyer des textos à tout le monde pour savoir si quelqu'un l'a vue.

— Bien, intervient Gabe, me rejoignant sur le seuil. Veille à ce qu'elle ne sorte pas de chez elle.

— Pourquoi ?

— Je veux simplement savoir où la trouver.

Riley hoche la tête.

— Elle voulait que je te donne ça, ajoute-t-elle en lui présentant une feuille jaune pliée. C'était plus simple pour elle d'écrire au lieu de t'appeler. (Gabe déplie le papier.) Elle s'est dit que tu pourrais peut-être vérifier ces endroits.

Le document, en marge duquel figurent des heures, recense les apparitions de Taylor depuis l'après-midi de la veille. La ligne correspondant à 8 h 30 est accompagnée de trois astérisques noirs et de la mention : « Chez Luc ».

La suite ne comporte que deux annotations supplémentaires accompagnées d'un gros point d'interrogation. En dessous de la première, qui indique : « Vers 10 h 15, Cassidy pense qu'ils étaient garés à la carrière », figure un commentaire manifestement ajouté par Frannie : « Pas convaincue ». À la ligne suivante, elle a écrit : « 11 heures. Aaron pense l'avoir vue au supermarché », puis noté : « Possible ». En bas de la feuille figure enfin l'adresse de Marchosias, repassée maintes et maintes fois au stylo et soulignée avec emphase. À côté, elle s'est contentée d'un « bingo ».

— Merci, Riley, dit Gabriel.

Trevor et elle repartent. Je regarde la voiture s'éloigner avant de m'adresser à l'ange.

— Je vais voir si je peux retrouver la piste de Lilith. Le Bouclier n'a pas l'air de fonctionner dans les deux sens. Je les entends de nouveau dans ma tête. Tu devrais te rendre chez Marchosias.

— Appelle-moi si tu découvres quoi que ce soit.

— Pigé.

En quittant le quartier, je ne peux pas m'empêcher de passer devant chez Frannie. Debout sur le porche, elle est en train de faire entrer Riley et Trevor. Nos regards se croisent, et je ralentis, roulant au pas pour savourer l'afflux d'électricité brûlante qui crépite sur ma peau chaque fois que je suis près d'elle. Son Bouclier est censé la dissimuler aux yeux des créatures infernales, mais il n'a jamais marché avec moi. C'est pour cette raison que j'ai réussi à la trouver, la première fois, alors même que les autres démons n'y arrivaient pas. Je peux sentir sa présence à quelques centaines de mètres à la ronde.

Et maintenant que j'ai récupéré mon sixième sens démoniaque, son pouvoir d'attraction sur moi est plus fort que jamais. Respirant un bon coup, je chasse les images du passé qui ne reviendra jamais, et j'appuie sur l'accélérateur. Mon boulot consiste désormais à la protéger. Point barre. Et, sans Lilith, elle sera beaucoup plus en sécurité.

Une demi-heure plus tard, je longe la route de terre près de la carrière, la frustration rivalisant avec l'appréhension au fond de mon cœur noir. J'accélère et braque à fond pour opérer un virage à cent quatre-vingts degrés, faisant déraper l'arrière de la Shelby ; une pluie de gravillons crachote sur les enjoliveurs. Je suis en train de foncer vers le supermarché lorsque mon portable sonne.

— On a trouvé Taylor, dit Gabriel. Elle est à *La Crique* avec Marchosias.

Frannie

J'ai laissé Riley et Trevor dans ma chambre il y a une demi-heure. Ils me croient dans la salle de bains et, si mon Emprise n'est pas totalement moisie, ça ne changera pas. En réalité, j'attends, garée au bord de la chaussée, derrière chez les Gallagher. La journée touche à sa fin lorsque je colle le portable à mon oreille d'une main tremblante pour appeler Gabe.

— Frannie ?

— Je viens d'avoir Valerie Blake. Elle m'a dit que Taylor est à *La Crique.* Je crois que Marc est avec elle.

La salle d'arcade et la maison des Gallagher sont aux antipodes. Et c'est bondé, le samedi soir au mois d'août.

— Je vais envoyer Trevor pour vérifier, j'ajoute, espérant qu'il attribuera le tremblement de ma voix à mon inquiétude pour Taylor.

Je retiens mon souffle en attendant sa réaction.

— Non. Dis à Trevor de ne pas bouger. Moi, je vais aller la chercher. Si elle est là-bas et que Trevor s'approche d'elle... C'est un succube, Frannie. Même s'ils sont frère et sœur, ce serait dangereux pour lui.

Ce n'est qu'une moitié de la réponse que j'attends.

— Tu arriveras à gérer à la fois Lilith et Marc ?

— Je vais demander à Luc de rappliquer.

Voilà la seconde moitié.

— Très bien, mais fais vite.

— Je pars tout de suite, répond-il, et il raccroche.

Je reste là, agrippée au volant. Ça a marché. À moi de jouer.

Je ne peux pas faire ça. Qu'est-ce qui m'a pris ? me dis-je en secouant la tête pour chasser le doute.

Non. C'est la bonne solution. Le seul moyen d'approcher Lilith. Gabe et Luc l'effaroucheraient et, même dans le cas contraire, ils ne me laisseraient jamais faire, et je ne pourrais pas aider Taylor. Mon plan va fonctionner.

Il le faut.

Disciplinant ma respiration, je répète mentalement ce mantra. En toute logique, j'ai pensé à tout, donc il ne devrait pas y avoir de faille. Je descends de la voiture et m'enfonce dans les bois aussi vite que possible, mais il n'y a pas de sentier là où je me trouve, alors je progresse lentement. Je commence à m'affoler, persuadée que je vais arriver trop tard. Mais on dirait que plus j'essaie d'accélérer l'allure, plus je trébuche. Une poussée d'adrénaline m'incite à courir, mais une de mes tongs se prend dans un entrelacs de plantes rampantes, et je m'étends de tout mon long.

Juste au moment où je vais arriver à la conclusion que j'ai pris la mauvaise direction, je commence à distinguer la remise, tranche de gris encadrée de feuillage, entre les arbres. Je me fraie un chemin dans les ronces. Lorsque je débouche dans la petite clairière, hors d'haleine, couverte de milliards d'éraflures et d'égratignures, je m'arrête net.

Merde, je ne suis pas seule !

La remise se trouve quinze-vingt mètres derrière chez les Gallagher, si bien que, de là où je me trouve, je ne vois ni la cour ni la maison. C'est justement pour ça que les amoureux s'y rendent quand ils ont envie d'un peu d'intimité, au cours d'une soirée. Taylor y a déjà passé un paquet de temps et, pendant la fête de remise des diplômes, j'ai surpris Riley et Trevor qui ressortaient du bois.

Et aujourd'hui je tombe sur Angelique et Brendan. Le second, le jean autour des chevilles, a plaqué la première contre la remise.

Me baissant vivement, je me réfugie derrière un tronc, à la lisière de la clairière, et tâche de ralentir ma respiration rauque.

Je fais quoi, maintenant ?

Parfaitement immobile, je ravale la panique qui monte en moi et j'essaie de réfléchir. C'est alors que les deux tourtereaux cessent de faire du bruit ; le silence retombe. Un instant plus tard, je risque un coup d'œil à la remise, juste à temps pour voir Brendan jeter le préservatif par terre et remonter sa braguette. Il s'éloigne en direction de la maison sans la moindre considération pour Angelique, qui est en train de rajuster sa jupe. Elle s'élance pour le rattraper.

— Attends-moi !

Mais il n'en fait rien.

Me voilà seule. Je m'aventure dans la clairière avec appréhension.

Un calme trompeur règne dans les bois. Le lointain écho des bavardages s'élevant de la cour des Gallagher arrive jusqu'à moi, atténué par le doux bruissement du feuillage dense. Mais un mauvais pressentiment me donne la chair de poule tandis que j'observe ce qui m'entoure. J'ai sous les yeux l'image exacte qui est apparue dans ma tête, le cadavre ensanglanté de Taylor en moins.

Je regarde frénétiquement autour de moi, à l'affût du moindre signe de sa présence, et je manque de faire une crise cardiaque lorsqu'un écureuil déboule de derrière la remise. Appuyant fermement mes paumes contre mes cuisses, je m'efforce de me calmer les nerfs… et fais un nouveau bond de trois kilomètres quand une musique déferle. C'est Roadkill. Ils animent certainement la soirée.

Je commence soudain à douter. Dans ma tête, ce n'était pas de la musique live.

Oh, seigneur ! je me suis plantée ?

Un grondement de frustration monte de ma poitrine. Entre ce bruit et celui des instruments, je n'entends rien d'autre, si bien que je sursaute lorsque, en me retournant vers la remise, je découvre Taylor.

Je suis à mi-chemin de *La Crique* lorsque la sensation arrive. Frannie n'est pas chez elle. Je sors mon portable et compose son numéro. Pas de réponse. J'appelle Riley.

— Coucou, Luc.

— Riley ! Où est Frannie ?

— Dans la salle de bains.

— Pas de craques, s'il te plaît. C'est vraiment important.

— Je te dis la vérité. Elle est dans la salle de bains, promis.

— Depuis combien de temps ?

Elle marque une pause.

— Seulement quelques minutes… m'est avis.

— Va voir.

J'entends un cliquetis, puis elle frappe à la porte. Sa voix me parvient de loin.

— Frannie.

Elle toque de nouveau.

— Hum, je pense qu'elle est là…

— Ouvre, Riley.

— La porte est fermée à clé.

— Tu es sûre qu'elle n'est pas partie ? je demande, réprimant mon affolement.

— Je crois pas…

Elle ne semble vraiment pas sûre de ce qu'elle avance.

Je raccroche et tâche de me concentrer. Frannie n'est pas tout près d'ici, je sais au moins ça. Mon sixième sens démoniaque n'est pas encore redevenu assez puissant pour que je réussisse à la localiser avec certitude. Mais le fait que je la perçois quand même m'indique qu'elle n'est pas non plus à l'autre bout de la ville. Quoi qu'il en soit, je dois partir du principe qu'elle a pris sa voiture et que je serai en mesure de la sortir du pétrin rapidement.

Je me gare sur le bas-côté et me transporte derrière *La Crique*. Je regarde par la fenêtre de la pizzeria de Ricco, mais je sais déjà qu'elle n'est pas à l'intérieur. Le bourdonnement a disparu.

J'essaie de nouveau la carrière. Le bourdonnement est un peu plus fort, mais pas tant que ça.

En revanche, lorsque j'apparais devant chez les Gallagher, je sais qu'elle est dans les parages, car je capte le fil des pensées de Lilith. Une multitude de bagnoles sont garées à la lisière du bois, et la Mustang de Frannie est du nombre.

Diablerie d'Enfer!

Je balaie du regard la cour des Gallagher, mais je ne l'y trouve pas. Au moment où je vais me diriger vers les bois, Chase et Kate m'aperçoivent et s'approchent.

— Hey! me salue Chase. Soirée en solo?

— Je cherche Frannie. Tu l'as vue?

— Elle est pas là, intervient Kate. Elle était à la maison quand je suis partie, il y a un moment de ça.

— Merci, je réponds, déjà en train de courir vers la route.

Une fois à l'abri des regards, je m'enfonce sous les arbres pour tenter de localiser Frannie. Le bois est dense, et la visibilité est réduite, mais elle est là-dedans. Je le sens. Je pourrais faire des sauts de puce au hasard, grâce à mon pouvoir, mais il y a pas mal de monde, et on risquerait de me voir. Sans compter que je n'ai aucune garantie de la retrouver de cette façon. Autant que je me focalise sur les pensées de Lilith et sur l'énergie de Frannie.

Les ombres dorées du crépuscule m'empêchent de me frayer un chemin entre les troncs et les broussailles aussi rapidement que je le voudrais. Je trébuche plusieurs fois en slalomant entre les arbres à petites foulées, parce que je suis concentré sur le succube… ma cible. Je me prends le pied dans une racine et m'étale.

Et je ne me relève pas.

Parce que Rhenorian vient de se jucher sur moi.

— Salut, bourreau des cœurs, me souffle-t-il de sa voix éraillée.

— Rhen, c'est vraiment pas le moment, dis-je en tentant de le déloger.

Il se recule et me fait rouler sur le dos, m'enfonçant son genou dans le torse.

— Il veut ta mort. Il se moque même éperdument de savoir que ton âme est toujours marquée pour le Paradis.

— Soit tu cesses de me faire perdre mon temps et tu me tues, soit tu me lâches. Choisis.

— Comment tu as réussi ?

Mon cœur de soufre fait un bond dans ma poitrine.

— Quoi ?

— Comment tu as fait pour défier le roi Lucifer et Lui filer sous le nez ?

— J'ai vraiment pas le temps de discuter.

Je balance ma jambe et l'enroule autour de son cou pour le plaquer violemment au sol.

— On voit ça plus tard ?

— Non, tout de suite, décrète-t-il en braquant sur mon torse son poing rougeoyant.

— Pourquoi ce regain d'intérêt ? je rétorque en faisant de même, mais en le visant au visage.

Il hésite.

— Tu nous as fait réfléchir.

— Réfléchir ? Tu n'as pas peur que ça te fatigue, Rhen ?

Il semble nerveux, mais ne lâche pas l'affaire pour autant.

— On veut savoir comment tu as fait.

Je lève les yeux au ciel.

— Bon, alors tu me tues, oui ou non ?

— Probablement pas.

— C'est un acte de trahison.

— Je sais, dit-il.

Je le lâche et me relève.

Et j'entends Frannie hurler.

Je m'enfonce dans les bois en courant, sans plus me soucier de Rhenorian.

26

Aller simple pour l'Enfer

Frannie

Je suis médusée. Taylor est lovée contre Marc, qui est adossé contre la remise.

— Hey, Fee, dit-elle. (Ses lèvres s'étirent en un sourire oblique.) Tiens, je ne m'attendais pas à te voir ici.

Je ne sais pas comment l'appeler. Taylor ? Lilith ?

— Hey, j'articule à grand-peine.

— Contente que tu aies pu venir.

J'oublie presque la raison de ma présence ici, lorsque je la regarde dans les yeux. Ce sont ceux de Taylor, mais en même temps ils sont différents. Des bribes d'une force obscure commencent à s'immiscer en moi, et je me surprends à souhaiter que la vision devienne réalité.

— Tu sens ma présence ? me demande-t-elle en souriant.

C'est au moins le cas de Marc. Avide, prédateur, il l'embrasse avec rudesse, mais elle le repousse d'une bourrade. Le démon pousse un gémissement, mi-douleur mi-plaisir, lorsqu'elle l'abandonne et s'avance dans la clairière.

— Moi aussi, je te sens, dit-elle. Prête, Fee ?

Marc, reprenant sa position initiale contre la remise et croisant les bras, attend avec fébrilité de voir ce qui va se passer.

Cours !

Mais je n'arrive pas à m'y obliger. Dans un petit coin de ma tête, je me rappelle que j'avais un plan.

En quoi il consistait ?

Je reste là, incapable de bouger, comme si j'avais pris racine, tandis que Taylor s'approche de moi avec la souplesse lente d'un serpent à sonnette. Elle s'arrête à quelques centimètres de moi, et je sens la chaleur qui émane d'elle, en même temps que d'autres choses plus noires. Lorsqu'elle passe ses doigts sur ma joue, son sourire a disparu. Je me colle contre elle, incapable de me retenir.

— Tu me désires autant que je te désire. Je le sens, susurre-t-elle.

Et c'est vrai. Je ne pense plus qu'à être avec elle.

Tout en continuant à m'hypnotiser avec le vert intense de ses iris, elle trace du doigt le contour de mes lèvres. Je ne me détache pas d'elle, alors elle poursuit son chemin, longeant mon cou jusqu'à atteindre ma poitrine. À son contact, l'élancement diffus au creux de mon ventre explose partout dans mon organisme, et j'étouffe un petit cri.

C'est à ce moment-là qu'elle sort le couteau de la poche arrière de son jean.

En voyant ça, je retrouve brusquement mes esprits. C'était ça, le plan. Il faut que je sois physiquement en contact avec Lilith lorsque je la persuaderai de laisser Taylor et de prendre possession de moi.

— Mon âme est marquée pour l'Enfer. Ce n'est pas Taylor qu'il te faut, mais moi.

Elle se raidit et amorce un mouvement de recul, mais je l'attrape par la main pour la ramener à moi.

— Tu n…

— Si. Je suis promise à l'Enfer.

Je l'enlace, séparée d'elle par l'acier froid de la lame ; je dois lutter pour garder la tête froide.

— Tu es promise à l'Enfer, répète-t-elle.

— Je suis promise à l'Enfer.

Tout arrive alors simultanément.

Taylor me donne un baiser à l'instant précis où Angelique apparaît à l'angle de la remise. Avisant la scène, elle ouvre des yeux ronds puis nous sourit d'un air narquois.

— Non, mais, pincez-moi, je rêve. Vous êtes bi ! Incroyable.

Elle tourne brusquement la tête vers Marc en l'entendant toussoter discrètement. Il lui décoche un petit sourire suggestif.

— Tu veux te joindre à nous ?

Angelique, bouche bée, nous observe tour à tour.

— Oh, mon Dieu ! est-ce que… vous faites ça à trois ? Putain de merde !

Pendant ce temps-là, je n'ai pas lâché Taylor. Pas question qu'elle me fausse compagnie. Le sang bat contre mes tempes, si bien que je perçois à peine le son de ma propre voix.

— Barre-toi, Angelique.

— Monte pas sur tes grands chevaux, Cavanaugh. J'ai simplement perdu mon collier.

Elle se penche pour ramasser une fine chaîne en or tombée parmi les fougères, non loin de la remise. Ce faisant, elle nous quitte à peine des yeux.

— Brendan va kiffer grave ! jubile-t-elle en regardant Taylor.

Et elle se fige, captive du regard de Lilith.

— Barre-toi ! je répète.

Mais il est trop tard.

Avant que j'aie pu réagir, Angelique s'approche de nous. Elle marque un temps d'arrêt en apercevant le couteau, mais ensuite son expression change et son sourire narquois s'efface, remplacé par un besoin, un désir brut qui entend être assouvi sur-le-champ. Je tends le bras pour l'empêcher de toucher Taylor, mais celle-ci me repousse au même moment avec sa main libre. Elle attrape Angelique et se plante aussitôt le couteau dans le ventre.

Je reste pétrifiée pendant une fraction de seconde, le temps que Taylor s'effondre à mes pieds.

Je m'entends hurler, et puis me voilà penchée au-dessus d'elle, comprimant la plaie pour arrêter l'hémorragie.

Je lutte pour ne pas devenir folle, mais ma santé mentale n'a de cesse d'essayer de me filer entre les doigts. Je fournis cependant de gros efforts pour rester concentrée sur Taylor, qui me regarde, perdue. Elle émet un râle, et ses paupières tressautent avant de se fermer. Paniquée, je cherche de l'aide autour de moi, mais il n'y a qu'Angelique, lovée contre Marc près de la remise, et le couteau ensanglanté qu'elle tient.

— Va chercher de l'aide ! je lui hurle.

— C'était le seul moyen, Fee. Tu ne m'as pas laissé le choix.

Au bord de l'hyperventilation, je m'efforce de comprimer la plaie. C'est loin de suffire. Une mare de sang est en train de se former sur le sol.

— Oh, seigneur !

Des larmes brûlantes coulent sur mes joues et tombent sur le visage pâle de Taylor. Elle tousse et crache du sang.

D'une main rouge, je sors tant bien que mal mon portable de ma poche. Il me glisse entre les doigts et tombe par terre deux fois avant que je réussisse à appeler les secours.

— Mon amie a été poignardée, je sanglote dans le combiné.

On me demande plus d'informations, mais je n'ai pas l'occasion de les fournir, parce que le téléphone m'est arraché des mains.

Par Marc. Il me sourit, puis éteint l'appareil et le balance négligemment dans les bois.

— Oh, seigneur ! je murmure, malgré ma gorge qui se serre. Taylor, tu ne vas pas mourir. (Puis je crie de toutes mes forces :) À l'aide !

Sauf que c'est comme ces cauchemars où on s'évertue à donner de la voix mais où personne ne nous entend, malgré tous nos efforts. À mes oreilles, mon hurlement est étranglé, sec.

— Ils ne t'entendront pas. La musique est trop forte, remarque Angelique.

C'est là que la chanson qui sort des enceintes attire mon attention. Avec *How to save a life*, The Fray me parle de quelqu'un qui n'a pas su sauver un ami.

Je ne peux retenir un gémissement. C'est un son ténu et pathétique, comme si j'étais un animal chétif et blessé ; inutile.

Je suis si faible. Et quelle imbécile ! Comment j'ai pu croire à mon Emprise ? Elle vaut que dalle.

— Oh, seigneur !

Sur le tee-shirt de Taylor, mes larmes se mêlent au sang.

Et c'est alors que je me rends compte que les râles de Taylor ont cessé.

— Non ! Tu ne vas pas mourir, je répète inlassablement tout en massant son cœur et en lui faisant du bouche-à-bouche.

J'ai la saveur métallique du sang brûlant sur les lèvres. Chaque fois que j'interromps la manœuvre, j'appelle à l'aide.

— Elle est morte, dit Angelique.

C'est presque avec tristesse, me semble-t-il, qu'elle regarde Taylor. Mon amie ne m'a jamais paru si humaine qu'en cet instant, même avant que Lilith s'empare d'elle.

— Tu es folle de rage. Tu as envie que je meure, n'est-ce pas ? demande le succube en faisant un pas en avant.

Et, subitement, le tranchant de la fureur s'empare bel et bien de moi et, poussant un hurlement primitif, je projette Lilith au sol.

Elle se débat, mais le corps tendre d'Angelique ne peut rivaliser avec mes huit années de judo. Je maintiens mon bras plaqué en travers de sa gorge sans fournir le moindre effort.

Le couteau.

Une main tient un couteau au-dessus de la poitrine d'Angelique.

La mienne ?

C'est moi qui tiens ce couteau ? Je ne saurais le dire. Les images sont fuyantes, et je n'arrive pas à les analyser.

— Fais-le, Fee. Allez, fais-le, me murmure alors le succube avec la voix d'Angelique.

Je secoue la tête pour tâcher de retrouver mes esprits. Le succube ne se débat plus. Il me sourit même, et sa main est posée au-dessus de la mienne sur le manche de l'arme. Je pèse dessus pour percer sa peau. La goutte de sang qui se forme à la pointe de la lame grandit, puis un filet écarlate se met à couler. Angelique resserre son poing autour du mien, et je tressaille d'excitation en m'imaginant en train d'enfoncer le couteau jusqu'à la garde.

De sa main libre, Angelique m'empoigne par les cheveux. Je veux me dégager, mais je me rends compte qu'elle n'est pas en train de s'opposer à moi. Elle m'attire au contraire vers elle, et je crois qu'elle veut me dire quelque chose, mais en réalité, lorsque je suis suffisamment près, elle m'embrasse. Une brûlure électrique se propage en moi. Je suis prise d'un violent et subit désir d'elle. Accentuant ma pression sur la lame, j'en sens la pointe glisser contre une côte et percer le tissu plus tendre qui se trouve juste en dessous. Lilith m'attire, la paume sur ma nuque ; elle m'embrasse à pleine bouche, creusant la plaie.

Lorsque je mets un terme au baiser, je suis obnubilée par l'envie de faire couler son sang. À califourchon sur elle, j'empoigne le couteau à deux mains et le brandis au-dessus de son cœur.

Elle gémit, mais ce n'est ni par souffrance ni par peur. Un éclair passe dans ses yeux tandis qu'elle tend les bras vers moi.

— Fais-le ! s'écrie-t-elle.

Un soubresaut de plaisir indescriptible fuse à travers moi. Fermant les yeux, j'abats la lame en décrivant un large arc de cercle. Mais, avant qu'elle atteigne sa cible, je suis catapultée sur le côté. Le couteau m'échappe et glisse parmi les fougères jusque dans un buisson, non loin de la remise.

— Non ! je hurle.

Et j'entends Angelique se faire mon écho par-dessus le rythme lancinant de la musique.

La voix de Luc, douce à mon oreille, filtre à travers le brouillard de mes sens. Je reprends lentement conscience de ce qui m'environne. Le froid pénétrant du sol commence à m'imprégner tandis que l'intense chaleur corporelle de Luc s'infiltre en moi par au-dessus, à travers mes habits. Il me cloue au sol, pressant mon visage contre la terre.

— Lâche-moi ! je vocifère.

Mes orteils nus s'enfoncent dans l'humus légèrement humide et les fougères tandis que j'essaie de le déloger. Malgré l'odeur prégnante des débris végétaux en décomposition, celle, cuivrée et salée, du sang de Taylor me monte tout de même aux narines et me retourne l'estomac ; je dois combattre la nausée.

Un grognement animal monte du tréfonds de mon être.

— Putain, lâche-moi ! je hurle, en ruant de nouveau pour me libérer.

— Frannie, arrête ! C'est ce que veut Lilith. (Sa joue tout contre la mienne, Luc écarte de mon visage mes cheveux en bataille.) Elle veut que tu tues Angelique. Elle essaie d'inverser ton marquage.

— Non !

Je redouble d'efforts pour me libérer. Constatant qu'il ne lâche pas prise, je me contorsionne et, passant mes jambes autour de lui, je roule et lui fais heurter le sol. Me voilà perchée sur lui.

— Écoute ma voix, Frannie, dit-il avec douceur. Il faut que tu entendes ce que je dis.

Le monde retrouve sa netteté. J'entends le son éraillé de ma respiration, mais je n'arrive pas à emplir mes poumons d'air.

Luc continue à me parler comme si rien d'autre ne comptait.

— Si tu fais ça, elle aura gagné. Si tu tues Angelique, tu seras vouée à l'Enfer, et Lili sera libre d'entrer en toi. Tu lui appartiendras.

C'est finalement sa senteur de cannelle qui me tire de mon brouillard. Clignant des yeux, je regarde autour de moi. Deux démons, postés chacun à une extrémité de la remise, se menacent mutuellement avec leur pouvoir rougeoyant. Marc et Rhen. Je ne comprends rien à la scène, mais peu importe. Taylor gît sur le sol ;

l'air vespéral est gorgé de l'odeur du sang vermeil qui imprègne son haut.

Je roule sur le côté et m'assois à côté de Luc. Mon estomac recommence à faire des siennes, et je vomis entre mes pieds dans les fougères.

— Je n'ai pas pu la sauver, dis-je d'une voix tremblante et à peine audible.

— Tu ne pouvais rien faire, Frannie.

— Mon Emprise. J'aurais dû être capable de la ramener.

— De l'Enfer ? Impossible. Pour le moment, en tout cas. Peut-être que ton Emprise finira par devenir suffisamment puissante…

Je me remets debout en vacillant, puis je perds l'équilibre et Luc me retient par la taille. Je songe aux dernières paroles que j'ai adressées à Taylor. « Va au diable », je lui ai dit. Je lui ai dit d'aller au diable.

Me pliant en deux, je recommence à vomir.

Puis Angelique se redresse et s'assoit dans un bruissement de feuilles. Adossée contre la remise dans son tee-shirt plein de sang, elle m'adresse un sourire torturé.

— Il ne comprend pas, Frannie, dit-elle. Ça le dépasse qu'on ait besoin l'une de l'autre. (Elle se traîne jusqu'au buisson pour ramasser le couteau.) Nous sommes faites l'une pour l'autre. Tu es des nôtres.

Elle se remet lentement sur ses pieds et me présente le manche du couteau.

Luc me ceinture.

— Non, Frannie.

Mais elle exerce avidement son ascendant sur moi. Je fais un pas vers elle.

— Frannie, répète Luc. (Il me tourne vers lui et fixe ses yeux sur les miens.) Allez, regarde-moi.

Je me tords le cou pour apercevoir Angelique, mais Luc ramène mon menton dans sa position initiale.

— C'est par là que ça se passe, Frannie, poursuit-il, m'indiquant ses yeux avec l'index et le majeur de sa main libre.

Je me perds dans le puits de ses yeux noirs, et il m'entraîne vers la musique qui s'élève dans la cour des Gallagher, loin de Taylor. En marge de mon champ de vision, je vois Rhen qui couvre notre retraite, et j'en suis interloquée. *Pourquoi il nous aide ?*

Angelique me hèle tandis que nous nous éloignons.

— Frannie, ne le laisse pas t'enlever à moi.

Je me replie en moi-même en gémissant, et mes jambes cessent de me porter. Luc me soulève et je laisse ma tête choir sur son épaule, tâchant de puiser dans son énergie.

Quelqu'un hurle. Kate ? Mais je me contente de continuer à respirer l'odeur de cannelle de Luc, en faisant abstraction de tout le reste.

Luc demande qu'on appelle la police. Il y a des gens partout autour de nous. Nous sommes bousculés. Quelqu'un me tire par le bras, essaie de m'arracher à Luc. Je m'accroche farouchement à son cou avec le peu de force qui me reste.

— Oh, mon Dieu ! qu'est-ce que tu lui as fait ? Passe-la-moi !

Cette voix... C'est Reefer. Reefer engueule Luc. J'essaie de lever la tête pour lui dire d'arrêter, mais elle est trop lourde. C'est trop dur de bouger.

Laisse-le tranquille, me dis-je. *S'il te plaît.*

Et puis je me retrouve lovée dans les bras de Luc ; il est assis sur les marches du porche. Il est vraiment brûlant, alors j'essaie de prendre de sa chaleur, mais j'ai tellement froid que je ne cesse de trembler. J'arrive finalement à obliger mes paupières à s'ouvrir. Et c'est à ce moment-là que je vois qu'il y a du sang – le sang de Taylor – partout sur moi. Sur mes mains. Sur mes vêtements.

Oh, seigneur ! Taylor.

Je pousse une épouvantable plainte. Luc me berce, je crois, mais je ne peux pas m'empêcher de hurler. Il y a des gens qui crient, qui hurlent… Non, une minute… Ce bruit, c'est encore moi. Et ensuite tout sombre dans l'oubli.

‡

Je m'éveille dans mon lit au souffle d'une chaude brise matinale qui agite les rideaux, et la senteur fraîche d'un soleil hivernal emplit l'atmosphère. Une fois en possession de mes moyens, je découvre Gabe assis sur ma chaise de bureau, au pied de mon lit. Il me sourit et me tapote gentiment le pied à travers la couverture.

— Salut.

Tous les souvenirs me reviennent en force, et le poids écrasant de mes actes menace de me faire sombrer de nouveau.

Je ferme les paupières.

— Taylor ? j'articule d'une voix rauque.

Et au moment où je prononce ce nom, une terreur froide m'enveloppe le cœur.

— Je suis vraiment désolé, Frannie. J'aurais dû être là.

La douleur dans sa voix…

Ce qu'il ne précise pas, c'est que c'est à cause de moi qu'il n'était pas là. Un gémissement étranglé me monte aux lèvres sans que je puisse le réprimer et, immédiatement après, les larmes jaillissent. Puis Gabe me prend dans ses bras, m'apaisant. Il n'y a rien à ajouter, alors j'enfouis mon visage au creux de son cou pour pleurer.

Lorsque maman entre, mes larmes se sont quasiment taries mais la colère, principalement dirigée contre moi-même, me ronge encore comme de l'acide, tout au fond de moi. Gabe essuie mes joues humides avec son pouce puis se cale au fond de la chaise. Papa reste sur le seuil pendant que maman s'installe au bord du lit et me prend la main.

— Comment tu te sens, chérie ?

Quelle question idiote.

— C'est la merde.

Elle se retient de me reprocher ma vulgarité, je le vois, et c'est d'ailleurs pour ça que j'ai été grossière. Pour la mettre en rogne. Parce que c'est vraiment la merde, et j'ai envie d'en faire profiter tout le monde.

— Est-ce que tu as besoin de quoi que ce soit ? demande-t-elle en inspirant profondément.

Je me tortille pour m'enfoncer encore plus dans les oreillers, pour tenter de disparaître à l'intérieur.

— De Taylor.

— Oh ! ma puce…

Je me tourne vers le mur.

— Frannie…, commence-t-elle, avant d'hésiter un peu. Je suis vraiment désolée.

Si quelqu'un me dit ça encore une fois, je vais recommencer à hurler.

Le matelas se redresse lorsqu'elle se lève, et j'entends le cliquetis de la porte qui se referme.

Je sens à peine le poids de Gabe remplacer celui de ma mère au bord du lit, mais sa présence ne fait aucun doute, parce que ma colère commence à refluer.

— Je sais que c'est dur, mais ce n'est pas en t'en prenant à ta mère que ça va s'arranger.

Je n'ai pas envie que ma colère se dissipe. J'ai besoin d'elle pour me détester.

— La ferme ! Va-t'en !

Au lieu de m'obéir, il s'adosse contre la tête de lit, à côté de moi.

Je garde les yeux rivés sur le mur, incapable d'empêcher les images de se rejouer dans ma tête comme un film horrible.

— Oh, seigneur ! (C'est plus un sanglot qu'autre chose.) Je l'ai tuée.

Il sait que j'ai raison. Je le sens à la façon qu'il a de s'agiter derrière moi.

— Frannie, rien de tout ça n'est ta faute.

Mon intonation est aussi amère que mon cœur.

— Je pensais que tu ne pouvais pas mentir.

— Donc, tu devrais me croire.

Il en fait vraiment des tonnes, niveau paix intérieure. Il m'enterre sous une avalanche de neige estivale. Ma respiration ralentit, et j'ai le sentiment de m'adoucir au-dedans comme au-dehors. Je n'arrive cependant pas à me défaire des visions. Taylor. Angelique. Luc…

Je lève la tête de l'oreiller pour le regarder.

— Où est Luc ?

— Il a jugé préférable de… partir.

Mon cœur s'effondre en lui-même.

— Et Angelique ? je demande, redoutant la réponse.

— Lilith s'est emparée d'elle. On l'a perdue.

Un gémissement enfle lentement en moi. Encore une vie gâchée par ma faute. Les sentiments qu'elle m'inspire sont sens dessus dessous. Haine. Culpabilité. Désir.

— J'avais envie d'elle, besoin d'elle. Pourtant, je ne… je suis pas branchée filles.

— Lilith est un succube. Homme ou femme, peu lui importe. Elle est capable de trafiquer tes pensées et tes désirs les plus noirs ; les basses émotions, en somme. Elle peut te montrer des choses, te les faire ressentir. Elle a besoin de sa came, et elle est prête à tout pour se la procurer.

— Sa came ?

— Elle vit de luxure. Sans ça, elle est condamnée.

Je ferme les yeux de toutes mes forces pour repousser les images qui tentent de se former dans ma tête. Sous son emprise, j'aurais fait n'importe quoi, y compris tuer Angelique. Je repense brièvement à l'hébétude de Luc, quand je l'ai surpris avec Lili.

— Luc ne savait pas ce qu'il faisait…, me dis-je tout haut, comprenant vraiment pour la première fois ce qui s'est passé.

— Non, j'en suis certain.

Je repose ma tête trop lourde pour mon cou sur l'oreiller. Je ferme mon esprit et accueille le vide avec joie ; on dirait un désert. En me rendant compte que c'est Gabe qui est responsable de cette sensation, j'ai envie de me mettre en colère, mais ensuite je me laisse porter, j'accepte d'être anesthésiée. Et je ne pense plus à rien.

27

‡

Larmes célestes

Frannie

Je passe les cinq jours suivants dans un état second. Des gens vont et viennent, je crois. Il y a des images floues de Riley et de Trevor. Lors de ces scènes, Trev semble aussi déphasé que je le suis. Une partie de moi, celle qui se rappelle avoir perdu Matt, a envie de le réconforter.

Mais je n'en fais rien.

Maman m'apporte à manger, mais je ne peux rien avaler. Plus elle me sollicite, plus je me renferme en moi-même. J'entends des bruits de voix indistinctes dans le couloir. Maman ? Gabe ? Papa ? je ne sais pas trop. Il me semble que maman crie, mais ça n'a pas assez d'importance pour que je tende l'oreille. Il est question d'appeler la police… peut-être.

Les jours s'écoulent en une succession de clichés brouillés, juste en marge de ma conscience, période à l'issue de laquelle je me retrouve sur un banc d'église, vêtue de noir. Il y a d'autres personnes, dont certaines sont en train de pleurer, ainsi que Luc. Je sens sa présence plus que je le vois. Gabe est avec moi, il ne me quitte pas. Ce qui, m'est avis, explique pourquoi je me sens engourdie. Sans lui, je suis quasi certaine que le hurlement logé au fond de mon gosier se manifesterait.

Je suis appuyée contre l'épaule de papi, qui me tient la main. Sa peau est rugueuse, chaude, et je hume la douce odeur de son tabac à pipe. Il est le seul être dont j'ai besoin. Le seul dont je tolère la présence.

D'autres gens défilent devant nous et, sans que je sache trop comment, papi les congédie les uns après les autres. Ce qui est une bonne chose. Parce que, si j'ouvre la bouche, ce hurlement…

Ensuite, on cesse de nous solliciter, et le calme se fait. Le père O'Donnell prend la parole. J'ai vaguement conscience du fait que les parents de Taylor et Trevor remontent l'allée centrale, suivis d'une boîte en bois.

Une boîte.

Taylor.

Ça commence sous la forme d'un faible gémissement dans ma poitrine. Après, même Gabe ne peut plus rien faire pour m'empêcher de hurler.

Luc

Elle garde le silence pendant tout le trajet du retour. Elle reste simplement assise là, amorphe, à regarder le tableau de bord sans le voir.

Je m'enfonce dans la banquette arrière, regrettant que ça ait été Taylor dans ce cercueil au lieu de moi. *Comment j'ai pu laisser faire ça ?*

De temps à autre, elle pousse tout bas un gémissement déchirant qui me broie le cœur. Je donnerais n'importe quoi pour prendre sa douleur…

Gabriel gare sa voiture dans l'allée, derrière le monospace des Cavanaugh. Frannie reste assise un long moment, puis elle descend du véhicule et s'éloigne de la maison. Ses parents sont debout sur le porche. Son père veut la suivre, mais l'ange pose la main sur son épaule et lui fait comprendre que c'est à mon tour de jouer. Je traverse la pelouse et la rejoins. Elle se dirige vers la maison de Taylor.

— Frannie ?

Elle continue à longer le trottoir en traînant les pieds, sans rien sentir de ce qui l'entoure. Je fais un geste vers elle, mais je ne vais pas jusqu'au bout. Je ne suis pas sûr de pouvoir la toucher sans…

Je me place devant elle et marche à reculons.

— Frannie… tu m'entends ?

Rien.

— Je sais que c'est…

Une boule chaude et moite se forme dans ma gorge, m'empêchant d'achever ma phrase. Qu'est-ce que je vais lui dire ? Que c'est « difficile » ? C'est plus que ça. C'est invivable, comme situation.

Je me rends compte que je me suis immobilisé en sentant Frannie frôler ma joue. Elle me regarde droit dans les yeux. Ses doigts sont mouillés.

— Tu pleures, dit-elle.

— Impossible. Je suis redevenu un démon… à peu de chose près.

Elle frotte son pouce contre ses autres doigts et les porte à ses lèvres.

— Si, tu pleures.

Les larmes commencent à ruisseler sur ses joues. Elle s'assoit au bord du trottoir. Ses mains, passées dans ses cheveux, dissimulent son visage.

Je m'assois à mon tour, à distance respectable d'elle.

— Je suis vraiment navré, Frannie.

Mes paroles sonnent tellement faux…

— Je n'ai pas réussi à la sauver. Elle est en… Enfer, Luc. (Sa voix se brise sur un sanglot.) Et je n'ai pas pu la récupérer.

— Ce n'est pas ta faute.

Elle redresse brusquement la tête, des mèches plaquées sur son visage humide.

— Bien sûr que si, gronde-t-elle tout bas, presque comme une bête sauvage.

C'est alors qu'elle prend conscience de ce que je lui ai dit.

— Tu es un démon…

J'acquiesce en silence.

— Est-ce que tu peux aller la chercher ? me demande-t-elle, les traits déformés par une grimace. En Enfer, j'entends ?

À cet instant, en voyant la douleur qui est gravée sur son visage, je serais prêt à tenter le diable, même si je sais pertinemment que mes efforts seraient condamnés à l'échec… et moi à la mort.

— Si c'est ce que tu veux, Frannie, j'essaierai.

Elle ferme puis rouvre les paupières en un lent clignement, et l'espoir éclaire brièvement son regard. Mais ça ne dure pas.

— Toi non plus, tu n'arriveras pas à la sauver, n'est-ce pas ?

Ça me tue de la voir comme ça.

— Non, je réponds, la tête basse.

— Et ils te tueront toi aussi.

— Façon de parler.

Je me lève, parce que c'est trop dur pour moi d'être si près d'elle, et je commence à décrire des allées et venues sur la chaussée. Je croise les mains au-dessus de ma tête et inspire profondément, m'efforçant de réfléchir. Lorsque je reporte mon attention sur Frannie, je constate qu'elle s'est levée aussi et que ses joues sont de nouveau baignées de grosses larmes. Je m'approche sans vraiment la regarder, et elle pose la main sur mon bras.

— Luc, je suis vraiment désolée. Je sais que c'était pas ta faute… avec Lili.

Je me raidis et regarde droit devant moi, les poings serrés le long du corps pour me retenir de la serrer, elle, dans mes bras. Parce que je ne peux pas faire ça, même si j'en meurs d'envie. Impossible de revenir en arrière.

De toute mon existence, je n'avais jamais souffert à ce point-là... J'avais tout, et puis j'ai tout perdu. Mais je ne reçois que ce que je mérite. Parce que Frannie a tort. C'était ma faute. Je suis responsable de tout ce qu'elle a enduré depuis que j'ai mis les pieds à Haden.

Je la détruirai si je reste ici.

— Frannie..., dis-je en me dégageant.

Elle se rassoit, abattue.

— C'est trop tard, n'est-ce pas ? J'ai tout gâché.

Elle enfouit son visage contre ses genoux, les doigts croisés derrière la nuque.

— Je ne pense pas que..., je commence.

Puis mon cœur, remontant dans ma gorge, m'interrompt. Je continue à faire les cent pas jusqu'à ce que je puisse poursuivre.

— Frannie, il faut arrêter les frais, c'est tout.

Au son qu'elle émet – un gémissement étouffé –, mon sang, du moins ce qu'il m'en reste, se glace.

— La situation... (d'un geste du bras, je désigne vaguement le monde, même si Frannie ne me voit pas faire) est désastreuse pour nous tous. Tu dois te rendre à l'évidence. Je ne peux pas rester ici.

Elle finit par relever la tête. Sans pour autant me regarder.

— Alors, ça y est ? C'est fini ? (Là, elle me dévisage, de ses yeux sombres, morts.) Je peux sans doute essayer de ne pas vouloir de toi, si c'est ce que tu souhaites.

— Oui.

Je déploie des efforts surdémoniaques pour prononcer ce mot, et toutes mes cellules sans exception hurlent leur protestation. Me détournant, je remarque Gabriel qui nous observe, au bout de l'allée des Cavanaugh. Je me penche pour embrasser Frannie au sommet du crâne, puis fais signe à l'ange avant de monter dans ma Shelby, de l'autre côté de la rue.

Il est parti. Je l'aurais senti même sans le bruit de la Mustang. Mon cœur se contracte en une boule dure tandis qu'une importante partie de moi – mon âme ? – se rabougrit puis meurt, me laissant froide et creuse.

Évidemment qu'il ne m'aime plus. Comment le pourrait-il, après ce que je lui ai fait subir ? Il préfère être un démon plutôt que d'être avec moi, et je ne peux pas lui en vouloir.

Je ramène mes genoux contre ma poitrine, les y maintenant fermement avec mes bras ; je lutte pour ne pas sombrer.

— Rentre, Frannie. Je t'en prie, dit Gabriel de sa voix douce en s'accroupissant à côté de moi.

Perdue, je prends la main qu'il me tend. Il me relève et me ramène à la maison, puis me borde dans mon lit.

— Repose-toi. Je reviens très vite.

Le souffle coupé par la panique, je me redresse comme un ressort.

— S'il te plaît, t'en va pas.

Il approche ma chaise de bureau et s'assoit près de mon lit après avoir jeté un coup d'œil en direction du couloir, car la porte est ouverte.

— D'accord, dit-il en me pressant affectueusement la main.

Je me tourne dans tous les sens pendant des heures, effrayée à l'idée de fermer les yeux, parce que chaque fois que je fais ça je vois Taylor, Angelique et Luc en mon for intérieur. De temps à autre, maman et papa passent devant ma chambre. Papa finit par éteindre la lumière du couloir, et la pièce est plongée dans l'obscurité. Je ne suis pas fière du piaillement pathétique qui m'échappe lorsque Gabe se lève.

— Je suis juste là, Frannie. Je ne vais nulle part. (Il sort de sous mon oreiller le tee-shirt que j'utilise pour dormir.) Je me disais simplement que tu dormirais sans doute mieux dans une tenue confortable. Je serai juste à côté.

Il sort dans le couloir, et mes tremblements s'intensifient au point que j'ai du mal à me déshabiller. Je finis par réussir à ôter ma robe, à enfiler mon tee-shirt et à me glisser de nouveau sous la couverture.

— C'est bon, dis-je d'une voix qui tient essentiellement du croassement.

Gabe revient et ferme la porte derrière lui avant de se lover sur le lit derrière moi.

— Ça va aller, Frannie. Je suis là, il ne t'arrivera rien.

Je frémis en repensant à tout ce que nous avons déjà vécu, moi et tous ceux que j'aime, et je sais qu'il ment, même si lui l'ignore.

Je tremble sans pouvoir m'arrêter. Même la présence de Gabe ne m'apaise pas complètement. Je plaque mon dos contre lui. Mais malgré le calme que notre proximité physique me procure, mon cœur bat toujours à un rythme effréné dans ma poitrine. Parce que j'ai bien conscience que si je ferme de nouveau les yeux les cauchemars… Taylor… Angelique.

— S'il te plaît, essaie de dormir, Frannie, me murmure Gabe à l'oreille.

— Je ne peux pas.

Je frissonne violemment, alors il me serre plus fort et, roulant sur le côté, je me love contre lui. Son souffle frais dans mes cheveux ne parvient qu'à émousser un peu la terreur qui a pris possession de moi. Enfouissant mon nez dans le creux de son cou, je hume son odeur de soleil hivernal et tâche de me focaliser sur elle. Malgré ça, la panique reste là, prête à jaillir. Gabe m'embrasse sur les cheveux, et je tressaille. Redressant la tête, je contemple le bleu intense de ses yeux qui brillent dans la pâleur du clair de lune, et j'essaie de m'oublier.

Plus je suis proche de lui, plus je me sens apaisée ; j'ai déjà pu le constater. Il est le seul être capable de bloquer la douleur.

— Frannie…, dit-il, tremblant lui aussi tandis que je fais courir mes doigts sur ses lèvres.

J'attire son visage vers moi et pose mes lèvres sur les siennes. Alors, la paix qui émane de lui m'envahit, me noie dans un doux engourdissement, décrispant instantanément le nœud douloureux dans ma poitrine. Mon cœur vide semble soudain s'emplir, parce que Gabe m'aime d'un amour profond et inconditionnel que je lui rends bien.

Je ne voudrais pas être ailleurs. J'ai envie de me perdre dans cette paix et dans cet amour. De partir si loin que personne ne pourra plus me retrouver.

Je veux simplement m'oublier.

Ses baisers se font moins timides ; ses lèvres, douces et fraîches, m'explorent, me dévorent et m'aident à disparaître. Plus je me concentre sur nous, moins j'existe. Je déboutonne maladroitement sa chemise. Lui, il m'enlève mon tee-shirt avant de poursuivre sa quête tactile, chaque caresse m'entraînant un peu plus loin de moi.

Mon cœur bat toujours la chamade, mais plus à cause de la panique. Et, si j'ai le souffle court, ce n'est pas dû à la peur. Chaque pas qui me rapproche de l'inéluctable m'éloigne aussi de la douleur.

Lorsque Gabe s'allonge sur moi, je lui enlève sa chemise et sens sa peau, non plus fraîche mais brûlante, contre la mienne. J'embrasse son épaule en tirant sur son pantalon ; je veux tout de lui.

— Oh, seigneur… Frannie.

Ses lèvres m'embrasent le cou, et quand elles retrouvent ma bouche je sens un incendie couver sous ma peau ; nous rivalisons de chaleur.

Nous bougeons à l'unisson, et j'ai presque disparu. Encore un petit effort, c'est tout. J'enroule mes jambes autour de lui, l'autorisant ainsi à franchir la dernière étape et à me délivrer de mon accablement ; mon corps lui indique que je veux qu'il le fasse.

Et il réagit, se pressant fougueusement contre moi, abandonnant les vestiges de sa retenue. Je passe la main sur le devant de son pantalon, et je le sens frémir. Il m'embrasse à pleine bouche, avec une ardeur proche du désespoir, comme s'il suffoquait et que j'étais son air. Il a autant besoin de moi que moi de lui. Je le sens. C'est ce qu'il nous faut. Être ensemble.

J'ai presque disparu.

Encore un petit effort.

Je déboutonne son pantalon, et sa bouche quitte la mienne pour tracer un sillon brûlant sur mon menton, mon cou et mon épaule avant de remonter jusqu'à mon oreille. Il a le souffle aussi rauque que moi lorsqu'il me murmure :

— Je t'en prie, Frannie. Je t'en prie, arrête.

La culpabilité m'envahit lorsque je me rends compte de ce que je suis en train de lui faire.

Je le pousse et il roule à côté de moi, étendu sur le dos. Après avoir pris plusieurs amples respirations, il rouvre les yeux. Il se lève, sa silhouette se découpant sur les ombres mouvantes générées à ma fenêtre par le clair de lune.

Moi, j'essaie de disparaître dans les oreillers.

— Je...

Au lieu de finir sa phrase, il attrape sa chemise et sort sans demander son reste en refermant la porte derrière lui. Puis plus rien.

Le silence dure quelque chose comme une éternité, pendant laquelle je réfléchis à la marche à suivre. Quand il devient clair que Gabe ne va pas revenir, je ferme les yeux et prie sincèrement Dieu pour qu'il m'achève ici et maintenant.

Je me redresse en voyant la porte s'ouvrir sur Gabe, et je remonte le drap, subitement gênée.

— Je pense pouvoir me maîtriser, maintenant, mais ce serait plus facile si tu t'habillais, dit-il en me tournant le dos.

Je roule et me baisse pour ramasser mon tee-shirt.

— Tu n'es pas obligé de rester, dis-je en m'habillant, tâchant de garder un ton égal. (En vérité, je crève d'envie qu'il reste, mais je suis aussi mortifiée.) Si je te rends les choses trop difficiles...

Il vient s'asseoir au bord de mon lit et prend mon visage entre ses mains.

— Je t'aime, Frannie. Mais ça..., on ne peut pas. (Il me montre les draps en désordre.) Je renoncerais volontiers à mes ailes pour toi, mais pas de cette façon.

— Je sais, je réponds, oppressée par le désespoir.

Je le touche à mon tour. Je ne peux pas m'en empêcher, tant il est beau.

— Tu as dit que quand Matt a perdu ses ailes il a pu choisir…

Je n'achève pas ma phrase, ce serait très égoïste de ma part.

Mais Gabe sait toujours ce que je pense.

— Je ne suis pas comme Matt. Je ne pourrais pas rester avec toi.

— Pourquoi ça ?

— Je suis une Domination. Un être du second degré de la hiérarchie. Je ne suis pas un ange.

Je me redresse sur un coude.

— Je croyais que vous l'étiez tous.

— Non. Ce terme désigne spécifiquement les mortels devenus créatures célestes. Moi, je n'ai jamais été humain.

— Donc…, ça signifie…, dis-je, essayant de comprendre ce que ça implique.

— Si je perds mes ailes, je ne me verrai pas offrir le choix. Je ne viens pas de la Terre, alors je ne pourrai pas y retourner. J'appartiendrai à Lucifer.

Mon pouls bat contre mes tempes.

— Sauf si je désirais que tu sois humain.

Ce qui est le cas. À cet instant précis, c'est mon vœu le plus cher.

Je vois ses pensées passer sur ses traits à une vitesse si fulgurante que je n'arrive à en saisir aucune au vol. Puis il se penche pour m'embrasser de nouveau. Je l'attire sur le lit près de moi et me plonge dans le bleu irréel de ses yeux ourlés de cils blancs. La question m'échappe avant même de m'être rendu compte que je voulais la lui poser.

— Tu connaissais Lucifer avant sa chute ?

Gabe se raidit, mais il me répond comme à son habitude sur un ton calme, apaisant.

— Frannie, ne te soucie pas de lui pour le moment. Tu es en sécurité. Endors-toi.

Je m'agite, soudain plus très à l'aise dans les bras de Gabe, mais quelque chose, tout au fond de moi, refuse d'abandonner le sujet.

— Je ne suis pas inquiète. Je veux simplement savoir.

— J'ai été créé juste après la Guerre. Il était déjà parti à ce moment-là.

— Donc… tu ne l'as jamais connu ange ?

— Où veux-tu en venir ? demande-t-il avec méfiance.

Je secoue la tête, parce que je ne le sais pas vraiment moi-même. C'est juste une impression que je ne m'explique pas.

— Nulle part, m'est avis.

Il m'embrasse sur le front et se cale de nouveau contre les oreillers.

— Dors, Frannie.

Mes paupières sont lourdes, et je les laisse se fermer, mais des scènes de mon cauchemar reviennent me hanter. Taylor, du sang, Lilith. Je pose la main sur le torse de Gabe, à l'endroit où se trouverait son cœur s'il en avait un, en déployant de gros efforts pour pouvoir profiter de notre proximité physique sans pour autant désirer ce qu'il ne peut pas me donner.

— Et là, ça va si je fais ça ?

Poussant un soupir tremblant, il me caresse l'épaule.

— C'est parfait, dit-il.

Et à un moment, au bout de plusieurs heures, j'arrive enfin à trouver le sommeil.

‡

Quand je m'éveille, une pâle lumière grise filtre entre les branches du chêne par ma fenêtre. Je suis seule dans mon lit, et les cinq jours qui viennent de s'écouler sont un peu confus, comme si je venais tout juste de décuver après avoir picolé pendant tout ce temps. La gueule de bois se poursuit pendant le long moment durant lequel je reste allongée, tâchant de reconstituer le puzzle du vrai et du faux. Taylor a bel et bien été assassinée ; aucun cauchemar ne provoquerait une douleur si vive. Le départ de Luc, réel aussi. Gabe… la nuit dernière ? Je ressens un tressaillement au fond du ventre en me rappelant l'incroyable douceur de son toucher. Est-ce qu'on a vraiment failli faire l'amour ? A-t-il dit qu'il m'aimait ? Je crois que, ça aussi, ça s'est vraiment passé. Il renoncerait à ses ailes pour moi… Voilà le propos qu'il m'a tenu.

Mais il n'est plus là.

Chassant la déception qui menace de m'envahir, je regarde l'heure et attrape mon portable pour prévenir Ricco que je suis malade une énième fois. Il me dit que ce n'est pas la peine de remettre les pieds à la pizzeria.

28

Fin des temps

Luc

— Est-ce que ça va ?

La voix et la main qui se pose sur mon bras me font sursauter. Le front appuyé contre le carrelage froid du mur de l'hôpital, je m'efforce de trouver le courage de frapper à la porte de la chambre 322.

Elle s'appelle Robin.

Je me redresse.

— Je vais bien, je réponds, en tâchant de sourire à l'infirmière.

Elle m'accorde un dernier regard soucieux avant de passer son chemin. Inspirant profondément, je m'apprête à toquer, mais la porte s'ouvre avant que j'aie pu m'y résoudre, et Robin sort de la chambre dans une ample blouse d'hôpital verte. Elle manque de me rentrer dedans avant que je puisse m'écarter.

— Oh ! désolée, dit-elle.

Le vert de ses yeux n'a pas changé, mais il est plus terne sans Lili pour l'aviver.

Toujours est-il que c'est moi qui suis désolé. J'ouvre ma bouche sèche, mais je ne trouve pas les mots, alors je me tais. J'ai le cœur au bord des lèvres.

Elle fronce les sourcils.

— Désolé, dis-je.

Voilà à quoi se résument mes excuses. Tournant les talons, je m'éloigne au petit trot dans le couloir et descends les marches deux par deux. Arrivé à ma voiture, je ne peux plus respirer. Je m'appuie contre la carrosserie.

Elle ne se souvient pas de ce qui s'est passé. Je l'ai lu dans son regard. Ça devrait me réconforter un peu, mais ça ne change rien à ce que je lui ai fait. Et tout ce que j'ai réussi à articuler, c'est : « désolé »...

Je lui dois tellement plus que ça...

Je débats avec moi-même, comme je le fais en permanence depuis que je me suis rendu compte que j'étais redevenu mortel. Je devrais me trouver à des kilomètres d'ici, des *centaines* de kilomètres. À l'abri de la tentation. Mais je n'arrive manifestement pas à me décider à partir.

Car vivre sans Frannie, c'est comme tenter de vivre en étant privé d'oxygène.

Le processus a été plus rapide, cette fois. Il n'a pris que quelques semaines. Et je l'ai senti. Je savais qu'elle était en train de me changer. Elle a dit qu'elle essaierait de ne pas vouloir de moi. Apparemment, ça n'a pas marché, parce que mon humanité est indéniable. Le fait de savoir qu'elle désire ma présence me procure un frisson fébrile, mais dans le même temps je suis terrifié à l'idée d'être avec elle.

J'ouvre la portière de la Shelby, puis la claque avec un grognement sans être monté. Parce que j'ai envie d'aller la rejoindre. Et que, si j'ai le volant entre les mains, c'est à coup sûr chez elle que je vais me rendre. J'arpente le parking, m'efforçant de m'éclaircir les idées et de me faire entendre raison. Pour finir, je rentre chez moi.

En me garant près de mon immeuble, je m'aperçois que je ne me rappelle pas le trajet, tellement j'étais obnubilé par Frannie.

Je reste assis sur le siège pendant une éternité, en me pinçant le front à l'endroit où mon mal de crâne, déjà sévère, commence à dégénérer. Et, à l'instant précis où je décide de démarrer et de repartir, la Mustang s'arrête derrière moi dans un crissement de freins, m'empêchant de reculer.

Frannie bondit de sa voiture et fonce vers moi. Si j'en crois son expression, elle n'a peut-être pas envie de me voir, en fin de compte.

Elle ouvre ma portière à la volée et me tire par le bras sans ménagement.

— Où tu comptes aller comme ça ? Tu vas encore te barrer ?

Je ne me dégage pas, parce que le contact de sa main…

— J'all…

— Tu es une sacrée mauviette, tu le sais, ça ? J'arrive pas à comprendre comment tu as pu survivre en Enfer pendant tout ce temps.

— Frannie…

Elle me lâche et me donne une bourrade.

— Je sais même pas pourquoi je m'en mêle. Va-t'en, imbécile de…

Je l'attrape par les deux bras et la plaque contre sa Mustang dans l'intention de lui dire de partir vite fait. De lui dire quelque chose de si cruel que ça lui fera passer le goût de ma présence. Mais au lieu de ça, je pose mes lèvres sur les siennes. Ma tête me hurle d'arrêter et pendant ce temps-là mon cœur vocifère pour que je ne m'avise surtout pas de la laisser s'en aller. Au début, elle me martèle le torse avec ses poings, mais elle finit par se fondre en moi pour me rendre mon baiser. Enfin, je reprends possession de mes moyens et m'écarte d'elle. Elle me dévisage pendant un long moment. Une boule brûlante se forme au fond de ma gorge en voyant une larme tracer son chemin en dents de scie sur sa joue. Je recule d'un pas, ne sachant trop quoi dire.

Mon geste semble la tirer de sa transe. Aussi effrayée que moi, me semble-t-il, elle essuie la larme avec son bras, respire un bon coup et retourne à sa voiture. Mais, à l'instant où elle va monter, je hume l'odeur du soufre. Je me rue sur elle, la pousse à l'intérieur et claque la portière. Quand je me retourne, Rhenorian est là.

— Waou ! Qu'est-ce que c'était que ça ? me demande-t-il avec un large sourire.

— Par tout ce qui est impie, Rhenorian ! ne me fais pas peur comme ça.

— Admets-le. C'est elle qui t'a changé.

Il regarde Frannie avec convoitise, et il ne sourit plus.

Je tape sur la carrosserie avec ma paume.

— Va-t'en, Frannie !

Elle hésite, une seconde de trop.

En un éclair, Rhenorian me plaque contre la Shelby.

— Oblige-la à me transformer.

— Je sais pas de quoi tu parles.

Avant que j'aie pu réagir, il m'a assené un coup de poing en pleine figure, et j'entends Frannie hurler. Puis, souriant, il récolte le sang coulant de ma lèvre fendue.

— Ça. Oblige-la à me faire ça, dit-il en me montrant son doigt.

— Elle peut pas te rendre mortel, Rhenorian.

Il recule un peu, m'examine, puis s'essuie sur mon tee-shirt avant de reporter son attention sur Frannie.

— Je voulais m'excuser de m'être montré si malpoli la dernière fois qu'on s'est vus. C'est un plaisir de te revoir.

Je le repousse rudement.

— Non, Frannie ! Va-t'en !

Mais elle ne m'écoute jamais, et ce n'est pas aujourd'hui que ça va commencer. Souriante, elle descend de la voiture.

— Tout va bien, dit-elle en amorçant un geste vers le démon.

Et, sitôt que leurs mains entrent en contact, Frannie lui tord lestement le bras en arrière et le plaque face contre terre, lui enfonçant son genou dans les reins.

— Je ne peux pas te rendre humain, dit-elle.

— Tu as bien transformé Lucifer, grogne Rhenorian, le nez contre le bitume.

— Pas volontairement.

Il tourne la tête sur le côté tant bien que mal.

— Très bien. Rappelle ton roquet infernal, Lucifer.

Je ne peux réprimer un petit rire, même si la situation est vraiment loin d'être cocasse.

— Elle ne m'obéit jamais. Tu es seul, sur ce coup-là.

— Fils de Satan ! jure-t-il en se tortillant.

Son poing commence à rougeoyer, mais il grimace en essayant vainement de le tourner dans la bonne direction.

— Ouais, bonne chance pour y arriver, dis-je en riant de nouveau. (Je me penche vers lui.) C'est quoi, le vrai problème ?

Il se débat une dernière fois pour la forme, puis s'avachit contre le sol.

— Laisse-moi me relever.

— Pas avant que tu m'aies dit ce qui se passe.

— Il y a un soulèvement.

— Un soulèvement, je répète, ne comprenant tout d'abord pas à quoi il fait référence.

— Ce que tu as fait… lors du Diktat. Ça a fait réfléchir certains d'entre nous. Personne ne Lui avait encore tenu tête. Ça n'avait jamais été possible.

Il a raison. Jusqu'à mon jugement, je n'aurais jamais cru que c'était envisageable. Les ordres du roi pesaient toujours physiquement sur nous. Mon corps se pliait automatiquement à Sa volonté. C'est quelque chose qui est intégré à notre personnalité au moment de notre création.

— On pense que c'est dû au fait que tu étais humain, poursuit Rhenorian. Peut-être que quand tu es redevenu démon ça a provoqué une sorte de court-circuit.

— Donc, tu penses que si tu étais humain, ne serait-ce que momentanément…

— … on n'aurait plus à Lui obéir, complète le démon.

— Frannie ne peut pas faire ça, Rhen. On n'a aucun moyen de t'aider.

J'avoue que, dans le cas contraire, j'envisagerais sérieusement de lui prêter main-forte. Une révolte en Enfer, tout de même…

Frannie me consulte en silence, et j'acquiesce. Elle lâche le bras de Rhenorian et se redresse.

Mais, à la seconde où il se relève, le démon lui fourre son poing rougeoyant sous le nez.

— Allez ! Transforme-moi !

Elle me fusille du regard, mais je vois qu'elle se prépare déjà à repartir à l'attaque.

— Satan impie, Rhenorian ! qu'est-ce que tu essaies de faire ?

— C'est le chaos, Lucifer, répond-il, paniqué. Tu n'étais pas là. Tu ne sais pas.

— Vous êtes des démons. Tout en bas de l'échelle. C'est si terrible que ça ?

Il nous observe tour à tour, Frannie et moi.

— Terrible. Des démons sont écartelés en public, le Brasier déborde… Et Il attend que mon équipe cautionne Sa folie. Il a fait venir des mages et des nécromanciens en renfort. (Il prend un air exaspéré.) Des mages ! Ça va vraiment mal.

Je grimace en me remémorant mon récent accrochage avec l'un des mages du roi.

Frannie profite de son inattention pour le faire tomber avec un coup de pied circulaire puis, vive comme l'éclair, elle lui casse le bras droit. Poussant un cri, Rhenorian le serre contre sa poitrine.

— Merde, mais tu es qui ? gronde-t-il, les dents serrées, transperçant Frannie de ses yeux incandescents.

L'intéressée lui rend un regard tout aussi menaçant, si ce n'est davantage.

— Quelqu'un qu'il ne faut pas chercher.

— Diablerie d'Enfer ! oublie cette histoire de transformation, rectifie le démon, hébété. On a juste besoin que ton roquet infernal aille botter le cul du roi.

Frannie se crispe. À l'évidence, le souvenir de sa dernière rencontre avec Lucifer la hante toujours.

—Je te soutiens, mais je ne pense pas pouvoir faire grand-chose. Peut-être que Gabriel…

—Tu plaisantes, rassure-moi. Tu t'es acoquiné avec Gabriel ? C'est quoi, la prochaine étape ? Il va te pousser des ailes et tu vas te changer en emplumé ?

—Je croyais que tu voulais de l'aide. Mais si tu fais ton difficile…

—Sérieusement, il ferait quelque chose ?

—S'il y a du grabuge dans le Monde Souterrain, c'est bon pour tout le monde.

Surtout pour Frannie.

Rhenorian recule en se tenant toujours le bras, même si l'os est déjà en train de se redresser et de se ressouder.

—Vois ce que tu peux faire.

Il se volatilise, nous laissant seuls sur le parking, Frannie et moi. Instantanément, la gêne que nous ressentions réapparaît.

—Ça va ? je lui demande sans parvenir à masquer mon inquiétude.

Elle hoche la tête.

—Allons parler à Gabe, dit-elle.

Frannie

Nous roulons en silence jusque chez Gabe. Je ne sais pas du tout quoi dire. J'avais la tête pleine de trucs en me rendant chez Luc. Principalement, je voulais tout lui jeter à la figure… tout ce qui s'est passé. Mais j'étais aussi prête à lui avouer que j'avais besoin qu'il revienne. Et que je l'aime.

Quand Gabe m'a dit qu'il était revenu, j'ai failli me noyer dans un torrent émotionnel. Je ressentais tout simultanément. Il y avait une bonne dose de rage. Après tout, il m'a trompée, et puis il m'a laissée… deux fois. Mais il y avait aussi de la joie et de l'amour. Sans oublier le plus dur à accepter : l'espoir.

Alors, en le voyant prêt à partir de nouveau… j'ai pété un câble. Et tout ce que je voulais lui confier s'est envolé.

Mon cœur pulse douloureusement dans ma poitrine, et les élancements se propagent à mon corps tout entier. M'enhardissant, je regarde Luc à la dérobée. Il n'est pas trop tard. Je peux encore lui parler.

Inspirant profondément, j'ouvre la bouche mais la referme. Pourquoi je n'arrive pas à trouver les mots ?

« Je t'aime. » Ce n'est pas compliqué. Pourquoi je n'arrive pas à le dire ?

Il m'a embrassée. C'est qu'il m'aime… non ?

Je ne sais pas à quoi m'en tenir. J'essaie de lire en lui. Il conduit en regardant droit devant, l'air dur, glacial.

Le temps qu'on arrive chez Gabe, je suis à ramasser à la petite cuillère. Je descends de la voiture sans attendre Luc. Gabe vient m'ouvrir et je m'empresse d'aller le retrouver. Il passe instinctivement le bras autour de mes épaules.

En voyant ça, Luc marque un temps d'arrêt sur les marches, et ferme un instant les yeux. Mais ensuite ses traits se détendent et il nous rejoint.

— Gabriel, dit-il.

Il se rend dans le salon en passant à côté de nous, et se laisse choir dans un fauteuil, sous la fenêtre. Gabe et moi prenons place ensemble sur le canapé.

— Alors, quoi de neuf? demande Gabe.

Luc jette un coup d'œil dans ma direction et sa mâchoire se crispe.

— Il se passe quelque chose d'important en Enfer, explique-t-il après avoir respiré un bon coup. Rhenorian nous demande de l'aide.

— Et tu penses qu'on devrait accepter ?

— Ça ne mange pas de pain, répond Luc avec un geste d'indifférence.

— Je n'en serais pas si sûr, si j'étais toi. Tu as été l'un d'eux. Tu sais qu'on ne peut pas leur faire confiance.

— Je suis persuadé qu'il était sincère.

— Je suis certain qu'il l'était, sur l'instant, réplique Gabe en l'observant avec attention. Mais une fois qu'il aura obtenu ce qu'il veut...

— Je pense quand même qu'on devrait trouver un moyen de les soutenir, lui et son groupe, insiste Luc. (Il capte mon regard et le retient.) Un soulèvement contre le roi Lucifer ne peut que jouer en notre faveur.

Gabe secoue la tête.

— Je vais y réfléchir. Mais, pour le moment, on a d'autres soucis. Frannie s'en va demain.

Je m'écarte de lui.

— De quoi tu parles ?

— Il faut que nous te mettions en sécurité. J'avais tort de penser que Lucifer abandonnerait la partie une fois que ton âme serait vouée au Paradis. Il ne s'arrêtera pas.

— Où je vais ?

— Ta famille croira que tu es à L.A. De toute façon, tu serais partie la semaine prochaine.

Je ne sais pas trop quoi lui répondre.

— Toi aussi, tu pars, ajoute-t-il en s'adressant à Luc.

Celui-ci ouvre la bouche pour protester, mais je le précède, soudain furieuse de ne pas du tout maîtriser le cours de ma vie.

— Et si je n'ai pas envie de m'en aller ?

Luc baisse les yeux.

— Je sais que c'est dur, Frannie, dit Gabe en me serrant contre lui.

La sympathie qu'il me témoigne alimente ma frustration, que je peine à contenir.

— J'ai besoin de réfléchir, dis-je en bondissant du canapé.

Une fois sortie de la maison, je pars en courant. J'accélère en entendant des bruits de pas, derrière moi sur le trottoir. Je déboule à toute allure dans le parc, au bout de la rue Amistad, et pénètre dans le bosquet qui jouxte l'aire de jeux... trébuchant au passage sur une racine ; je mords la poussière après avoir effectué un roulé-boulé. Mes poumons me brûlent, et je n'arrive pas à reprendre mon souffle. Avant que j'aie pu réagir, Luc est là.

Je dédaigne la main qu'il me tend.

— J'ai pas besoin de toi, je déclare en me relevant et en époussetant mon pantalon.

— Je sais.

Ne le regarde pas, me dis-je. Mais je ne peux pas m'en empêcher. Ses yeux noirs semblent n'avoir pas de fin, ils plongent jusqu'au tréfonds de son être, recèlent son âme. Une larme perle sur mes cils avant que j'aie pu discipliner mon émotion.

— Je ne veux pas de toi.

Il se contente de hocher la tête.

Je m'enfonce plus avant dans le parc. Luc reste à ma hauteur, les mains dans les poches, les yeux rivés sur le sol. On garde tous les deux le silence.

Dans l'ombre des arbres, le crépuscule tire sur l'obscurité, alors on ne la remarque qu'une fois presque nez à nez avec elle. Luc me tire en arrière et se place devant moi.

Je me dégage et me décale à temps pour la voir sortir du couvert des arbres, à quelques pas de nous à peine.

— Angelique, je murmure.

— Fee.

Son timbre m'envoûte, et en entendant cet unique mot, je brûle d'un désir étourdissant.

Luc recule un peu en prenant soin de se placer devant moi.

— Frannie, concentre-toi simplement sur ma voix. Ne la regarde pas. Concentre-toi sur ma voix, répète-t-il sans relâche tandis qu'il m'entraîne lentement vers l'aire de jeux.

Mais je n'arrive pas à faire ce qu'il me demande. Je suis captivée par Angelique qui nous suit, réglant son pas sur le nôtre.

Mais quand elle sort le couteau, encore couvert du sang de Taylor, je pète les plombs. Brisant l'étreinte de Luc, je me rue sur elle. Luc s'élance pour me rattraper, mais je suis plus rapide. Angelique me tend le couteau.

À cet instant, mon vœu le plus cher est d'être avec elle, mais je veux aussi sa mort. L'image fugace de la lame s'enfonçant dans sa poitrine me procure un frisson d'excitation. Je m'apprête à saisir le couteau, éprouvant le besoin de la toucher tout en regardant la vie s'écouler d'elle. Mais, juste au moment où je vais m'emparer de l'arme, je m'écroule sur le ventre à ses pieds.

Gabriel m'a clouée au sol.

— Frannie, arrête ! crie-t-il.

Et puis Luc arrive, le regard meurtrier. Gabe me soulève et part en courant. La dernière chose que je vois avant que nous tournions au coin de la rue, c'est Luc qui, d'une main, arrache le couteau à Angelique et passe son bras libre autour d'elle comme pour l'étreindre. Puis je les perds de vue.

À mesure que je retrouve mes esprits, les protestations de mon cœur s'amplifient.

— Non ! je hurle. (Me cachant contre Gabe, je murmure ensuite :) Non, Luc. Je t'en prie.

Quand nous arrivons chez lui, Gabe me pose et me pousse à l'intérieur.

— Tout de suite ! dit-il durement. Tu pars *tout de suite*.

Les mains à plat sur mes genoux qui tremblent, je lutte pour respirer en dépit de mes poumons déficients.

— Maintenant ? Et Luc, alors ?

— Il joue en solo, Frannie. Ma priorité, c'est toi.

Je me laisse choir sur le sol, incapable de soutenir mon poids.

— Oh, seigneur ! je murmure, les mains devant la bouche.

Pourquoi a-t-il fallu que je prenne mes jambes à mon cou ? Pourquoi je n'ai pas été fichue de simplement lui dire que je l'aime ?

— S'il la tue…

— Elle s'emparera de lui, répond Gabe platement.

— Non !

Le besoin impérieux, né au fond de moi, se propage à toutes mes cellules et les fait vibrer. *Reviens-moi!* hurle mon cœur inlassablement.

Je me remets debout d'un bond et Gabe ne me barre le passage qu'*in extremis*. Il se poste entre la sortie et moi, et pose la main sur mon épaule. Sentant que sa neige estivale commence à émousser ma panique, je le repousse.

—Arrête! Je dois l'aider!

Sa voix exprime compassion et douleur, mais il me répond simplement:

—Non.

Derrière lui, on frappe ou plutôt on martèle la porte. Je bondis vers la poignée, mais Gabe me repousse et maintient le battant fermé. Ensuite seulement, il finit par l'ouvrir. Je manque d'exploser tant je suis soulagée en découvrant Luc. Je m'élance vers lui, mais Gabe me retient et l'examine avec attention avant de se décider à le laisser entrer. Luc maintient son bras gauche contre sa poitrine, et le devant de son tee-shirt est maculé de rouge. Je ne suis pas tout à fait sûre que ce sang ne provient que de lui.

Il s'assoit dans le même fauteuil que tout à l'heure, sans un mot mais sans jamais me quitter des yeux.

Je m'agenouille devant lui pour tâcher de découvrir où il est blessé. Il me laisse faire, et j'étouffe un petit cri en avisant l'entaille saignante qui barre l'intérieur de son avant-bras.

Je replace le bras de Luc contre son torse, tandis que Gabe disparaît dans la salle de bains et en ressort avec un tissu humide ainsi que le matériel nécessaire pour confectionner un bandage.

Luc, le visage sans expression, me regarde nettoyer et panser sa blessure sans vraiment me voir. Gabe va ensuite lui chercher un tee-shirt propre, non sans lui avoir accordé un regard fugace qui m'a semblé soupçonneux.

J'ai peur de leur demander ce qui se passe, à tous les deux.

Gabe jette ensuite à la poubelle le tee-shirt souillé que Luc vient de lui lancer.

— Il faut qu'on te fasse partir d'ici, déclare mon ange, debout sur le seuil de la cuisine. C'est dangereux. Lucifer ne s'arrêtera pas.

Je m'affale sur le canapé, prise d'un soulagement teinté d'amertume. Parce que j'ai compris quelque chose, ces dernières semaines.

— Il ne voudra plus de moi quand Il pigera que je n'ai pas vraiment l'Emprise. Pas quand ça compte, en tout cas.

— Si seulement c'était si facile… Un jour, ton Emprise sera peut-être assez forte pour l'en convaincre.

De la colère se mélange à mon soulagement.

— Je n'ai pas l'Emprise ! Je n'ai aucun pouvoir !

Il s'assoit à côté de moi et se cale au fond du canapé, réfléchissant à ce que je viens de dire

— M'est avis que la meilleure preuve de ton pouvoir est le mec assis juste là. Tu l'as rendu mortel. Deux fois.

Luc, figé comme la pierre, me regarde fixement, les mains posées sur les genoux et le visage impassible.

— Je ne sais pas comment il fait ça. En tout cas, c'est pas moi.

— Frannie…

J'explose de frustration.

— Je peux pas changer quoi que ce soit, merde ! C'est pourtant clair, non ? Taylor est *morte* !

Gabe examine ses mains.

— Je sais que tu as l'Emprise, Frannie. Je l'ai senti, dit-il tout bas, s'adressant à moi seule.

Et voilà que je repense au nombre incalculable de fois où je me suis servie de Gabe, ajoutant ainsi la culpabilité à mon tumulte émotionnel. Je bondis du canapé et pose mon front douloureux contre le verre frais de la fenêtre. Je sens Gabe s'approcher derrière moi.

— Lorsque tu as réussi à t'en servir, sur Luc et sur moi, qu'est-ce qu'il y avait de différent ?

Sa voix est douce à mon oreille, apaisante.

— C'est pas moi. (Mes épaules s'affaissent.) Pourquoi tu refuses de me croire ?

Il m'oblige gentiment à me tourner vers lui, et son regard, intense, est plein de compassion.

— Qu'est-ce qu'il y avait de différent ? répète-t-il.

Je secoue la tête, mais il me prend par le menton pour capter mon attention, et la sensation de paix et d'amour qui émane de lui commence à prendre possession de moi. Je porte la main à son torse, comme si je pouvais sentir battre son cœur. Et, parce que je le veux, ça devient réalité, même si Gabe en est dépourvu, de cœur.

Tout à coup, c'est la révélation.

— Ça a marché quand je désirais quelque chose avec mon cœur.

Ses doigts frôlent mon front, écartant mes cheveux.

— Donc, quand tu laisses ton cerveau au placard (il m'embrasse sur le front, puis ses doigts touchent l'emplacement de mon cœur) et que tu laisses *ceci* faire son boulot, ton Emprise gagne en puissance.

Je pose la joue contre sa poitrine pour écouter les battements inexistants.

— C'est l'amour, je finis par dire. Mon Emprise, c'est l'amour.

La chose en laquelle je ne croyais pas, avant que Luc et Gabe débarquent.

— Je pense que c'est plus que ça… que *tu* ne te limites pas à ça.

Sa voix, pourtant douce, résonne dans sa poitrine.

— Qu'est-ce que tu entends par là ?

— Je ne sais pas encore vraiment, mais… Je ne sais pas. Simple impression.

— Ne dis pas ça, s'il te plaît. J'ai atteint mon seuil de tolérance.

Luc est toujours assis, le front appuyé sur sa main valide. Je m'agenouille de nouveau devant lui, prenant sa main blessée dans la mienne. Son regard hanté capte le mien. Je me dépouille entièrement de ma carapace et, sans un mot, je laisse mon âme dire ce qu'elle mourait d'envie de dire.

Luc semble alors me prêter vraiment attention. Et je sais qu'il m'entend, parce que ses yeux s'embuent de larmes et qu'il se détourne de moi en se dégageant.

— Luc… ? Qu'est-ce qui s'est passé ?

Il tripote son bandage sans répondre.

— Frannie, il faut qu'on te sorte d'ici, dit Gabe.

Très abattue, j'ai du mal à me relever. J'essaie de m'éclaircir les idées, de considérer la situation dans son ensemble. Nous ne sommes pas en sécurité ici.

Gabe, une main contre mon dos, me guide vers la sortie.

— Mais s'ils savent qu'on va à L.A. ?

— Tu ne vas pas à L.A.

Il m'attrape par la main, et m'entraîne dehors comme par enchantement pour monter dans sa voiture. Les yeux sombres de Luc, qui nous suit de près, scrutent les alentours sans faillir.

— Où on va, alors ?

Je frémis en me rendant compte qu'en disant « on », je fais référence à nous trois, j'inclus Luc. Et s'il ne nous accompagnait pas ? Je me glisse sur la banquette arrière en refoulant mes larmes, toujours accablée d'incertitude.

— Je ne peux pas encore te le dire. Personne ne doit savoir. Ta famille… tout le monde doit être intimement persuadé que tu es à L.A.

†

La musique de Theory of a Deadman emplit la chambre, noyant mes pensées tandis que je fourre des vêtements dans mon grand sac en toile. J'ôte mon iPod de son socle et balance les deux dedans avant de tirer la fermeture Éclair.

Gabe, appuyé contre le chambranle, semble tout sauf calme.

— Prête ?

— Je crois bien, dis-je en procédant à un dernier examen des lieux.

Luc monte le guet à ma fenêtre. Il n'a pas prononcé un mot depuis ce qui est arrivé à Angelique. J'ai besoin de savoir ce qui s'est passé, mais je ne peux pas me résoudre à le lui redemander. J'hésite une seconde de plus, puis j'opte pour une autre question :

— Tu viens ?

Mon cœur affolé se fige lorsqu'il m'emprisonne dans son regard sombre.

Et il lui faut un temps fou pour me donner sa réponse.

29

‡

À vouloir faire le bien…

Matt

Je suis en Enfer. Et c'est Frannie et son démon qui m'y ont mis. *À vouloir faire le bien…*

Je laisse échapper un rire sans joie qui ressemble à un aboiement.

Ma seule consolation est qu'ils brûleront eux aussi en Enfer pour l'éternité. J'y veillerai. Parce que si ma sœur n'avait pas été si cruche, pour commencer, elle ne serait pas tombée amoureuse d'un démon.

Un *démon*. Qu'est-ce qui lui a pris ?

Elle pense pouvoir se cacher derrière le ridicule Bouclier de Gabriel, mais on est jumeaux. Lien indissoluble s'il en est. Je suis quasi certain de la retrouver. Et le fait qu'elle croit toujours que tout est sa faute devrait m'y aider. Elle va se sentir coupable de ce qui m'est arrivé… à juste titre.

Je peux me servir de ce souvenir – parmi d'autres – pour la faire payer. Parce qu'avec l'aide du roi Lucifer, j'ai découvert mon talent unique. Mon don. Celui que j'aurais pu chercher en moi, si du moins Gabriel avait jugé bon de mentionner son existence. Du coup, je me demande si, pendant tout ce temps, je n'étais pas dans le mauvais camp. Quoi qu'il en soit, impossible de revenir en arrière. J'ai juré fidélité au roi Lucifer. Ce n'est pas comme si j'avais vraiment eu le choix, n'est-ce pas ?

Au début, je n'étais pas sûr d'avoir pris la bonne décision.

J'en suis désormais convaincu.

Les Célestes cherchaient sans cesse à me limiter. Mon nouveau roi, Lui, m'a appris à user de mon pouvoir de multiples façons ; je n'aurais jamais imaginé ça.

Allongé sur le sol, les doigts croisés sur la nuque, je contemple le plafond de la grotte, la lumière qu'absorbe la surface de pierre noire, créant ainsi des contraires d'étincelles, et j'essaie de comprendre ce qui régit ce phénomène. Mon pouvoir tout neuf vibre en moi, telle une bête sauvage affamée qui attend d'être libérée pour se mettre en chasse. Et puis je sens autre chose… les mains de Lili. Affectueuses. Caressantes. Éveillant en moi un appétit d'un genre tout à fait différent. Je tourne la tête vers elle ; son expression en dit long. Elle est insatiable.

Elle a dû abandonner Angelique, parce que les organismes mortels ne survivent pas au voyage vers l'Enfer. Le roi Lucifer tient cependant un « réceptacle » à sa disposition ; un corps. Il l'envoie chercher quand bon Lui semble. Il l'a façonnée selon Ses préférences, et il m'a fallu un peu de temps pour m'habituer aux griffes et aux cornes, mais elle reste essentiellement humaine. Et sacrément canon, même s'Il l'a un peu amochée. Apparemment, notre souverain n'était pas content de la voir revenir bredouille.

Elle refuse de me dire ce qui s'est passé, mais affirme qu'elle méritait le traitement qu'Il lui a infligé. Il n'empêche que le spectacle de ses contusions m'a mis en rage. Encore maintenant, je ne peux m'empêcher de vouloir la protéger. Même de Lui. La bonne nouvelle, c'est qu'Il semble en avoir fini avec elle pour un certain temps. Il a promis de me la laisser tant que je voudrai d'elle, ce qui, m'est avis, pourrait durer l'éternité.

— Encore ? je lui demande d'un air suggestif, soulignant du doigt l'ecchymose violacée sur la face interne de sa cuisse.

— C'est ma raison d'être, répond-elle avec un geste d'indifférence.

— Mais il faut que je m'entraîne.

Elle lève ses yeux verts et luisants au plafond.

— Désolé, mais tu es la seule personne d'apparence à peu près humaine, dans les parages.

Elle se redresse, s'écartant de moi.

— Très bien, dit-elle. Mais on a passé un marché. Si je te laisse me faire mal, tu dois me réconforter ensuite.

Un petit sourire innocent étire ses lèvres, jurant avec la lueur de convoitise que je lis sur ses traits et qui attise en moi un désir brut.

— Pas besoin de me faire violence, dis-je, tressaillant d'impatience.

— Mais ça a l'air amusant. Et si j'avais envie, moi, de te faire violence ? demande-t-elle en faisant la moue.

Impossible de résister. Je l'embrasse à pleine bouche, encore plus excité en sentant le goût de son sang sur ma langue.

Je recule après avoir léché sa lèvre inférieure entaillée, guidant sa main vers les profondes griffures qui strient ma hanche.

— Si je ne savais pas à quoi m'en tenir, je me dirais que tu essaies de me dépecer.

Sa moue se mue en sourire.

— Peut-être plus tard, ça.

Elle replie ses jambes sous elle, en appui sur ses paumes, ce qui accentue certaines courbes et me donne envie de m'emparer d'elle tout de suite.

— Allez, vas-y. Exerce-toi.

Je songe à zapper l'entraînement ainsi que son corps me le suggère. Mais, si je veux être de taille à régler son compte à Frannie dans un avenir proche, je dois rester concentré.

Fermant les yeux, je fais le vide dans ma tête puis scanne lentement l'esprit de Lili. Je ne suis pas capable de lire en elle, mais je peux capter certains de ses souvenirs et en goûter la substance. J'en choisis un qui me paraît particulièrement sombre et pesant, et braque mon pouvoir dessus tel un rayon laser. Puis je regarde Lili se convulser de douleur en le revivant. Les larmes coulent et s'évaporent sur ses joues, car la chaleur de l'Enfer est intense. J'accentue ma poussée mentale, et elle enfouit son visage entre ses mains. Elle ne fait d'abord que sangloter, mais ses gémissements accablés se transforment graduellement en hurlements déchirants.

Un frisson électrique m'embrase tout entier, et je rampe jusqu'à elle, qui hurle toujours. J'écarte ses mains, et son regard terrorisé accroît mon excitation.

Parce que, soyons francs, Lili l'a un peu cherché, elle aussi.

Incroyablement fébrile, je scelle sa bouche avec la mienne, étouffant ses cris, qui se muent en geignements sauvages. Elle m'agrippe et me plaque contre le sol.

Alors, je libère son esprit et la laisse disposer de moi à sa guise.

AUBIN IMPRIMEUR

Achevé d'imprimer en juillet 2012
N° d'impression 1206.0022
Dépôt légal, août 2012
Imprimé en France
36231062-1